Diepgang

Burkhard Spinnen
Diepgang

Vertaald door W. Hansen

AILANTUS

Amsterdam 2008

De vertaling is gesubsidieerd door het Goethe-instituut en wordt gesteund door het Duitse ministerie van Buitenlandse Zaken.

Oorspronkelijke titel *Mehrkampf*
Copyright © Schöffling & Co. Verlagsbuchhandlung GmbH, Frankfurt am Main 2007
Copyright Nederlandse vertaling © 2008 W. Hansen / Uitgeverij Ailantus
Omslag Steven van der Gaauw
Binnenwerk 508 Grafische Produkties bv, Valkenburg a/d Geul
Foto auteur Peter Stiens
ISBN 978 90 895 3001 1 / NUR 302
www.ailantus.nl

Een

Woensdag

Tegen drieën verlaat Farwick het kantoorgebouw op de kop van het Marktplein. Op enige afstand van de deur blijft hij staan. Is het nu warm of niet? Zijn lichte zomerjas hangt over zijn arm. Midden mei, dat betekent dat je nooit zo goed weet wat je moet doen. Soms valt het hem moeilijk simpele beslissingen te nemen.

Het kantoorgebouw is net klaar. Het heeft veel opzien gebaard. Zestig jaar na de oorlog voor het eerst een breuk met de traditionele manier van bouwen; van alle kanten ingezonden brieven en protesten. De mannen met wie Farwick zojuist gesproken heeft, hebben het hem uitvoerig verteld. Maar het grootste deel van de kantoorruimte is helaas nog niet verhuurd. Ach! heeft Farwick gezegd. Het gebruikelijke gehakketak bij dat soort gesprekken.

Tot op het plein is het plaveisel opengebroken. Overal opgeworpen zand, berg en dal. Farwick doet een stap opzij. De bezorgdheid iemand in de weg te staan is nog steeds aanwezig. Wie tegen hem op liep, sprak hem ook aan. Hij klemt zijn tas tussen zijn benen. Het is niet warm en niet koud. Wat hij ook doet, het is altijd verkeerd.

Zijn jas is verkreukeld. Farwick had hem binnen graag elegant over zijn arm gehangen, maar er zat iets verkeerd en hij durfde de zaak niet in orde te brengen. Je verstoort dan gemakkelijk het afscheidsritueel. Nu wil hij zijn jas alsnog aantrekken, maar dat lukt niet, er zit iets in zichzelf verstrikt. Hij tilt de linkermouw op en trekt eraan, de jas moet hem als het ware tegemoet vallen.

Kleren kunnen zo belachelijk zijn, denkt Farwick. Je armen en benen in die rare kokers te moeten steken. Misschien was het een aansporing om sport te gaan beoefenen. Sportmensen zijn altijd goed gekleed. Farwick lacht. De mouw wil nog steeds niet. Dan wordt hij door iets getroffen, links op de borst, zo hard dat hij van zijn sokken wordt gemaaid. Hij komt ruggelings op een hoop zand te liggen, zijn bovenlichaam is onaangenaam verdraaid, omdat hij nog steeds met die mouw zit. Iemand geeft een schreeuw, een flink eind bij hem vandaan. Het klinkt niet alsof het voor hem is bedoeld.

Farwick rolt op zijn zij, dat is niet gemakkelijk in die hoop zand, die overal meegeeft. Eindelijk zit hij op zijn knieën, hij kijkt over het Marktplein naar de kerk aan de overkant. Het moet een schot zijn geweest. Vreemd, denkt Farwick, als je getroffen wordt weet je meteen dat het een schot was. Terwijl er niets te horen was en geen schutter te zien. Ook niet iemand die wegrent. Een kleine oranje auto rijdt langzaam in de richting van de kerk, waarschijnlijk de stadsreiniging. Een paar mensen kijken zijn kant op. Geen wonder, denkt Farwick, hij zit daar raar op de grond geknield.

Hij probeert op te staan. Dat zou beter gaan als hij die verdomde jas niet bij zich had gehad. Eindelijk slaagt hij erin hem weg te trekken, maar hij kan niet opstaan, hij is te zwak. Pijn heeft hij niet, maar links, vanaf zijn borst omhoog, voelt hij niets meer. Farwick krijgt een voet aan de grond, maar meer ook niet. Hij zit nu geknield alsof hij op de ridderslag wacht.

Iemand neemt hier voetgangers onder vuur! Farwick steunt met zijn rechterhand op zijn rechterknie en buigt iets voorover. Misschien dat het zo gaat. Vlak voor zijn ogen de kasseien, in de voegen zit wat groen. En als je geraakt wordt, heb je pech gehad. Dan spreekt iemand hem aan.

'Nee, nee,' zegt Farwick. Hij kan degene die praat niet zien, hij ziet alleen diens schaduw. En dat het een man is. Eigenlijk een goed gevoel, een soort dekking. De man zegt opnieuw iets. Dan snelt hij weg. 'Nee!' zegt Farwick, vergeefs. Nu de schaduw weg is, heeft hij het gevoel volkomen weerloos te zijn. En die belachelijke zandhopen bieden ook geen dekking. Farwick draait zich op zijn linkerknie, in die richting moet het kunnen. Eindelijk kan hij zich oprichten, maar als hij staat doet zijn ademhaling vreselijk pijn.

Achter het stuk zwarte aarde begint het kantoorgebouw met een raampje dat zo dicht bij de grond zit dat het wel een souterrain moet zijn. Shit, denkt Farwick. Op de korrel genomen door een gek. Nu! De eerste twee stappen gaan hem goed af, maar dan wordt hij geruisloos aan het rechterbeen geraakt.

Als hij schreeuwt, merkt Farwick dat hij zand in zijn mond heeft. Alle moeite voor niets. En waar is zijn aktetas? Zijn permanente, sympathieke begeleider op al zijn reizen. Laat maar. 'Beweging,' zegt hij met zijn mond vol zand. Kunstfeld zou hebben gezegd: Roland, mijn mooie jonge vriend, laat nu maar eens wat zien!

Farwick trekt zijn linkerbeen bij en duwt zichzelf daarmee voorwaarts, in de richting van de voorgevel en het raam, hij steekt zijn rechterhand in het zand en trekt zich naar voren. Hij zou wel wat hulp kunnen gebruiken. Hij hoort inderdaad iemand roepen. Om politie.

De pijn zit nu overal, heel erg, ondraaglijk. Maar goed dat Farwick dat kent, ondraaglijke pijn. Die geeft namelijk altijd aan hoe dicht je bij je trainingsdoel zit. Of beter: hoe ver ervan verwijderd. Bij ondraaglijke pijn moet je actief worden. 'Dat weet ik!' zegt Farwick tegen de grond. En hij voert het tempo op, rechterhand, linkerbeen. Hoe ver nog? Drie meter. Of twee? Mis. Hoe groot een afstand is, wordt bepaald door je eigen kracht.

Toe aan een pauze, Roland? Nee, dank je, het gaat nog wel.

Het derde schot valt opnieuw geruisloos, een schok die van onder lijkt te komen. Farwick denkt de knal erbij, maar voelt geen pijn. Hoe kan het ook anders? Ondraaglijke pijn kan niet erger. Misschien is hij weer in zijn rechterbeen geraakt, maar dan heeft de ander geblunderd. Want zijn rechterbeen is al niet meer bruikbaar, uitgeschakeld. Met andere woorden: hij heeft nu een voorsprong. En die zal hij uitbuiten. Iedereen kijken! Roland Farwick krijgt nu weer de wind mee.

Hij zal het voor elkaar krijgen. Dat prachtige en veel te zeldzame gevoel ergens echt goed in te zijn. Waarin dan ook. Farwick komt door het zand vooruit als op vleugels. Hij is al bij het raam. Daar ligt iets van metaal op de grond; hij krijgt nu makkelijker lucht, steken in zijn voorhoofd, het helpt hem bij het denken. Dat moet een rooster zijn over een schacht.

Het vierde schot slaat naast Farwick in de grond. Alsof er iemand wordt getroffen die vlak bij hem is. Er spat aarde op, tegen het raam. De ander wil er dus een schepje bovenop doen. Maar Farwick kan nu op eigen kracht voor blijven. Hij duwt de vingers van zijn rechterhand door het rooster; het rooster geeft mee. Waarheen met dat ding? Farwick moet het zijwaarts over zijn hoofd trekken. Dat doet pijn, hij bijt zijn tanden op elkaar. Dan pakt iemand hem bij zijn linkerbeen.

Rot op! wil Farwick roepen. Maar hij kan niet, hij heeft geen lucht. En hij wordt aan zijn hoofd ergens door geraakt. Het rooster zoemt bij zijn oor. Erachter loopt iemand. Misschien de man die hem bij zijn been heeft proberen te pakken. Laat maar. Piepende banden. Farwick slaagt erin het rooster weg te duwen, waarna zijn rechterarm niet meer kan.

Kramp natuurlijk. Farwick kent het gevoel, hij heeft het lang niet meer ondergaan. 'Hallo,' zegt hij. Hij moet nu dus op de kop de schacht in. Of hij rolt er zijdelings in, het liefst via de linkerkant van zijn lichaam, daar heeft hij immers geen enkel gevoel meer. Heel even ziet hij de hemel, gedeeld door een glazen luifel, dan valt hij ruggelings naar beneden. Hij landt hard en pijnlijk. Tegelijkertijd slaat het vijfde schot in het raam in; nu is het eindelijk duidelijk te horen, de ruit barst, Farwick sluit zijn ogen zo stevig mogelijk vanwege de splinters, maar er vallen geen splinters. En dan heerst er vooralsnog stilte. Tijd om de balans op te maken.

Het belangrijkste is altijd het hoofd. Dat kun je duizendmaal zeggen, en de mensen knikken maar begrijpen het nooit. Farwicks knikken als Kunstfeld aan het woord was. Roland, je hebt er niets van begrepen! Nu heeft hij het begrepen, maar er is een probleem. Farwick ligt op zijn rechterarm; zelfs als die weer mee wilde doen, zou hij hem niet kunnen helpen. Die heeft zijn plicht gedaan.

En links is alles weg. Farwick sluit zijn ogen en concentreert zich op zijn linkerhand. 'Reageer dan!' zegt hij. Hij balt de hand tot een vuist, en vanuit het niets volgt een nieuwe pijnscheut. Zijn hand ligt op zijn buik. Farwick wacht even, dan zorgt hij ervoor dat zijn hand zich opwaarts beweegt in de richting van zijn hoofd, ze trekt zich beetje bij beetje op aan de stof van zijn jack, met de arm op sleeptouw. Als de vingers de hals bereiken, melden ze dat ze vocht voelen. Vast en zeker bloed, dat viel te verwachten.

'Verder.' De vingers krijgen zijn rechteroor te pakken en trekken zich daaraan op langs de schedel. Even glijden ze weg, maar dan is de plek bereikt waar Farwick wil wezen. Hij kijkt met de toppen van zijn vingers, tot hij weet: het bot is heel. Er zit geen gat in zijn hoofd. Er zit geen stuk metaal in zijn hersens. Hoogstens een schram.

Farwick lacht. Boven hem het vierkante stuk hemel, deels helder, deels donkerblauw, links het kapotgeschoten raam, daarboven de voorgevel, een dunne roodachtige streep. En dan begint hij te schreeuwen, zijn hand nog steeds krachteloos op de wond aan zijn hoofd gedrukt. Het is meer krijsen. Kun je je nooit eens ergens fatsoenlijk over verheugen, heeft Kunstfeld ooit gevraagd; het was na zijn eerste wereldrecord. Wat lig je daar nou? Je straalt helemaal geen vreugde uit. Je bent me een mooie!

Maar nu kan Farwick wel verheugd zijn. Als hij kon, zou hij nog harder schreeuwen. Want als hij niets anders kan zien dan de hemel en de muur, dan kan de ander hem ook niet zien. En als die hem niet ziet, kan hij hem ook niet raken. Er bestaat geen geweer dat om een hoek kan schieten.

'Klootzak,' zegt Farwick.

Hij schaamt zich niet. Overwonnen tegenstanders verdienen spot en hoon. Hij wil nog meer woorden spreken, maar hij verslikt zich. Hij zou moeten hoesten, maar alles wat links zit wil dat niet. En dan slaat het zesde schot in de voorgevel. Er vallen splinters omlaag in zijn gezicht.

Waar zit die loser? Waar verdomme? Farwick drukt zijn kin op zijn borst en probeert zijn hoofd op te tillen, terwijl zijn buikspieren trillen alsof hij jaren niet meer heeft getraind. Een jammerlijke toestand, maar hij ziet waar het om gaat. Zijn benen liggen nog tegen de wand van het gat aan, zijn voeten steken een eind de lucht in. Daar mikt de klootzak nu op, en Farwick kan ze niet bewegen. Zijn hoofd valt terug, en nu kan hij helemaal niets meer doen.

Hij kan alleen nog praten. Hij zegt: 'Help!' Het is niet meer dan gefluister. Wie zegt er nu graag 'help'! Hij heeft er ook meteen spijt van en wacht op het volgende schot. Het had een overwinning kunnen zijn, een echte overwinning, een die je nooit vergeet, een resultaat zoals je nooit meer zult bereiken.

'Help,' zegt hij nogmaals. Dan opent iemand het versplinterde raam en trekt hem uit de schacht.

Sinds begin mei heerst er dit aangename, gelijkmatige weer, niet warm en niet koud, de hemel meestal slechts licht bewolkt. Grambach gaat te voet naar het ziekenhuis. Het is niet ver, niet eens een kilometer van het Marktplein. Bovendien heeft hij de tijd. Berntrieder, zijn plaatsvervanger in het recherchebijstandsteam, leidt de ondervraging van de getuigen. Er zijn hun zo veel mogelijk collega's toebedeeld; toch zal het uren kosten. Het sporenonderzoek zal ook tot in de avond duren om iets interessants te vinden. Bovendien zal het slachtoffer wel niet aanspreekbaar zijn. De man is immers meteen geopereerd.

Voor de hoofdingang van het ziekenhuis staan mannen in trainingspak en kamerjas te roken. Grambach kijkt een van hen in de ogen, de man groet en wendt zich af. In de hal is het stil. Grambach kent het gebouw; hij is er geboren, zijn vader heeft hier onlangs gelegen, er valt niet te zeggen hoe vaak hij hier al wel niet slachtoffers heeft bezocht. In juni wordt Grambach drieënveertig, sinds twintig jaar werkt hij bij de politie; soms meent hij al lichamelijk te kunnen voelen wat routine betekent.

De ziekenkamers van de eerstehulp liggen op de tweede verdieping. Grambach neemt de trap, dat is de onopvallendste maatregel tegen zijn overgewicht. Hij loopt snel, neemt twee treden tegelijk. Boven is hij nauwelijks buiten adem; hij is niet ziek, hij heeft enkel een paar kilootjes te veel. Als hij in de verplegerskamer informeert, doet hij alsof hij de man die onder vuur is genomen, niet kent. Dat zou je intussen zelfs wel kunnen zeggen, na zo'n lange tijd. Aan het gezicht van de verpleegster valt niets af te lezen. Ze wijst hem de weg.

Grambach ontmoet de verantwoordelijke arts op de gang. De man is slechtgehumeurd, hij had die ochtend eigenlijk al naar huis gemoeten. Naar bed, om zijn patiënten niet in gevaar te brengen. Ze lopen naast elkaar door de gang. Maar hij wil niet klagen, zegt de arts. In elk geval een meervoudige schotwond, zeker niet iets alledaags. In elk geval niet iets slaapverwekkends.

'En?' zegt Grambach

'Rechterdij. Groot wondoppervlak, niet erg diep. Kapotte huid. Beetje moeilijk te naaien. Levert een indrukwekkend litteken op.'

'En verder?'

'Een schampschot onder de arm. *Pectoralis major*. Hier.' De arts blijft staan. Hij heft zijn arm en drukt op een punt onder de oksel. 'De rib licht geraakt. Zal behoorlijk lang pijn doen. Maar in feite ook niet ernstig.'

'Hoe ver van het hart af?'

De arts geeft het met twee vingers aan. 'Maar dat is bedrieglijk. Er liggen hele werelden tussen.'

En de hoofdwond?

'Een schram,' zegt de arts. Waarschijnlijk niet veroorzaakt door een schot. Erger zijn de kneuzingen op de rug. Hoe komen die eigenlijk daar?

'Hij is in een lichtschacht gevallen,' zegt Grambach. 'En hoe gaat het met de patiënt, als ik zo vrij mag zijn?'

'Vraag het hem zelf maar.'

Daar is Grambach niet op voorbereid.

De arts grijnst. 'We zijn wat te zuinig geweest bij het verdoven. Hij is alweer wakker.' Hij had zoiets trouwens zelden gezien. Midden veertig en een lijf als uit steen gehouwen. Een tamelijk uitzonderlijk type.

'Hè?' zegt Grambach. 'Betekent dat dat u die man helemaal niet kent?'

De arts kijkt op de patiëntenkaart. 'Farwick, Ernst Roland, geboren 17 maart 1960. Beroep: vertegenwoordiger, woonachtig in…'

Grambach valt hem in de rede. 'Dat is Roland Farwick!'

'Nou, en…?'

'Die man heeft driemaal het wereldrecord tienkamp verbeterd.'

'Dan had ik hem eigenlijk moeten kennen.' De arts kijkt weer op de kaart. 'Farwick?' Hij schudt zijn hoofd. Het zegt hem helemaal niets. Wanneer is die dan met de sport gestopt?

'1984,' zegt Grambach. In augustus. 8 augustus 1984.

'Ja!' De dokter tikt met de kaart tegen zijn hoofd. 'Toen was ik tien.'

Als Farwick wakker wordt weet hij niet waar hij is. Maar dat verontrust hem niet. Wie zo vaak onderweg is, maakt dat telkens weer mee. Soms kan hij zelfs genieten van de enkele ogenblikken die het duurt tot alles weer op zijn plaats is. Zijn leven, zijn verleden, wat hem vandaag aan afspraken te wachten staat. Maar nu verstrijkt de tijd en verandert er niets. Dat is ongebruikelijk. En omdat hij zich erg inspant, komt het Farwick voor dat hij zich niets over zichzelf kan herinneren. Alleen zijn naam, en ook die klinkt vreemd. Vlak voor de paniek toeslaat, heeft hij alles weer duidelijk voor ogen. Er is op hem geschoten, in een stad waar hij nooit eerder is geweest. Hij is aan de schutter ontkomen. Zij het wellicht met hulp van vreemden. En dit hier moet een kamer in een ziekenhuis zijn.

Farwick verroert zich niet. Hij heeft pijn, maar dat is onbelangrijk, daar bestaan goede middelen tegen. Vroeger was alleen de gedachte aan die middelen voldoende om de pijn te verzachten. Hij hoort zichzelf ademhalen, dat komt vast door het verband om zijn hoofd. Als hij niet ademt zijn er andere geluiden, afkomstig van technische apparatuur. Dit moet dus wel de intensive care zijn. Hij opent zijn mond en probeert even te lachen. Het klinkt hees, maar hij kan in elk geval nog geluid voortbrengen.

Eindelijk probeert hij armen en benen te bewegen. Het resultaat sluit aan bij zijn herinnering. Het rechterbeen is stijf en verdoofd, waarschijnlijk zit er verband omheen. Ook links is alles verdoofd, maar hij kan zijn arm wel bewegen, niet eens verbonden. De rechterarm functioneert weer zonder problemen. Beide handen kunnen elkaar meteen vinden, de vingers groeten elkaar; die van zijn linkerhand zijn slapper dan die van zijn rechter. 'Gefeliciteerd,' zegt Farwick. Hij heeft een flauwe smaak van bloed in zijn mond.

Indertijd, helemaal in het begin, toen hij nog zwemmer moest worden, was iemand op een keer op zijn rug gesprongen en met zijn gezicht tegen zijn achterhoofd geklapt. De jongen heette Rainer, Rainer Kortschläger. Hij was in het water bewusteloos geraakt. Farwick had hem uit het bad gehaald en hem samen met de trainer per auto naar het ziekenhuis gebracht. Voor die hier zijn, kunnen wij tweemaal daar zijn, had de trainer gezegd. Rainer lag kletsnat op de achterbank met een handdoek om zijn hoofd, die langzaam rood kleurde. Hij was weer bij bewustzijn, maar zei geen woord. Op weg naar de eerstehulp stortte hij in. De trainer had van de doktoren de wind van voren gekregen. Later werd gezegd dat Rainer nooit meer zou kunnen zwemmen. Zijn ruimtegevoel was aangetast, onder water verloor hij zijn oriëntatievermogen. Ze hadden hem geen één keer gezien, hij kwam niet eens naar de plaatselijke kampioenschappen. Niemand had het hardop gezegd, maar ze dachten het allemaal: die heeft alleen een reden nodig gehad om te kunnen stoppen.

Het scheelde niet veel of Farwick was in slaap gevallen. Hij gaat tastend met zijn hand langs de bedrand en draait langzaam zijn hoofd opzij. Hij is niet voor het eerst in een ziekenhuis. In Madrid de opgezwollen knie, een allergische reactie op een insectenbeet, iets onnozels, maar heel gevaarlijk. In Moskou een diep ingescheurde teennagel, waaraan hij meteen moest worden geopereerd. Hij herinnert zich wat hij telkens gedacht had: overal hetzelfde nachtkastje, alsof daarvoor maar één fabriek ter wereld is. Aan dit nachtkastje hier hangt een wit bakje, in het midden zit een rode knop.

De verpleegster is er binnen een paar seconden. Ze moet hebben gerend. Het verbaast haar dat hij al wakker is. Ze maakt een tamelijk bezorgde indruk. Een vrouw van zijn leeftijd, schat Farwick, maar dat is moeilijk uit te maken. Ze vraagt hem hoe het met hem gaat, en haar stem trilt. Wat moet dat nu weer, denkt Farwick. Alles is toch goed gegaan. Er is niets ergs gebeurd. Of wel? Misschien moet hij het haar vragen. Maar hij weet niet hoe hij moet beginnen, bovendien wil zijn tong niet echt meewerken. Hij zwijgt liever dan te gaan stamelen.

De verpleegster zet een bril op om de apparaten af te kunnen lezen, een halve bril met een donkere gouden rand. Mijn god! Er is toch niks aan de hand. Farwick weet dat nu al heel zeker. Hij wil de verpleegster geruststellen, het liefst met een grap, maar er schiet hem er geen te binnen. Daarom doet hij er maar weer het zwijgen toe, ook als ze hem vraagt iets te zeggen, wat dan ook. Hij probeert te glimlachen, maar ze kijkt niet meer.

Ze is al bij de deur. Eindelijk weet hij het. De tong wil ook weer. 'Hallo!' zegt hij luid. 'Ik heb honger.'

De verpleegster draait zich met een ruk om.

'Sorry,' zegt Farwick. 'Kan ik bij u iets bestellen?' Het klinkt heel acceptabel.

Als het aan hem lag, zou Grambach weer terugkeren naar het Marktplein. Of meteen naar het hoofdbureau. Maar met welk argument kan hij nu rechtsomkeert maken? Dat hij nog niet echt voorbereid is op zijn eerste ontmoeting met Roland Farwick in persoon? Na al die jaren. Belachelijk!

Er zit een jonge politieman bij de ziekenkamer. Hij staat op. Grambach maakt een geruststellend gebaar. Misschien is Farwick weer ingeslapen. De arts opent de deur.

De man in bed is juist bezig met zijn dessert. Kennelijk kan hij het schoteltje niet goed vasthouden, het glijdt op het blad heen en weer; maar hij wil zich niet laten helpen door de verpleegster die bij hem is. Dat is de verdoving, zegt hij als ze voor zijn bed staan. Zijn arm is oké. Hij kijkt Grambach aan. 'Politie?'

Grambach voelt een rilling over zijn rug lopen. En hoe dwaas het ook klinkt, zijn hart slaat inderdaad sneller. Dat daar voor hem in het ziekenhuisbed is precies de man die hij zich zo goed herinnert. Het verband om zijn hoofd laat het gezicht bijna volledig vrij. Niets veranderd, denkt Grambach. Geen enkel teken van ouderdom. Maar het best herkent hij Roland Farwick aan zijn glimlach. Het is de grotejongensglimlach waarmee hij voor de camera altijd over zijn successen sprak. Zelfbewust maar bescheiden. Geen wonder dus dat de mensen hem zelfs nog aardig vonden toen hij zo vreselijk had gefaald.

'Hoofdinspecteur Grambach. Recherche. Ik ben het hoofd van het recherchebijstandsteam dat uw zaak onderzoekt. Maar ik wil u eerst eens even feliciteren. Dat was een buitengewone prestatie.'

De verpleegster haalt het dienblad weg. 'Hoe weet u wat er is gebeurd?' zegt Farwick.

'Er waren getuigen. Niet van het schieten, maar wel van uw reactie.'

'Dan weet u waarschijnlijk meer dan ik. Kunt u me er iets over vertellen?' Farwick probeert rechtop te gaan zitten. De verpleegster is er als de kippen bij om iets aan zijn bed te verstellen.

'U moet nog even rustig aan doen,' zegt de arts.

'Alstublieft!' zegt Farwick. Het gaat per slot van rekening om het verhaal van zijn leven.

Grambach knikt. 'Na het eerste schot bent u op de grond gevallen. Maar u bent weer overeind gekrabbeld om te proberen uzelf in veiligheid te brengen. Dat zal wel instinct zijn geweest. Of hebt u de schutter gezien?'

'Nee. Totaal niet. Gaat u door, alstublieft.'

'Op die zandhoop bent u opnieuw geraakt. En toch hebt u die lichtschacht weten te bereiken. U hebt het rooster weten weg te krijgen en bent in dekking gegaan.'

'Ik ben erin gevallen!' zegt Farwick. 'Als een zak.'

'Het was waarschijnlijk de enige dekking die u met uw verwondingen kon bereiken. Ik schat dat in uw situatie negenennegentig van de honderd mensen waren blijven liggen op de plek waar het eerste schot hen had getroffen.'

'Dank u. Maar het ging op het eind niet goed. Op het eind staken mijn voeten de lucht in.'

'Uw hoofdwond kan door een splinter zijn veroorzaakt. In de muur zit een kogelgat. Dat zijn we nu aan het onderzoeken. Het kan zijn dat het rooster u heeft beschermd.'

'Dan hebt u wel geluk gehad,' zegt de arts.

Farwick wijst met zijn vinger naar Grambach. 'Wie heeft me naar binnen getrokken?' Zijn stem klinkt opeens wat dof.

'Een installateur. De man heeft meer onder een shock te lijden dan u.'

Farwick lacht, hij vertrekt zijn gezicht van pijn.

'Ik geloof dat meneer Farwick aan rust toe is,' zegt de verpleegster.

Grambach zou er geen enkel bezwaar tegen hebben nu te vertrekken zonder nog een woord te zeggen. Maar hij moet zijn werk doen, en zijn hart is ook weer wat rustiger geworden. 'Nog twee vragen. De eerste is niet bijster origineel: wie heeft het gedaan?'

'Geen flauw idee,' zegt Farwick.

'En als u zou moeten gissen? Heel spontaan, niet nadenken.'

Farwick zet zijn grotejongenslach weer op. 'LA 84.' Hij spreekt het op een overdreven Amerikaanse manier uit. 'Weet u dan genoeg?'

'Natuurlijk,' zegt Grambach. Hij merkt dat hij knikt als een leerling tijdens het examen.

'En u wilt weten wie me wilde vermoorden?'

Grambach blijft knikken.

'Iedereen. Iedereen die het heeft moeten aanzien.'

'Dat begrijp ik niet,' zegt de arts.

Grambach maakt een gebaar: het was een grap, en hij snapt dat. 'Tweede vraag. U was hier voor zaken. Voor het eerst in deze stad? Hebt u hier kennissen?'

'Ik ben hier nog nooit geweest. Geen kennissen, geen partners. Tot nu toe dan.' Hij hoest.

'Finito,' zegt de arts.

Grambach neemt afscheid. Hij zal hier binnenkort moeten terugkomen. Om meer vragen te stellen.

Daar heeft Farwick alle begrip voor.

Op het Marktplein zijn geen nieuwe getuigen. 'Niets aan te doen,' zegt Berntrieder. Niemand heeft de dader gezien. Ook het sporenonderzoek heeft verder niets opgeleverd. Vanwaar precies is gevuurd, is nog niet te zeggen. Eerst moeten de kogelinslagen worden beoordeeld.

'Wat denk je?' zegt Grambach.

Berntrieder brengt zijn arm omhoog en trekt een lijn: van de kerktoren aan de overkant tot aan de bedrijfspanden aan de zuidkant van het Marktplein. Dat wordt allemaal nagegaan. Grambach denkt even na over de vraag of er meer collega's moeten worden opgeroepen. Maar waarom er nu druk achter zetten, dat doen anderen wel. Voor halfacht is een persconferentie belegd. Vollrath zal die houden, de chef van Grambach. Diverse televisiestations hebben aangekondigd een eigen team te sturen. Kennelijk is Roland Farwick nog steeds actueel genoeg voor een van de belangrijkste nieuwsitems. Tenminste, als er op hem geschoten wordt.

Grambach wil naar de overzijde, naar de kerk, als Berntrieder hem terugroept. 'We hebben zijn baas aan de lijn. Die Müller uit Frankfurt.' Hij reikt Grambach een mobieltje aan. Aan het andere eind van de verbinding zit een man in een auto, die amper te verstaan is.

'Politie,' zegt Grambach. 'Waar zit u?'

Hij heeft zojuist de autosnelweg verlaten.

'Dan stopt u rechts van de weg. Ik kom eraan.'

Het is al zover, Farwick begint zich te vervelen. De pijn aan zijn been en zijn borst bezorgt hem niet genoeg afleiding. Er zal wel niets meer te eten zijn en hij wil niet vragen naar een televisie of naar muziek; hij ligt niet voor niets op de intensive care. Het zou ook een vreselijke indruk maken. Farwick is nooit een diva geweest. Met de huisvesting en dat soort dingen heeft Kunstfeld zich altijd beziggehouden. En als Kunstfeld zei dat het oké was, was het voor hem oké. Basta!

Eindelijk schiet het hem te binnen dat hij om zijn mobieltje moet vragen. De schoten op hem zijn vast al op het journaal geweest, en niemand dient zich onnodig zorgen te maken. Hij drukt op de rode knop. De verpleegster is er meteen. Nee, zijn spullen zijn hier niet op de kamer, maar ze belooft ze te zoeken.

Even later komt ze met zijn aktetas aan. Farwick zou graag nog wat met haar praten, maar hij weet niet goed wat hij moet zeggen. Hoe voer je als slachtoffer van een moordaanslag zoiets als een gesprek? In wezen vindt hij het allemaal vooral gênant.

'Een mooie tas,' zegt de verpleegster.

Hoe heet ze, als hij zo vrij mag zijn?

Ze tikt op het label op haar borst. 'Zuster Ruth.' Ze moet hem helaas vertellen dat hij het mobieltje niet mag gebruiken. Maar ze zal meteen een vast toestel halen. Hoewel dat op de intensive care niet gebruikelijk is.

'Alleen de voicemail afluisteren,' zegt Farwick. 'Alstublieft.' Waarschijnlijk maakt zijn moeder zich vreselijk zorgen over hem.

'Maar daar moet ik dan wel op kunnen vertrouwen.' De verpleegster loopt de kamer uit.

Het mobieltje van Farwick was natuurlijk uitgeschakeld. Zijn gesprekspartners mogen zich dan constant willen laten onderbreken door de telefoon, maar dat is hun zaak. Op hun kantoor kunnen ze doen wat ze willen. Maar als gast weet Farwick hoe je je moet gedragen. Hij toetst zijn pincode in: 8771, zijn eerste wereldrecord. Onnozel eigenlijk. Hoezo geheim – dat getal staat bij wijze van spreken op zijn borst getatoeëerd. Hij moet dat eindelijk eens veranderen.

Zijn telefoon meldt zich met een melodietje. Er zijn vier nieuwe telefoontjes. De eerste drie zijn van Müller, de derde keer heeft hij ingesproken. Hij had nu gehoord dat het niet zo erg was. Godzijdank. En hij was al onderweg. 'Kop op, Roland!'

Het vierde telefoontje is van Lea. Farwick kijkt ervan op. Hij heeft haar stem lang niet meer gehoord; nu praat ze alsof ze naast hem staat: 'Wie doet nu zoiets?' Zodra ze zich vrij kan maken, komt ze hem bezoeken, maar nu heeft ze het te druk. 'Nou, pas goed op jezelf.'

Farwick wacht even voor hij zijn moeder belt. Hij weet dat het nu moeilijk gaat worden. Ze neemt op. Als ze zijn stem hoort, neemt ze meteen het woord. Kennelijk weet ze nog van niets, Farwick moet haar onderbreken. Hij houdt het zo kort mogelijk. 'Gewond, moeder,' zegt hij, aan zijn been en zijn borst. Maar het gaat goed met hem. Ze hoeft zich geen zorgen te maken. Ze hoeft hem ook helemaal niet te bezoeken. Voordat ze er kan zijn, is hij al lang weer op de been.

'Mama,' zegt Farwick. 'Mama, hoor je me wel?'

Maar aan de andere kant van de lijn hoort hij alleen nog maar zenuwachtig geprat. Zijn moeder heeft vergeten hem gedag te zeggen en ze heeft vergeten op te hangen. Farwick hoort haar een minuut lang met iemand praten, en alles wat ze zegt is verkeerd. Hij verbreekt de verbinding.

Vroeger was zijn moeder de rust zelve, ook bij zijn grote wedstrijden. Zijn vader wond zich op. Sinds hij dood is lijkt zij zijn rol overgenomen te hebben. Toen hij haar onlangs wilde uitleggen wat er misschien in zijn baan ging veranderen, begreep ze hem niet. Ze meende dat ze hem hadden ontslagen. Bij zijn scheiding van Marlene was ze in tranen uitgebarsten. Wat moest er nu van het kind terechtkomen? Van Luise! Alsof het zijn dochter was. Hij moet zich erbij neerleggen dat ze in de war is. Maar dat kan hij niet, hoe hij ook zijn best doet.

Even denkt hij na over de vraag of hij Marlene moet bellen. Even gedag zeggen. Lang niet meer van elkaar gehoord. En dan tussen neus en lippen door: Er is op mij geschoten. Wat zeg je me daarvan? Waarschijnlijk zou Marlene helemaal niets zeggen.

Farwick zou wel meer mensen kunnen bellen en hun meteen met zo'n verhaal het zwijgen opleggen. Maar in het telefoonboek van zijn mobieltje staan alleen maar nummers van klanten, de weinige persoonlijke nummers heeft hij niet eens opgeslagen, om niet in de verleiding te komen. Het is een telefoon van de zaak en hij moet voorzichtig zijn. Hij mag het ongeluk geen materiaal verschaffen. Want anders zal het ooit tegen hem gebruikt worden.

Farwick schakelt zijn mobieltje uit. Hij weet alles van ongeluk. Toen hij nog zwom, werd er gezegd dat hij met zijn pech drie carrières kon ruïneren. Het supertalent Roland, de voorbeeldige atleet, die weer eens ergens blijft steken. Die weer eens wordt dwarsgezeten door een verkoudheid, ontsteking van de blindedarm of, als alles verder in orde is, een familiefeest waar hij onmogelijk kan wegblijven. Daar heeft hij zijn trainer mee tot wanhoop gedreven, met stom toeval, pijntjes en wissewasjes.

Maar als hij stralend uit het water oprees, was alles weer goed. Met vijftien jaar een lichaam waarvan volwassen atleten dromen. En dan nog lichtblond haar, donkere ogen, een bruine, in de zomer licht olijfkleurige huid, gaaf, geen zomersproeten, geen moedervlek; zonder enige twijfel de mooiste jongen van de wereld. En als hij zijn handdoek om zijn nek sloeg zag hij eruit als iemand die voor het geluk geboren was.

Doorzetten, Roland, werd er dan gezegd. Even rust nemen en het dan opnieuw proberen. Ooit zal het lukken. Ooit zul je bewijzen wat iedereen in je ziet. Wie zo is als jij, die gaat het maken. Die maakt van zijn aanleg en talenten een getal. Een record. Een wereldrecord, in welke discipline ook.

En hij was nog maar amper droog of hij sprong alweer het water in, vanaf het startblok, en weer zweefde hij te lang in de lucht. Allemaal voor de show! En de duiklengte was weer veel te kort. Krachtiger doortrekken, Roland! Gelijkmatiger slaan! Maar dat hoorde hij niet. Het was een en al kabaal in het water, en doodstil. In het water hoorde hij niets van wat ze over hem zeiden. Niet die treurige zinnen over zijn carrière, die na een furieus begin stagneerde. Niet die speculaties over wat er aan gedaan moest worden, al die grote plannen op provinciaal niveau.

Niets van dat al als hij in het bassin lag. Maar half onder water, aan het hoofd van de pijl die hij met de golven vormde, kon Roland Farwick ook niet zeggen wat hij had moeten zeggen. Wat ze hadden moeten weten: dat hij heel goed kon leven met de gedachte geen groot sportman te worden.

Grambach heeft zich laten rijden. Müller staat naast zijn auto te roken, hij gooit zijn sigaret weg, komt naar hem toe en zegt: 'Moet u mij eens vertellen wie zoiets nou doet.'

'Weten we niet,' zegt Grambach. Hij zal dat vandaag nog vaker moeten zeggen, maar nu al doet de zin hem bijna lichamelijk pijn. Ze lopen over een pad dat vanaf de straat tussen een rijtje bomen door leidt. 'En ik weet niets van hem.' Althans niet sinds augustus 1984. Daarom dit gesprek.

Müller knikt. 'Kan ik me voorstellen. Het was ook allemaal met één klap voorbij. En de tijd erna?' Hij schudt zijn hoofd. 'Niets. In elk geval niet veel. Dat wil zeggen, voor u.' Hij maakt een gebaar: voor zover hij het kan overzien.

'Kent u hem al lang?'

'Sinds het midden van de jaren zeventig. Ik heb ook ooit…' Müller maakt een zwembeweging. Tegenwoordig weet niemand meer dat Farwick vroeger een goede zwemmer is geweest. Weliswaar alleen bij de junioren, maar dan nog! En toen hebben ze elkaar leren kennen, bij een club in de provincie.

Achter het rijtje bomen ligt een minigolfbaan. Er staan een paar mensen op de baan. 'Hij werkt bij u?' vraagt Grambach.

'We werken voor dezelfde agency. Ik meer op mijn manier en hij op de zijne.'

'En dat wil zeggen?'

'Ik werk met papier, hij met zijn lichaam.' Müller loopt naar het lage hekwerk om de minigolfbaan. Hij wijst. 'Duizenden mensen spelen dat spel. Maar ze kunnen er niks van. Alsof ze er plezier aan beleven een klungel te zijn. Wij zouden ze kunnen helpen.'

'Wat wil dat zeggen: met zijn lichaam?'

'Ik zal het anders zeggen,' zegt Müller. 'Hij heeft een heel goede naam.'

'Ondanks 1984?' Toentertijd was toch wekenlang de kachel met hem aangemaakt.

'Nee, niet ondanks. Juist dankzij.' Op de minigolfbaan krast een speler met zijn club over de baan. Müller vertrekt zijn gezicht. 'Het was suf hoe hij verloren heeft. Maar het was ook,' hij maakt met zijn hand een schommelend gebaar in de lucht, 'sympathiek. Het was in elk geval niet zo'n alledaagse nederlaag. Het was echt totaal falen. Daar houden de mensen eigenlijk van.'

'Echt waar?'

'Zeker. Mislukken is normaal. Maar er zijn maar weinig mensen die dat goed kunnen. Zo'n opzienbarende, geweldige blamage. De meeste mensen draaien er een beetje omheen. Tot ze geruisloos uit het zicht verdwijnen.'

'Zijn verdwijning kon je in elk geval niet over het hoofd zien.'

'Klopt. En daarom mochten ze hem. Niet vanwege zijn records.'

Grambach weet heel goed dat hij geen tijd heeft voor zulke gesprekken. Dat vindt hij wel heel jammer. 'En? Wat doet hij nu met zijn goede naam?'

'In het begin niets bijzonders. Roland was onze vertegenwoordiger. Hij was bij ons de man die verstand heeft van sport. Sport met een hoofdletter, niet zomaar een tak van sport. Geen tunnelvisie. Roland is tienkamper, dan ben je zo ongeveer de hele atletiek in eigen persoon.'

Grambach wil iets vragen, maar Müller maakt een afwerend gebaar. 'Als je iemand als Roland Farwick bij je hebt, waar dan ook en bij wie dan ook, dan krijgt alles wat je zegt een bijzonder gewicht. Iemand voert het woord en hij zit ernaast te knikken, zo nu en dan. En moet de ander daar dan tegenin gaan? Met welk argument in godsnaam? Met welk argument kun je tegen iemand zijn die de vleesgeworden sport is?'

'Ik begrijp het,' zegt Grambach. 'Maar u zei: in het begin.'

'In het begin, en daarna nog twintig jaar. Maar de tijden veranderen. We moeten veel meer doen dan vroeger om hetzelfde resultaat te bereiken. Heel veel meer.'

'Dat betekent dat Roland Farwick nu deurknoppen moet poetsen? Of de hele papierwinkel doen?'

Müller steekt een sigaret op. 'Hij moet nu dingen organiseren waar hij vroeger alleen maar adviseur voor was. Zoiets.'

Bijvoorbeeld?

Müller wijst om zich heen. 'Over een paar jaar worden hier bij u misschien de Europese kampioenschappen fietspolo gehouden. Mensen beginnen bij die sport altijd meteen te lachen. Dat weet ik. Maar wat vroeger wielersport heette, noemen we tegenwoordig anders. Er is niets overkoepelends meer, alleen maar niches, en wie een niche opgeeft, verliest dat aan de concurrentie. Zo gaat dat. Roland was hier om met de organisatoren te praten. Die hebben assistentie nodig.'

'Was hij daar goed in?'

'Ja, hij was goed,' zegt Müller. 'Of hij werd in elk geval steeds beter. Hij heeft zich erin getraind. En dat kan hij, zoals u weet, trainen. Gedisciplineerd en fanatiek.'

Grambach geeft Müller zijn visitekaartje. 'Ik moet weg. Helaas. U weet hoe u bij het ziekenhuis komt?'

'Ik niet,' zegt Müller. 'Maar de tomtom wel.'

'Goed. Dan ook voor u de obligate vraag. Wie zou het gedaan kunnen hebben? Een krankzinnige bewonderaar misschien?'

'Twintig jaar na dato?'

'Iemand uit uw bedrijf? Iemand die zijn baan wil?'

'Alstublieft, zeg! Wie zou Roland Farwick willen vervangen?'

Grambach knikt. 'U houdt zich ter beschikking.'

'Hé!' zegt Müller. 'Ben ik nu verdachte? Wilt u misschien mijn alibi?' Even ziet hij eruit als een jongen, en Grambach gelooft niet dat hij doet alsof. 'Moet ik vertellen waar ik vanmiddag ben geweest?'

'Sorry,' zegt Grambach, 'dat weten we al.'

Even na halfzeven is het recherchebijstandsteam in de zaak-Farwick voor het eerst op het hoofdbureau bijeen. Vollrath wil vóór de persconferentie onderlinge afspraken maken. Veel weten doen ze niet. De plek waar de schutter heeft gestaan, is nog steeds onduidelijk. De kogels zijn geïdentificeerd. Een doodgewoon kaliber, geschikt voor veel massaproductiewapens, die uitgerust kunnen worden met geluiddemper en telescoop. Geen match met een eerder geregistreerd wapen, geen aanwijzing voor enige afwijking. Er zijn nog steeds geen echte ooggetuigen. Zo'n tien mensen hebben Farwick gezien toen hij zich in veiligheid bracht, twee waren vlak in zijn buurt. Maar niemand heeft ergens een schutter waargenomen.

Ten slotte Farwick zelf. Enkele leden van het recherchebijstandsteam weten nagenoeg niets over hem, onder wie ook Berntrieder, de andere weten alleen: de tienkamper die ooit zo jammerlijk heeft gefaald. Ze hebben onderzoek gedaan. Hij woont in Frankfurt, kennelijk alleen, hij is al jaren gescheiden. Vollrath is tevreden als Grambach vertelt wat hij over zijn baan te weten is gekomen. 'Nou, dan hebben we in elk geval een aanknopingspunt.'

'Natuurlijk,' zegt Grambach. Maar alleen omdat het bij iemand als Farwick verbazing wekt dat hij een baan heeft. Dat wil zeggen, het wekt al verbazing dat hij überhaupt nog leeft.

'Goed,' zegt Vollrath. 'We hebben de publieke opinie op het ogenblik niets te bieden. Dat kan gebeuren. Maar vergeet alsjeblieft niet: met elk uur dat verstrijkt zonder dat we met iemand op de proppen kunnen komen die om welke reden dan ook Roland Farwick wilde vermoorden, groeit de angst dat hier iemand gewoon voor de lol op mensen schiet. Daar zijn jullie toch allen van doordrongen, hoop ik?'

Niemand zegt iets.

'Als het een gek is, wat doen we dan om hem te stoppen?'

Berntrieder geeft een opsomming. Wie op surveillance kan, gaat op surveillance, bij voorkeur in de binnenstad. Wapenfanaten worden gecheckt. Hotels worden nagetrokken. De landelijke recherche is op de hoogte.

'Zijn er al tekenen van paniek?'

'Nee,' zegt Berntrieder. 'We hebben de plaatselijke radio en de beide kranten geïnstrueerd, die houden het hoofd wel koel.'

'Nou dan,' zegt Vollrath. 'Over twintig minuten.'

Even later zijn Grambach en Berntrieder voor het eerst sinds de aanslag op Farwick alleen. 'Vind je het leuk?' zegt Berntrieder. Hij sluit de deur van hun kamer. 'Behoorlijk tijdje geleden dat er in deze stad voor het laatst een bekende figuur is doodgeschoten.'

Berntrieder heeft gelijk. Het moordcijfer ligt al jaren op het niveau van veel kleinere steden. Elders heeft de achteruitgang van de industrie de criminaliteitscijfers opgedreven, maar hier niet. Hun moorden zijn zonder uitzondering niet spectaculair. Meestal zijn het misdaden in de relatiesfeer, waarvan de daders drie dagen later in een pension aan de grens worden opgepakt. Daar zitten ze straalbezopen te vertellen hoeveel spijt ze hebben.

'Gewond geraakt,' zegt Grambach. 'Je hoeft hem niet meteen dood te verklaren.'

'Onzin. Ik ben blij dat hij nog leeft. Je kunt je met hem laten fotograferen.'

Berntrieder is een paar jaar jonger dan Grambach. Hij is betrouwbaar, maar niet erg ambitieus. Hij komt van een boerderij, is enige zoon en heeft nooit boer willen worden. Nu mist hij het leven op het platteland. Hij zal de assistent van Grambach blijven tot die met pensioen gaat, en dan voor de resterende jaren leider van de moordbrigade worden. Als tenminste alles zo blijft als het nu is.

'De huid van de beer!' zegt Grambach. Hij verlaat zijn kantoor en loopt over de gang naar het toilet. Hij heeft nog tien minuten tot aan de persconferentie. Dat is genoeg om Caroline te bellen en haar alles te vertellen, voor ze het in de krant leest. Of misschien nog eerder op de televisie ziet. Grambach heeft zijn mobieltje al opengeklapt. Maar wie weet of hij haar wel kan bereiken. Waarschijnlijk zit ze net te eten. Of is ze zelfs nog aan het strand. Op die eilanden schijnt het in mei al lekker warm te zijn.

Bovendien zou het een schending zijn van hun afspraak niet te bellen. Zo'n exceptionele gebeurtenis is vast en zeker een goed excuus, maar de afspraak zou zijn geschonden – en dat zou hij hebben gedaan. Nee, denkt Grambach. Daar kan ze lang op wachten.

Zuster Ruth is de telefoon zelf komen brengen. Ze sluit hem aan en probeert meteen of hij het doet. Dan vraagt ze Farwick om zijn mobieltje. Want de mensen zullen snel genoeg horen waar hij is. Er is zelfs al iemand. Een zekere Müller. Ze haalt haar wenkbrauwen op.

'Laat hem maar binnen,' zegt Farwick. 'Dat is mijn baas.'

Ze blijft bij zijn bed staan. Of hij nog steeds hoofdpijn heeft?

'Ja.'

'Waarom neemt u de pillen niet?'

'Ik zie ze liggen,' zegt Farwick, 'daar op het nachtkastje. Ik kan ze elk moment innemen. Maar als ze vanaf het nachtkastje helpen, is het beter. Laat die man maar binnen. Het is belangrijk.'

Müller komt met gespreide armen de ziekenkamer binnen. 'Roland!' zegt hij. 'Ik heb twee uur na lopen denken over wat ik je als eerste zou zeggen. Maar ik kwam er niet uit.' Hij loopt naar het bed. Als hij ziet dat hij Farwick niet zal kunnen omarmen zonder hem pijn te doen of zich belachelijk te maken, laat hij zijn armen langs zijn lichaam vallen. 'En ik heb ook niets voor je meegebracht.' Hij trekt een stoel bij. 'Is Lea al geweest?'

'Hoe kom je daar nu bij?' zegt Farwick. En als Müller volstaat met een gebaar: 'Ze heeft inderdaad gebeld. Ze komt zodra ze tijd heeft.'

'Wees voorzichtig met haar,' zegt Müller. 'Doe niets ondoordachts.' Dan slaat hij zich met zijn vlakke hand tegen zijn voorhoofd. 'Waar hebben we het over! Vertel eerst eens wat er gebeurd is.'

'Schoten,' zegt Farwick. 'Op het Marktplein hier. Maar er was een lichtschacht. Dat heeft me gered.' Hij heft zijn rechterhand. 'Dat is alles, Tom. Dat is echt alles. Ik weet niet wie het is geweest. Ik heb geen flauw idee.'

'Marlene?'

'Kom nou, Tom. Als ik er geen punt achter had gezet, had zij het vroeg of laat gedaan.'

Müller schudt zijn hoofd. 'Je hebt gelijk. Maar ik wil gewoon weten wie het geweest is. Heb je pijn?'

'Ja, nogal wiedes. Waar ik geraakt ben. En in mijn hoofd.'

'Sorry.'

'Laten we het over zaken hebben.'

'Dat meen je niet,' zegt Müller.

'Jawel, ik meen het. Fietspolo. Ik meen het serieus. Tweemaal twee hansworsten die een halfuur op een fiets kunnen zitten zonder om te vallen. En omdat ze dat een beetje saai gaan vinden, vormen ze ploegen en spelen wat voetbal. Het liefst in de zaal, dan piepen die banden zo lekker.'

Müller doet alsof hij beledigd is. 'Heb ik ooit beweerd dat ik iets met fietspolo heb?'

'Nee. Maar hebben wij iets met fietspolo? Tom, dat is te suf voor woorden, daar komt alleen de naaste familie op af. Net als die schooltoneelclub van Luise. Dan komen ooms en tantes opdraven om te applaudisseren, hoe belachelijk de kleintjes zich ook maken.'

'Nou en?' zegt Müller. 'Wat wil dat voor ons zeggen? Dat we ons belachelijk maken als we het Europees kampioenschap fietspolo organiseren? Ik denk dat het precies omgekeerd is. Weet je waarom mensen fietspolo spelen?'

'Dat hebben we allemaal uit-en-te-na besproken, Tom.'

'Omdat ze iets anders willen doen dan de anderen. Daar gaat het om. Mensen willen iets anders doen dan de andere.'

'En tegelijk hetzelfde? In teamverband?'

Müller staat op. 'Sorry, Roland, ik zie aan je dat je pijn hebt. Halvegare die ik ben om me te laten verleiden een gesprek over zaken te voeren. Sorry. Laten we het alsjeblieft over iets anders hebben.'

'Nee,' zegt Farwick. 'Ik wil over fietspolo praten. En dat wil jij ook. Er is op mij geschoten en ik ben gewond geraakt. Goed. Maar sinds het laatste schot ben ik niet meer in levensgevaar. Sinds de operatie is het genezingsproces al aan de gang. En de zaken gaan door. Of niet soms?'

'Zoals je wilt,' zegt Müller.

Ze zwijgen even.

'Die polospelers,' zegt Farwick ten slotte, 'ik zal je vertellen dat ze met een hoge borst op zo'n paard zitten.'

Müller staat nu bij het raam. Hij draait zich om. 'Wat zeg je?'

'Die polospelers zitten met een hoge borst op hun paard.' Farwick lacht, maar hij heeft zo'n pijn in zijn borst en zijn schouders dat hij zich moet inhouden.

'Wat bedoel je, Roland?'

Farwick houdt met zijn rechterhand zijn linkerzij vast. 'Zo gaat het toch altijd: vandaag met een hoge borst op je paard...'

'Ja,' zegt Müller. 'En morgen met je neus in het zand.'

De persconferentie begint precies op tijd, ondanks de enorme chaos die de vele cameraploegen aanrichten. Eigenlijk zouden ze moeten verhuizen naar een grotere ruimte, maar daar zijn ze allemaal tegen; hun reportage moet koste wat het kost in het nieuws van acht uur. Als het begint, merkt Grambach meteen hoe Vollrath zijn best doet de zaak niet op te blazen. Maar hij zit in de val. Want als hij te fel betwist dat de vroeger wereldberoemde topsporter Roland Farwick maar ternauwernood aan een moordaanslag is ontsnapt, roept hij in een handomdraai het spook op van een seriemoordenaar die zijn carrière enkel bij toeval is begonnen met een bekende persoonlijkheid. Moeilijk dus de zaak een beetje evenwichtig over het voetlicht te krijgen.

Vollrath doet wat hij kan. Hij is bestand tegen de vragen van de journalisten, die al spoedig meedogenloos in herhaling vervallen. Na een kwartiertje verdwijnen de cameraploegen, de mensen van de kranten blijven over. Nu voert ook Grambach het woord. Hij kan alles alleen nog maar eens bevestigen; hij doet zijn best een andere toon aan te slaan, het wordt anders al te lachwekkend. Ten slotte stelt een jonge journalist een vraag. Moeten publieke figuren niet beter worden beschermd?

Dat hoort weer bij het begin, denkt Grambach, bij het begin van de ouderdom: de ervaring dat de dingen zich herhalen. Domme vragen bijvoorbeeld. De praatjes waarvan je had gedacht dat je ze achter de rug had. 'Natuurlijk,' zegt hij. En dan rekent hij de jonge journalist voor hoeveel politieagenten je nodig zou hebben om alleen de spelers van de eredivisie te bewaken, vierentwintig uur per dag. Terwijl hij spreekt kijkt hij de journalist aan en knikt, en de jongeman knikt ook, in precies hetzelfde ritme. Vanuit zijn ooghoek merkt Grambach dat Vollrath hem aan zit te kijken. Misschien is hij al te ver gegaan.

'Verder geen vragen meer?' zegt Vollrath. U kunt zich voorstellen hoeveel werk er nu verzet moet worden. Hij staat langzaam op en houdt zijn ogen op de zaal gericht. Niemand mag het gevoel krijgen dat hij met een kluitje in het riet wordt gestuurd.

'Dank u,' zegt Grambach als ze op de gang zijn.

'U doet het al heel aardig. Een beetje woede mag er best in uw stem blijven doorklinken.' Vollrath maakt een handbeweging. 'Morgen om acht uur zetten we alles nog een keer op een rijtje.' Ze gaan uit elkaar.

Aan het eind van de gang staat Berntrieder; hij staat met iets in de lucht te zwaaien. 'Ik heb het,' zegt hij, als Grambach bij hem is.

'Wat is dat?'

'Tienkamp.' Berntrieder leest voor wat er op het doosje van de dvd staat. 'De hoogste tak van sport. Pakkende hoogtepunten van grote wedstrijden uit de laatste vijftig jaar. Daar kwam iemand van de afdeling Inbraak mee aanzetten. Nou? Bij mij of bij jou?'

Grambach lacht. In de vergaderruimte op hun etage staat een recorder. De beelden op de dvd zijn chronologisch gerangschikt: Europese kampioenschappen, wereldkampioenschappen en Olympische Spelen. De juiste passage is snel gevonden. Los Angeles 1984. Het is een tamelijk liefdeloze compilatie van televisiemateriaal met een afwisselend pathetisch of geforceerd luchtig commentaar.

'Moet je kijken,' zegt Berntrieder. 'Dat is nu twintig jaar geleden.'

Dat klopt. Maar dat zou je niet meteen zeggen. Het is het best te zien aan het panoramashot over het publiek: aan de kleding van de toeschouwers, de kapsels en zonnebrillen, de jasjes van de scheidsrechters naast de baan.

Toch herken ik hem, denkt Grambach, de zomer van 1984. Ertussenin liggen twintig jaar, bijna eenentwintig, om precies te zijn. Het is nog net geen prehistorie, maar dat zal niet lang meer duren. Zoiets gebeurt plotseling. Op zekere dag is er een scheidslijn, denkt Grambach. Het ene ogenblik voel je je nog met alles verbonden, je zit nog tot over je oren in de wirwar van vanzelfsprekendheden, in die gewoonten en beelden – en plotseling is het contact weg. Dan is het allemaal oud; en je bent het zelf ook.

Een panoramashot over het dak van het stadion. De hemel op het beeldscherm is die boven de zomer waarin Grambach tweeëntwintig werd en toch al vijf jaar niet meer thuis woonde, maar ver weg. Heel ver weg, in de grote stad West-Berlijn, die niets anders was dan een ommuurde provincie. 1984 was het eerste jaar van zijn huidige leven en het laatste van een volkomen ander bestaan. Grambach merkt dat hij zijn adem inhoudt sinds die dvd loopt. Wat is er aan de hand, denkt hij.

Bijna dit hele filmfragment draait om de uitschakeling van Farwick. Hij was bij de Olympische Spelen in Los Angeles de uitgesproken favoriet. Zijn sterkste concurrent, de nog regerend olympisch kampioen, had dat voorjaar wel de wereldkampioenschappen gewonnen, maar daar had Farwick niet aan deelgenomen, om tactische redenen werd er gezegd. Zowat als een reactie daarop had Farwick zijn eigen wereldrecord verbeterd, als om te bewijzen wie de koning aller koningen was. En bij de pre-olympische wedstrijden had hij er nog een paar punten bij gescharreld. De wereldkampioen sukkelde daarentegen sinds het behalen van de titel met kleine blessures. Ze waren daarom niet meer tegen elkaar uitgekomen.

Los Angeles, aldus het commentaar op de dvd, waren de eerste televisiespelen geweest. En Farwick was een man die geknipt was voor de televisie. Inderdaad een voorbeeldig atleet. Het toonbeeld van een atleet. Geen exclusief gespecialiseerde machine voor één tak van sport, die ene sport en geen enkele andere, maar een sportman volgens klassieke maatstaven. Een waarlijk olympische held met een lichaam waard om in steen gehouwen of in brons gegoten te worden. En vierentwintig jaar jong. Iedereen wachtte op zijn eerste grote overwinning.

'Die slaat wel een deuk in een pakje boter,' zegt Berntrieder.

Een paar beelden hoe Farwick zich langs de honderdmeterbaan warmloopt. Eerste dag, eerste onderdeel. Er is zo geloot dat hij niet tegen de wereldkampioen uitkomt. Die heeft zijn race al achter de rug, hij heeft geen geweldige tijd gelopen, maar heeft ook geen zwakte getoond. Farwick is geen goede sprinter, daarvoor is hij te zwaar. Zijn vijftienhonderd meter ter afsluiting van de tweede dag is zelfs akelig geploeter, je zou zowat medelijden met de sterke man krijgen. Nee, Farwick is een man van de krachtsporten – maar ook een man die zijn kracht intelligent weet om te zetten, een man die de techniek van het springen en het werpen uitstekend beheerst. Gewoon iemand die het beste uit zichzelf weet te halen.

Het resultaat van Farwick op de honderd meter ligt vlak bij het voor hem hoogst haalbare. Het is geen superieur begin van de meerkamp, maar het is ook niet slecht. Farwick kan niet meteen aan het begin van een tienkamp afstand nemen van de rest van het veld, althans niet zolang er aan het begin gesprint moet worden. En daaraan zal binnen afzienbare tijd niets veranderen. Ook in de sport bestaan tradities waar niet aan te tornen valt.

Het tweede onderdeel is verspringen. En de wereldkampioen komt inderdaad heel dicht in de buurt van zijn beste sprong ooit. Dat is een verrassing. De man is kennelijk toch in goede conditie. Misschien was al het gepraat over blessures alleen een psychologisch spelletje vooraf. Het zal nu dus eindelijk tot de tweekamp komen waar iedereen zo naar uitkijkt.

Grambach ziet toe. En hij weet precies wat er nu komt: het einde. Als Roland Farwick de aanloop neemt voor zijn eerste sprong is hij vierentwintig jaar oud, maar als sportman van wereldklasse heeft hij nog maar één uur te gaan. Zijn eerste sprong is afschuwelijk slecht. Er deugt helemaal niets van. Dat is geen sprong, dat is een huppelpasje aan het eind van een aanloop van niks, een noodoplossing om zich niet compleet te blameren. Het resultaat is niet eens voldoende voor een puntenaantal dat de moeite waard is om in de wedstrijd te blijven.

Wat is er aan de hand? Is de man geblesseerd? Voor zover dat toen al mogelijk was, volgen de camera's hem van de zandbak naar zijn bank. Nee, hij wordt niet behandeld. Hij loopt heen en weer, praat met niemand. Eenmaal gebaart hij naar een plek op de tribune waar tussen de toeschouwers zijn trainer zit. De handbeweging kan van alles betekenen. Dus misschien ook: geen ramp, er is niets gebeurd.

En dat klopt ook. Het betekent nog lang niet het einde! Je kunt zien dat Farwick zich meteen weer probeert te concentreren. Er is nog steeds niets ergs gebeurd, niets dat niet meer goedgemaakt kan worden. Maar het duurt nu wel vreselijk lang voordat alle anderen vóór hem aan de beurt zijn geweest. Zoiets uithouden, dat is volgens de commentator waarschijnlijk het moeilijkste van de hele tienkamp.

'Komt het nu?' vraagt Berntrieder. Grambach geeft hem een teken: Stil!

Bij zijn tweede poging springt Farwick zo ver dat het publiek meteen in schreeuwen uitbarst. Wat een sprong! Dat is niet de sprong van een tienkamper, zegt de commentator. Zo springt alleen iemand die niet anders kan dan springen en niet anders wil dan de beste zijn. Maar de poging is ongeldig. Farwick is met zijn voet over de afzetbalk gegaan, een heel klein beetje maar, maar in een close-up van de balk duidelijk te zien. Als de poging geldig was geweest, was hij meteen op de eerste plaats terechtgekomen. Waarschijnlijk met grote voorsprong, zegt de commentator, maar de afstand is nergens genoteerd. Die is zelfs helemaal niet opgemeten. Hoe dan ook, het staat nu overduidelijk vast dat Farwick niet geblesseerd is geraakt.

Maar wat bezielt de man toch? De tweede sprong had absoluut een veilige sprong moeten zijn, op het gevaar af enkele centimeters voor de balk weg te geven. Wat Farwick nu dringend nodig had gehad was een sprong om de wedstrijd open te houden. Daarna had hij nog eenmaal alles kunnen riskeren. Bij de laatste poging! Maar nu heeft hij alleen die ene nog. En hij moet op zeker spelen. Dat is slecht, heel slecht.

De camera neemt de wereldkampioen in beeld. Hij houdt zich uitdrukkelijk op afstand van Farwick. En hij kijkt wel uit om enige reactie te tonen. Nee, hij heeft niet meegekregen dat de huizenhoge favoriet zich tot dusverre heeft gedragen als een beginneling. De wereldkampioen is anders altijd bereid een paar psychologische trucjes uit te halen, maar hij wil nu kennelijk iedereen laten zien dat hij niet wil profiteren van de situatie. En dat het niet aan hem ligt. Hij houdt zich alleen bezig met zijn eigen zaken.

Een mooie dag in Los Angeles, 8 augustus 1984. Nog steeds ochtend, maar toch al tamelijk warm. Nog steeds gunstige omstandigheden voor een atleet. 's Middags wordt het ondraaglijk heet. Farwick neemt een aanloop voor zijn derde en laatste poging. Geen enkele microfoon legt vast of hij bij de afzet schreeuwt, normaal schreeuwt hij niet. Opnieuw een geweldige sprong, technisch perfect uitgevoerd en fantastisch ver, een landing op beide voeten en opzij naar voren gerold om geen centimeter te verliezen. Alle toeschouwers in de buurt van de bak zijn gaan staan. De scheidsrechter bij de afzetbalk buigt zich over het witte hout. Het lijkt alsof hij niet kan geloven wat hij ziet. Maar de afdruk is zonneklaar. Langzaam gaat de rode vlag omhoog.

Voor de tweede keer! Farwick is voor de tweede achtereenvolgende keer over de afzetbalk gestapt. Na een volkomen verprutste eerste sprong. Hij krijgt een lachwekkend laag puntenaantal voor het verspringen. Zelfs als hij bij de volgende acht onderdelen telkens zijn beste prestatie zou evenaren, zou hij niet voor in het klassement eindigen. Dat hoef je niet gedetailleerd na te rekenen. Het is over en uit. Farwick pakt zijn spullen en loopt het stadion uit, even later wordt bekend dat hij de tienkamp heeft opgegeven.

Verbijstering alom, zegt de commentator op de dvd. Een held is gevallen. In plaats van de lauwerkrans de hoon van de sportwereld.

Grambach zoekt op de afstandsbediening de toets om het geluid uit te zetten. Als hij die niet meteen vindt, vloekt hij.

'Nu weet ik het weer,' zegt Berntrieder. 'Maar wel heel vaag. De modelatleet!' En daarna was hij ermee opgehouden?

Ja. Er verschenen vernietigende commentaren in de pers. Er werd zelfs de vraag gesteld of je zo met sportsubsidies mocht omgaan – terwijl Farwick al lang zelf voor zijn financiën zorgde. Nederlagen, werd er toen gezegd, horen erbij, die moet je op de koop toe nemen. Maar niet zo'n amateuristisch falen! Zo'n optreden alsof het alleen om hemzelf ging. Farwick had nota bene bij de intocht van de atleten in het olympisch stadion de Duitse vlag gedragen.

'Ik wil wedden dat hij dope heeft gebruikt,' zegt Berntrieder. Hij heeft de dvd teruggespoeld en laat nogmaals de laatste sprong zien. Als de rode vlag omhooggaat, stopt hij het beeld. Farwick staat aan het andere eind van de bak met zijn handen in zijn zij en kijkt naar de scheidsrechter bij de balk. 'Hij heeft iets genomen en wilde niet betrapt worden. Liever zo'n afgang dan levenslang geschorst.'

'Misschien,' zegt Grambach. Hij kijkt opzij, niet meer naar de televisie. Hij kan het beeld niet verdragen.

Berntrieder merkt het. 'Wat is er?'

Grambach staat heel even op het punt hem te vertellen waar hij was toen Farwick te ver over de afzetbalk ging. 'Niets,' zegt hij dan. Hij wijst naar het beeld. 'Maar dit helpt ons geen steek verder. Het levert geen motief op.' Hij staat op. 'Het is bovendien allemaal verjaard. Het is voor ons van geen enkel belang.'

Als hij zou willen, kan Farwick slapen. Zuster Ruth heeft hem nauwkeurig uitgelegd wat voor pillen er op het nachtkastje liggen. De blauwe pil vermindert de pijn, de gele schakelt de pijn helemaal uit en de rode zorgt ervoor dat hij als een blok slaapt. Hij heeft herhaald dat alleen de aanwezigheid van de medicijnen al een heilzame werking heeft. Het had arrogant geklonken.

Medicijnen waren altijd een penibel onderwerp geweest. Je kon de gedachte eraan maar beter onderdrukken. Want per slot van rekening had hij altijd pijn gehad. Pijn is een teken dat je de grenzen van je prestatievermogen nadert. Maar dat was zijn taak: de grens van zijn prestatievermogen naderen. Als je iets slikte, dan kon die grens verschuiven. Dat was doping, en doping was verboden. Maar de pijn bleef, alleen kwam die wat later. Het verschil was zo klein dat hij het zelf niet merkte; het ging om centimeters of tienden van een seconde. Met andere woorden: er bestond eigenlijk niets tegen de pijn. Farwick heeft dat op tijd tot zich laten doordringen.

Daarbij werd hij geholpen door het feit dat ze in het begin zo vreselijk amateuristisch met zijn lichaam waren omgesprongen. Die hele zwemtraining – achteraf gezien allemaal goedbedoeld geklungel. De trainers louter mannen die blij waren op hun leeftijd nog jongens om zich heen te hebben, om welke reden dan ook. Amateurs.

En juist daarom een geluk bij een ongeluk. Want toen hij zestien was en als zwemmer al bijna mislukt, hoorde hij bij moeilijkheden uitsluitend: geen pijntjes, jongen! Tanden op elkaar! Doorzetten! Tegen jezelf vechten!

Vreselijke zinnen. Maar geen medicamenten. Op zestienjarige leeftijd was Farwick zo aan de permanente pijn gewend geraakt dat hij het als ontrouw beschouwd zou hebben er iets tegenin te nemen. Later kon niemand hem meer in verleiding brengen. Bovendien had hij Kunstfeld. Die noemde zichzelf graag een eerlijke vent; en dat was hij ook.

Buiten wordt het eindelijk donker. De dag dat er op Roland Farwick is geschoten loopt ten einde. De aangeschoten man voelt dat hij weldra zal inslapen, met de pijn en zonder medicijn. Hij sluit zijn ogen.

Op de eerste dag van de grote vakantie bracht zijn vader hem bij wijze van uitzondering met de auto naar het openluchtbad. Farwick had namelijk een vreemd gevoel in zijn rechterenkel, die leek wel verdoofd, misschien verrekt. Een van die pijntjes, nauwelijks de moeite waard om het aan een dokter te laten zien. De trainer had alleen gezegd dat hij de enkel niet moest belasten. Dus niet fietsen. Maar wel de gebruikelijke baantjes zwemmen, er waren weer selectiewedstrijden op komst! Zo zag zijn verzorging er in die dagen uit. Hij had niets gezegd. Dat was in de zomer van 1976, toen zijn carrière langzaam afliep zonder ooit echt begonnen te zijn. De tijden veranderden sinds dat voorjaar niet meer, maar hij had nu wel voortdurend pech.

Hij liep achter zijn vader aan van de parkeerplaats naar het zwembad, langzaam, hij zette zijn rechtervoet telkens maar heel even op de grond. Hij was al snel tien stappen achter. Farwick wist hoe gê-

nant zijn vader het allemaal vond. Die training van hem en al het gedoe eromheen, zijn overwinningen en de bewondering die hij ervoor
oogstte, en natuurlijk de nederlagen en de terugslagen. Nu liep hij
met de tas met zwemspullen in zijn hand ver vooruit, alsof hij niet
gezien wilde worden met zijn mooie, blonde, hompelende zoon.

Zelfs bij de kassa werd de afstand niet kleiner. In het grote bad waren drie banen gereserveerd voor de wedstrijdsporters van de club.
Toen Farwick er eindelijk arriveerde, stond zijn vader met de trainer
onder de springtoren aan de andere kant van het zwembad. Farwick
ging op een de startblokken zitten en kleedde zich langzaam uit,
hij had zijn zwembroek al onder zijn kleren aan. Het verbaasde hem
dat de twee zo lang bleven praten.

Farwick ziet alles: de weerspiegeling van de zon op het water, de
kinderhoofdjes, de badmutsen in felle kleuren. Daarbovenuit een gelijkmatig geschreeuw, dat altijd klonk alsof het van heel ver kwam.
Hij vond dat allemaal mooi. Farwick hield van zwembaden. Misschien zwom hij nog altijd alleen uit liefde voor zwembaden en de
bedrijvigheid die er heerste. Een zwembad was altijd een vrolijke
plek.

Het gesprek van de twee mannen onder de springtoren duurde en
duurde maar. Farwick zat met opgetrokken benen op het startblok te
wachten. Zijn vader had zijn tas met spullen nog bij zich. Voordat hij
weg zou gaan moest hij die eerst nog even bij hem brengen. Daar
wachtte hij op. Want als zijn vader kwam, zou hij opstaan en zeggen:
'Papa, ik hou ermee op.' Van dat besluit was hij niet meer af te brengen.

Met één haal zou hij het ongelukkige onderwerp sport uit zijn leven
hebben weggestreept en een heleboel mogelijkheden ervoor hebben
teruggekregen. Roland Farwick kon op school goed meekomen. Misschien zouden zijn examencijfers goed genoeg zijn voor de studie
medicijnen. Een neef van zijn vader oefende in Zuid-Duitsland een
praktijk uit en had geen kinderen. Dat was slechts een van de vele
mogelijkheden. Farwick had zich ook heel wat anders kunnen voorstellen, als die sport niet al jarenlang zijn toekomst had geblokkeerd
als een eeuwige onverzilverde cheque van het grote geluk.

Eindelijk kwam zijn vader naar hem toe. En hij begon al van een
afstand tegen hem te praten. Dat was zijn manier om bezwaren die
hij niet wilde horen bij voorbaat de kop in te drukken. Er was hier
onlangs iemand geweest, zei hij. Farwick had moeite hem door het

geschreeuw heen te verstaan. Een bons, maar geen zwembons. Had hem geobserveerd, heel in het algemeen. En toen gezegd dat hij nog nooit zo'n lichaam had gezien. Een lichaam dat ideaal was voor de tienkamp. Of de jongen wist wat hij kon. Misschien van de gymles op school.

'En,' zei zijn vader, 'nou? Weet je dat?'

Farwick was stomverbaasd. En hij was er nog steeds van overtuigd dat weldra alles voorbij zou zijn: zijn loopbaan als zwemmer, die hele sport waar je voortdurend alles op één kaart zet. Maar daarvoor had hij moeten praten. Luid aankondigen dat hij niet verder wilde. In plaats daarvan begon hij wat cijfers en getallen te debiteren.

Zijn vader had een afwerend gebaar gemaakt. Hij draaide zijn zoon de rug toe en zei terwijl hij wegliep: 'Ze willen je testen.' Farwick bleef nog een paar minuten op het startblok zitten en sprong toen in het zilveren water.

Grambach blijft tot middernacht op het hoofdbureau. Wat er om hem heen gebeurt, is louter routine. Als hij eindelijk gaat is er van het recherchebijstandsteam alleen nog de vrouwelijke collega over die de telefoonwacht op zich heeft genomen. Grambach laat even zijn gezicht zien. Ze draagt een headset. Met haar rechterhand wijst ze op de koptelefoon en met haar linkerhand op een stel papiertjes die ordelijk voor haar op tafel liggen. Ze schudt even haar hoofd: Niets belangrijks.

'Dank je,' zegt Grambach toonloos. Hij haalt zijn fiets uit het fietshok op het binnenplein van het hoofdbureau. Hij doet er een kwartier over om naar huis te fietsen. Hij woont midden in de stad, slechts twee huizenblokken van het station vandaan, op een plein waar alleen maar oude huizen staan. Het plein is groen, bijna een park; 's zomers zetten een paar cafés tafeltjes en stoelen buiten. Maar de buurt wordt steeds minder populair. Een doorgangsweg in het centrum wordt verlegd en daarvoor worden vlak in de buurt hele rijen huizen afgebroken. De mensen trekken weg, er schijnt al leegstand te zijn.

Grambachs woning is op de tweede verdieping van een hoekhuis uit de laatste jaren van de negentiende eeuw. Vier kamers. Drie jaar geleden hadden ze eindelijk besloten bij elkaar in te trekken, maar toen kreeg Caroline de baan in Potsdam. Als ze nu in het weekend komt, is er in elk geval plaats genoeg.

In het kleinste vertrek, dat hij als een kantoortje heeft ingericht, zet Grambach zijn pc aan en logt in op het spel dat hij op internet speelt.

Het heet Knights of the Deep en is in zijn soort het best. Natuurlijk wordt het wereldwijd aangeboden; maar Grambach speelt op een Duitstalige server. Daar schijnen de meeste spelers zich te hebben aangemeld, ook spelers van overzee. Het is nu eenmaal authentieker om aan boord van een Duitse onderzeeboot Duits te praten.

Na lang aarzelen heeft Grambach zich aangesloten bij een groep die samen een konvooi vormt. Ze varen tweemaal per week uit, altijd laat op de avond. Grambach voert het commando over een van de zwakke boten, maar ze zijn met zijn vijven en hun leider is een speler met meer ervaring. Hij heeft in de kantine, waarin je kunt chatten, naar mensen gezocht die mee willen varen. Dat verhoogt zijn eigen kansen op promotie terwijl de anderen kunnen profiteren van zijn successen.

In het spel hebben ze allemaal onopvallende namen. Dat heeft Grambach bevrijd van de last zich te moeten aansluiten bij iemand die hij normaal gemeden zou hebben. Er wordt altijd gezegd dat je twijfelachtige figuren kunt herkennen aan het feit dat ze namen van dubieuze helden uit een van de wereldoorlogen aannemen. Maar de leider van het konvooi heet eenvoudig Schmidt.

Grambach is nog net op tijd. De andere vier staan al klaar. Zijn plaatsvervanger begroet hem in zijn boot. 'Goedemorgen, luitenant,' zegt de figuur met verbazingwekkend synchrone lipbewegingen. Grambach klikt op de kaart. Aan het eind van het Nauw van Calais wordt een geallieerd konvooi verwacht. Ze varen boven water in een v-formatie om een zo breed mogelijke strook te kunnen overzien. Het weer is goed, de zee rustig en het zicht uitstekend. Het is voorjaar 1942, nog steeds een gunstige tijd voor Duitse boten. De verdediging van de tegenstander is niet afdoende, en hun eigen radiotelegrafische code is nog niet gekraakt.

Op aanwijzing van Schmidt zetten ze de tijdcompressie op zijn allerhoogst. Als er niettemin geen meldingen binnenkomen, gaat Grambach naar de keuken en smeert een paar boterhammen. Hij weet dat het gif voor hem is, voor zijn gewicht en voor zijn slaap. Overdag heeft hij zelden honger; maar als de honger opspeelt, vooral 's avonds, kan hij hem geen seconde verdragen.

Terug voor de monitor ziet hij dat de anderen met elkaar chatten. In het spel zelf moet er meestal radiostilte heersen, maar er is een separaat uitzendbereik. Daar praten ze over van alles en nog wat om de wachttijd door te komen.

'Hebben jullie het al gehoord,' schrijft Schmidt, 'er is op Farwick geschoten.'

De anderen zijn al op de hoogte. Ze schrijven na elkaar wat ze zich allemaal kunnen herinneren. Grambach is verbaasd; hij had altijd gedacht dat hij hier met een stel jongemannen speelde, misschien zelfs met studenten en scholieren. Maar afgaande op hun kennis van Farwick moeten ze allemaal van zijn leeftijd zijn.

'Wie denken jullie dat het heeft gedaan?' schrijft hij terug.

Drie van hen hebben geen idee. Misschien zo'n gek.

'Zijn trainer,' schrijft Schmidt. 'Ik weet nog hoe die erbij stond te kijken. Voor de camera in LA. IJzig gezicht. Baan naar de knoppen en alle kaarten gezet op zo'n halvegare. Ik had hem ook voor zijn raap geschoten.'

Op dat moment is er alarm. De compressie schakelt automatisch terug op echte tijd, het chatvenster verdwijnt. Grambachs uitkijkpost kondigt het konvooi aan. Twaalf of meer schepen, koers Bristol of Liverpool, dat betekent dat ze hun praktisch tegemoetkomen. Grambach geeft het bevel zich gereed te maken om te duiken.

Van nu af aan zal Schmidt de aanval leiden. Onder water zal hij koers en snelheid bepalen, de anderen kunnen hem volgen via een optische weergave van de radio: kleine symbolen op een kaart. In werkelijkheid is het zo niet gebeurd. Knights is een spel!

Grambach houdt de symbolen in de gaten die langzaam opschuiven. Weldra verschijnen ook de schepen van het konvooi. Alles loopt geweldig. Hun snelheid is voldoende om de vrachtschepen in een rechte hoek te naderen, de beste voorwaarde voor een torpedoschot. En als de torpedo zijn eerste doel vooraan mist, treft hij misschien een boot iets verderop. Maar ze mogen nu niet te luid zijn. Want luid zijn betekent sneller gehoord worden.

Je kunt merken dat ze langzamerhand routine krijgen. Ze zijn snel op hun posities. Grambach kan alles tegelijk overzien: de elektromotoren, de zuurstofvoorziening, de voorbereidingen in de torpedoruimte en natuurlijk de kaart. Af en toe laat hij de periscoop even omhooggaan. De afstandsmeter daarin geeft nauwkeuriger waarden aan dan de radio, al staat daar tegenover dat de periscoop hen bij een kalme zee en goed weer kan verraden.

Grambach ademt niet meer diep in, zijn hart slaat nu voelbaar sneller. De nadering duurt lang, maar het zou zelfmoord betekenen nu de tijdcompressie in te schakelen. Eindelijk hebben ze de aanvalspositie bereikt. Nu is iedereen aan zichzelf overgeleverd. Grambach geeft op fluistertoon zijn bevelen, hij praat nu iets dichter bij de microfoon, de officier van de wacht en de navigatieofficier antwoorden ook fluisterend.

Zijn doel is de grote tanker, die op net iets meer dan tweeduizend meter vaart; op een afstand van zevenhonderd meter wil hij schieten. Ze liggen vlak onder de wateroppervlakte. Bij duizend meter wil Grambach de schiethoek definitief bepalen. De cursor staat al op de schakelaar voor de periscoop. Eén minuut nog, misschien minder, en dan zijn er plotseling snelle schroeven op de radio te horen. En bovendien heel erg duidelijk de ping van de sonar van de tegenstander. De anderen binnen zijn konvooi horen het kennelijk ook; ze zenden ondanks het verbod haastige waarschuwingen en vragen uit. Waarschijnlijk heeft zich een snelle onderzeebootjager achter de vrachtschepen verscholen. En die heeft hen eerder opgemerkt dan zij hem. Grambach brult in de microfoon: 'Aanval afbreken!' Maar dat is geen bevel dat in het taalmenu is opgeslagen.

Dieper duiken! Schmidt heeft dat gelast: als de situatie ernstig wordt niet vluchten, maar langzaam en geluidloos dalen. Grambach geeft de desbetreffende bevelen per microfoon door. Niemand weet waar hij nu echt veilig is. Hij tikt nerveus op zijn muis. Andere spelers hebben andere theorieën. Wegwezen! zeggen ze, duiken, op volle kracht, en meer dan eens van koers en diepte veranderen. Net als echte boten gedaan zouden hebben.

Terwijl ze verder dalen, lijkt het Grambach opnieuw verkeerd roerloos op de zeebodem te gaan liggen. Hij verandert het bevel: op volle kracht vooruit, dalen naar tachtig meter en niet van koers veranderen. Hij wil onder de vrachtschepen door; dat zou de jager het meest moeten irriteren. Anderzijds, wat kan een machine irriteren?

In de boot is veel kabaal. Volslagen onmogelijk de snel elkaar opvolgende meldingen goed te beoordelen. Er zijn problemen in de machinekamer. Hartelijke groet van de toevalsgenerator. En steeds weer de kreet 'Zichtcontact!' Waar is dat verdomme goed voor, ze zijn toch weggedoken? Een van die idiote fouten in het spel.

Dan ontploffen de eerste dieptebommen. Het beeld op de monitor trilt. Het licht valt even uit. Zojuist was Grambach nog de wolf die geruisloos naderbij sluipt, nu is hij het konijntje in de val. Elke dieptebom kan de laatste zijn, een lekke onderzeeër is onherroepelijk verloren. Zijn vingers om de muis verkrampen.

Schmidt seint ook. Hij probeert een formatie op te bouwen, ze zijn immers met zijn vijven, misschien kunnen ze de jager van twee kanten aanvallen. Maar van de anderen is niets meer te horen. En ook Grambach weet niet wat hij moet doen, behalve dan zich muisstil houden en hopen.

Het duurt heel lang. Steeds weer een serie ontploffingen, dan even pauze, als de jager zich op een nieuwe poging voorbereidt. Eindelijk wordt het stiller. De laatste schademelding wordt alweer fluisterend doorgegeven. Geen aanwijzing meer op de kaart; de radio is uitgevallen.

Grambach probeert te calculeren. Waarschijnlijk zijn ze al aan de andere kant van de vrachtschepen en hebben ze die nu in de rug. Hij brengt de boot nu heel langzaam naar het oppervlak en laat de periscoop omhooggaan. Maar als hij de eerste heldere beelden ziet, weet hij dat hij de situatie volkomen verkeerd heeft beoordeeld. Een van de vrachtboten komt levensgroot in beeld, nog geen zeshonderd meter verderop! Zijn boot zit dus nog midden in het konvooi en wordt door iedereen gezien.

Maakt niet uit. Dan zal hij op zijn minst een van die vervloekte schuiten de diepte in schieten. Grambach schreeuwt zijn bevelen voor het afvuren van een torpedo in de microfoon. Hij moet zich concentreren. Geen fouten nu, anders reageert het spel niet. Na een paar seconden verdwijnt de vrachtboot achter een enorme fontein, de ontploffing doet ook de onderzeeër trillen.

'Nog een!' schreeuwt Grambach.

Fout! Hij moet zich nauwkeurig aan de vastgestelde tekst houden. Maar voordat hij opnieuw kan vuren, wordt de boot getroffen door een geweldige optater. In één klap is alles donker, op een rood lichtje boven de bedieningsinstallatie na. Alle alarmbellen rinkelen nu. Hij hoort het geluid van binnendringend water. Grambach weet wat dat betekent, het is overduidelijk: ze zijn geramd. Niets meer aan te doen, de boot zinkt.

'Berg je,' zegt Grambach zachtjes, maar ook dat bevel is niet geprogrammeerd. Een paar seconden lang zijn de instrumenten nog in het rode licht te herkennen; dan wordt alles donker. *Game over* staat er midden op het beeldscherm. Grambach slaat met zijn vuist op tafel, vlak naast de muis.

In de kantine zit Schmidt al op hem te wachten. 'Vervelend verlopen,' schrijft hij. Grambach vraagt naar de anderen.

'Weet niet,' schrijft Schmidt terug. Waarschijnlijk hebben zij hetzelfde lot ondergaan. En nu laten ze niets van zich horen. Slechte verliezers. 'Nu we elkaar toch spreken, we zijn onder elkaar. Hebben jullie in de zaak-Farwick al een concreet spoor?'

Grambach schrikt. Zijn eerste impuls is meteen de pc uit te zetten. Zoals je doet als je merkt dat er een virus bezig is zich op de harde schijf vast te zetten. Maar hij komt snel tot bezinning. 'Geen idee,' schrijft hij terug. 'Sinds vanmiddag geen nieuws meer gehoord.'

Hij heeft nog maar net op Verzenden gedrukt of hij merkt wat voor onzin dat is! Natuurlijk wordt vanavond iedere internetgebruiker getrakteerd op het nieuws van hun persconferentie. Grambach is meteen woedend. Hij heeft zich laten overrompelen. Maar door wie? Hij speelt het nog net klaar op de gebruikelijke manier afscheid te nemen.

Natuurlijk weet hij niets over die Schmidt. Je speelt dat soort spelletjes niet om mensen te leren kennen. En hijzelf heeft in de kantine nooit over zijn beroep gesproken, laat staan zijn echte naam genoemd. Grambach probeert rustig te recapituleren wat er nu echt is gebeurd. Misschien ziet hij wel spoken. Hij wil internet al verlaten, maar hij opent nog even zijn e-mailbox.

Er is een e-mail van Caroline, die ze vroeg in de avond heeft verstuurd. Twee dagen pas, schrijft ze, en ze is al helemaal gewend. Mei betekent daar zomer; 's avonds wordt het daar amper nog kouder, zelfs niet aan het strand. Ze beschrijft het hotel. Geen woord over de aanslag, kennelijk weet ze nog van niets. Grambach schrijft een paar zinnen terug, aardig en onbelangrijk. En zoals afgesproken geen woord over hen beiden. Dan zet hij de pc uit, maar blijft voor het scherm zitten.

Toen Caroline tegen hem zei dat ze een tiendaagse vliegreis naar dat eiland wilde maken en daar een besluit nemen over hun relatie, dacht Grambach eerst: zoiets komt alleen in slechte films voor. Hij vond het al vreselijk gênant te moeten luisteren naar haar uitleg. Maar zelfs dat had hij niet kunnen zeggen.

En niet omdat hij sprakeloos was. Maar omdat hij meteen begreep in wat voor situatie hij zat. Als hij haar had tegengesproken, had hij het plan dwaas genoemd, een belachelijk idee – dan was het direct het einde geweest. Het eind van hun relatie na zeven jaar. En hij zou de schuld krijgen. Hij zou eens en voor altijd de reden zijn van de mislukking. Eerst door zijn eindeloze getwijfel. En ten slotte omdat hij weigerde Carolines laatste voorstel te accepteren.

Dat nooit! was het enige wat hij dacht, toen Caroline de regels voor haar bedenktijd beschreef. Een halfuur lang zat hij naar haar te luisteren en te knikken. Daar schaamt hij zich nu nog voor. Maar hij had geen andere keus. Grambach staat op en loopt naar de keuken. Hij maakt een fles wijn open. Als hij slaappillen in huis zou hebben, dan had hij er nu een genomen.

Twee

Donderdag

Op de middag van 8 augustus 1984 zat Grambach voor het kleine televisietoestel dat in Petra's woongemeenschap in Schöneberg de ronde deed. Er was geen aansluiting op de huisantenne, de ontvangst met de kamerantenne was slecht, misschien vanwege de hoge bomen op het kerkhof waaraan het achterhuis grensde. Je kon het best met het toestel op het balkon gaan zitten. Grambach had koffiegezet. Na zijn blindedarmoperatie kon hij sinds kort weer koffie verdragen. Toen hij met zijn tweede kopje het balkon opliep, verprutste Roland Farwick juist zijn eerste poging bij het verspringen, geheel tegen zijn gewoonte in.

Grambach had Farwicks carrière gevolgd. Hij had ooit zelf de middellange afstand gelopen en ze waren ongeveer van dezelfde leeftijd. Toen Farwick in het begin van zich deed spreken, had Grambach gedacht: ik wil wel eens zien wat er van hem terechtkomt. Farwick was een grote blonde jongen met een schitterend lichaam. In interviews maakte hij een eenvoudige indruk, soms zelfs naïef. Maar misschien was het een grappenmaker, of gewoon een sportman met charme, dat kwam al zowat nooit voor.

Je wilde hem in elk geval alles vergeven. Toen hij in de daaropvolgende jaren bij kampioenswedstrijden meermalen maar net verloor van oudere atleten, leefden de meesten al opgewonden met hem mee. In de routine van zijn tegenstanders zat iets machinaals; Farwick was daarentegen een echte vent. Daarna volgden zijn wereldrecords. Wat nog ontbrak was een grote titel. Maar dan mocht hij bij zijn eerste poging in het verspringen niet zo knoeien.

Binnen in de woning die grensde aan het kerkhof ging de telefoon. Grambach bleef op het balkon. Wat een zware opgave! Twee dagen en tien onderdelen lang op de pogingen van al je concurrenten moeten wachten. Toen Grambach nog aan sport deed, was het meestal één keer vlammen; en als ze de finishlijn waren gepasseerd, ging hij naar huis.

Eindelijk was Farwick weer aan de beurt voor zijn tweede poging. Hij mocht nu geen risico nemen, noodgedwongen. Maar het werd een sprong als een schot uit een geweer, ongelooflijk ver! Je kon dat zien zonder nog het resultaat te weten. Een fantastische sprong. Als van een echte verspringer, een specialist. Technisch volmaakt en vol samengebalde kracht. Wie zo sprong had alles in zich om dat verdomde record van Beamon eindelijk eens te breken.

Toen Farwick sprong, schreeuwde Grambach 'Ja!' of 'Nu!' of iets dergelijks. Op het kerkhof vlogen duiven op uit de bomen. Misschien had hij zelfs wel zijn vuist gebald. Maar de sprong was ongeldig, voet over de balk, rode vlag. De afdruk op de grond achter de witte balk in close-up als de vingerafdruk op een voorwerp op de plaats van het misdrijf.

Nooit eerder in zijn leven had Ludger Grambach zozeer meegeleefd met wat iemand anders overkwam. Farwick zat vreselijk in de klem: tot nu toe geen acceptabel puntenaantal voor het verspringen – en nog maar één poging. Als de laatste sprong niet een redelijk resultaat oplevert, is alles voorbij.

8 augustus 1984. Vanuit Schöneberg ziet juridisch ambtenaar Grambach de tienkamper Farwick in Los Angeles voor zijn laatste poging op en neer lopen. Een heel leven concentreert zich daar in die paar seconden: aanloop en sprong. Grambach heeft er amper ervaring mee hoe het is om zo'n moment met angst en beven tegemoet te zien. Toen hij Petra voor het eerst kuste, had hij, althans inwendig, nog een beetje gerild; maar al in hun eerste nacht samen was alles als vanzelfsprekend geweest.

Maar nu zit hij op haar balkon, zij is naar de bibliotheek of ze doet boodschappen, en hij rilt echt, en hij denkt, nee hij zegt het: 'Concentratie!' En: 'Kom op, man, je kunt het!' Hij zegt het heel luid, hij brult zelfs. Terwijl er altijd brieven in de hal beneden liggen, van het bestuur van het kerkhof. Of de omwonenden iets meer respect willen betonen.

'Je kunt het!' zegt Grambach.

Maar Farwick kan het niet. Weer zo'n geweldige aanloop, weer een sprong alsof het alleen om die afstand gaat en niets anders, en weer de rode vlag. Farwick staat nog even naast de bak met zijn handen in zijn zij en zijn blik gericht op de scheidsrechter bij de balk, die zich afwendt alsof het zijn schuld is. Dan loopt hij weg, pakt snel zijn spullen bijeen en verlaat het stadion.

En Grambach denkt: wat moet ík nu in godsnaam?

Wat moet hij? Gaan rennen? Hij had vanwege zijn ziekte lang niet meer gerend, hij had het gemist, maar waarschijnlijk had hij nog geen kracht genoeg. En waar moest hij naartoe rennen? Het S-Bahn-dal was om veiligheidsredenen afgesloten en in de omgeving kende hij de weg praktisch niet. Hij bleef dus maar even waar hij was. Hij wachtte op Petra. Toen ze niet kwam opdagen, bracht hij de televisie terug naar de gang. Hij bladerde door een uittijdschrift en kon niets vinden wat interessant genoeg was om de avond mee door te brengen.

Hoe kon het ook anders? Het was eindelijk tot hem doorgedrongen dat alles anders moest. Alles in zijn leven. En hij had niet veel tijd meer.

Om zes uur in de ochtend wordt Farwick gewekt. Het spijt me, zegt de verpleegster. Maar na een chirurgische ingreep zijn we altijd voorzichtig. Persoonlijk had ze hem liever laten slapen.

Het is dezelfde zuster als gisteren. Farwick is blij dat hij dat ziet. Het is altijd zijn geluk geweest dat hij 's ochtends vanaf het allereerste moment kwiek is. Aanspreekbaar zijn! zei Kunstfeld altijd. Op elk moment van de dag contact hebben met je lijf, niets missen, je niet laten afleiden; en vooral geen rare kuren.

'Goedemorgen!' En waarom ze nu alweer dienst heeft?

Ze heeft geruild, zegt de verpleegster, dat kwam haar beter uit.

Ruth. Farwick weet ook haar naam nog.

Als hij wil, kan hij meteen zijn ontbijt krijgen. Over een halfuur komt de schoonmaakdienst. En daarna de dokter, het afdelingshoofd in hoogsteigen persoon. Dan gaan we proberen voor het eerst weer te staan. En daarna komt zij hem wassen. Is dat goed?

'Natuurlijk.' Farwick is toch een beetje afwezig. De pijnen dienen zich een voor een aan. Wel draaglijk allemaal, maar het zijn duidelijke signalen dat hij zich intensief met zijn lichaam zal moeten bezighouden om alles weer normaal te krijgen. Opnieuw, na zoveel jaar. Farwick denkt aan het woord 'training'. Zij zullen het wel anders noemen, maar het komt op hetzelfde neer: pijn lijden. Doen wat de trainer zegt. En niet tevreden zijn met de resultaten.

Op de aangegeven tijd komt een arts binnen, het hoofd van de eerstehulp, als zodanig stelt hij zich voor, gistermiddag was hij niet in het ziekenhuis, helaas! 'Dan ben je er een keertje niet,' zegt hij, 'en dan dit!' Maar gelukkig was er niets problematisch. Spectaculair, dat wel – maar niet problematisch.

Hij trekt een stoel bij. Dan vertelt hij Farwick exact welke weg de twee kogels door zijn lichaam hebben afgelegd, of liever gezegd: langs hem heen zijn geschampt, en wat voor schade ze daarbij hebben aangericht. Hij houdt een röntgenfoto tegen het licht. 'Een heel gewone ingreep,' zegt hij. Waarschijnlijk hoeft er aan het been niets meer te gebeuren. Dat gaat nu allemaal vanzelf. Maar borst en schouder zijn altijd moeilijk, dat zijn knooppunten voor zoveel dingen.'

'En uiteindelijk?' vraagt Farwick. Als alles is gedaan, wat dan?

'U bent rechtshandig,' zegt het afdelingshoofd. Het is een mededeling, geen vraag. 'Wat doe je bij de tienkamp met links?'

'Je doet helemaal niets met links.'

'Die zit. Maar nu even serieus.'

'Je evenwicht bewaren. Altijd. Bij alles wat je doet.'

'Aha,' zegt de arts. 'Als u nu halverwege de twintig was, had ik u in verband met het lopende seizoen enkele heel teleurstellende dingen moeten vertellen.'

'Ik ben halverwege de veertig,' zegt Farwick. 'Mijn laatste seizoen is twintig jaar geleden.' Eenentwintig, om precies te zijn.

'Maar u hebt een uitstekende conditie. Als u zich aan de adviezen van de deskundigen houdt, zult u over een paar maanden nergens meer last van hebben. U doet toch nog wel aan sport?'

Farwick grijnst. Nou, wat je zoal doet om een beetje fit te blijven.

'Ziet u wel! U hoeft zich geen zorgen te maken.' Het afdelingshoofd gaat bij het raam staan. 'Dadelijk gaan we even opstaan, vanwege de bloedsomloop. Misschien kunt u tot hier komen. Dit moet u zien.'

'Wat zien?'

'Verrassing!' De arts verlaat de kamer even. Hij keert terug met de verpleegster en twee verplegers. De verplegers zetten Farwick overeind, de verpleegster brengt zijn linkerbeen voorzichtig in de juiste positie. 'Nu,' zegt de arts, en Farwick staat overeind, aan beide kanten ondersteund. Heel even krijgt hij geen adem meer.

'Dat doet even pijn,' zegt de arts. Het is opnieuw geen vraag. 'Kunt u lopen?'

Farwick loopt. Het afdelingshoofd staat weer bij het raam. Leunend op de verplegers kan Farwick hem met moeite bereiken. Ze zetten een stoel bij het raam en hij gaat zitten, het is meer een zich laten vallen, en zij vangen hem op.

'Ongelooflijk toch?'

Op het platte dak van de parkeergarage voor het ziekenhuis staan mensen met camera's, tegenover hen twee mannen in uniform, het lijkt wel ruzie. 'Geen zorgen,' zegt de arts. 'Ze maken geen foto's van u.'

Farwick hapt naar adem. Is het eigenlijk nog zo dat er foto's van hem mogen worden gemaakt zonder dat hem iets wordt gevraagd? Is hij nog iemand in wie de publieke opinie is geïnteresseerd?

'Dat weet ik niet,' zegt het afdelingshoofd. 'Maar het gebouw is van ons. Dat valt onder ons huisrecht.'

Zijn er nog meer?

Die staan bij de hoofdingang. En natuurlijk zal geen van hen ook maar één stap op deze afdeling zetten. 'Dat zou een mooie boel wezen!'

Farwick geeft een teken. Hij is zover. Als de verplegers hem weer willen helpen opstaan, weert hij dat af. Hij haalt diep adem, staat op en loopt alleen terug naar zijn bed. Verpleegster Ruth loopt voor hem uit.

'Asjemenou!'

Farwick tilt zijn linkerbeen op om in bed te stappen. 'Vertel de mensen maar hoe het met me gaat. Voor mijn part met alle details erbij. En zeg ze ook maar dat ik binnenkort een persconferentie geef. Dag en tijdstip zal ik nog laten weten.'

'Zoals u wilt,' zegt het afdelingshoofd.

Precies om acht uur is het recherchebijstandsteam weer bijeen. Het is in de nacht rustig geweest. De paar mensen die ervan zouden kunnen worden verdacht willekeurig op mensen te schieten zijn gecontroleerd, zonder resultaat. De nog ontbrekende gegevens over Farwick zijn verzameld; het ziet er allemaal niet naar uit dat er veel geheimen zijn. Integendeel, alles lijkt normaal, op het vervelende af, in elk geval sinds augustus 1984. Ook de kogels die hem niet hebben gedood, zeggen nog steeds zogoed als niets. Alleen de precieze plek van de schutter is waarschijnlijk bepaald, een leegstaande etage in een kantoorgebouw.

'Tips uit de bevolking?' zegt Vollrath. Voor hem ligt een stapel

kranten. Farwick heeft zelfs de voorpagina gehaald van een lande-
lijk dagblad.

'Alleen allemaal dingen over vroeger,' zegt de verantwoordelijke
beambte. Van haar stapel briefjes is niets over. In wezen alleen maar
telkens weer de aanwijzing dat Farwick ooit bij een dopingschandaal
betrokken is geweest.

'Wat niet klopt,' zegt Grambach.

O ja, en iemand heeft een auto met buitenlands kenteken gezien.

Vollrath lacht, en heel even heeft Grambach een visioen. Zijn chef,
die langzaam opstaat en zegt: Oké. We kunnen niets doen. We kunnen
niet achter elke voordeur kijken. Gelukkig is meneer de tienkamper
niets ernstigs overkomen. We sluiten het dossier en doen of er niets
aan de hand is. We moeten ook met nederlagen kunnen leven.

'Wat ga jij doen?' zegt Vollrath.

Grambach moet even nadenken. 'Ik ga naar het ziekenhuis.' De
man moet per slot van rekening ook een heden hebben. Vrienden,
contacten, afspraken; iets waar ze onderzoek naar kunnen doen.
Berntrieder gaat intussen de gangen na van Müller en zijn agentuur.
En die fietspolo'ers. En dan moeten ze naar de woning van Farwick;
voor zover ze weten woont hij alleen.

'Aan het werk,' zegt Vollrath.

'Nog even dit. Farwick wil een persconferentie geven. Zijn arts
heeft zo-even gebeld.'

'Hé,' zegt Berntrieder. 'Is hij weer aan de bak?'

Tussen acht en negen is Farwick alleen, zoals afgesproken. Zuster
Ruth heeft hem de kranten gebracht. Hij leest ze allemaal en probeert
intussen zijn linkerbeen te buigen om ondersteuning te hebben en de
linkerarm wat te ontlasten. Dat doet erg zeer, maar beweging kan niet
verkeerd zijn.

Farwick heeft voor het eerst van zijn leven zijn naam in de krant
zien staan toen hij bij de plaatselijke kampioenschappen de honderd
meter vrije slag had gewonnen bij de junioren. De naam stond onder
een groepsfoto van de winnaars, waarop iedereen er hetzelfde uitzag, naakt, op de zwembroek en de strakke badmuts na. Hij was toen
dertien. Zijn vader maakte kopieën van het krantenknipsel en deelde ze uit aan kennissen en vrienden. Farwick heeft tijdens zijn carrière alleen de belangrijkste documenten bewaard. Maar zijn vader,
die Farwicks sport meestal gênant vond, heeft alles uitgeknipt, in

zichtmappen gestoken en op volgorde gelegd. Veertien dikke ordners. Pas na zijn dood heeft Farwick daar rustig in zitten bladeren. Helemaal voorin het origineel van de eerste krantenfoto en een van de kopieën. Het origineel viel bijna uit elkaar en was vergeeld, de kopie zag er nog als nieuw uit.

Wat de kranten nu schrijven, is de troep die je kunt verwachten. Een paar acceptabele portretten, sommige met gelijkluidende passages, waarschijnlijk overgeschreven van een encyclopedie op internet. Dan de gebruikelijke onzin. In de boulevardpers een paar speculaties waaraan hij kan aflezen dat de schrijvers hem alleen nog van horen zeggen kennen. Ook een paar grove fouten: hij heeft bij de Olympische Spelen moeten opgeven vanwege een blessure. Of: hij was uit de sportbond gestapt na een verschil van mening. Farwick neemt een pijnstiller. Het afdelingshoofd heeft die dringend voorgeschreven. Hij moet verkrampingen zien te voorkomen.

Een paar weken geleden heeft Farwick bij een sportfeest de verslaggever ontmoet die in 1984 in Los Angeles de live-uitzendingen van commentaar voorzag. Een man met kort grijs haar, een jaar geleden gepensioneerd, donkerbruine tint, net terug van een lange cruise. De verslaggever heeft hem omarmd als een oude makker, iemand met wie je hetzelfde lot deelt. Vanwege de camera's heeft Farwick het zich allemaal laten welgevallen. En natuurlijk omdat hij om zakelijke redenen in het stadion was.

Daar is hij meestal om zakelijke redenen. Ook als hij het beschermheerschap op zich neemt, het liefst van jeugdprojecten. Het staat er niet best voor met de jeugd in de atletiek, en bij de tienkamp is het gewoon een ramp. Het zou niet erg goed vallen als iemand als hij zich op de achtergrond zou houden. En dat heeft weer zijn repercussies voor zijn baan.

Het zijn ook zakelijke redenen waarom hij nog steeds naar de belangrijkste tienkampwedstrijden gaat, ook al is de agentuur in die sport helemaal niet actief. Vroeger ging alles wat hij voor Müller deed onder zijn naam; nu zijn het zijn connecties waarvan hij profiteert. En die kun je het best in een stadion onderhouden. De meeste sportlieden voelen zich daar ook na het einde van hun loopbaan het best thuis. Een foto van de omarming met de verslaggever is daarna inderdaad gepubliceerd. Farwick wil net de kranten naast zijn bed op de grond gooien als zuster Ruth binnenkomt.

Ze heeft een teiltje bij zich. 'Kunnen we?' vraagt ze.

Farwick vouwt de kranten met één hand op. Hij heeft nog altijd de ok-kleding aan, die van achteren open is. Wat er gaat gebeuren, moet wel gênant zijn, maar hij weet dat hij het aankan. Je bent nu eenmaal niet noodzakelijkerwijs degene die je lichaam het beste kent of er het best mee omgaat. Vaak is het tegendeel het geval.

Zuster Ruth laat het teiltje vol water lopen en sluit de deur van de ziekenkamer vanbinnen af. Op hetzelfde moment krijgt Farwick een voorstelling van wat er nu gebeurt. Hij besluit volkomen rustig te blijven.

'Zegt u maar als het te koud is.' Ze trekt de deken weg en helpt Farwick uit zijn kleding.

'Het verband jeukt.'

'Ja,' zegt de verpleegster, dat is altijd zo, daarom wordt het regelmatig verwisseld.

Farwick zakt terug op zijn kussen. De verpleegster wast zijn nek, voorzichtig om het verband op zijn borst niet nat te maken. Hij kijkt haar aan, haar blik blijft op zijn lichaam gericht. Ze perst de spons boven het teiltje uit. 'We zijn trouwens precies even oud,' zegt ze.

Farwick bromt iets.

'Het scheelt maar veertien dagen.' De verpleegster wast nu wat er van zijn borstkas nog te zien is. 'En weet u? Ik heb een handtekening van u.'

'Ach!'

'Ik heb vroeger in Freiburg gewoond. Van daaruit zijn we naar die wedstrijd geweest.'

'U was erbij toen ik het wereldrecord vestigde? Dat is toevallig.'

'De handtekening heb ik daarna gekregen.' Ze perst de spons weer uit. 'Weet u het nog? Ze waren daar volkomen in de war. Die wisten helemaal niet wat ze met u aan moesten. Ik hoorde iemand zeggen: Moet ik nu voor champagne zorgen? Een oude man, ik geloof, de beheerder van de toestellen.' Ze lacht, aankijken doet ze Farwick nog steeds niet.

'Ze hadden niet eens het juiste formulier in huis.'

'Maar ze hebben u bij de huldiging wel een lauwerkrans omgehangen, zij het dat die vrij klein was. Hij kon nauwelijks over uw hoofd.'

'Dat weet u nog?'

'Tuurlijk,' zegt de verpleegster. Ze heeft nu zijn penis in haar hand en kijkt hem voor het eerst aan. Langzaam trekt ze de voorhuid omlaag, ze houdt haar lippen op elkaar geperst, om haar mond verschijnen een paar scherpe rimpels.

'Oké,' zegt Farwick. 'En die handtekening? Waar heb ik die op gezet?'

'Op het programma.' Ze begint over zijn penis te wrijven. 'Met de datum.'

'En met het puntenaantal.'

'Weet u dat dan nog?'

'Nee.' Farwick mag vooral niet kijken. Hij weet dat zijn erectie totaal en volmaakt is. Sinds Marlene en hij uit elkaar zijn, heeft hij niet meer met een vrouw geslapen en zichzelf raakt hij niet aan. Dat gaat tegen zijn ethiek in. 'Nee,' zegt hij nogmaals. Hij kan het zich niet herinneren. Maar hij weet dat hij dat heeft gedaan, zij het slechts een paar maal, altijd meteen na een record: naam, datum en puntenaantal. Dat zijn nu kostbaarheden, verzamelaars betalen er intussen heel wat voor. Idioten, denkt Farwick. Hij kreunt zachtjes.

'Goed zo?' zegt de verpleegster.

Farwick zou graag zijn ogen willen sluiten. Maar hij is te laat om zich stilletjes aan de situatie te onttrekken. 'Ja, goed,' zegt hij. Hij wil graag iets doen om te laten zien dat het dadelijk zover is, maar wat moet hij zeggen? Hij probeert het met een blik. Die is raak; de verpleegster wrijft sneller nu, met haar linkerhand drukt zij de natte spons op zijn eikel. Nu kan Farwick zijn hoofd in zijn nek leggen en zijn ogen sluiten. Het valt hem niet moeilijk heel rustig te blijven. Opnieuw denkt hij wat hij dan vaak denkt: dat je het alleen maar doet om te beleven hoe het voorbijgaat.

De verpleegster drukt de spons uit in het teiltje. Zonder een woord te zeggen gaat ze door met wassen waar ze kan. Dan helpt ze hem een onderhemd aantrekken en ten slotte een pyjama met opengeknipte mouwen en pijpen. 'De persconferentie,' zegt ze. 'Zou u dat nu wel doen?'

Dat is niet ongebruikelijk.

Ze knikt. 'En neem nog een pilletje tegen de kramp.'

'Doe ik,' zegt Farwick.

Als Grambach voor de tweede keer de kamer van Farwick binnengaat, is de patiënt alleen. Hij zit kaarsrecht overeind in bed. 'Kom me niet vertellen dat er nieuws is.'

'Geen nieuws.' Grambach gaat aan het voeteneind van het bed

staan en pakt met beide handen de verchroomde dwarsstang beet. 'En ik vrees dat ik ook in de toekomst niets nieuws zal ontdekken. Alleen uzelf weet wie er op u geschoten heeft.'

Farwick fronst zijn voorhoofd.

'U weet het, maar u hebt geen toegang tot uw kennis daaromtrent. Zoiets komt voor. Het is net als bij sport: je kunt iets, alleen ben je op een bepaald ogenblik niet in staat het te laten zien.'

'U maakt het zich iets te eenvoudig,' zegt Farwick. 'Iedereen praat maar over sport alsof ze er verstand van hebben. Er zijn duizenden mensen die van praten over sport hun broodwinning hebben gemaakt. Maar niemand weet het precies. Niet eens de sportlieden weten het precies.'

'Dat is nu net wat ik bedoel. Ergens in uw leven is er een kleine, onaangename verbinding met een andere wereld. Die kent u niet. En niemand zal u dat verwijten. Maar vanuit die wereld is er gisteren waarschijnlijk op u geschoten.'

'Als ik het mikpunt was,' zegt Farwick. 'Gesteld dat.'

Grambach loopt naar het raam. 'Ja, gesteld dat. Maar wij doen alsof het zo is. We hebben voorlopig geen alternatief.'

'En als degene die op mij heeft geschoten me nu eens alleen van de televisie kent? Hoe komt u er dan achter welke verbinding er bestaat tussen zijn en mijn wereld? Als de verbinding niet meer is dan een kabeltje.'

'U bent lang niet meer op televisie geweest,' zegt Grambach.

Farwick zwijgt.

'Sorry dat ik het zo zeg. Maar het is uiterst onwaarschijnlijk dat iemand op bekende mensen gaat schieten die het niet meer zijn.'

'Dank u,' zegt Farwick. 'Dan is het een gek.'

'Een gek hadden we al opgepakt.' Grambach voelt zich niet prettig als hij zulke dingen zegt. Maar dat hoort bij zijn beroep. 'Gekken lopen snel in de gaten. Die hebben maar één enkele tic, en die kun je op een kilometer afstand al zien. Gewone mensen, dat is veel moeilijker. Die hebben geen tic, maar een bedoeling. En bedoelingen kun je uitstekend verdoezelen.' Hij buigt zich over het bed. 'Daarom heb ik namen nodig, weet u. Er zijn geen bedoelingen waar geen namen achter zitten.'

De deur van de ziekenkamer gaat open en er komt een verpleegster binnen. Voor Grambach iets kan zeggen, wijst ze naar de doucheruimte. Ze gaat er binnen en sluit de deur.

Grambach haalt zijn notitieblokje tevoorschijn. 'Het kost niet veel tijd. Ik heb alles voorbereid. We beginnen meteen: Müller, uw baas, hebben we al. Uw ex ook. Maar alleen naam en adres. Dat onderzoeken we nog. U bent in 1985 gescheiden. Waarom?'

'We pasten niet bij elkaar. Toen we tot rust waren gekomen, hebben we dat geconstateerd.'

'Ruzies, gemeenschappelijk bezit, onroerend goed misschien?'

'Nee,' zegt Farwick. 'We zijn vanaf die tijd helemaal uit elkaar. Als we elkaar zien, is het toeval. Ik weet niet veel meer over haar.'

'Kinderen?'

'Nee, geen kinderen, bij niemand.'

'Andere vrouwen?'

Farwick vertelt over Marlene. Waar ze woont, wat ze doet. Ze hebben elkaar ontmoet tijdens een sportgala, en ze zijn aan het begin van het jaar uit elkaar gegaan, in goede verstandhouding, op zijn initiatief.

'Waarom?'

'Ik weet het niet,' zegt Farwick. 'Het liep gewoon op zijn eind. Misschien verveel ik anderen op den duur.' Hij denkt even na. 'Er was geen perspectief meer.'

'Geld in het spel?'

'Absoluut niet.'

'Trouwens, geld. Hoe gaat het daarmee?'

'Bedankt voor de belangstelling,' zegt Farwick.

'Vertel nou!'

'Ik heb een eigen woning in Frankfurt. Ik verdien goed. En ik heb vroeger al wat geld belegd.'

'Moet u eigenlijk nog werken?'

'Ik heb dat eens laten uitrekenen. Ik hoef niet echt meer. Nu niet. Maar ik zou op de lange termijn wel eens krap kunnen komen te zitten. Wie weet word ik wel honderd.' Vooropgesteld natuurlijk dat er niet weer iemand op hem gaat schieten. Bovendien is geld niet de enige reden om te werken.

'Nee,' zegt Grambach. 'Vrienden, goede bekenden?'

Farwick wil zijn hoofd schudden maar laat het achterwege. Hij brengt zijn hand naar het verband. 'Als sportman maak je geen vrienden. En later was ik te oud om ze te zoeken.'

'Met uitzondering dan van uw baas.'

'Misschien. We hadden elkaar lang niet meer gezien, een paar jaar.'

'De volgende op mijn lijstje is uw trainer.'

'Kunstfeld is oud geworden,' zegt Farwick. 'En het gaat niet goed met hem.'

'Hebt u nog wel contact met hem?'

'Ik heb me verkeerd uitgedrukt. Kunstfeld is ernstig ziek. Hij is niet meer aanspreekbaar.'

'Problemen in uw werk de laatste tijd?'

'We gaan niet meer zo losjes met geld om,' zegt Farwick. Maar dat antwoord geeft tegenwoordig iedereen aan wie dat gevraagd wordt.

Grambach blijft zijn lijstje afwerken. 'Nu even omgekeerd,' zegt hij ten slotte. 'Als u iemand zou willen vermoorden, wie zou dat dan zijn?'

'Wat is dit nu weer?'

'Gedachtespelletje.'

'Bij een politieman. Ik pas wel op.'

'Kom,' zegt Grambach. 'Gewoon zomaar. Misschien degene die u in 1984 heeft verslagen.'

'Hij heeft me niet verslagen.' Farwick zegt dat te luid, het doet hem pijn in zijn zij. Zachter zegt hij: 'Dat was ikzelf.'

'Of de scheidsrechter bij de balk, bij het verspringen.'

Farwick moet lachen; hij probeert daarbij zo min mogelijk te bewegen. 'Die heeft zich bij mij zelfs verontschuldigd. Per briefkaart, één maand na dato. Hij had zo'n medelijden met me. Maar hij kon niet anders enzovoort. – Hou er nu alstublieft mee op!'

'Goed,' zegt Grambach. 'Mogen we in uw woning? Misschien hebben ze uw hele huis leeggeroofd.'

Farwick vertelt wat ze moeten doen om de woning binnen te komen. De verpleegster zal hem de sleutel geven.

En zijn auto?

'Witte BMW. Staat op een parkeerplaats. Onder aan die heuvel waar de markt is.'

'Ken ik,' zegt Grambach. En na een korte stilte: 'Probeer het opnieuw, doe het alleen voor mij.'

Farwick weet wat hij bedoelt. 'Misschien dat ik één man zou kunnen vermoorden.'

'En dat is?'

'De man die heeft voorgesteld tienkamper te worden.'

'En wie was dat?'

'Dat weet ik niet,' zegt Farwick. 'Ik heb hem nooit ontmoet.'

Grambach staat even zwijgend aan Farwicks bed. Dan gaat de deur naar de gang open. Een paar mannen en vrouwen dringen de kamer binnen, de meesten van hen met camera's. Grambach loopt naar hen toe en wil zijn identiteitskaart tevoorschijn halen. 'Laat maar!' zegt Farwick. De journalisten staan in een mum van tijd om zijn bed heen. Hoewel het licht is in de kamer, fotograferen ze allemaal met flitslicht. Een kaalhoofdige man met een microfoon worstelt zich door de groep heen. 'Denkt u,' zegt hij, 'dat u het slachtoffer van een seriemoordenaar bent?' Een tweede journalist onderbreekt de eerste.

Farwick maakt een gebaar. Hij zal antwoorden als ze hem laten uitpraten. De journalisten zijn meteen stil. 'Uitgesloten!' zegt hij. 'Natuurlijk is deze aanslag tegen mij persoonlijk gericht.' Ergens moet er in zijn wereld een verbinding bestaan met de wereld van de dader. Dat hij die niet kent, betekent niet dat hij zomaar een willekeurig slachtoffer is. 'Het is nu van belang die verbinding te vinden.' Hij werkt al heel nauw met de politie samen. Hij zal zich doorzichtig maken.

'U bent dus bang voor uw leven?' zegt een journaliste.

'Ik ben niet bang. De ouderen onder u weten waarom. Ik ben specialist in het mislukken.' Hij heft een hand. 'En in het overleven.'

De journalisten lachen. Alle spanning en jachtigheid is verdwenen. Grambach kijkt naar de deur, daar staat de verpleegster met mannen in een witte schort. Ze staan roerloos toe te kijken.

'Schrijf maar,' zegt Farwick, 'dat de mensen zich geen zorgen over mij hoeven te maken. Het zijn hier allemaal deskundigen. Ik kom wel weer terug.'

Er verstrijken een paar seconden, dan begint een van de journalisten te applaudisseren. Alle anderen nemen het over. Ook de verpleegster applaudisseert, evenals de doktoren en verpleegsters bij de deur. Nu moet zelfs Grambach meedoen; en dan merkt hij plotseling hoezeer hij Farwick veracht omdat hij nog leeft.

Grambach rijdt zelf naar Frankfurt, alleen. Met Berntrieder wisselt hij per telefoon van gedachten. Farwicks BMW staat nog op de parkeerplaats, die moet naar het hoofdbureau worden gebracht en onderzocht. Voor de rest is alles rustig. 'Geen zorgen,' zegt Berntrieder. 'Seriemoordenaars gedijen hier niet.'

Farwicks woning ligt in een wijk ten noorden van het centrum.

Tussen negentiende-eeuwse villa's staat een eindje van de weg af een appartementencomplex van sierbeton met klimop. Grambach ontgrendelt eerst de muurpoort aan de straat en daarna de voordeur van het complex. Hij staat in een verblindend witte hal met twee gewelfde trappen. Voor de deur van de woning heeft hij weer een andere sleutel nodig. Als hij die in het slot heeft omgedraaid, moet hij binnen tien seconden een cijfercombinatie intoetsen, zodat het alarm wordt onderdrukt. 8771. Hij vond het gênant, zei Farwick in het ziekenhuis, dat hij voor al zijn codes en pinpassen hetzelfde getal heeft.

De woning is smaakvol ingericht. Grambach loopt door de kamers. Hier is niets door de eigenaar zelf aangeschaft, denkt hij. Het werk van een binnenhuisarchitect. En anderen maken hier de boel aan kant; alles wekt hier de indruk onaangetast te zijn.

Maar Grambach weet dat zijn werk een strijd is tegen de ondubbelzinnigheid. Hij moet zich constant door de rijstebrijberg van waarschijnlijkheden heen werken zodat aan de andere kant de vele mogelijkheden opdoemen. Hij kijkt rond in de woonkamer van Farwick. De bank lijkt in elk geval gerieflijk te zijn. Grambach trekt zijn schoenen uit en gaat liggen. Aan de muur tegenover hem hangt een groot beeldscherm. In een tafel gaat een koelkastje schuil; de afstandsbedieningen liggen in een witleren schaal. Op deze bank kun je uren doorbrengen zonder je te hoeven bewegen. Een paradijs waar jongetjes van dromen.

Grambach staat weer op. Naast de woonkamer en de slaapkamer is een klein vertrek voor huishoudspullen, tegen alle muren keurige rekken tot aan het plafond. De vierde kamer is als een kantoor ingericht, maar er is nergens papier te zien. In een heel eenvoudige vitrine staan een paar bekers. Op een bureau met een glazen blad staat moederziel alleen een uiterst moderne laptop. Grambach zet hem aan. Een wachtwoord heeft hij niet nodig. Waarom zou ik? heeft Farwick gezegd. Hij heeft hun alle codes gegeven. Hij heeft zelfs toestemming gegeven zijn bankrekeningen, zijn mails en zijn telefoonlijsten in te kijken.

Op het eerste gezicht laat het bureaublad alleen de lay-out van de producent zien, een toegang tot internet en een paar spelletjes, misschien erop gezet door de handelaar. Grambach opent de mailbox, het wachtwoord is hier weer 8771, maar nu met de voornaam achter de cijfers. Het getal alleen, zei Farwick, had het systeem niet geaccepteerd: te onzeker.

'Toe dan,' zegt Grambach zachtjes. Een dreigbrief, een aankondiging of minstens een ondoorzichtige boodschap. Maar niets van dat al; er is helemaal niets persoonlijks, alleen zakelijke berichten, afspraken en presentaties, veel seriepost van sportclubs en natuurlijk spam. Grambach wil de laptop al uitzetten als hij iets ziet wat hem interesseert. Dan gaat de bel.

Op een kleine monitor naast de voordeur valt vaag het gezicht van een vrouw te onderscheiden. Grambach drukt een toets in om de deur te openen en even later staat de vrouw voor hem. 'Niet schrikken, alstublieft,' zegt hij.

'Niet bang zijn.' Ze reikt hem haar hand. 'Marlene Merz. Roland heeft me gebeld. Ik moet wat spullen voor hem halen. Hij heeft me verteld wanneer u hier was. Ik heb geen sleutel.'

Grambach stelt zich aan haar voor.

'Ik weet het,' zegt de vrouw. 'En? Geen inbraak?'

Grambach doet een stap opzij. 'Misschien kunt u even kijken of er iets weg is.'

Ze loopt voor hem uit de kamers door. Het ziet er in elk geval niet naar uit.

'Wat zou hij missen?' zegt Grambach. 'Of anders gevraagd: wat zou je van hem moeten stelen om hem kwaad te krijgen?'

De vrouw schudt haar hoofd. Ze heeft een opvallend gezicht in de vorm van een hart en halflange, echt bruine haren. Een brunette, denkt Grambach, en dat hij dat waarschijnlijk nog nooit gedacht heeft, althans niet over een vrouw die hij kent. Hij schat haar op begin dertig, maar hij hoeft niet te schatten, het wordt al onderzocht.

'Zou u niets weten?'

'Ze hebben ooit alles van hem afgenomen,' zegt de vrouw, 'sindsdien heeft hij ervoor gezorgd nooit meer iets aan te schaffen waaraan hij gehecht zou kunnen raken.'

'Juist ja,' zegt Grambach. 'En wie waren dat?'

'Niemand in het bijzonder.' Dat had ze zomaar gezegd. Hij weet hopelijk toch wel over wie ze het heeft?

'U doelt op 8 augustus,' zegt Grambach. 'Wanneer hebt u elkaar leren kennen?'

Ze schudt haar hoofd weer, waarbij er kleine lichtvlekjes door haar haar springen. 'Drie jaar geleden. Maar u weet waarschijnlijk dat het alweer voorbij is.'

'Zal ik u straks een lift geven?'

'Nee.' Ze rijdt zelf. 'Mag ik nu mijn gang gaan?'

Terwijl zij in de slaapkamer is, loopt Grambach terug naar het kantoortje. Dit zijn vast niet alle bekers die Farwick heeft gewonnen. Hij gaat voor de laptop zitten. En hij heeft het inderdaad goed gezien: ook Farwick heeft een login voor Knights of the Deep. Grambach start het spel, maar nu zou hij spelersnaam en toegangscode nodig hebben. Hij probeert het met Farwick en 8771, maar dat werkt niet. Hij zet de laptop uit, ontkoppelt elektriciteitssnoer en modemlijn en neemt hem onder zijn arm mee. Als hij de gang in loopt komt de vrouw juist met een koffertje uit de slaapkamer.

'Sorry,' zegt Grambach, 'Ik moet er even in kijken.' Hij zet de koffer op een commode. 'En van u moet ik weten waar u gistermiddag was en wie dat kan bevestigen.' In de koffer zitten ondergoed, een trainingspak, toiletspullen en een paar boeken. 'En of u weer met iemand samenleeft. Of u nog schulden hebt bij Farwick of hij bij u. Bovendien alles wat u over hem weet, ook de roddels.'

De vrouw wil iets zeggen, maar Grambach maakt een afwijzend gebaar. 'Maar niet nu.' Hij sluit de koffer en geeft haar zijn kaartje. Ze kan rustig over alles nadenken. Als ze bij Farwick klaar is, verwacht hij een telefoontje van haar.

'Hij wil de laptop ook hebben.'

Sommige mensen vinden het chic als ze ergens van worden verdacht. Deze vrouw hoort daar vast niet bij. Grambach merkt hoe geïrriteerd ze is, al blijft ze heel kalm. En hij merkt bij zichzelf hoe graag hij haar uit de tent wil lokken.

Hij maakt een beweging met zijn hand naar de woning. 'Was het wel zo verstandig zo'n goede partij op te geven?' Op uw leeftijd, had hij er nog aan toe kunnen voegen, maar dat doet hij maar niet.

Ze zegt niets. Net boven haar rechtermondhoek zit een klein donker moedervlekje. Een gezicht dat je makkelijk kunt onthouden, denkt Grambach. 'Of was hij misschien te veel onderweg?'

'De laptop,' zegt de vrouw.

'Die geven wij hem wel.'

Ze kijkt hem nog even lang aan, lijkt het, zonder enige uitdrukking. Dan pakt ze de koffer, draait zich om en gaat weg.

Grambach blijft nog even; hij wil haar vertrek niet bemoeilijken. Vanuit het raam in de slaapkamer ziet hij haar in een Mini stappen. Dan verlaat hij de woning. In zijn auto telefoneert hij weer. Hoe zit het met die fietspolo'ers?

'Die laten niets van zich horen,' zegt Berntrieder.

Grambach denkt na. Hij heeft nog tijd om Müller op te zoeken. Hij belt hem op. 'Kom maar,' zegt Müller. 'Ik sta altijd te uwer beschikking.'

De kantoorvertrekken van de agentuur bevinden zich op de vierde verdieping van een bedrijfspand in de binnenstad. Van achter zijn bureau kijkt Müller op het dak van een kerkje dat tussen de nieuwbouw bijna volledig in het niet valt. 'Als u zijn kantoor wilt zien,' zegt Müller, 'moet ik u teleurstellen. Hij doet alles vanuit zijn eigen huis. Natuurlijk komt hij hier wel geregeld. Maar Roland Farwick tussen dossiers en ordners – dat zou bij onze klanten niet goed vallen. Tot nu toe tenminste.'

'En dat moet veranderen?'

Müller maakt een gebaar. 'Vage plannen! Misschien neemt Roland mijn baan binnenkort over. Dan zit hij natuurlijk wel hier. Van negen tot vijf, bij wijze van spreken.'

'Gaat u weg of krijgt u promotie?'

'Half half. Verandering van eigenaar, fusie, herstructurering. Dat is tegenwoordig aan de orde van de dag. We lopen tegen de vijftig. Dan moet je vechten voor elk jaar dat je nog aan de top wilt meedraaien.'

'Komt er behalve hij nog iemand anders voor uw baan in aanmerking?'

Müller grijnst. 'U klampt zich aan elke strohalm vast, nietwaar?'

Grambach wil graag een scherp antwoord geven. Maar hij kan het niet.

'Ik denk dat u weet dat Roland nog steeds de op twee na beste tienkamper aller tijden is. Dat is een unique selling point, zo heet dat.' In elk geval zijn medeconcurrenten duidelijk in het nadeel.

'Doet u me dan maar een moordenaar cadeau.'

'Pardon?' zegt Müller.

'Gewoon!' Grambach spreidt zijn armen. 'Zonder enige terughoudendheid. Het blijft onder ons.'

'Zijn ex-vrouw. Lea.'

Grambach doet of hij verbaasd is. Heeft zij dan een motief?

'Geen idee. Ik denk eigenlijk van niet.' Müller staat op en wenkt Grambach hem te volgen. Hij loopt naar een kast en haalt een map met foto's tevoorschijn, een ervan houdt hij in het licht. Farwick staat naast een donkerharige vrouw voor een bandenreclame, en daarnaast een duidelijk jongere Müller.

'Dat was zijn eerste optreden voor ons, in de herfst van 1984. Toen nog op proef. 's Avonds zit ik met haar in de bar van het hotel. Roland was al naar bed, die was nog niet aan zijn nieuwe leven gewend. We praten over van alles en nog wat en opeens zegt ze: Shit, ik ben toch niet met een vertegenwoordiger getrouwd.'

Grambach neemt de foto over. Het is telkens dezelfde indruk: Farwick is nagenoeg niets veranderd. Als hij dat pak niet zou dragen, zou je amper kunnen zeggen hoe oud die foto is. 'En toen hebt u ruzie gekregen.'

'Geen ruzie. Maar Roland was mijn idee, mijn eerste eigen idee, begrijpt u. Ik kwam net van de universiteit, ik had nauwelijks enige sjoege van de materie – maar ik kende de grote Roland Farwick. Zijn eerste optreden bij ons was meteen een groot succes. En dan moet ik vaststellen dat hij die vrouw heeft. Was niet goed voor de sfeer.'

Grambach overweegt weer eens te bellen. Maar als er iets was gebeurd, was zijn mobieltje al lang overgegaan. 'En dat was de reden voor de scheiding?'

'Nee. Kinderen. Lea kon geen kinderen krijgen.'

'Daarom heeft hij zich van haar laten scheiden?'

'Ja en nee,' zei Müller. 'Ze hebben een onderzoek laten doen, zuiver profylactisch. En daarna zei de dokter tegen haar: Mevrouw Farwick, u weet toch heel goed dat u geen kinderen kunt krijgen.'

Grambach zet een vragend gezicht.

'Een of andere ziekte, toen ze nog een meisje was. Sindsdien was ze onvruchtbaar, zonder enige hoop. Dat wist ze, maar ze had het niet aan hem verteld.' Müller gaat weer achter zijn bureau zitten en legt beide handen voor zich op het blad. 'Roland is die ene keer door het lint gegaan. Ik had hem nog nooit zo meegemaakt, dat was meteen de daaropvolgende dag. Ik dacht dat hij iets vreselijks zou gaan doen.'

'En? Heeft hij dat gedaan?'

Müller maakt een afwerend gebaar. 'Hij heeft zijn huwelijk ongeldig laten verklaren, na hun scheiding. Die kerkelijke administratie zit bij u in de buurt. Hij was immers onder valse voorwaarden getrouwd. Het was dus van nul en generlei waarde. Mijn god,' zegt Müller, 'dat is allemaal al zo lang geleden!'

'En de andere?' zegt Grambach. 'Mevrouw Merz. Of was dat ook niet uw type?'

'Nee, die was oké. Ze waren een mooi paar.'

'Waarom heeft hij haar dan verlaten?'

Müller schudt zijn hoofd. Er is, zoals bekend, niets zo vreemd als de affaires van een vriend.

Grambach neemt afscheid. Tijdens de terugrit laat hij zich op de hoogte brengen van de stand van zaken. Op de etage in het bedrijfsgebouw van waaruit vermoedelijk geschoten is, hebben ze nog steeds geen sporen gevonden.

'En de fietspolo'ers?

'Hebben van zich laten horen,' zegt Berntrieder. 'Moet ik erheen?'

Grambach wil dat zelf doen. Eerst komt hij nog even langs met Farwicks laptop. Er moet daarop iets worden gecontroleerd. Hij drukt het gesprek weg. Berntrieder voelt zich niet beledigd als hij routineklusjes moet opknappen. De tijd verstrijkt toch wel, zegt hij. Op zijn vrije dagen verbouwt hij op de boerderij van zijn vader een oude schuur tot een huis voor zijn gezin. Hij zal er ooit naartoe verhuizen. Misschien als zijn vader eindelijk eens de boerderij opgeeft. Zijn informatie daarover is niet eenduidig. De weg is het doel, zegt Berntrieder.

Als de journalisten weg zijn, wordt Farwick naar een andere kamer overgebracht. Zuster Ruth staat erop dat zij hem er in een rolstoel heen rijdt. Als de deuren van de lift dichtgaan, vindt hij dat plotseling onaangenaam, terwijl hij eigenlijk geen last heeft van claustrofobie. Ze moeten omhoog naar de vierde verdieping. 'Ik neem dadelijk weer een pil,' zegt Farwick als de lift omhooggaat.

'Doet u dat maar,' zegt de verpleegster. 'Het is geen doping.'

'We kunnen beter jij en je tegen elkaar zeggen.'

Eén seconde eerder had Farwick er nog geen weet van dat hij dat zou aanbieden. Maar hij heeft er geen spijt van. De stand van zaken maakt dat vanzelfsprekend. Een belletje geeft aan dat ze gearriveerd zijn.

Ruth duwt hem de gang op. Daar staat een politieman in uniform te wachten, hij begeleidt hen. Een paar jonge verpleegsters staan naast elkaar tegen de muur. Ze stoten elkaar giechelend aan. Op de kamer wacht het afdelingshoofd al op hem. Het spijt hem dat de pers is binnengedrongen. Verder alles naar wens?

'Dank u,' zegt Farwick.

Het afdelingshoofd helpt de verpleegster hem in bed te krijgen. En niemand die beter voor hem kan zorgen dan de gravin. Nietwaar?!

Dan neemt hij afscheid. Er liggen mensen op hem te wachten die het heel wat slechter vergaat dan hij.

'Hoezo gravin?' zegt Farwick als het afdelingshoofd weg is.

Ruth is juist bezig zijn spullen op te bergen. Ze heeft hem ook nieuwe kranten en een paar faxen gebracht. 'Ze pesten me soms.' Maar ze vindt het niet erg, ze is er ook aan gewend geraakt.

'Waarmee pesten ze je dan?'

'Met mijn naam. Ruth vrijvrouwe von Schwarz.'

'Vrijvrouwe?'

Ze vertrekt haar gezicht tot een grimas. 'Je kunt ook barones zeggen.'

Farwick kan een lach niet onderdrukken. 'En dan word je ziekenverpleegster?'

Ze komt naar het bed toe en buigt zich over hem heen. Kent hij wellicht de uitdrukking 'verarmde adel'? De familie Schwarz is al vier generaties lang verarmd. 'Ik ben een maatschappelijk succes,' zegt ze. 'Ik heb een middelbareschooldiploma en een beroep. Mijn vader was chauffeur bij een expeditiebedrijf.'

'Mevrouw de baron,' zegt Farwick. 'Potverdorie.'

'Barones. Mevrouw de baron ben je als je met een baron trouwt.'

Farwick neemt een pil en drinkt een slok water. 'En ik mag gewoon Ruth blijven zeggen?'

Hij kan zijn voorstel ook weer intrekken.

'Wanneer kom je terug?'

Ze kijkt de kamer rond. 'Eigenlijk helemaal niet meer. Dit is mijn afdeling niet. Maar ik zal proberen te ruilen.' Voor Farwick iets kan vragen, wijst ze op haar horloge. 'Maar ik kan hier op zijn vroegst morgenmiddag beginnen, anders loopt alles door elkaar. Als je wilt, kan ik tot dan op ziekenbezoek komen.'

'Dat wil ik wel.'

Ze schikt nog wat dingen in de kamer. Als ze vertrekt voelt Farwick zich meteen heel moe worden. De kleine aanval van zo-even in de lift is hij nog niet vergeten. Vreemd, denkt hij, de ene dag wordt er op me geschoten en de volgende dag word ik bang.

Agentuur Winter und Schermbeck heeft een concept uitgewerkt waarmee de huidige fietspoloclub de organisatie van de Europese kampioenschappen wil binnenhalen. Van fietspolo hebben de beide eigenaren niet veel kaas gegeten. En gisteren hebben ze werkelijk helemaal niets gemerkt. Hun kantoor ligt niet aan de marktkant. En de uitgang van de ondergrondse garage evenmin. Ze zijn niet veel later dan Farwick weggegaan en hebben niet eens de vele politie gezien. Moet je nagaan: er gebeurt iets onder je neus en dan moet je alles uit de krant vernemen!

'Nu wilt u zeker van ons weten wat ons aan hem is opgevallen?' zegt Schermbeck.

'Er is ons niets opgevallen,' zegt Winter. 'Omdat we hier de hele tijd niets anders hebben gedaan dan elkaar aanstaren en zeggen: Wow, dat is hij dus! Dat is de man die twintig jaar geleden driemaal de afzetbalk heeft overschreden.'

'Tweemaal,' zegt Grambach. 'Waar hebt u het gisteren over gehad?'

'Alleen wezenlijke dingen. Toen we merkten dat de zaak te groot voor ons aan het worden was, hebben we partners gezocht.' Maar er was nog niets besloten, het was een zuiver oriënterend gesprek. Winter heft beide handen, en dat betekent: ze hebben geen enkel motief om op Roland Farwick te schieten.

'Wie was er van zijn bezoek op de hoogte?'

'Een paar mensen maar,' zegt Winter. Voor zover hij zich kan herinneren, heeft hij er zelf met niemand anders dan met de fietspolo'ers over gesproken.

'Maak een lijst voor me,' zegt Grambach. Overigens, hoe staat het met de kans dat ze de Europese kampioenschappen echt krijgen?

Schermbeck en Winter halen hun schouders op. 'Fietspolo is een en al risico,' zegt Winter. 'Een ploeg bestaat uit twee man. Volkomen op elkaar ingespeeld. Geen vervangers, geen reserve. En als een van de twee geblesseerd is of gaat trouwen of gewoon geen zin meer heeft in fietspolo, dan is de hele ploeg naar de knoppen. Plotseling een lege plek op de ranglijst.' Haalt Farwick het volgens de doktoren?

Die is alweer op de been.

'Het is me wat,' zegt Schermbeck. 'De man is altijd bijzonder geweest. Alles wat hij doet past in zijn leven. Hoe hij is ontdekt, zijn vrouw, zijn trainer. Ook zijn nederlagen. Als hij kwam, wist je: het is alles of niets.'

'Toen ik hem een hand gaf,' zegt Winter, 'kreeg ik het gevoel dat ik erbij hoorde.'

'Ach!' zegt Grambach. Dat moest hij dan zeker ook maar eens uitproberen. Hij neemt afscheid. Schermbeck en Winter lachen.

Op de terugweg naar het hoofdbureau staat Grambach bijna weer op het punt Caroline te bellen. Maar ze hebben afgesproken: geen telefoontjes! Aan de telefoon klets je vaak te veel, heeft Caroline gezegd. En als je eenmaal aan het kletsen bent, sla je op zeker moment door.

Op hun kamer staat Berntrieder voor de flip-over met daarop de zaak-Farwick. Grambach maakt er zich zoals altijd vrolijk over. 'Wij kleuterschoolkids,' zegt hij. Iedereen mag naar voren komen en er dingen op aanbrengen. En dan kijken we of het allemaal een beetje bij elkaar past. Tot nu toe is het bord zogoed als leeg.

'Met de bankrekeningen is niets aan de hand,' zegt Berntrieder. Farwick is zuinig, hij heeft geen problemen met de belasting, driemaal een akkefietje in Flensburg, dat is alles. De nummers in zijn telefoonlijst zijn makkelijk te controleren, bijna uitsluitend gesprekken die hij beroepshalve heeft gevoerd.

'En de laptop?'

Tot nu toe niets interessants. De gebruikelijke dingen. Sport, nieuws, af en toe een boek besteld. 'En hij speelt een onderzeebootspel op internet.' Berntrieder schudt zijn hoofd. 'In een ruimte die even eindeloos is als de zee.' Dat heeft hij in de intro gelezen.

'De zee is niet eindeloos,' zegt Grambach. 'Alleen maar heel groot.'

'Je ziet er moe uit.'

'Hoe heet hij?' En als Berntrieder hem vragend aankijkt: 'Ik bedoel Farwick, welke naam heeft hij in dat spel?'

'Geen idee. Doet dat ertoe dan?'

'Waarschijnlijk niet. En die Merz?'

'Volkomen onbeschreven blad. Ongehuwd, een kind. Nooit opgevallen.'

Grambach overweegt nog of hij Vollrath vandaag moet inlichten als er een telefoontje komt: zo snel mogelijk naar zijn kantoor komen.

'Eén ding nog,' zegt Grambach. 'Hij heeft jaren geleden zijn huwelijk laten ontbinden. Wat vind jij daarvan?'

'Dat we met die informatie waarschijnlijk niets opschieten.'

Grambach knikt. Toch maar even controleren.

Vollrath is natuurlijk bezorgd. 'Als we eerlijk zijn,' zegt hij als Grambach hem op de hoogte heeft gebracht van de stand van zaken, 'dan wachten we op het moment dat een gek voor de tweede keer begint te schieten. Zodat we het over een andere boeg kunnen gooien. Met controles op de rondweg en wegversperringen. Of misschien hebben we voor de verandering dan een spoor.'

'U hebt gelijk.'

'En heeft hij echt zijn huwelijk laten ontbinden omdat zijn vrouw hem belogen heeft?'

Kennelijk. Ze trekken dat nu na.

'Ongelooflijk,' zegt Vollrath. 'Maar dat is allemaal lang geleden. Met uitzondering van moord is alles uit zijn leven als sportman verjaard. Kun jij je die studente nog herinneren?'

Het was voor Grambach een van zijn eerste zaken. Ze hebben de moordenaar nooit gevonden.

'De zaak is pas dertig uur oud en ik heb nu al het gevoel dat we weer zoiets aan de hand hebben. De kranten van vandaag hebben zich nog gedeisd gehouden. Maar morgen hebben ze al zo'n ondertoontje.'

'Kan zijn,' zegt Grambach. 'Of ze zijn de hele zaak al vergeten.'

Vollrath leunt in zijn stoel achterover. 'Hoe gaat het eigenlijk met Berlijn? Wil niemand uit de hoofdstad de provincie in?'

Vollrath en Berntrieder zijn tot dusver de enigen met wie Grambach heeft gesproken over zijn plan overgeplaatst te worden. En beiden heeft hij om stilzwijgen verzocht. Hij zat in een moeilijke persoonlijke situatie, alles is onzeker en dingen kunnen elk ogenblik veranderen. Het is natuurlijk bekend dat hij een weekendrelatie heeft.

'Nog niets met zekerheid over te zeggen,' zegt Grambach.

Dat is niet helemaal waar. Hij heeft in Berlijn een collega gevonden die wel met hem wil ruilen. De man is even oud en heeft dezelfde rang. Hij heeft hier in de stad een huis geërfd, maar hij heeft geen haast. Maar hij werkt wel op de afdeling Drugs. Grambach heeft daar uitstekende getuigschriften voor. De personeelsdienst kan met een besluit nog alle kanten op, maar zijn kansen lijken niet slecht. Maar in werkelijkheid heeft Grambach zijn verzoek nog niet officieel ingediend, omdat hij niets kon beslissen.

'Kan ik op de een of andere manier helpen?'

'Nee,' zegt Grambach.

In Berlijn zouden ze gaan samenwonen en trouwen en kinderen krijgen. Caroline is 34, precies de goede leeftijd. Ze wil al jaren kinderen. En Grambach ook. Maar hij is bang. Niet om te trouwen, hij wil geen andere vrouw. Hij is ook niet bang voor kinderen; kinderen zijn de natuurlijkste zaak van de wereld. Grambach is alleen bang voor de mogelijkheid dat alles in zijn leven ooit definitief vast zal liggen. Daar is hij bang voor: dat in Berlijn de hoop vervaagt dat ooit, van de ene dag op de andere, alles nog eens anders zou kunnen worden. Dat hij nog één keer zou kunnen kiezen.

Hoe zo'n ander leven eruit zou kunnen zien, daar heeft Grambach geen idee van. Hij heeft niet eens een droom. In wezen heeft hij geen enkel verlangen. Als alles zijn gangetje zou blijven gaan zoals nu, zou het hem niet uitmaken. Maar hij kan niet leven zonder de mogelijkheid dat alles ooit volkomen anders zal worden.

Vollrath tikt op zijn bureau. 'Als jij deze zaak oplost, voor zover er buiten mij nog enkele andere mensen zich ervoor interesseren, kan dat alleen maar in je voordeel zijn.'

'Ja?' zegt Grambach.

Eigenlijk wil hij niet koketteren. Natuurlijk zou hij in een uitstekende positie komen te verkeren als hij de schutter vindt. Een beter tijdstip om zijn verzoek in te dienen is er niet. Bovendien zou hij zelf dan weer degene zijn die zegt wat hij wil – wat een of andere autoriteit ook beslist.

Vollrath grijnst. Hij zou hier in elk geval zo snel niet weer een zaak krijgen waarover zelfs in de hoofdstad gesproken wordt!

'Natuurlijk,' zegt Grambach. Hij neemt afscheid en keert langzaam terug naar zijn kamer. Eigenlijk moet hij Caroline opbellen. Ze moet weten dat het nu niet meer op haar beslissing aankomt. Dat hij vanaf nu alles weer in de hand heeft. Maar tot zijn verbazing kan Grambach Caroline en alles wat met haar te maken heeft op het ogenblik helemaal niet belangrijk vinden. Hij maakt rechtsomkeert, gaat op een van de bezoekersbankjes in de hal van het hoofdbureau zitten en wacht op het telefoontje van Merz.

Farwick wordt wakker als er op de deur wordt geklopt. Buiten valt de avond. Ze hebben hem dus door twee maaltijden heen laten slapen, op het nachtkastje staat alleen een bos bloemen. Geen idee wie hem die heeft gegeven.

Er wordt opnieuw geklopt. 'Binnen,' zegt hij, zijn lippen branden.

Marlene zet het koffertje op de grond, komt naar hem toe en geeft hem een kus op het voorhoofd. Het spijt haar, maar ze kon niet zomaar uit Frankfurt weg. Weer eens niemand die op Luise kon passen.

Farwick moet moeite doen om te praten. De vele pillen zullen daar wel de oorzaak van zijn.

'Die politieman is een klootzak.'

'Welke?' zegt Farwick. Het duurt telkens even voordat er een gedachte tot hem doordringt.

'Ik vind het verschrikkelijk, politie in huis.'

Hij heeft een vieze smaak in zijn mond. 'Nee,' zegt hij eindelijk. Die politieman is oké. Hij heeft lang met hem gesproken. Hij moet zich nu doorzichtig maken zodat ze een motief kunnen vinden.

'Roland, daar klopt toch niets van,' zegt Marlene snel. 'Het is gewoon een gek geweest. Het was een afschuwelijk toeval. Meer niet.'

Farwick staat op het punt woedend te worden. Dit gaat hier helemaal de verkeerde kant op. Hij had heel anders met Marlene willen praten. Hij had trouwens helemaal een ander willen zijn, al toen ze binnenkwam: iemand op wie geschoten is. Die aan de dood is ontsnapt. Met geluk en behendigheid!

Niet dat hij dat had willen zeggen. Integendeel. Zij had dat moeten doen. In plaats daarvan wordt hij nu eindeloos langzaam wakker, terwijl Marlene bij hem staat te praten, alsof ze van alles op de hoogte is.

'Toeval?' vraagt hij. Hij spreekt het woord een beetje verkeerd uit. Buiten zit een politieman, dat heeft ze toch wel gezien?

Marlene doet een stap terug. Het is net alsof ze zich van het bed wegduwt. Ze begint Farwicks spullen uit te pakken. Hopelijk heeft ze niets vergeten. Die politieman heeft haar behoorlijk nerveus gemaakt. En hij ziet haar ook als verdachte!

'Laat maar.' Farwick spreekt elk woord afzonderlijk uit. 'Kom bij me zitten.'

Nee. Marlene wil eerst afmaken waaraan ze begonnen is. 'Je laptop heb ik niet bij me,' zegt ze. 'Die hebben zij nu. Hopelijk staat er niets op.'

'Hoezo!' Farwick wil niets meer zeggen tot ze klaar is met dat gerommel. Hij heeft honger, hij heeft sinds het ontbijt niets gegeten. Hij is nooit echt opgehouden met trainen, bijna honderd kilo en geen grammetje vet; iemand als hij moet regelmatig eten. Ze hadden hem op zijn minst wat fruit kunnen brengen. Zieken krijgen toch altijd fruit? Of was dat alleen vroeger zo?

Marlene staart lang in de lege koffer. Eindelijk komt ze weer naar hem toe. 'Geef me je hand,' zegt Farwick. Ook dat is weer verkeerd.

Eigenlijk zou zij zijn hand moeten pakken. 'Sorry dat ik je tot last ben.' Ziekenbezoek! Hij kent dat. Toen hij achttien was, is zijn blindedarm verwijderd.

'Weet ik. Heb je me al eens verteld.'

'Toen ik uit de narcose bijkwam, zat mijn vriendinnetje naast mijn bed. Toen kon ik haar eindelijk vertellen dat het met ons niets zou worden.'

'Heb je me al eens verteld.'

'Weet je,' zegt Farwick, 'misschien is het ook helemaal niet belangrijk wie er op me heeft geschoten. En waarom.' Eindelijk heeft hij het gevoel weer normaal te kunnen praten. 'In elk geval moet nu alles anders.'

'Wat moet er dan anders?'

Hoe kan hij dat nu weten? Moet je eerst een plan hebben als je een brandend huis uit wilt? Farwick denkt er nog over na of hij dat haar moet zeggen, als de deur opengaat en een piepjonge verpleegster binnenkomt. 'Honger?' Alles is er nog volgens haar.

'Graag,' zegt Farwick. Hij zou een wolf kunnen verslinden, zegt hij. De verpleegster lacht en loopt weg.

'Je hebt alles toch al veranderd.'

Farwick weet dat Marlene hun scheiding bedoelt. Hij knikt. 'Heb je iemand leren kennen?'

'Nee,' zegt Marlene. 'Die politieman wil trouwens dat ik nog met hem kom praten. Ik heb geen idee hoe ik dat moet regelen. Ik moet naar huis.'

Farwick twijfelt even, maar pakt dan de telefoon. Grambachs visitekaartje ligt op het nachtkastje. Hij neemt meteen op. Of hij misschien nog naar het ziekenhuis kan komen? Mevrouw Merz wil daar graag met hem praten. Hij hangt op. 'Zie je,' zegt hij, 'problemen zijn er om opgelost te worden.'

Dan brengt Ruth zijn eten. Voor is het eerst is ze niet in verpleegstersuniform, ze heeft een lichte bloes en een jeansrok aan. Haar haar hangt los; Farwick wist niet dat het zo lang was. Hij stelt de twee vrouwen aan elkaar voor. En hij slaagt erin Ruths volledige naam te zeggen alsof daar helemaal niets mee aan de hand is.

Er is bijna niemand in de grote hal van het ziekenhuis. Grambach ontmoet Merz aan een tafeltje bij een gesloten kiosk. Tot het moment dat hij haar ziet, is hij van plan geweest zich voor zijn gedrag in Farwicks woning te verontschuldigen. Of in elk geval te laten blijken dat hij nu vriendelijker zal zijn. Maar als hij haar gezicht ziet, het donkere vlekje boven haar mondhoek, is het snel gedaan met zijn voornemen. Hij moet zichzelf toegeven dat die vrouw hem prikkelt grof te zijn.

'Hebt u erover nagedacht?' zegt hij na een korte begroeting.

'U weet niet wat voor dag dit voor mij is geweest. Alles liep in het honderd.'

'Dat kan gebeuren. Maar ik vraag toch maar even naar het resultaat.'

Ze haalt haar schouders op en kijkt opzij.

Grambach is verbaasd. Zo reageren normaal gesproken alleen verdachte personen. 'Vertel gewoon maar over uzelf,' zegt hij. 'Misschien helpt dat. U hebt een dochter. Twaalf jaar oud. De vader is in het buitenland overleden?'

'Een aanval van astma in het buitenland. Als hij thuis was geweest, had hij het overleefd.'

Grambach zwijgt. Hij probeert haar aan te kijken alsof hij haar tegemoet wil komen.

'De liefde tussen ons was meer een spelletje,' zegt Merz. 'Luise was niet gepland, maar het was ook geen toeval. We waren niet eens getrouwd. Het was tussen ons allemaal zo vanzelfsprekend.' Ze strijkt een haarsliert achter haar oor. 'Natuurlijk zouden we zijn getrouwd. Maar we hadden onze toekomst al achter ons.'

Grambach doet alsof dat een zakelijke mededeling is. 'Wat hebt u daarna gedaan?'

'Niets. Mischa's ouders hebben me financieel gesteund.' Ze kijkt op de klok boven de ingang. 'Ik weet niet wat ik hier moet vertellen!'

'Ik ook niet,' zegt Grambach. 'Daarom wil ik het horen.'

'Toen Luise naar school ging, heeft de vader van Mischa me een baan bezorgd bij een artsenbezoekster. We komen ook in de sportwereld. Zo heb ik Roland leren kennen.'

'Voor ik het vergeet: kunt u met wapens overweg?' Grambach weet nog steeds niet waarom hij het zo leuk vindt op deze vrouw een onsympathieke indruk te maken. 'Of kent u iemand die met wapens overweg kan? Kennissen uit de schietsport misschien?'

Ze draait haar ogen weg.

'En waar was u gistermiddag?'

'Ik zat aan mijn bureau.'

'Klopt.' Grambach pauzeert even. 'Er zijn overigens mensen die zeggen dat Farwick en u een mooi paar vormden.'

'We zijn wel eens gefotografeerd. Als u dat bedoelt. Ze hebben ook weer over hem geschreven in die roddelbladen.'

'Ik denk dat u me nu wel kunt vertellen waarom u gescheiden bent? En graag zo dat ik het begrijp.'

'Goed,' zegt Merz. Ze kijkt Grambach aan. 'Met Kerstmis een jaar geleden zijn we met vakantie geweest naar een eiland in de Caraïbische Zee. Roland rende elke ochtend langs de baai. Als we aan het strand waren, zwom hij bijna de hele tijd. Op een bepaald moment is hij door een Engelse toerist herkend. Die heeft zijn vrienden erbij gehaald en Roland heeft zich met de hele groep laten fotograferen.'

'Nou en?'

'Maak het nou helemaal! 's Avonds zat ik alleen aan het zwembad. Toen kwam de man naar me toe. Hij sprak heel goed Duits. Hij zei: Roland Farwick was de beste die we ooit hebben gehad. Ik heb gehuild toen hij moest opgeven.'

Grambach trotseert nog steeds haar blik. Hij wil tegen haar zeggen dat hij haar begrijpt. Dat je niet met een dode kunt leven. Maar hij kan geen woord uitbrengen.

'Over een paar jaar gaat Roland met pensioen.' Ze richt zich een beetje op. 'Dan is Luise het huis uit en ben ik net veertig.'

'Daarom hebt u er een eind aan gemaakt?'

'Hij is weggegaan. Hij heeft het gemerkt. Ik was te laf, dat is alles.'

Grambach zegt niets.

'En als u het wilt weten: ik heb geen nieuwe vriend.' Plotseling is ze woedend. Ze begint zelfs luidkeels te praten. 'Integendeel! Ik mis hem. Ik kan het wel uitgillen als ik zie hoe hij erbij ligt. En als ik hoor wat voor onzin hij uitslaat. Maar ik kan toch niet zeggen: Kom terug alsjeblieft! Alleen omdat er op hem is geschoten.'

Een verpleegster kijkt om te zien wat er met hen aan de hand is.

'En verder?' vraagt Grambach. 'Problemen, ruzie of zoiets?'

Ze schudt haar hoofd. 'Roland is erg aardig. Meestal laat hij de mensen praten. Als er iets besloten moet worden, doet Müller dat. Hoe kan hij dan moeilijkheden met iemand krijgen?'

Grambach haalt zijn schouders op.

'Hij was heel eenzaam.' Plotseling begint ze te glimlachen. 'Bijna net zo eenzaam als ik zou zijn geweest als ik Luise niet had gehad.'

Grambach staat op. 'Zeg hem maar dat ik zijn laptop morgen kom brengen.'

'Ik ga nu niet meer naar hem toe. Ik moet dringend naar huis.'

'O ja?' zegt Grambach. Hij geeft haar zijn visitekaartje. Voor het geval er nog iets is. Of als ze gewoon wil praten.

Ze is ook opgestaan. 'Dat is onwaarschijnlijk,' zegt ze.

'Dat weet ik,' zegt Grambach. Maar onwaarschijnlijk betekent niet uitgesloten.

De jonge verpleegster heeft juist de vuile bordjes opgehaald als Ruth de kamer binnenkomt. Ze doet de deur opnieuw vanbinnen op slot.

Vindt de politieman dat niet raar?

'En wat dan nog.' Ze zet de koffer van Farwick in een tweede kast. 'Het was zo mooi buiten. Morgen zet ik je in de rolstoel en gaan we de frisse lucht in.'

Zonder uniform en kapje ziet Ruth er veel jonger uit. Als ze half op het bed gaat zitten, gaat Farwick met zijn rechterhand onder haar rok. Hij streelt haar en pakt haar dan even stevig bij haar dij. 'Doe je aan sport?'

Ze lacht. 'Als je wilt zien hoe oud ik ben, kijk dan maar even hier.' Ze knoopt haar bloesje open. 'Een geplooid decolleté. Niets aan te doen. Geen sport, geen dieet. Dat is alleen wat dom bindweefsel, en dat doet wat het wil.'

Ze knoopt haar bloesje weer dicht, maar Farwick schudt zijn hoofd. Nee, het is goed zo. Hij pakt haar nog even flink beet aan de binnenkant van haar dij en schuift dan zijn hand tussen haar benen.

'Zal ik?' zegt ze. Het duurt maar een oogwenk. Haar rok kan aan de zijkant geopend worden en als een doek weggetrokken. De bh houdt ze aan. Ze haalt de deken van Farwick af en kijkt naar zijn lichaam. Langzaam strijkt ze over zijn buik. Hij houdt de adem in en spant zijn spieren, zij lacht, bijt hem even in de zij en neemt hem in haar mond. Zijn erectie is weer prompt en perfect. Ten slotte klimt ze op het bed en gaat op hem zitten, voorzichtig om zijn rechterbeen niet aan te raken, ze balanceert met haar hele gewicht op haar heupen. Ze helpt hem naar binnen, en zelfs als ze op en neer beweegt, raakt ze hem nauwelijks aan. 'Doe je ogen dicht,' zegt ze.

Farwick begrijpt wat ze bedoelt. Hij weet dat hij eigenlijk zou moeten kijken. Maar het is een aanbod dat hij mag aannemen. Hij sluit zijn ogen. En dat is het mooiste aan wat er nu gebeurt: zo heeft het helemaal niet te maken met alles wat er ooit is geweest. Farwick hoopt alleen nog dat het niet zo snel voorbij is als gisteren. Die wens gaat in vervulling. Ze houdt zich heel stil, en hij ook. Als hij zijn ogen weer opent, is ze al lang uit de kamer verdwenen.

Hij blijft een tijd roerloos liggen. In situaties als deze voelt hij nog altijd de reflex Kunstfeld te bellen. Indertijd heeft hij dat gedaan. Niet om te zeggen wat er even eerder was gebeurd. Maar om te melden: Er is net iets gebeurd – maar het doet er niet toe wat, ik heb me niet laten afleiden. In mijn hoofd is alles oké. Ik weet heel goed waar ik heen wil. Ze hebben toen over het trainingsschema gepraat. Af en toe zelfs over het weer.

'Shit,' zegt Farwick. Hij wil niet aan Kunstfeld denken, nu niet tenminste. Maar het heeft geen zin zich ertegen te verzetten. Hij concentreert zich: hij wil niet de zwijgende grijze man in zijn fauteuil zien. Hij sluit zijn ogen weer. 'Polsstokhoogspringen,' zegt hij zachtjes.

'Is een probleem,' zegt Kunstfeld. 'We kunnen alles oefenen, mooie jonge vriend. Alleen polsstokhoogspringen niet.' Afgezien van het feit dat de school daar geen faciliteit voor had, was het ook een probleem op zichzelf. 'Polsstokhoogspringen, daar moet je voor in de wieg zijn gelegd.' Volstrekt idiote bezigheid! Eerst kaarsrecht vooruit rennen, dan even op de kop in de lucht gaan hangen en je met je armen omhoogdrukken. Kunstfeld lacht, daarna klinkt zijn Duits nog Tsjechischer. 'En daartussenin gebeuren ingewikkelde dingen. Dat kun je niet uitleggen. Je moet het gewoon doen. Dan zul je het wel zien.'

De aangekondigde test vond nog in de zomervakantie plaats. Iemand van de bond had de school inderdaad gebeld en om een soort toets verzocht, zo onopvallend mogelijk en buiten de les om. De jongen kwam wellicht voor een speciale beurs in aanmerking, maar moest zich voorlopig geen illusies maken. De verantwoordelijke gymleraar werd om assistentie gevraagd.

Verantwoordelijk voor Roland Farwick was Jiri Kunstfeld, vroeger een internationaal succesvolle hordenloper, lid van de Tsjecho-Slowaakse olympische ploeg. Twee weken achtereen gaf hij zwemmer Farwick een intensieve cursus atletiek. Hoe je moet hardlopen, hoe je springt, hoog en ver en over een horde. Hoe je een discus werpt, hoe een kogel, hoe een speer. Kunstfeld deed de bewegingen voor en Farwick deed ze langzaam na.

Het was augustus, snikheet, bijna te warm voor atletiek. Kunstfeld nam voor hen beiden eten van huis mee. Na elke les laste hij een pauze in en vroeg naar de ervaringen van Farwick. Hoe die zich verhielden tot de theorie. Daarbij zaten ze naast elkaar op het gras, met de armen om hun knieën; aan de andere kant van het grasveld keken ze tegen een rij bomen aan, waarachter de oude villa's stonden die je alleen 's winters kon zien.

Kunstfeld was in het jaar na de Praagse lente gevlucht. Bij een landenwedstrijd was hij uit het stadion verdwenen, tussen de serie en de finale, alleen met de spullen die hij aanhad. Pas een week later, toen zijn ploeg al lang weer was vertrokken, meldde hij zich bij de autoriteiten. Vanwege zijn Duitse voorouders werd hij meteen genaturaliseerd. Hij had zijn carrière als hordenloper misschien nog kunnen voortzetten; maar het aanbod van een sportfonds een studie voor hem te financieren was te verleidelijk. Hij had zich een week lang schuilgehouden in een bos en doodsangsten uitgestaan, hij had niets gegeten en alleen water uit een beek gedronken, en niet vcel later begon hij na een hoop kabaal in de pers aan zijn studie. En nu was hij een Duitse ambtenaar met formatieplaats en pensioenrechten. Als hij het vertelde, kon hij erom lachen. De leerlingen vonden hem competent, evenwichtig en joviaal, als je het vergeleek met de sfeer in de school. Daar droeg zijn accent overigens niet weinig toe bij. Maar ze dachten ook allemaal dat hij ongelukkig was.

Op vrijdagmiddag van de tweede week namen ze alle tijden, hoogten en afstanden op, met grote pauzes tussen de afzonderlijke disciplines. Meer konden ze niet doen om een tienkamp te simuleren. Vier afstanden, vier tijden, één hoogte; het polsstokhoogspringen ontbrak natuurlijk. Kunstfeld noteerde de getallen in het formulier dat hem was toegestuurd. Dat deed hij zittend op het gras.

Farwick was nog buiten adem van de afsluitende vijftienhonderd meter. Wat betekende dat nu allemaal?

'Dat je slecht bent,' zei Kunstfeld boven zijn papieren.

Farwick protesteerde. Hij had de meeste disciplines voor het eerst gedaan!

Kunstfeld lachte. Zo eerzuchtig? Of hij echt een tienkamper wilde worden?

'Ik niet!' riep Farwick met hct laatste beetje lucht dat hij nog had. Alsof het zijn idee was geweest! Omdat hij stond, keek hij omlaag naar Kunstfeld. Die keek naar hem omhoog, tegen de zon in. Van zijn lichtblauwe ogen onder de bijna onzichtbare wenkbrauwen bleven twee zwarte puntjes over, die tussen de oogleden geklemd zaten.

Ik wil helemaal geen sport meer beoefenen, had Farwick bijna gezegd. Ze hadden hem op een zwak moment bij zijn lurven gepakt. Hij was juist bezig een punt te zetten achter zijn zwemmen! Hij zou werkelijk niets hebben gemist.

Heel even ziet Farwick zich op het startblok zitten. Hij zou hoogstens het zwembad gemist hebben. In het water waren er alleen maar opgewekte mensen, ze moesten zich wel inspannen, maar ze waren opgewekt. In het bad hoefde je niet bang te zijn, niemand had te klagen, de meeste mensen lachten, als ze er nog adem voor hadden. En als de zon 's avonds schuin over het water scheen en de hoofden als op aluminiumfolie lagen, was Farwick er altijd volkomen zeker van geweest dat zijn toekomst als een vrolijke dag in het zwembad zou zijn.

Hij deed een stap opzij zodat Kunstfeld niet meer tegen de zon in hoefde te knipperen. 'Ik ben niet eerzuchtig.'

'Ik weet dat je voor alle vakken een acht staat. Of hoger,' zei Kunstfeld, maar nu met zoveel fouten in zijn uitspraak dat het leek of hij plotseling niet alleen moeilijkheden had met het Duits, maar met spreken in het algemeen. 'Is dat geen eerzucht?'

Farwick weet niet goed meer wat hij heeft geantwoord. 'Ik hou alleen mogelijkheden voor me open.' Zoiets. Hij weet alleen dat hij erbij bloosde. Zo spreek je niet als je zestien bent.

'Ah!' zei Kunstfeld. Vandaar de tienkamp, de vele mogelijkheden. Teenkamp en mögelijkheiden. Hij ritselde met zijn papieren. Dat rekenwerk was voor hem altijd een boek met zeven zegelen geweest. Plotseling was zijn Duits weer perfect. Hoeveel punten voor welke onderdelen. En wat levert het je op als je in een van de disciplines heel goed bent, even goed als de specialisten? Of is dat juist lastig? Of je niet liever moet voorkomen ergens heel goed in te zijn? 'Een sport voor rekengenieën,' zei Kunstfeld. En voor evenwichtskunstenaars. Equilibristen. Hij sprak het opzettelijk verkeerd uit.

'En nu opgelet!' riep hij. Hij tekende punten in een diagram en verbond ze uit de losse pols met een lijn. Hij had een grote trainer ooit eens horen zeggen: Of iemand tienkamper wordt, beslis je niet, dat is al bij voorbaat beslist. 'Alsjeblieft!' Hij hield Farwick het vel papier onder zijn neus. Negen kruisjes naast negen loodrechte lijnen, die elk een andere reeks getallen hadden. Nu de kruisjes met elkaar verbonden waren, liep de streep horizontaal en was bijna zo recht als een strakgespannen touw.

'Ik kan het kapotscheuren,' zei Kunstfeld. 'Het is jouw leven. Maar als de mensen dit zien laten ze je niet meer los.'

'Waarom?' Farwick nam het vel van hem over. Dat is toch allemaal hoogst middelmatig!

'Precies,' zei Kunstfeld, en toen legde hij op elk woord een klemtoon: 'Het is allemaal middelmatig.' Hij tekende de lijn in de lucht na, een streep op halve hoogte met de kant van de hand, van links naar rechts. 'Allemaal in het midden,' zei hij daarbij. 'En zo moet het ook. Zo moet het. Hé, jij! Je bent een geboren tienkamper.'

'Ach, shit!' zei Farwick overdreven komisch.

Kunstfeld schudde langzaam zijn hoofd. 'Dat is niet leuk. Mijn mooie jonge vriend!' Wat hij daarna zei, kon Farwick niet verstaan, het was Tsjechisch. Toen ze bij de ingang van het sportterrein afscheid van elkaar namen, ging Kunstfeld even kort met zijn hand door Farwicks haar, dat ook blond was, maar niet zo dun als het zijne en niet zo plat op de schedel liggend, het groeide vol en krachtig alle kanten op. 'Je hebt nog één kans,' zei hij. 'Polsstokhoogspringen.' Met een dubbele o in 'stok' en een ie in 'springen'.

Grambach is te voet van het ziekenhuis naar huis gegaan. Hij is moe, maar wil niet naar bed. Daar is het te vroeg voor; hij zou snel weer wakker worden en dan niet meer in slaap kunnen komen. Een tijdlang zit hij in de keuken, dan gaat hij naar zijn werkkamer en logt in op de kantine van Knights. Schmidt is inderdaad online. Hij moet voor de volgende termijnen verstek laten gaan, schrijft Grambach hem. Gespannen situatie op zijn werk.

Schmidt toont alle begrip. Misschien moet hij met de anderen nog wat oefenen voordat het de volgende keer menens wordt. Het zijn allemaal zo'n beetje beginnelingen.

Ze wisselen wat futiliteiten uit. Grambach zit te wachten op het moment dat Schmidt weer over Farwick begint; maar die doet alsof er niets is gebeurd. Ten slotte neemt hij afscheid. Grambach opent zijn mailbox. Er is een nieuwe e-mail van Caroline, vanochtend verstuurd. Grambach twijfelt even, maar dan opent hij hem niet.

Als die Griekse zaak op de begane grond niet maanden geleden al gesloten was, dan zou hij nu wel eens in verleiding kunnen komen. Er was daar laat op de avond altijd nog wel iets te krijgen. Hij gaat weer in de keuken zitten, drinkt een glas wijn, gaat voor de tweede keer die dag douchen en duikt in bed. Gisteren heeft hij lang wakker gelegen. Maar nu weet hij zeker dat dit een van de twee of drie nachten per maand zal zijn waarin hij praktisch helemaal niet slaapt. Die nachten zijn verschrikkelijk, maar het aantal is al jaren constant. Grambach kan ermee leven.

Drie

Vrijdag

Omdat niemand helemaal goed wist wat met hem te beginnen, was Grambach op zijn veertiende gaan hardlopen. Het was een noodoplossing. Natuurlijk was het devies meteen nadat hij voor het eerst naar school was gegaan: laten we die bijzonder getalenteerde jongen stimuleren, ook al kost dat tijd en moeite. Maar er gebeurde niet veel. Op de lagere school had een jonge onderwijzeres hem een klas laten overslaan; maar Grambach verveelde zich ook bij oudere scholieren. Ten slotte werd hij aan het werk gezet in de kelder van de school: de boel opruimen. Op het gymnasium bood deze of gene leraar hem extra stof aan of gaf hem extra huiswerk mee. Maar het had allemaal geen samenhang en het verzandde na korte tijd.

Een oorzaak daarvan was dat Grambach alles deed om de mensen te plezieren die hem níét tot iets uitzonderlijks wilden maken. Bij zijn ouders was hij daar altijd al in geslaagd; hij had zelfs voor hen geheim weten te houden dat hij lang voor hij naar school ging al kon lezen en schrijven. Bij de onderwijzers lukte het hem ook. Moeilijker was het zijn medescholieren ervan te overtuigen dat hij niets bijzonders was. Ze waren maar wat graag bereid in hem een strebertje te zien, uitstekend geschikt voor de rol van slachtoffer. Maar Grambach deelde zijn kennis hulpvaardig met iedereen; hij gaf zelfs aanwijzingen, misschien als middel tegen zijn verveling, hoe ze het best dingen van hem konden overschrijven. Als het tijdens de les voor een medescholier netelig werd, greep hij ongevraagd in en stuurde het gesprek in een andere richting. Weldra was er niemand meer die niet bij hem in het krijt stond.

Zelfs in de gymles liet Grambach, hoewel jonger en spichtiger dan zijn medescholieren, geen watje van zich maken. Omdat hij wist hoe je het verst gooide, gooide hij verder en harder dan anderen die sterker waren dan hij. Op de korte afstand kon hij ze niet bijbenen; maar op de middellange afstand wist hij zijn krachten al zo goed te verdelen dat zijn resultaten de anderen blameerden. Dat gold ook voor het zwemmen, waar nog bij kwam dat hij in een voorbeeldige stijl zwom.

Alleen bij de teamsporten dreigde hij in het begin flink te moeten incasseren. Maar gelukkig was zijn school, midden in een voetbalstad gelegen, een handbalschool. Bij gebrek aan andere geïnteresseerden wist Grambach het tot doelman te schoppen, een rol waarbij hij door de strafcirkel als door een magische ring werd beschermd. Daar handelde hij eenzaam en volgens het boekje; moedig trad hij de ballengooiers tegemoet en was even de plichtmatige marionet aan een touwtje. Als er toch een bal in het doel belandde, kreeg de verdediging de schuld, en Grambach keek berispend naar de betreffende speler. Maar als de bal zijn lichaam raakte, had hij iets gepresteerd en niemand mocht daar iets aan afdoen.

Toch bleef sport het enige vak waarin Ludger Grambach zich, dat wil zeggen zijn lichaam, moest inspannen. In alle andere vakken kreeg hij de beste cijfers zonder dat hij enige tijd aan leren besteedde. Voor een goed cijfer voor sport moest hij zijn best doen.

Dat nu bracht een jonge leraar wiskunde en sport op een idee. Hij was in de klas van Grambach klassenleraar geworden, en hij nam zich voor de uitzonderlijke leerling uit te dagen door van hem een beoefenaar van een wedstrijdsport te maken. Hij koos de middellange afstand, een juiste keuze, want Grambach was flink aan het groeien en bleef tegelijk slank en pezig. Weldra versloeg hij de beste leerlingen van de hoogste klassen op de 1500 en 3000 meter. Hij werd in zijn leeftijdscategorie winnaar bij de plaatselijke scholierenwedstrijden en later kampioen van de regio en de deelstaat.

Het concept van zijn klassenleraar leek te slagen. Grambachs voortreffelijke cijfers speelden amper nog een rol. Alles en iedereen om hem heen concentreerde zich op zijn carrière als hardloper. Zijn ouders, die er zich jarenlang bezorgd over hadden gemaakt een hoogbegaafd kind te hebben maar niet te weten wat ermee te doen, konden alles weer als vanzelfsprekend zien. Grambachs vader ging graag met zijn zoon naar wedstrijden. Hij droeg zijn spullen naar de kleedkamer, tijdens de wedstrijd vuurde hij hem aan, en op weg naar huis luisterde hij in de auto naar zijn vijftienjarige zoon, die hem uitvoerig vertelde hoe hij de wedstrijd had aangepakt. Hij had zich als vader nog nooit zo goed gevoeld.

Maar er was iets wat alleen Grambach wist. Als zijn leraar het had gehoord, had hij waarschijnlijk gezegd: die jongen rent met zijn hoofd. Inderdaad drong zich bij Grambach tijdens het rennen de voorstelling op dat een heel klein, lichaamloos wezen zonder naam bezit nam van zijn hoofd. Daar registreerde het alle binnenkomende mededelingen. Die kwamen in de vorm van pijn of als bericht van onvermogen: pijn in de zij en de gewrichten; het onvermogen dieper en langzamer te ademen, soepeler te rennen en losjes uit te lopen; of gewoon het onvermogen sneller te gaan. Het naamloze wezen berekende aan de hand van die mededelingen de waarschijnlijkheid op de gekozen afstand de gewenste eindtijd te bereiken. Als de waarden daar niet mee in overeenstemming waren, nam het passende maatregelen. In schrille tegenstelling tot zijn lichaamloosheid maakte het daarbij gebruik van een rauwe en soms lompe bevelende toon, die geen tegenspraak duldde. Als Grambach zijn aanwijzingen niet of niet juist uitvoerde, ging het wezen over tot beledigingen.

Maar als het er goed uitzag en alles wees in de richting van het bereiken van wat er in het trainingsschema was voorzien, dan leunde het lichaamloze wezen achter Grambachs voorhoofd achterover en kon Grambach doen wat hij het liefste deed: nergens aan denken.

Gestoord werd hij nauwelijks. Grambach trainde 's middags op een oud sportcomplex aan de rand van de binnenstad; en dat was vaak zo verlaten dat hij zich kon voorstellen dat het lichaamloze wezen in zijn hoofd alleen op de wereld was: een onderzoeker in een robot, ingeschakeld ter verkenning van een net ontdekte en misschien wel onbewoonde planeet. Grambach begon zijn rondjes op de kunststofbaan van sportveld een, rende de trappen op en liep een rondje om veld twee. De slotronde legde hij af op sportveld drie, waar de naakte bodem door de sintels heen te zien was.

Sportveld drie was in die tijd al opgegeven, de kassahokjes bij de ingang waren met planken dichtgespijkerd. Vroeg in de avond klommen jongeren uit de aangrenzende wijk tegen de regels in over de versperring; niemand deed daar iets tegen. Als Grambach zijn slotrondje liep, stonden ze er altijd. Ze waren ouder dan hij, leunden tegen de gammele doelpalen en rookten en praatten, ze hadden radio's bij zich, soms stond een stelletje een eindje van het kliekje vandaan elkaar af te likken. Langzamerhand kenden ze Grambach wel. Wat ze hem nariepen was steeds hetzelfde. Elke keer gaf het naamloze wezen in Grambachs hoofd dan het bevel het slotrondje in de toekomst te laten voor wat het was. Maar hoe onverbiddelijk anders ook, op dit punt kreeg het nooit zijn zin.

Inderdaad verdween diens macht zodra Grambach het sportveld verliet. Hij zou nooit beweerd hebben dat hij met zijn hoofd liep; maar hij was ervan overtuigd nooit een middellangeafstandsloper te worden, in elk geval niet een belangrijke. De training was de training, en die nam hij serieus. Maar al op weg naar de kleedkamer was hij geen loper meer, laat staan elders. Om een echt goede loper te worden, had hij in een sportboek gelezen, had je een geheel eigen stijl nodig. De groten, las hij, liepen allesbehalve volgens de regels, bij sommigen was het zelfs niet om aan te zien. Maar ze hadden hun stijl gevonden, hun hoogsteigen manier van lopen. Die stijl hielp hen als ze het op de zenuwen kregen, waar je in een wedstrijd altijd rekening mee moest houden, omdat alles heel anders ging dan verwacht en ingecalculeerd. De stijl stelde hen in staat zich tijdens de wedstrijd te hervinden: als het nipt en krap werd, als de krachten waren uitgeput, als er beslissingen moesten worden genomen, en dat terwijl het hoofd leeg was en alles alleen nog maar pijn deed.

Maar Grambach wist dat hij geen stijl had. Het naamloze wezen achter zijn voorhoofd organiseerde zijn mogelijkheden; het deed het van seconde op seconde, het reageerde snel, betrouwbaar en consequent. Maar aantekeningen maken deed het niet! Als het Grambachs hoofd verliet, liet het niets achter, geen geschiedenis. Telkens als Grambach weer begon te lopen, tijdens de training of in een wedstrijd, was het alsof hij het voor het eerst deed. Het naamloze wezen kwam ergens vandaan en deed zijn werk, geroutineerd en nauwkeurig, maar zonder ambities, zonder hartstocht, alsof het heel goed wist dat Grambachs lopen noch een doel op zichzelf was noch gericht op een hoger doel, maar dat het er alleen toe diende hem zijn lievelingsactiviteit mogelijk te maken: ongestoord nergens aan denken.

Als de klassenleraar dat had geweten, had hij zijn pogingen misschien wel opgegeven. Maar hij zag alleen het succes van zijn ongebruikelijke maatregelen. Daarom konden ze een tijdlang goed met elkaar opschieten: de onopvallende maar uitzonderlijke leerling, zijn trotse promotor en het naamloze wezen, dat braaf zijn werk deed, zodat Ludger Grambach de bekers kreeg die voor hem gereed stonden, veel erkenning en vooral onbezorgde rust. Alleen één ding kreeg hij niet: zijn eigen stijl.

Sinds zeven uur 's ochtends is het weer rustig in de ziekenkamer. Na het ontbijt wilde de jonge verpleegster Farwick helpen bij het wassen. Hij heeft dat afgewezen. Nu vreest hij dat hij zich weer zal gaan vervelen.

Tegen acht uur belt zijn moeder op. Het was zo moeilijk geweest telefonisch contact met hem te krijgen. Ze had het vele keren geprobeerd. 'Je kunt je niet voorstellen wat voor gedoe dat is geweest!'

Sinds gisterochtend heeft zij het rechtstreekse nummer van zijn kamer. Farwick probeert van onderwerp te veranderen. Als hij met zijn moeder belt, gaat het meestal over opbellen. Waarom hij wanneer en waar niet te bereiken was; hoe vaak ze het geprobeerd heeft; welke nummers er nu eigenlijk bij welke telefoon horen.

'Doet er ook niet toe,' zegt zijn moeder plotseling. En morgen komen ze eindelijk bij hem op bezoek! Ze heeft haar broer gevraagd, hij rijdt.

'Nee!' Farwick maakt een beweging die pijn veroorzaakt in zijn zij. 'Ik heb toch gezegd dat je niet moet komen.'

'Hoezo?' Haar stem trilt.

Farwick moet nu snel zijn. 'Ik word ontslagen.'

Stilte aan de andere kant.

'Heb je me verstaan, mama? Ik kan het ziekenhuis uit. Jullie kunnen me helemaal niet bezoeken.'

'Als dat zo is.' Zonder te groeten hangt zijn moeder op.

Enkele seconden later gaat de telefoon weer. Het is Lea. 'Hi,' zegt ze. 'Wat is er aan de hand? Je bent voortdurend in gesprek. Vechten ze soms om je?'

'Nee. Er is op mij geschoten.' Farwick probeert een andere houding aan te nemen. Hij heeft nog steeds steken in zijn zij.

'Maar het gaat toch wel goed met je? Dat staat tenminste in de krant.'

Dan zal het wel kloppen.

'Doe niet zo nukkig,' zegt Lea.

'Ik voel me goed,' zegt Farwick. Hij ontmoet Lea zelden. Als ze elkaar bellen, zoals nu, heeft hij het gevoel dat hij naar oude opnamen luistert. 'Ik word hier goed verzorgd.'

'Ik kom vanavond,' zegt Lea. 'Rond vijven. Of misschien tegen zessen. Vind je dat goed? Het is belangrijk.'

'Om vijf uur is het avondeten.' Hoe dat moet klinken! Hij zoekt naar woorden, maar Lea heeft al opgehangen.

'Madame,' zegt Farwick. Zo noemde Kunstfeld Lea graag. Ze zijn twee jaar getrouwd geweest. Van de Europese kampioenschappen in Athene tot aan het eind in Los Angeles. Bij het huwelijk had Farwick gedacht: geen paniek, dit is gewoon een experiment. Een experiment waarbij je wel je best moet doen, maar meer dan een experiment is het niet. Hij was tweeëntwintig jaar. Zijn toekomst lag voor hem als een meer waarvan je de andere oever niet kunt zien. Hij was landskampioen en wereldkampioen bij de junioren, en voerde de wereldranglijst aan: een fabelachtige atleet, nog heel jong en dan al zo dicht bij het grote doel.

Het eerste jaar van hun huwelijk was nog het jaar van de nederlagen. In bijna elke wedstrijd verbeterde hij in een of twee disciplines zijn persoonlijke record. Maar de voortdurende terugslagen, de onverklaarbare uitschieters naar beneden, wierpen hem terug. Aan het begin van hun tweede jaar kwam zijn eerste wereldrecord. Vanaf dat moment was alles mogelijk.

'Iemand bijgelovig?' vraagt Grambach. Het is halfnegen, het recherchebijstandsteam is bijeen in de kleine vergaderruimte. Het infobord hebben ze hierheen gehaald.

'Vrijdag de dertiende is een geluksdag,' zegt Berntrieder. De dertien staat voor de verlosser, twaalf apostelen plus één: Christus, de zoon Gods.

En de vrijdag dan, vraagt iemand.

Zinnebeeld van de dood als voorwaarde voor de wederopstanding. Berntrieder kijkt in zijn koffie. In de loop van de tijd is daar een beetje de klad in gekomen.

'Prima,' zegt Grambach. 'Dan vatten we hem vandaag in de kraag.'

Niemand kan erom lachen. Ze zijn sinds gisteren niet opgeschoten. Ze kennen geen motief, laat staan een verdachte. Er is nog steeds niet het minste spoor, geen bruikbare tips uit de bevolking. En Farwicks levensomstandigheden hebben totaal niets opgeleverd.

'Hij heeft ooit zijn huwelijk laten ontbinden.'

Ook dat is al uitgezocht. Zijn ex-vrouw heeft trouwens zijn naam aangehouden. Er is vanochtend telefonisch contact met haar geweest; vermoedelijk komt ze vanavond bij Farwick in het ziekenhuis op bezoek. 'Als ze het kan inpassen,' zegt Berntrieder met een komisch vervormde stem. Nog iemand die die vrouw niet mag, denkt Grambach.

'En de fietspolo'ers?'

Berntrieder schudt zijn hoofd. De bestuurders van de vereniging hadden geen details over Farwicks bezoek. Bovendien kan het ook nog eens allemaal toeval zijn. Misschien is de schutter zijn slachtoffer al dagen of weken gevolgd. Farwick is ongeveer anderhalf uur in de agentuur geweest. In die tijd heeft de schutter zijn plek kunnen uitzoeken. Wie weet hoe vaak hem dat eerder al niet is gelukt, elders.

'Of het was een gek,' zegt iemand.

Grambach zit naast het infobord. Hij staat op. 'Oké. We gaan stemmen. Wie is er voor een gek?'

Drie van de zes steken hun vinger op, onder wie Berntrieder.

'En nu de tweede ronde, ter controle?'

Nu zijn het er twee. 'En jijzelf?' zegt iemand.

'Zelfmoord.' Grambach trekt zijn hoofd tussen zijn schouders. 'Alleen vanwege de volledigheid.' Iedereen lacht en hij beëindigt de bespreking. Berntrieder excuseert zich, hij wil nog naar de technische recherche.

Voor de deur van Grambachs kamer staat een man in jeans en leren jack. Hem was verteld daar te wachten. 'Pardon,' zegt hij. 'Dat is geen verontschuldiging, zo heet ik. U mag de klemtoon ook op de eerste lettergreep leggen. Ik vind het best.'

Waar gaat het om?

'Om Roland Farwick.'

De man is van gemiddelde lengte en mager. Als zijn haren niet volledig grijs zouden zijn, had hij door kunnen gaan voor begin dertig. Grambach schat hem minstens tien jaar ouder. Maar het maakt niet uit, wie in de zaak-Farwick iets weet is welkom.

De man hinkt duidelijk. Als hij gaat zitten tast hij even naar zijn been. Er zit een apparaatje onder zijn broek waar hij iets aan instelt.

'Wat hebt u op uw lever?' zegt Grambach.

'Ik wil graag weten wat er is gebeurd.'

Dit is hier de moordbrigade, niet de afdeling Voorlichting. Of is hij een familielid?

'Nee,' zegt Pardon. Hij maakt een gebaar, waarmee hij wil duidelijk maken dat hij weet wat hij fout doet. 'We hebben een bijzondere relatie. Of beter: die hadden we. En ik woon hier in de buurt. Ik kon niet anders.'

'Wat voor relatie?'

'Ik ben vroeger journalist geweest. Sportjournalist.' Hij maakt een afwerend gebaar. 'Voor kleine kranten. Ik was daar niet gelukkig mee. Ik wilde echt schrijven, begrijpt u? En toen ben ik op het idee gekomen een biografie van hem te schrijven. Hij was toen drieëntwintig. Ik één jaar ouder. Eigenlijk was het belachelijk, maar ik was de eerste met dat idee. Ik had ook meteen een uitgeverij. En hij heeft meegewerkt.'

'Is dat boek er gekomen?'

Pardon schudt zijn hoofd.

'Vanwege Los Angeles?'

'Hebt u het gezien?'

Grambach weet wat hij bedoelt: of hij het toentertijd gezien heeft, die ene seconde waarin het gebeurde. 'Ja.'

Pardon lacht. 'Je kunt het de mensen vragen. Zoals je ouderen kunt vragen: Waar was u toen Kennedy werd doodgeschoten? Zo kun je mensen van middelbare leeftijd vragen: Waar was u toen Roland Farwick driemaal de afzetbalk overschreed?'

'In Berlijn,' zegt Grambach. 'In een woongemeenschap in Schöneberg. Ik zat op het balkon.'

En het weer in Berlijn?

'Veranderlijk. Tamelijk koel voor augustus. Veel wolken, geen regen. Maar hij heeft de afzetbalk niet driemaal overschreden. Tweemaal. De eerste poging was gepruts, maar geldig.'

'Een tien met een griffel,' zegt Pardon. Intussen is Berntrieder binnengekomen.

Grambach stelt Pardon aan hem voor. 'En in LA ontbrak alleen nog het laatste hoofdstuk? Inclusief foto met gouden medaille?'

'Sic transit gloria mundi. Ze wilden niet eens meer met me praten. En ze zouden het nooit hebben geautoriseerd, wat ik ook geschreven had.'

'Zij?'

'Hij en zijn vrouw. Ze was toen officieel zijn manager.'

'En u had geen contract?'

'Zeker wel,' zegt Pardon. 'Een mondeling contract. Zodat je kon zien dat alles op wederzijds vertrouwen berust. Heeft ze gezegd. Ik schrijf geen facturen uit en zij zijn geen arrogante blaaskaken die een hymne bestellen. En dan,' Pardon geeft het met twee vingers aan, 'zo'n klein beetje over de balk heen, en weg is alle vertrouwen. Ik had de reis betaald met het voorschot van de uitgeverij.'

'Hebt u uw beklag gedaan?'

Pardon kijkt als een jongetje dat ten onrechte ergens van wordt beschuldigd. Die man maakt een goede indruk op vrouwen, denkt Grambach. 'Hebt u voor uw baan gevreesd? Op uw vierentwintigste?'

'Het is ijdel te loochenen dat je ijdel bent.'

Grambach knikt. 'Een fraai verhaal. Maar helaas twintig jaar geleden. Ik heb iets nodig dat me nú vooruithelpt.'

Pardon leunt achterover. 'Zeg me of u een spoor hebt. Dan kunt u me alles vragen.'

Grambach wil een bars antwoord geven, maar hij ziet dat Berntrieder hem een teken geeft: zeg maar iets, die man is oké.

'Nou goed dan. We hebben geen duidelijk spoor. En geen motief. Misschien is hij bij toeval slachtoffer geworden.'

'Dat denk ik niet.' Pardon verstelt weer iets aan zijn been. 'Er zijn dingen die niet verjaren. Ik denk dat uw probleem is dat u te veel verdachten hebt. Roland is nog altijd veel te bekend.'

'Zou hij zelfmoord kunnen plegen?'

'O!' zegt Pardon. 'U bedoelt: alles groots in scène gezet? Een huurmoordenaar?' Dat houdt hij voor uitgesloten. Hij heeft zelf overigens een alibi.

'Wat weet u van zijn ex-vrouw?'

'Hij heeft haar leren kennen toen zij hem interviewde voor een studentenblad. Ze had de tien onderdelen van zijn sport op een briefje geschreven.'

'De grote liefde?'

Pardon grijnst weer als een dertienjarige. 'Voor Lea was Farwick een popster. En dus werd hij er een. En hoe meer hij het werd, hoe meer zij ook.' Daar had hij over moeten schrijven, niet over die krankjorume sport.

'Ziet u elkaar vaak?'

Opeens is Pardon een en al ernst. 'Daarom ben ik hier. Na Los Angeles hebben we nooit meer met elkaar gesproken. Ik wil hem al jaren bellen of schrijven. Maar ik weet niet hoe ik moet beginnen. Eigenlijk wilde ik u vragen mijn bezoek bij hem aan te kondigen.'

Grambach haalt zijn schouders op. 'Ik vermoed dat u geen biografieën meer schrijft.'

'Nee.' Pardon trekt een visitekaartje uit zijn portefeuille en overhandigt het aan Grambach.

Grambach neemt het aan. Benedikt Ritter. Wie is dat nu weer?

Berntrieder haalt snel een vel papier uit de printer en legt het voor Pardon neer. Voor zijn kinderen, alstublieft. Hij steekt vingers omhoog, drie.

Pardon signeert driemaal. Voor elke handtekening schrijft hij 'Voor' met een dubbele punt erachter. 'Hier de naam noteren,' zegt hij als hij het vel teruggeeft, en hij komt moeizaam overeind. De eerste stap schijnt met veel pijn gepaard te gaan.

'Ik ga dadelijk weer naar hem toe,' zegt Grambach. 'Als ik u er een dienst mee kan bewijzen, zal ik u aankondigen.'

'Heel hartelijk dank.' Als Pardon wegloopt doet hij alle moeite de aandacht van zijn gehink af te leiden. Hij groet met een gebaar. Hij is de deur amper uit of Berntrieder houdt het papier met de handtekeningen omhoog. Dat bewaart hij voor speciale gelegenheden.

'Dank je,' zegt Grambach. Bij hem viel het kwartje vrij langzaam. Hij tikt op het visitekaartje. 'Wist jij dat hij op slot Dyck woont?'

'Tuurlijk.' Wie kinderen heeft, weet alles over Benedikt Ritter, ook zonder zijn boeken te lezen.

'Ik ga naar ons slachtoffer.' Of de laptop al helemaal is gecheckt?

'Helaas niet,' zegt Berntrieder. 'Maar doe hem de hartelijke groeten.'

Bij de ochtendvisite komen meer dan tien artsen en verplegers opdagen. Zijn er soms vrijkaartjes uitgedeeld, denkt Farwick, terwijl iedereen toekijkt hoe zijn verband wordt afgedaan. Of hebben ze misschien geloot? Het afdelingshoofd is zeer tevreden met de toestand van de wonden. Hij is innerlijk en uiterlijk weer fatsoenlijk opgelapt; zoals het er nu naar uitziet kunnen ze vertrouwen op het zelfgenezingsproces van het lichaam.

'Dan kan ik dus naar huis?' zegt Farwick.

'In principe wel.' Het afdelingshoofd legt zijn hand op zijn rechterschouder. Eigenlijk is hij niet oud genoeg voor dat soort gebaren. Farwick merkt hoezeer hij zijn best doet tegenover de jongeren. 'Maar voor zover ik weet woont u alleen. En zonder hulp van anderen zult u het in het begin moeilijk hebben. U woont toch alleen?'

Hij kan iemand in dienst nemen.

'Verstandig,' zegt het afdelingshoofd. Hij kan in elk geval blijven tot hij alles geregeld heeft. Hij dekt Farwick niet meer toe. Het verband wordt dadelijk vernieuwd. Hij neemt afscheid en klopt Farwick nog eens zachtjes op zijn schouder. 'U slaat zich er wel doorheen,' zegt hij. 'Als er al iemand is die dit te boven kan komen, dan bent u het.'

'Bedankt voor alles,' zegt Farwick.

In de deuropening draait de dokter zich om. Er staat nog een horde journalisten buiten. Minder dan gisteren, maar meer dan genoeg. Maar geen zorgen, die komen niet opnieuw binnen!

Grambach staat al tien minuten voor de ziekenkamer te wachten. Als de visite weg is, houdt een arts hem tegen. Nog even, meneer Farwick krijgt net nieuw verband.

Grambach kent de jonge politieman niet die bij de deur de wacht houdt. Eigenlijk hebben ze niets te bespreken, maar hij kan daar niet langer zwijgend blijven staan.

'Vervelend karwei?'

'O nee,' zegt de jonge politieman. Hij is zichtbaar blij even te kunnen praten. 'Het is daarbinnen nogal rustig. Maar hier buiten!' Farwick is op de afdeling het gesprek van de dag. 'Wist u dat hij ooit de mooiste man van Duitsland was?' Uitslag van een enquête in een of ander tijdschrift. Oudere verpleegsters vertelden dat aan jonge verpleegsters. Er is al een strijd losgebarsten wie hem mag verzorgen.

'Het is me wat,' zegt Grambach.

'Het is geen toeval geweest. Ik weet zeker dat zo'n stalker op hem heeft geschoten. Maar die krijg je moeilijk te pakken.' De politieman bloost enigszins. Het is natuurlijk maar zijn persoonlijke mening.

Vijf minuten later mag Grambach eindelijk naar binnen. Farwick ziet er duidelijk veel beter uit. In plaats van verband om het hoofd heeft hij nu alleen nog maar een pleister boven het oor. Zoals hij daar in bed zit met dat verbonden been naast de deken lijkt hij wel reclame voor een ziektekostenverzekering. Kom bij ons! Wij zorgen overal voor! Hij zwaait naar Grambach alsof die aan de andere kant van een plein staat. 'Gaat u zitten! Ik ben voor een examen geslaagd.'

Grambach pakt een stoel.

'Hebt u wel eens op iemand geschoten?' vraagt Farwick.

'Dat gebeurt veel minder dan de mensen denken.' Bovendien is deze stad nogal vreedzaam, vergeleken met een gemiddelde stad. Hij hoeft op verreweg de meeste mensen ook geen jacht te maken, hij moet ze met de bewijzen van hun schuld confronteren.

'En dan gaan ze door de knieën?'

'Dan liegen ze niet langer,' zegt Grambach. 'Liegen is behoorlijk vermoeiend. Elke leugen moet bij een andere passen. Dat kost veel energie. De waarheid vertellen is makkelijk. Bij de waarheid past alles.'

'En, nieuws?'

'Misschien wel. Helaas in een vorm die we niet begrijpen.'

'Bent u vroeger wel eens wat anders geweest?' Farwick vindt de houding waarin hij zit hinderlijk. Hij houdt zijn hoofd iets naar achteren. 'Of wilde u iets anders worden? Priester misschien.'

Grambach schuift op zijn stoel heen en weer. Zijn levensverhaal is hier eigenlijk niet het onderwerp van gesprek.

'Alstublieft,' zegt Farwick, 'vertel iets. Het is hier een ongelooflijk saaie bedoening.' Hij lacht. 'Tenminste, het merendeel van de tijd.'

'Ik heb nooit priester willen worden, dat kan ik wel zeggen. Vanavond komt uw ex-vrouw?'

'Ja. Dat wil zeggen hoogstwaarschijnlijk. En op een tijdstip dat ze zelf bepaalt.'

'Wat weet u van haar levensomstandigheden?'

'Weinig. Ze doet af en toe alsof ze het heel druk heeft. En dan weer lijkt het of ze door iemand wordt onderhouden. We praten al bijna twintig jaar over onbenullige dingen, voor de zekerheid. Bent u getrouwd?'

'Dat niet,' zegt Grambach. Hij zou willen dat hij Farwick kon dwingen bij het onderwerp te blijven. Maar daar ontbreken hem de middelen voor. Hij maakt een vage beweging met zijn hand.

'Ah!' Farwick laat zich nog verder terugzakken. 'Ik begrijp het al. U denkt erover na. U wilt in uw beroep eerst de dingen voor elkaar hebben. U wilt eerst nog weten wie u eigenlijk bent. De innerlijke rust vinden om zulke zwaarwegende beslissingen te nemen. Kinderen nemen bijvoorbeeld. Wie zelf nog zoon is, kan eigenlijk geen vader worden. Zo is het toch? Ik wil wedden dat uw vader nog leeft. Klopt dat?'

'Ja,' zegt Grambach. Op de gang komt iets van metaal voorbijrammelen.

'U hebt een vriendin,' zegt Farwick tegen het plafond. 'Al jaren. Uw vriendin is jonger dan u. Maar binnenkort bereikt ze die bepaalde leeftijd. En laat uw woord dan zijn ja, ja. Of nee, nee. Wat boven deze is, dat is uit den boze.'

Grambach is opgestaan, zodat hij Farwick nog kan aankijken. De man, die twintig jaar geleden het stadion verliet, heeft zijn ogen nu gesloten. Tien meter onder het balkon in Schöneberg een kerkhof, waar de stadstrein langsreed. Grambach wil iets vlots zeggen, hij wil heel losjes overkomen; maar hij merkt dat het hem niet lukt. Het liefst zou hij Farwick een optater geven. 'Hoe weet u hoe oud ik ben?'

Met zijn ogen nog steeds gesloten wappert Farwick met zijn rechterhand. 'Jaargang '62. Plusminus, met een afwijking van een jaar.'

'Hebt u dat nagegaan?'

'Instinct,' zegt Farwick. Hij opent zijn ogen weer. 'Ik wil wedden dat u naar me hebt gekeken. En dat heeft u flink aangepakt.'

Grambach relativeert dat. Beetje overdreven.

'Bovendien deed u aan sport. Destijds hebben veel sportlieden naar mij gekeken. Of ze zijn het geworden, terwijl ze naar me keken. Nou ja, voor een halfuur.' Farwick trekt zijn been een beetje opzij. 'Toe, als u geen moordenaar voor me hebt, kom dan daar in elk geval mee op de proppen: deed u aan sport, in die prachtige zomer van 1984?'

Grambach gaat weer zitten. Hij zou nu graag willen zeggen: ik ben degene die hier de vragen stelt. Maar hij kan het niet. 'In zekere zin wel.'

'Vertel, wat voor sport beoefende u?'

Grambach schudt zijn hoofd. Hij voelt hoe onnozel dat eruit moet zien. Alsof hij zich aanstelt.

'Het zijn uw woorden,' zegt Farwick. 'Om hem te pakken te krijgen, moet je je doorzichtig maken. Ik moet het, maar u ook. Anders blijft hij onzichtbaar.'

'Hebt u ooit aan zelfmoord gedacht?'

'Ander onderwerp.'

'Beantwoord mijn vraag, alstublieft.'

'Ik ben nog geen vijftig,' zegt Farwick. 'En twintig jaar geleden heb ik afscheid moeten nemen van een heel leven. Twintig jaar, meneer de hoofdinspecteur van politie! Zo lang kijk ik al op mezelf terug. Ik zwaai naar mezelf terwijl ik steeds kleiner word aan de horizon. Ik ben al ontzettend lang afscheid van mezelf aan het nemen. Ik heb het er zo druk mee dat ik er helemaal niet aan toekom aan zelfmoord te denken.'

Farwick probeert een glas water van het nachtkastje te pakken.

Grambach staat op en helpt hem. Farwick drinkt het glas in één keer leeg. 'En nu bent u aan zet!' Voor het eerst is zijn toon bloedserieus. 'Wat was u in de zomer van 1984?'

'Ik was in die dagen student lichamelijke opvoeding. Onder andere.'

Farwick zet het glas terug. 'Ik wist het wel. U was dus ook tienkamper. Of twintigkamper? Als gymleraar moet je alle sporten kunnen.' Hij lacht. 'Ik kan er maar tien.'

'Elf,' zegt Grambach. 'U bent het zwemmen vergeten.'

'Nee! Twaalf!' Farwick grijpt met zijn rechterhand naar zijn linkerzij. Hij vloekt maar kan zijn lachen niet onderdrukken.

Ook Grambach moet lachen. Hoezo twaalf?

Farwick probeert de adem in te houden. 'Fietspolo.'

Grambach doet alsof hij met het stuur van een fiets schiet. 'Schot, goal.'

Farwick draait zich op zijn onbeschadigde zij. Zijn gezicht is vertrokken van de pijn. Dan gaat de deur open. 'Waar zijn jullie hier mee bezig?' vraagt verpleegster Ruth.

Farwick kijkt vanuit zijn kussen naar haar. 'Je zal het niet willen geloven,' zegt hij met een toonloze en gesmoorde stem. 'We stellen sportploegen samen.'

Ruth heeft nu weer haar verpleegsterskleren aan. Als Grambach weg is, heeft Farwick nog wat tijd nodig om bij te komen. Of ze wil weten wat er aan de hand was?

'Ik wil wel het een en ander weten.'

'Ach!' zegt Farwick. Tot dusverre had hij een andere indruk gekregen.

Ruth staat aan het voeteneinde van zijn bed. Misschien had ze het gewoon niet durven vragen. Ze kijkt om zich heen; er valt hier in deze ziekenkamer helemaal niets te doen.

'Wat dan?' zegt Farwick. 'Wat wil je weten? Of ik getrouwd ben?'

'Dat ben je niet.'

Wat dan?

Ze haalt haar schouders op. Saaie dingen. Wat iedereen van hem wil weten.

'Waarom ik de afzetbalk overschreden heb?'

Nu schaamt ze zich. Ze had beter niets kunnen zeggen.

'Hindert niet,' zegt Farwick. 'Maar ik moet je teleurstellen. Ik heb zelf alleen maar theorieën. Het vergaat me als de meeste mensen. Ze hadden toentertijd een theorie. Het verschil is: ik heb alle theorieën.'

Ruth zegt niets.

'En jij? Wat was jouw theorie?'

Ze haalt haar schouders op.

'Jij bent ook niet getrouwd, hè?'

Nee. Waarom vraagt hij dat?

'Om het ijs te breken. En nu vertel je mij je theorie.'

'Je wilde niet naar de dopingcontrole.'

Farwick knikt langzaam. 'Die theorie heb ik ook gehad. Maar alleen voor de volledigheid. Ik had geen drugs genomen, tenminste niet dat ik weet.' Of ze nu tevreden is?

Ze had niets willen vragen.

'Kom hier,' zegt Farwick. Ruth gaat op het bed zitten en hij schuift zijn hand weer onder haar uniform. 'Die schoten zijn misschien een teken geweest. Een teken dat ik nu voor een van de theorieën moet kiezen. Wat denk jij?'

Ze zegt niets.

'Zeg eens wat!'

'Je kunt bij mij wonen.' Ruth gaat verzitten zodat hij er beter bij kan.

'In je burcht?' Farwick lacht. Zonder haar eerst te strelen heeft hij haar broekje opzij geduwd en twee vingers in haar laten glijden.

'Doe niet zo dwaas. Ik kan vrij nemen en met je oefenen. Ik weet veel van fysiotherapie.'

'Je meent het!' Hij beweegt in haar.

Ruths wangen worden onregelmatig rood. 'Je denkt dat het je alweer goed gaat. Maar zodra je alleen bent zul je merken hoeveel kracht je mist. Het grootste deel van de tijd ga je maar een beetje liggen, en dat is niet goed.'

'Nee, dat is slecht.' Hij houdt even op.

'Ga door,' zegt Ruth.

Farwick gehoorzaamt. 'Heb je eigenlijk wel ruimte genoeg. Ik dacht dat jullie verarmd waren?'

Ruth beweegt haar lippen toonloos.

'Je moet een man die bezig is je te naaien geen lul noemen.'

Ze moet houvast zoeken. Met één hand houdt ze zich vast aan de stang achter op het bed, de andere hand drukt ze op haar mond. Ze kromt zich. 'Hou op!' zegt ze tussen haar vingers door.

Farwick gaat nog even door. 'Maar ik betaal je wel,' zegt hij. 'Ik betaal je gederfde inkomen en een gepast honorarium.'

'Nee.' Ruth moet even wachten voor ze weer kan praten. 'Geen sprake van.'

Farwick trekt zijn hand terug. 'Wat wil je dan?'

Ze staat op en strijkt haar uniform glad. 'Dat weet je zelf wel.'

'Dat weet ik niet. Ik heb alleen maar een theorie.' Farwick ruikt aan zijn vingers. 'Maar dat is voldoende. Ik ga ermee akkoord.' Hij vertrekt zijn gezicht in een dwaze grijns. 'Ben je nu blij?'

'Ja,' zegt Ruth. 'Ik ben blij.' En dan begint ze meteen zijn spullen in te pakken.

Als hij op de terugweg is naar het hoofdbureau, gaat het mobieltje van Grambach. Heel even vreest hij dat het Caroline is; maar zij zal zich aan de afspraak houden. Het is de Duitse vertegenwoordiging van de fabrikant van Knights of the Deep. Grambach had via de hotline een verzoek om contact met de bedrijfsleiding aangevraagd, en sindsdien wacht hij op een telefoontje. Tot zijn verbazing krijgt hij een jonge vrouw aan de lijn. Hij stelt zich voor en zegt wat hij wil weten. Kun je aan de hand van de naam van een speler nagaan wie hij in het echt is, hoe hij heet, waar hij woont enzovoort? En omgekeerd: aan de hand van een e-mailadres de naam van een speler?

'Jawel,' zegt de jonge vrouw. 'Maar wij geven absoluut geen inlichtingen.'

De bescherming van de privacy heeft zijn grenzen als het om politieonderzoek inzake geweldsdelicten gaat.

'De politie heeft nog nooit informatie van ons willen hebben.'

'Alleen kids, die niet met het spel overweg kunnen?'

'Nee. Mannen die denken dat ze god weet wat van onderzeeboten af weten. Die niet begrijpen dat het een spel is. En een spel is een spel. Dan kun je niet zomaar het hoofd uit het luik steken om te zien wat er buiten zoal aan de hand is. In het spel bestaat buiten niet. Er is alleen dat spel.'

Grambach zou graag nog wat blijven babbelen met de vrouw. Maar dat gaat niet. Hij geeft haar Farwicks e-mailadres en de spelersnaam Schmidt. Het officiële verzoek is over een uur bij haar binnen. Daarna belt hij het Openbaar Ministerie. 'Geen probleem,' zegt de ter zake bevoegde man. Interessant! Wat voor spel is dat? Hijzelf speelt een spel in de middeleeuwen.

Op zijn kamer zit Berntrieder met een collega van de technische recherche. De man heeft een geweer in zijn hand. Zo'n soort wapen heeft de schutter hoogstwaarschijnlijk gebruikt. 'Een heel gewoon ding,' zegt de vakman. Je kunt er wel wat meer van maken, dan ziet het er wat beter uit, maar het wordt echt geen precisiegeweer. 'Jullie kandidaat is een bloeddorstige leek of een meester in zijn vak.'

Hoezo?

'Zes schoten, eerst op een staand en dan op een liggend doel. Twee treffers, en het slachtoffer hoeft maar een beetje gehecht te worden. De schutter was een dilettant die heeft staan trillen van de zenuwen. Of hij wilde het zo. Dan is het een prestatie van jewelste!'

'Onzin,' zegt Berntrieder. 'En jullie hebben nog steeds die kantoorverdieping op het oog?'

'Geen sporen gevonden,' zegt de deskundige. Maar ook geen alternatief. Hij wenst de andere twee veel succes en vertrekt.

Berntrieder heeft vandaag even gebeld met de huismeester van het gebouw. Het was in elk geval niet de extra beveiligde afdeling van een gevangenis.

'Wat doen we?' zegt Grambach. 'Zullen we erheen rijden?' Misschien raken ze geïnspireerd door de sfeer op de plek.

Berntrieder tikt zich tegen zijn hoofd. Weg uit dit gebouw, dat is nu het belangrijkste. Twintig minuten later staan ze op het Marktplein. De toegang tot de parkeergarage van het bankgebouw op de hoek is gelegen in een smalle zijstraat, en van daaruit bereik je de achteringang van het kantoorgebouw. Er komt juist iemand naar buiten, een mechanisme trekt de deur heel langzaam terug in het slot. Tijd genoeg, ook als je wat afzijdig hebt gestaan. Ze gaan de trap op tot ze voor de deur van de bovenste verdieping staan.

De huismeester staat hen al op te wachten. De makelaar geeft soms de sleutel aan belangstellenden, en die laten hem binnen liggen. Dan is de verdieping niet op slot. Dat was eergisteren ook het geval.

De kamers staan al lang leeg. Je kijkt vanuit alle ramen over het Marktplein naar het nieuwe kantoorgebouw. 'Mooi,' zegt Berntrieder.

'Zou ik niet zeggen,' zegt de huismeester. 'Hier wil niemand meer zitten. Zonder lift kun je het vergeten. En dan is er nu ook nog die glazen bak daar aan de overkant.' Het is duidelijk dat hij het nieuwe gebouw haat.

'Ik zie het helemaal voor me,' zegt Berntrieder, als ze weer op straat staan. 'Het was een buitenkans. Hij is Farwick gevolgd. Hij heeft gezien hoe hij naar de fietspolo'ers ging. Hij is de parkeergarage in gegaan, en pang! – alles op een serveerblaadje.'

'Wacht even,' zegt Grambach. 'Ik dacht dat jij tot de mensen behoorde die er de theorie van de gek op na hielden.'

'Die is daar ook op van toepassing!'

'Dat klopt,' zegt Grambach.

Berntrieder wijst op de ramen. 'Zou een mooie woning zijn daarboven. Niet voor mij natuurlijk! Maar voor mensen als jij. Centrale ligging met uitzicht op het leven.'

'Idioot,' zegt Grambach. Ze zijn op weg naar hun auto.

'Je hebt de smoor in.'

'Vind je dat gek dan?'

'Nee. Dit hier is geen bijzonder geval. Een gek krijgt een manische bui en schiet op een voormalige sportman. En nu zit hij zichzelf thuis waarschijnlijk van alles en nog wat te verwijten. Of hij pleegt binnenkort heimelijk zelfmoord.'

'Zodat we hem niet kunnen pakken,' zegt Grambach. 'Zoals die vent die de studente op zijn geweten heeft.'

Ze lopen langs de ansichtkaartkant van de kerk. Daar helt het terrein steil af. Je kijkt over een parkje naar een vlakke heuvel. Daar liggen de oude sportvelden. Grambach wijst met zijn hand. 'Daarginds heb ik ooit elke dag hardgelopen.'

'Moet je weer gaan doen. Is goed voor je.'

Grambach kijkt langs zijn lichaam naar beneden. 'Valt het erg op?'

'Het staat je in elk geval niet.' Berntrieder trekt een denkbeeldige lijn langs de hals. 'Tot hier zie je eruit als dertig. Aan de telefoon klink je nog jonger. Zorg er een beetje voor dat de rest erbij past.'

Zwijgend lopen ze verder. In de auto zegt Berntrieder: 'Hoe staat het trouwens met Berlijn?'

'Niets nieuws.' Grambach heeft aan hem dezelfde versie verteld als aan Caroline: dat voor een verzoek om overplaatsing nog niet aan alle voorwaarden is voldaan.

'Weet je,' zegt Berntrieder. 'Als we hem binnen drie dagen in de kraag vatten, moet je gewoon plompverloren het verzoek indienen. Dan moet je eens kijken wat er gebeurt.'

Ze lopen langzaam door een voetgangerszone. 'Wil je me kwijt?'

'Tuurlijk,' zegt Berntrieder. 'Vrienden in overvloed.'

Als Ruth de kamer heeft verlaten, belt Farwick Müller. Die is blij dat het hem al veel beter gaat.

'Ik blijf voorlopig hier,' zegt Farwick.

In het ziekenhuis?

'Hier in de stad. Ik heb iemand die voor me zorgt.'

'Verstandig,' zegt Müller. Dan kan hij zich meteen verder met die fietspolo'ers bezighouden. Hij lacht schaterend, Farwick moet duidelijk doorhebben dat het een grap is.

'Tom,' zegt Farwick. 'Luister even goed. Het volgende zeg ik maar één keer. En als ik het heb gezegd, hang ik meteen op. Ik wil geen discussie, begrijp je?'

'Wat is er dan?'

'Luister, ik zeg het maar één keer: ik neem ontslag. Ik neem wel de afgesproken termijn in acht. Maar ik ben voor een aantal weken ziek verklaard. Ik kom dus niet meer op kantoor. Papieren die jullie nodig hebben, heb ik niet. Over het gesprek met de fietspolo'ers maak ik nog een verslag. Punt uit. Geen herhaling. De komende twee uur neem ik de telefoon niet op.' Hij hangt op. Een paar seconden later gaat de telefoon over, maar slechts een paar maal. Daarna blijft het stil.

Farwick drukt op de bel. De jonge verpleegster steekt haar hoofd om de deur. Momentje! Ze zingt het bijna. Dadelijk komt Ruth. Ze is meteen weer weg. Achter de deur klinkt gegiechel.

Farwick weet nu in elk geval dat hij achterligt. En het is net als vroeger bij een wedstrijd als hij plotseling geen tijd meer had om de volgende beslissing te nemen. Wanneer aanvallen, wanneer zich tevredenstellen met de middelmaat? Indertijd nam de trainer dat op zich.

Farwick vloekt. Hij wil niet weer aan Kunstfeld denken. Dat doet hij al voortdurend, vanaf het moment van de schoten. En eigenlijk denkt hij telkens weer dezelfde zin: Kunstfeld is gek geworden om jou.

Dat is natuurlijk onzin. Kunstfeld heeft alzheimer, dat is een ziekte als kanker: die krijg je omdat het in je genetische code zit. Bovendien is Kunstfeld pas een paar jaar ziek. Dat zijn feiten die niemand kan weerleggen.

Maar de zin trekt zich geen bal aan van de feiten. Hij komt als een verwarde neef op een familiefeestje. Stormt binnen zonder te kloppen en gooit een paar foto's en papieren op tafel, met een gebaar dat zegt: Hier! Nu hebben jullie het zwart op wit.

Dan stel je geen nadere vragen. Dan check je niet even. Dan wacht je tot de neef is uitgeraasd en het huis uit is, je verzamelt de hele troep en flikkert die weg. Het is altijd hetzelfde: bewogen foto's, overbelicht, er valt niets op te onderscheiden, en louter wit, onbeschreven papier.

Farwick is lang niet meer bij Kunstfeld op bezoek geweest. Dat is ook volkomen zinloos. De meeste tijd zit Kunstfeld voor de televisie. Het doet er niet toe wat hij ziet. Het mag alleen niet al te onrustig zijn, daar wordt hij nerveus van. Voor de rest loopt hij door zijn woning. Hij maakt dan een bezorgde indruk, als iemand die iets belangrijks zoekt. Iemand die de hoop al lang heeft opgegeven en toch telkens weer de in aanmerking komende plekken afloopt, omdat hij gewoon niet kan geloven dat het verdwenen is. Het huis kan toch niks kwijtraken, zeg je in zo'n geval.

En Kunstfeld zegt niets. Als iets hem niet zint, huilt hij zachtjes als een kind. Of hij stampt met zijn voet op de grond. Hoewel hij zelf nog kan eten, laat hij zich het liefst voeren. Voor het wassen geldt hetzelfde. Als je hem in de badkamer alleen laat, zet hij alles onder water. Kunstfeld is pas midden zestig en verder gezond. Zijn vrouw is maar een paar jaar jonger; zonder hulp zal ze het binnenkort niet meer redden. Dan moet hij naar een tehuis.

Op de laatste foto van hem, die de hele wereld over ging, stond hij op de tribune, vlak bij de springbak. Je ziet hem in de menigte staan, precies boven de schouder van zijn pupil op de voorgrond. Een gezicht zonder enige uitdrukking, of liever: een uitdrukking van volslagen wanhoop.

Farwick wil weer bellen als Ruth de kamer binnenkomt. Ze verontschuldigt zich. Ze is bij het afdelingshoofd geweest, bijna alles is al geregeld.

'Ik wil hier vóór vijf uur weg zijn. Lukt dat?'

Ruth haalt diep adem. 'Ik had aan morgen gedacht. Meteen na het ontbijt.'

Farwick wijst op de telefoon. 'Desnoods doe ik het zelf.'

'Nee, nee,' zegt Ruth. Ze redt dat wel.

'Ik vertrouw op je.'

Ze knikt slechts en is alweer weg.

Grambach zit al een uur alleen op zijn kamer. Het openbaar ministerie heeft het verzoek om informatie aan de spelfabrikant zeer dringend geformuleerd, met een verwijzing naar een zware misdaad en mogelijke herhaling. Terwijl hij op de fax wacht klikt Grambach zich op de pc een weg door de resultaten die een zoekmachine hem voor 'Roland Farwick' heeft gegeven. Het zijn wel een paar duizend bladzijden, maar meestal zijn het lijsten. Als de op twee na beste tienkamper aller tijden kom je in veel lijsten terecht; daar zou zelfs je dood niets aan veranderen.

De andere items leveren weinig op. Vermeldingen, opsommingen. Als er al details gegeven worden, dan alleen over die ene zomer in 1984 in Los Angeles, bij het verspringen de afzetbalk overschreden, opgegeven, eind van zijn carrière. Een paar theorieën erover, eigenlijk meer geroddel, geen serieuze analyses. Grambach vindt niets wat hij niet al weet. Sterker nog: dat hij niet altijd al geweten heeft! Maar dat is per slot van rekening geen wonder. Voor internet horen Roland Farwick en 1984 bij het stenen tijdperk.

'Georg Pardon.'

Ongeveer vijftienhonderd items. Zo heet de beroemde jeugdboekenauteur Benedikt Rittcr eigenlijk. Onder zijn echte naam heeft hij vroeger sportverslagen geschreven en handboeken over diverse onderwerpen; geen ervan is nog in de handel. Er bestaat geen connectie tussen Pardon en Farwick, althans geen connectie waar de zoekmachine vanaf weet.

Grambach overweegt welke namen hij hierna kan intikken, als de fax begint te piepen. Hij haalt het papier op. Er staat maar een regel op: De speler met de naam Schmidt is onder het volgende e-mailadres aangemeld. Verder niets. Grambach belt zijn collega op die zich bezighoudt met binnengekomen tips; zij moet de bezitter van het adres achterhalen. 'En verder?' zegt hij. 'Nog nieuws?'

'Niets,' zegt de collega. 'Een zwijgen diep als de oceaan. Hij is gewoon geen ster meer.'

'Een gevallen ster,' zegt Grambach. Terwijl hij ophangt ziet hij zich op het balkon in Schöneberg zitten. Eigenlijk mag hij niet al te veel leedvermaak hebben. Toen Farwick eindelijk de grote titel wilde binnenhalen, was ook zijn geloof dat hij als hoogbegaafde scholier zou uitgroeien tot iets bijzonders, nog niet helemaal verdwenen. Er was nog een restje van over. Pas toen Farwick het stadion in Los Angeles verliet, wist Grambach dat het voorbij was. Dat hij alles uit hct verleden moest vergeten en zo snel mogelijk aan een nieuw leven moest beginnen. In plaats van die man te minachten moest hij hem dankbaar zijn. Maar dat lukt hem niet.

De telefoon gaat. Vollrath zegt te overwegen weer een persconferentie te geven. Misschien moeten ze het met een oproep aan het publiek proberen? Omdat ze nu weten vanaf welke plek geschoten is, vinden ze misschien toch nog getuigen.

'In wezen hebben we niets nieuws te melden,' zegt Grambach.

'Dan niet.' Vollrath klinkt lichtelijk geïrriteerd. Het beste is nog steeds de zaak in alle rust te onderzoeken. Hij hangt op. Dan gaat de fax weer. Opnieuw staat er maar één regel op het papier. Bij het e-mailadres van Roland Farwick horen twee spelersnamen: Wendling en Hamacher. En het wachtwoord. 'Dat kan niet waar wezen!' zegt Grambach luid.

Vanaf zijn kantoor-pc logt hij in op het spel. Maar de intro is nog maar amper begonnen of er komt een collega van de technische recherche binnen. Grambach zet het geluid uit. De collega brengt de laptop van Farwick en de sleutel van diens auto. 'Alles clean.' Hij tikt met zijn vingertopje op zijn neus. Ze hebben zelfs drugshonden in de auto laten snuffelen. Niets gevonden.

Als de collega weg is, klikt Grambach op de kantine. Hamacher! Een verwisseling is uitgesloten. Zo heet de speler die de lijst aanvoert van de beste onderzeebootkapiteins, al vanaf het moment dat Grambach voor het eerst Knights of the Deep speelt. Hamacher is de man van het legendarisch aantal schepen dat hij tot zinken heeft gebracht. Naar verluidt kent hij alle trucs. Maar hij neemt niemand mee. 'De sterkste is altijd alleen,' staat er onder al zijn bijdragen in de kantine.

Grambach staat op en loopt naar het infobord. Iemand heeft naast de recente foto van Farwick een foto gehangen waarop hij als wereldkampioen der junioren te zien is. Hij was toen hooguit twintig. Zijn handtekening staat op de foto; Grambach wil hem van het bord nemen om te zien of hij echt is. Dan schiet hem iets te binnen.

Ze hebben een fout gemaakt! Dat wil zeggen, hij heeft een fout gemaakt. En ook nog een domme. Als de schutter Farwick inderdaad is gevolgd, kan hij op hetzelfde tijdstip op de parkeerplaats zijn aangekomen. Misschien herinnert iemand zich een tweede auto. Grambach zet het spel uit, neemt de laptop van Farwick en diens autosleutel en verlaat zijn kamer.

De witte BMW staat op de binnenplaats. Binnen ruikt hij nieuw, terwijl er toch al bijna zeventigduizend kilometer mee is gereden. Grambach start de motor, die nauwelijks te horen is. Hij rijdt naar de parkeerplaats aan de voet van de kerk. Bij het kassahokje stopt hij en door het raampje laat hij de parkeerwacht zijn identiteitsbewijs zien. Wie heeft hier eergistermiddag gewerkt?

'Dat was ik.' De parkeerwacht is een jongeman, hij spreekt onduidelijk, alsof hij weerstand moet overwinnen. Hij maakt overdreven hoofdbewegingen.

Hopeloos, denkt Grambach. Toch vraagt hij: 'Kunt u zich deze auto nog herinneren? Die is hier woensdagmiddag geweest.'

Alles aan de jongeman komt in beweging. Hij kent die auto! Grambach kan hem nauwelijks verstaan. En later is de politie die komen halen.

'Klopt,' zegt Grambach. Is de auto gevolgd door een andere, toen hij hier aankwam? En is die andere auto tegen drie of vier uur weer weggereden? Kan hij zich dat herinneren?

De jongen kijkt abrupt een andere kant op; hij stuiptrekt en rilt. 'Dank u,' zegt Grambach. Hij rijdt langzaam langs de geparkeerde auto's en draait. Hij hoeft zich in elk geval geen verwijten te maken. Hier zou hij niets wijzer zijn geworden.

Als hij de parkeerplaats wil verlaten staat de jongeman midden op de uitrit. Hij klapt in zijn handen en slaat zich op zijn hoofd, hij heeft zijn mond opengesperd. Grambach stopt en stapt uit. Er is geen woord van te verstaan. De jongeman wordt almaar opgewondener, hij kan alleen nog maar stamelen. Eindelijk loopt hij langs de BMW de parkeerplaats op en kijkt om zich heen. Hij wenkt Grambach hem te volgen. Hij blijft voor de achterkant van een auto staan en slaat met zijn vlakke hand op het merk.

Grambach is gearriveerd. 'Een Audi?'

De jongeman knikt enthousiast. Hij doet zijn best, maar er komt geen geluid meer uit zijn mond. Hij wijst naar de auto, maar schudt intussen zijn hoofd.

Grambachs mobieltje gaat. Hij zet hem in zijn zak af. 'Een ander model?'

Kennelijk wel. De jongeman doet alsof hij met uitgestrekte armen een stuur vasthoudt. Hij maakt er schelle motorgeluiden bij.

Grambach denkt na. 'Een TT?'

Klopt! Nu wijst de jongen op een ander voertuig, een zilvergrijs. 'Een zilveren Audi TT?' zegt Grambach. 'Volgde die de witte BMW?'

'Audi TT,' zegt de jongeman plotseling heel duidelijk en met een stem die helemaal niet bij hem hoort. 'Fantastische auto.'

Grambach bedankt hem. Hij stapt in de BMW en rijdt naar het ziekenhuis. Als dat een spoor moet zijn, dan laat het alleen maar zien hoe hopeloos de zaak ervoor staat. En hij zal weer met lege handen bij Farwick komen. Maar hij kan in elk geval de auto en de laptop afleveren.

Voor de ingang van het ziekenhuis staan nog steeds journalisten. Grambach maakt van verre al een gebaar dat hij niets te melden heeft. Tot zijn verbazing laten ze hem zonder meer passeren. Als hij de grote hal van Farwicks afdeling bereikt, ziet hij beroering. In de gang voor de kamers staan verpleegsters en doktoren. De jonge politieman komt hem tegemoet. 'We konden u niet bereiken,' zegt hij. 'Farwick wordt uit het ziekenhuis ontslagen.'

'Waar is hij nu dan?'

'Meneer en mevrouw hebben al gepakt!'

Als Grambach de kamer binnengaat, ziet hij Farwick in een rolstoel zitten. Hij draagt een donkerblauw trainingspak. Van de broek is één pijp opengeknipt, het colbert hangt losjes over zijn linkerarm. Het lijkt alsof hij uit een andere tijd komt. Of uit een oorlog. Bij de rolstoel staan twee koffertjes.

'Fijn dat u ook komt,' zegt hij.

De arts links van hem stelt zich voor als het afdelingshoofd. Rechts van hem staat een vrouw in jeans en witte bloes; Grambach heeft even tijd nodig haar te herkennen. Dan wijst hij naar de koffers. Hij weet niet echt of hij deze stap kan goedkeuren.

'Meneer Farwick trekt zolang bij mij in.' Ruth zegt haar volledige naam. Voor de tijd van zijn genezing is zij als begeleidster in dienst getreden.

'Zo,' zegt Grambach. Dit hier is een zaak zonder verdachten, zonder getuigen en zonder sporen. En binnenkort moeten ze het dus ook zonder slachtoffer doen. Pas dan dringt het tot hem door dat hij zich vergist. Farwick blijft voorlopig in de stad. Dat heeft hij toch goed begrepen, nietwaar?

Ruth vertelt hem waar ze woont. Een vrijstaande tweegezinswoning.

Grambach kent de wijk, het is een bijzonder rustige buurt. 'Goed.' Hij heeft moeite zo snel om te schakelen. Terwijl Farwick gewoon beschikbaar blijft!

Het afdelingshoofd komt met bezwaren. Er is nergens beter voor meneer Farwick gezorgd dan hier.

'Meneer Farwick is getuige,' zegt Grambach in zijn richting. 'Geen verdachte. Hij kan gaan en staan waar hij wil. Maar alstublieft geen woord, tegen niemand, waar hij zich bevindt. U bent zelf verantwoordelijk voor uw medewerkers.'

Het afdelingshoofd heft zijn armen, alsof hij het opgeeft.

'Zullen we dan maar?' zegt Farwick.

'Ik rijd.' Grambach rinkelt met de autosleutels.

'Geweldig.' Farwick klapt in zijn handen. 'Het lijkt wel een film.'

De hele stoet is juist in de grote hal aangekomen als de deuren van een van de liften opengaan.

'Hallo Lea,' zegt Farwick.

Het eerste wat Grambach opvalt is haar grote gelijkenis met Marlene Merz. Ze zou haar oudere zus kunnen zijn, of liever: een iets oudere versie. Dezelfde kleur haar, hetzelfde hartvormige gezicht. Een slanke, bijna sierlijke en heel elegante vrouw. Grambach weet dat ze de veertig moet zijn gepasseerd, maar dat zou je niet zeggen.

'Hé,' zegt ze. De deuren van de lift gaan dicht, maar voor ze de vrouw aan het oog onttrekken, duwt een man in de lift ze weer open. 'Hallo Roland,' zegt hij. Het is Pardon.

'Komen jullie samen?' Farwick richt zich in zijn rolstoel enigszins op. 'Dat is een verrassing.'

'We hebben elkaar toevallig ontmoet,' zegt Lea.

Pardon knikt. Beneden bij de deur.

'Ja!' zegt Farwick 'Mooi zou dat zijn, wij drie oude makkers bij mekaar!' Hij lacht. 'Maar ik heb helaas helemaal geen tijd. Mijn lichaam wordt net naar een andere behandeleenheid overgebracht. Sorry dat ik niet met jullie plannen rekening kan houden.' Hij geeft Ruth een teken hem de lift in te duwen. Dan kijkt hij, op borsthoogte, recht voor zich uit langs zijn bezoekers heen.

'Dat kun je niet menen,' zegt Lea. 'Weet je eigenlijk wel hoe ver dat is, helemaal vanuit Hamburg hiernaartoe?'

Farwick kijkt niet op. 'Laat ons even voorbij graag.'

Lea doet een stap opzij. Pardon kan nog net voor de rolstoel uit de lift glippen.

'Ik begrijp het niet,' zegt Lea. 'Wat heeft dit te betekenen?'

De jonge politieman zet de twee koffers in de lift. Hij kijkt Grambach vragend aan. Die geeft hem de sleutel van de BMW en de laptop. Ga die twee helpen! Hijzelf komt zo meteen. Farwick zit in de lift met de rug naar de deur. Grambach knikt naar Ruth, zij drukt op een knop en de deuren gaan meteen dicht.

'En wie bent u, als ik zo vrij mag zijn?' Lea is woedend. Het zou wel bij haar passen als ze hem nu een trap zou geven, denkt Grambach.

'Dat is...' zegt Pardon.

Grambach onderbreekt hem. Hij geeft haar zijn visitekaartje. 'Dit is een man tegen wie u beleefd moet zijn. Hij vermoedt dat u te moe bent om meteen weer naar huis te gaan.' Hij kijkt op zijn horloge. 'Rust even wat uit. We zien elkaar om zes uur op het hoofdbureau van politie.'

'Ik denk er niet aan,' zegt Lea.

Grambach kijkt Pardon aan. 'U hebt fantasie. Vertelt u deze vrouw maar eens in geuren en kleuren wat voor gevolgen het kan hebben een uitnodiging van de politie af te slaan. En wijs haar de weg.' Op dat moment gaat de deur van de andere lift open. Het lijkt wel een film, heeft Farwick gezegd. Grambach moet een lach onderdrukken. Op weg naar beneden schrijft hij een sms'je voor Berntrieder: Farwick woont nu bij zijn ziekenverpleegster. Naam als volgt. Natrekken graag. En om zes uur per se nog op het bureau zijn. Groots optreden van de gemankeerde weduwe!

Als Grambach bij de witte BMW arriveert, staat er een stel journalisten omheen. De jonge politieman heeft de grootste moeite het portier aan de passagierskant dicht te krijgen. Grambach baant zich een weg. Als hij aan de bestuurderskant instapt, rennen de journalisten naar hun auto's. Grambach geeft de politieman een teken, die stapt naast Ruth achterin.

Op de weg voor het ziekenhuis langs ziet Grambach de eerste achtervolger al in de achteruitkijkspiegel. Hij slaat een zijstraat in. Weldra zitten er een paar auto's vlak achter hem. 'Houd je vast,' zegt Grambach. De volgende zijstraat is een weg met eenrichtingsverkeer. Hij rijdt die in. Als een vrachtauto hun toeterend en knipperend tegemoetkomt, rijdt hij het trottoir op. Een man dreigt met zijn vuist. Twee dwarsstraten verder zit niemand hem meer op de hielen.

'Dank u,' zegt Farwick.

'Geen dank. Zuiver eigenbelang. Ik wil u voor mij alleen hebben.'

Farwick houdt zich vast aan de greep boven het portier. 'Hebt u dat gezien, dat duo van daarnet? Er zijn dingen die je boven je pet gaan.'

'Uw ex-vrouw,' zegt Grambach. 'En de heer Pardon. Voor hem moet ik overigens een goed woordje doen. Hij voelt zoiets als een verlangen naar u.'

Farwick zwijgt. Ze hebben de wijk bereikt. Als ze over een verkeersdrempel rijden, lijkt hij pijn te hebben. 'Sorry,' zegt Grambach. 'Ik zal beter opletten.'

Ruth geeft voor het laatste stukje aanwijzingen. Ze stoppen op de inrit van een garage naast een oud huis van twee verdiepingen. Het is gepleisterd in een lichte kleur en heeft opvallend gewelfde ramen. Zo'n tachtig jaar geleden moet dat heel modern zijn geweest, de veel recentere huizen ernaast zien er kleinburgerlijk en saai uit. Farwick wordt in een opvouwbare rolstoel door de voortuin naar de voordeur geduwd. Bij de deur geeft Ruth een teken: ze moeten hem om het huis heen naar het terras duwen. Daar krijgt hij eindelijk weer wat frisse lucht.

Grambach stuurt de jonge politieman terug naar de straat. Hij moet het recherchebijstandsteam inlichten en nagaan hoe moeilijk het is het huis te bewaken.

'Een paradijs,' zegt Farwick als ze op het terras zijn. Daarachter ligt een licht glooiend gazon, eromheen staan hoge bomen vlak bij elkaar, met ertussenin donker klimop. Voor bloemen schijnt hier geen plaats te zijn.

'Had u haar lang niet meer gezien?'

'Lea? Nee. Niemand kan me dwingen met mijn ex-vrouw te spreken.'

Grambach is een eindje in de richting van het gazon gelopen. En die Pardon?

'Als hij bij u is geweest, bent u op de hoogte. We hebben hem onrecht aangedaan. Maar wat moesten we doen? Hem een boek laten schrijven met een close-up van de afzetbalk op de laatste bladzijde?'

Wat is dat voor iemand, die Pardon?

'Geen idee,' zegt Farwick. 'Indertijd was het een ambitieuze jongeman. We hadden elkaar kunnen helpen. Maar dat ging niet.'

En nu?

'Om de paar jaar zo'n dikke turf.' Farwick duidt het met twee vingers aan. 'Hij heeft veel succes.'

En waarom onder een andere naam?

'Mijn naam is afgebrand!' Dat had Pardon indertijd tegen Lea gezegd. Als hij het nog een keer echt wilde proberen, had hij daarvoor een ander leven nodig. 'Benedikt Ritter.' Farwick schudt zijn hoofd. 'Ik vond Georg Pardon beter. Als u hem ziet, vertel hem dan maar waar ik zit. Voor mijn part kan hij hier komen.'

'Ik heb uw laptop bij me,' zegt Grambach. 'Dank u dat we er even in mochten kijken. U kunt het best meteen uw wachtwoorden veranderen.' Hij kijkt grijnzend naar Farwick. 'Nu kunt u ook weer spelen.'

Grambach ziet dat Farwick maar heel even nodig heeft om te begrijpen wat hij bedoelt. 'Ach, ja,' zegt hij. Je laat je tot dat soort dingen verleiden als je veel tijd te verspillen hebt. Hij kijkt op naar Grambach. 'Kent u dat?'

'Niet in het minst,' zegt Grambach. Hij was blij dat hij 's avonds geen monitor meer hoefde te zien.

'Drie jaar geleden is mijn vader overleden. Daarna kon ik plotseling niet meer slapen. Ik wilde geen pillen nemen. Müller heeft me toen een paar spelletjes gegeven. Aan een ervan ben ik blijven hangen. Terwijl ik al lang weer slaap als vroeger. Idioot, niet?'

De deur van het terras gaat open en Ruth komt naar buiten. Alles is nu klaar. Of Farwick meteen wat wil rusten?

'Laat hem maar een beetje in de zon zitten,' zegt Grambach. 'Ik moet ervandoor.'

'Komt u terug?'

Natuurlijk, zodra ze iets hebben gevonden.

'Of gewoon als u er zin in hebt,' zegt Farwick. 'Ik vind het leuk met u te praten.'

'Ik ook.' Grambach geeft Farwick een hand. Die drukt hem krachtig. Dat is de man van wie wordt verteld dat hij na een aanval onder een onbeschadigde vrachtboot blijft hangen waar de vijand hem niet kan zien. Soms een hele nacht lang, reële tijd, tot de onderzeebootjagers verdwenen zijn. Iemand heeft hem een vos onder de wolven genoemd.

'Kom morgen maar,' zegt Farwick. 'Om tien uur. Dan rennen we een rondje. Een aangeschoten tienkamper en een voormalige student lichamelijke opvoeding.'

'Wat een koppel,' zegt Grambach.

Farwick en Ruth zitten nog lang op het terras. Het was weer zo'n gelijkmatige mooie dag, niet erg warm, maar 's avonds wordt het ook niet koeler. Ze zeggen niets. Als Ruth eindelijk opstaat en Farwick het huis in wil duwen, wil hij dat niet. Bijna zonder inspanning staat hij op uit de rolstoel.

Hij ademt diep in en uit. Langzaam loopt hij naar binnen, Ruth volgt hem. De woonkamer is groot en licht. De schaarse meubels zijn allemaal van een roodachtig hout, in het midden staat een bankstel van wit leer. Alles lijkt bij de oorspronkelijke inrichting te horen. Farwick zegt iets in die richting.

'Ja, bijna,' zegt Ruth. Ze heeft het huis gekocht van een oude vrouw wier vader architect was en dit huis heeft gebouwd. Tijdens haar leven heeft de vrouw alles bij het oude gelaten. 'Ze was erbij toen de makelaar de geïnteresseerden rondleidde. Ik heb gezegd: Als ik het krijg, beloof ik niets te zullen veranderen. Toen zei ze: Ik houd u aan uw woord.' De makelaar ontplofte zowat van woede.

'Heel mooi,' zegt Farwick. Hij geeft een teken dat hij verder wil. Ruth gaat voor. Aan de voorkant is een soort werkkamer. Daar heeft ze een opklapbed voor hem in gereedheid gebracht. 'Geen zorgen,' zegt Ruth. 'Het matras is nieuw. Die houdt het wel.'

Farwick maakt een lichte buiging. 'Zeg, als ik met je trouw, word ik dan baron?'

'Nee,' zegt Ruth. Ze helpt hem op het bed te gaan zitten, en hij laat het toe. 'Je kunt je noemen zoals je wilt. Titels betekenen niets.'

'Waarom heb jij er dan een?'

Ze helpt hem uit zijn trainingspak. 'Het enige aandenken aan mijn vader.'

Farwick geeft een teken dat hij wil gaan liggen en hij wil zich niet als een zak laten vallen. Ruth ondersteunt hem een beetje. Het moet er goed uitzien, denkt hij. In elk geval heeft hij zich niet geblameerd. Dat weet hij, blamage voelt anders aan.

Naast het bed staat een schoteltje met pillen in alle kleuren van de regenboog. Ruth wijst ernaar. Als het aan haar lag, zou ze zeggen: Genoeg voor vandaag.

'Kleed je uit. Helemaal. En kom naast me liggen.'

Ze doet wat hij zegt en gaat aan de kant liggen waar zijn wonden zitten. Dan pakt ze de linkerhand van Farwick en drukt die op haar schaamstreek.

'Die vrouw heeft om je gegeven. Maar financieel heeft dat je niet veel opgeleverd.'

Ze vlijt zich voorzichtig tegen hem aan. 'Na de Wende heeft mijn vader wat land teruggekregen, dat heb ik geërfd. Ik wilde het al aan de gemeente schenken. Maar toen werd er een spoorweg verlegd vanwege een vogelsoort of zo. Uitgerekend over mijn land. Dat was genoeg voor dit huis.'

En wie woont er boven?

'Een jonge rechter. Maar die wordt binnenkort overgeplaatst.'

'Dan is er plaats genoeg voor een heel gezin.'

Ruth richt zich even op en kijkt hem aan. Hoe bedoelt hij dat?

Farwick beweegt de vingers van zijn linkerhand. Het voelt alsof hij een dunne handschoen aanheeft. Daar heeft men hem op voorbereid. Dat zijn de zenuwen. 'Doe je dat met die spons nog een keer?'

Ruth fronst haar voorhoofd. In verpleegsterskleding soms?

'Nee!' zegt Farwick. Hij is geen fetisjist. Maar het was zo'n geweldig gevoel.

'Oké,' zegt Ruth. 'Maar zo krijgen we geen kinderen.'

Ze lachen beiden en kussen elkaar lang. Dat is voor het eerst.

'Twee dagen,' zegt Grambach als hij en Berntrieder tegenover elkaar op hun kamer zitten. 'Stel je voor: na twee dagen stapt onze tienkamper in een opgemaakt bedje!'

Berntrieder leunt achterover. 'Hij heeft dus op zich laten schieten om een vrouw te leren kennen?'

Grambach tikt tegen zijn slaap.

'Hij is gewoon een mooie man.' Mannen mogen mooie vrouwen, dat is bekend. Maar vrouwen mogen ook mooie mannen. Dat moet je je altijd weer realiseren.

'Ja ja,' zegt Grambach. 'Een beeldhouwer heeft hem indertijd eens als model gebruikt. Een beeldhouwer die tot dan toe alleen maar abstract werk had gemaakt. Dat heeft toen nog voor heel wat beroering gezorgd.'

'Heb je dat van internet?'

Nee, dat kan Grambach zich zo nog wel herinneren. Het kunstwerk had een debat over moderne kunst tot gevolg.

Berntrieder trekt rimpels in zijn voorhoofd.

'Ze hebben de beeldhouwer verweten dat hij alleen abstract werkte omdat het in de mode was. Of andersom: dat hij zijn overtuiging voor geld verkocht. En toen heeft de vrouw van Farwick het verhaal rondgestrooid dat het beeldhouwwerk haar niet aanstond. Dat betekende oproer.'

'Had jij er ook een mening over?'

'Nee.' Grambach lacht. 'Dat was in mijn studietijd. Ik was bij een forumdiscussie op de kunstacademie.'

Berntrieder kreunt. 'Ik vergeet telkens weer je verleden als genie. Heb je misschien ook ooit kunstenaar willen worden?'

'Ik wilde helemaal niks,' zegt Grambach. 'Moeten we die verpleegster screenen?'

'Is al lang gebeurd.' Berntrieder tikt met zijn vinger op een vel papier. Ongehuwd, geen kinderen. Heeft ooit een erfenis gekregen, familiebezit in het oosten, het vermelden waard. Verder niets. Geen connectie met Farwick, voor zover na te gaan. Of met wie dan ook.

Grambach kijkt op de klok, het is zes uur geweest. 'Te laat komen lijkt me wel iets voor haar.' Als de ex-vrouw van Farwick er over vijf minuten niet is, kan Berntrieder rustig naar huis gaan. Hij verwacht sowieso niet veel van haar bezoek.

Het zou Grambach een lief ding waard zijn geweest als hij hier alleen zat. Hij zou dan meteen hier in zijn kamer aan het spel gaan deelnemen. Misschien is Farwick al online. Iemand als Hamacher moet na drie dagen blessuretijd gewoon al last hebben van ontwenningsverschijnselen.

Maar Berntrieder wil blijven. Hij krijgt langzamerhand het gevoel dat hij geen waar biedt voor zijn geld. Hij slaat zich met zijn hand tegen zijn voorhoofd en haalt een papiertje uit zijn zak. 'Hans-Ulrich Kreitler. Adres in Berlijn. Zegt dat je wat?' Hij reikt het briefje aan.

Grambach steekt het in zijn zak. Dat heeft met dat computerspel te maken. Misschien iemand met wie Farwick daar babbelt. Hij zal het nagaan.

'Waarom?' zegt Berntrieder.

De deur gaat open, Grambach hoeft dus niet te antwoorden. Hij stelt Berntrieder voor. Dan biedt hij de ex-vrouw van Farwick een stoel aan. Het is haar aan te zien wat ze zich heeft voorgenomen: geen opstandigheid, geen provocatie. Alleen al uit de manier waarop ze erbij zit, blijkt haar bereidheid tot samenwerking.

Grambach wil de proef op de som nemen. 'Wat ons een beetje verbaast,' zegt hij, 'is dat u de naam Farwick bent blijven dragen.'

Ze glimlacht en trekt een wenkbrauw op.

'Uw scheiding is niet geheel vlekkeloos verlopen.'

Dat overvalt haar. Grambach maakt dat steeds weer mee. In deze tijd van internet weet iedereen alles over iedereen, en nog steeds zijn de mensen verbaasd als ook de politie goed geïnformeerd blijkt.

Haar glimlach verdwijnt even, en ze lijkt meteen weer op Marlene Merz. 'Klopt,' zegt ze.

Grambach maakt een gebaar dat haar antwoord niet toereikend is.

Ze was al onder de naam van haar man met nieuw werk begonnen. Dan zou het nadelig zijn geweest de naam te veranderen. Gewoon niet goed voor de zaken.

'En wat doet u nu voor werk?'

Ze maakt wiegende bewegingen met haar hoofd. 'Van alles.' Af en toe organiseert ze events. Presentaties, persconferenties. Dat soort dingen.

'En u woont alleen?'

Ze richt zich nog iets meer op. 'Op het ogenblik wel. Is dat van belang?'

'Ja,' zegt Grambach. 'Hebt u een idee wie er op Roland Farwick heeft geschoten?'

De beweging die ze maakt kan evengoed ja als nee betekenen.

'Ik ben voor alles dankbaar, één tip is genoeg.'

'Die sport!' Ze vertrekt haar mond. 'Je moet er ervaring mee hebben om het te geloven. Als je zo voor de televisie zit, kun je nog denken dat daar wat naïeve dotten rondrennen en dat er andere naïeve dotten op de tribune zitten te klappen.'

'En dat is niet zo dan? Ga weg.'

Als ze merkt wat hij daarmee wil zeggen, laat ze het niet merken. 'Roland had meer succes dan veel mensen aankonden.'

Maar hij kan zich toch ook nederlagen herinneren, zegt Grambach. Vooral die laatste.

'Dat bedoel ik! Veel sportlieden verdwijnen in de vergetelheid. Maar hij niet. Ondanks die ramp. Hij had een heel goede baan. Je kon hem ook nog tegenkomen. Hij dook zelfs weer in de roddelrubrieken op.'

Daar heeft hij van gehoord, zegt Grambach.

'Toen hij over de afzetbalk was gegaan, zeiden ze: Nu is het gebeurd. Daar horen we nooit meer iets van.' Ze klapt in haar handen. 'Maar mooi niet. Hij niet! En dat moet iemand witheet hebben gemaakt. Dat hij nog steeds leeft, na zo'n debacle.'

'Kunt u namen noemen?' zegt Berntrieder.

Ze schudt haar hoofd. Geen idee.

Of Farwick ooit wel eens een toespeling heeft gemaakt?

'We praten zogoed als nooit met elkaar.'

Dat is allemaal wel erg vaag.

'U wilde mijn mening horen.' Ze slaat haar benen over elkaar. 'Roland heeft meer geluk dan goed voor hem is.'

'Interessante theorie,' zegt Grambach. Daar past in elk geval bij dat hij al een nieuw thuis gevonden heeft. Zij is vast al op de hoogte.

Ze zwijgt. Maar zoals ze hem aankijkt, is Grambach ervan overtuigd dat iemand in het ziekenhuis zijn mond voorbijgepraat heeft. 'U hebt ooit tegen hem gelogen. U wist dat u geen kinderen kon krijgen.'

Ze haalt zwaar adem door haar neus. 'Müller!' zegt ze. 'Voor mijn part. Maar we hebben het nooit over kinderen gehad. Roland was constant onderweg. Of aan het trainen.' Ze maakt een beweging alsof ze naar een insect uithaalt. 'Ik was eenentwintig en kreeg voortdurend bezoek van oude mannen in trainingspakken die me door de bloemen heen uitlegden dat seks voor hem op dat moment niet goed was. Het was gewoon gênant.'

'Begrijp ik,' zegt Grambach.

'Nee!' Nu is ze weer de persoon die ze in het ziekenhuis was. 'Dat begrijpt u niet. Kinderen, dat was even ver weg als de maan. Geen van ons beiden heeft eraan gedacht. Ik niet en hij al helemaal niet. Zo was het!'

'En toen is hij over de afzetbalk gestapt en wilde hij van het ene moment op het andere vader worden.'

Ze haalt haar schouders op.

'Een kennis van mij,' zegt Berntrieder, 'wilde een kind adopteren. Vlak voordat het zover was, werd ze zwanger.'

Voor het eerst kijkt Lea Berntrieder aan. 'Dat komt voor,' zegt ze, de rust zelve. 'Maar niet bij mij.' Ze spreidt haar benen een beetje en legt een hand op haar buik. 'Bij mij gebeurt daarbeneden helemaal niets meer.'

Berntrieder brengt zijn handen voor zijn gezicht.

'Even iets anders,' zegt Grambach. 'Heeft Farwick het ooit over zelfmoord gehad?'

Ze slaat haar benen weer over elkaar en leunt licht achterover. 'Ik geloof dat u mij niet meer nodig hebt. Toch?'

Een paar seconden lang zegt niemand iets, dan staat Grambach op. Hij opent de deur voor Lea. Hij geeft Berntrieder een teken: hij wil meteen naar huis. Op de parkeerplaats voor bezoekers blijft

Lea staan voor een zilvergrijze sportauto, een ouder model met open dak.

'Hoe was dat toen ook weer?' zegt Grambach. In 1984, na de Spelen.

Ze opent het portier van de auto, maar stapt niet in. 'Ze hebben ons kapotgemaakt. Allemaal. Ik had het gevoel dat ik iemand was door wie een streep werd gehaald. Maar het was eigenlijk mijn fout. Je moet als je begin twintig bent geen levensplan hebben. In elk geval geen plan waarbij het op een paar centimeter aankomt.'

'Kunt u zich dat beeldhouwwerk nog herinneren?'

'Nou en of. Overigens heeft hij ook een beeld van mij gemaakt. Maar dan in klei.'

'Hebt u dat nog?'

Ze laat het vouwdak omhoogkomen en gaat achter het stuur zitten. Grambach moet door zijn knieën om nog met haar te kunnen praten. Of ze dat nog heeft?

Ze glimlacht tegen hem. 'Niet alleen dat beeld, ook nog een van hem. Een van de twaalf afgietsels.'

'En die staan nu gezellig naast elkaar? U beiden, de een in klei en de ander in brons?'

Ze lacht. 'Precies!' Dan manoeuvreert ze het parkeervak uit en rijdt weg.

Op het binnenplein van het hoofdbureau staat Berntrieder op Grambach te wachten. Hij gaat vandaag met de trein naar de boerderij van zijn ouders. Ze hebben bijna dezelfde route. Grambach haalt zijn fiets en loopt ermee aan de hand.

'Denk jij werkelijk dat iemand op zich laat schieten? Ik kan me dat gewoon niet voorstellen.'

Grambach haalt zijn schouders op en kijkt voor zich uit.

'Jij gelooft dat, dat voel ik. En ik kan je zelfs wel begrijpen. We hebben niets concreets, helemaal niets, nada. Maar!' Berntrieder blijft staan. 'Als dat zo is, dan toch alleen maar om er echt een eind aan te maken. Snel en zonder dat je het zelf merkt. Terwijl het hier toch heel anders ligt.'

Grambach gaat met zijn hoofd heen en weer.

'Mijn god,' zegt Berntrieder. 'Zes schoten en dan alleen nog maar lichtgewond. Dat is toch absurd. Wie geeft zo'n opdracht nu aan zo'n sukkel?'

'Als iets mis kan gaan, gaat het ook vaak mis.'

'Een waarheid als een koe.'

'En wat als dat nu de bedoeling is geweest: een hoop sensatie en maar twee schrammetjes?'

'Op bestelling?'

'Een echte beroeps kan dat. Er zijn mensen die op zo'n afstand een lucifer uit schieten.'

'Nee,' zegt Berntrieder. 'Nee nee. Daar hoeven we het hoofd niet over te breken. We hebben hem van top tot teen doorgelicht. Elke euro waar hij met zijn vingers aan gezeten heeft, hebben we in kaart. Die heeft geen killer betaald. Noch voor het een noch voor het ander.'

'Wie wil kan geld verduisteren. Dat weet jij ook.'

Berntrieder knort wat. Ze lopen weer naast elkaar op.

'Nou goed!' zegt Grambach. 'Dan is het een gek geweest, en dan krijgen we hem nooit.'

'Fout! Het was een gek, maar we krijgen hem wel. Zoals we de vent krijgen die de studente vermoord heeft.'

'Vergeet niet dat we geen DNA hebben.'

'Ja, shit,' zegt Berntrieder. 'Wanneer komt Caroline terug?'

'Volgens afspraak over precies een week.'

'Het is vast leuk ginds.' Berntrieder klopt Grambach op zijn schouder. 'Binnenkort gaan jullie weer samen met vakantie. Dan gaan jullie roeien in het Spreewald.' Ze zeggen niets meer tot aan de kruising waar hun wegen zich scheiden.

'Morgen gaan we overigens hardlopen,' zegt Grambach.

'Wie, wij?' Berntrieder blijft staan.

'Farwick en ik.' Grambach trekt zijn schouders op en beweegt zijn armen als een langeafstandsloper.

'Je bent gek.'

'Het was zijn idee. En jij hebt het me ook aangeraden. Omdat ik te vet word.'

'Doe niet zo onzinnig!'

Grambach begint op een drafje te rennen. Hij zwaait naar Berntrieder. 'Mooi wel,' roept hij. 'Zal me goed doen.' Een paar mensen draaien zich naar hem om.

Als ze met elkaar geslapen hebben, brengt Ruth nieuw verband aan. 'Allemaal verschoven,' zegt ze. Of hij nu inziet dat hij het in zijn eentje nooit had klaargespeeld?

Eindelijk kan Farwick eens rustig naar de wond aan zijn been kijken. Het vlees om de wondnaad is grauw en trekt. Er ontbreekt nu iets; je zou er iets moeten wegsnijden om weer een zuiver oppervlak te krijgen. Maar daar zorgt het lichaam zelf voor. Zei de dokter.

Om de plek op zijn borst te kunnen zien moet hij zijn linkerarm heffen, wat verdomd veel pijn doet. Daar ziet het er ongeveer hetzelfde uit. Ruth wast hem behoedzaam en brengt nieuw verband aan.

Twee echte wonden! Met die aan zijn hoofd erbij zelfs drie. Voor het eerst sinds de schoten moet Farwick denken aan soldaten in de oorlog. Vele duizenden gewonden moeten zich gevoeld hebben als hij nu. Dit hier heeft niets met zijn vroegere leven te maken, denkt hij. Dit is iets totaal anders.

Ruth helpt hem in een pyjama. 'Moet je eens luisteren naar het verschil,' zegt hij. 'Ik ben geblesseerd. En: Ik ben gewond.'

Natuurlijk was er een verschil. Ze knoopt zijn jasje dicht. Hij vraagt om zijn laptop. Ruth wijst naar een bureautje. Daar heeft ze hem aangesloten. Maar de snoeren zijn lang genoeg. Hij kan het ding ook mee naar bed nemen.

'Geweldig!' Het paradijs gewoon. Dan schiet hem te binnen dat hij zijn moeder nog moet bellen. Maar dat kan morgen ook nog wel.

Tegen negen uur zet Grambach zijn computer aan. Het duurt zoals gewoonlijk even voordat hij op Knights of the Deep is ingelogd. Hij roept de top tien op. Hamacher is nog steeds de onbetwiste leider. De koning van het spel. Grambach scrolt door de lijst, maar komt nergens een Wendling tegen.

In de kantine is nog niets te doen. Hier wordt het pas vanaf halfelf druk. Hamacher is niet een van de mensen online. Grambach loopt de data van de chats door; de laatste bijdrage van Hamacher dateert van de avond voor de dag dat er op Farwick is geschoten. Het ging weer over het oude onderwerp: waaraan kun je zien of er achter een tegenstander de computer schuilgaat of een speler? Hij herkent mensen aan hun ideeën, heeft Hamacher geschreven. Een computer als tegenstander heeft geen ideeën, die werkt gewoon zijn programma af.

Iemand heeft hem tegengesproken. Hij beschrijft uitvoerig hoe dom de computer zich als tegenstander heeft gedragen. Was vlak langs hem gevaren zonder te schieten, hoewel hij bij vergissing opgedoken was. De tekst zit vol spelfouten. 'Domheid is deel van het programma,' heeft Hamacher daarop geantwoord. Meer niet.

Van een speler Wendling is geen enkele bijdrage in de chats te vinden. Grambach logt uit en opent zijn e-mailbox. Caroline heeft een tweede mail gestuurd, die middag geschreven. Grambach opent eerst de oudste.

Ze weet ervan. Op het strand heeft iemand over de aanslag verteld, en zij is op internet gaan kijken. In eerste instantie had ze inderdaad gedacht dat ze nu meteen naar huis moest, naar hem. Maar dat was natuurlijk onzin. Kwam hij nog wel aan slapen toe? Met haar is alles oké. Ze heeft ook geen zin veel te schrijven.

Grambach opent de tweede mail. Hij komt dus niet aan slapen en dus ook niet aan lezen toe. Dat begrijpt ze. Hoe staat het er met de zaak voor? Natuurlijk mag hij er niets over zeggen, vooral niet via internet. Maar spannend is het wel! Twee oude vakantiegangers aan haar tafeltje in het hotel waren gewoon geschokt geweest. Ze was even in de verleiding gekomen te vertellen dat haar vriend het politieonderzoek leidt.

'Ik wil niet de regels overtreden,' schrijft ze ook nog. 'Maar misschien is het goed dat je je nu zo moet concentreren.' Met haarzelf is alles oké, het weer is prima, er zitten behoorlijk wat singles in haar hotel, allemaal mensen die het zich kunnen permitteren in het laagseizoen op reis te gaan. Tot morgen. En veel succes!

Grambach weet niet meteen wat hij terug moet schrijven. Dat zijn hoofd omloopt? Misschien moet hij nog even wachten met antwoorden, zodat Caroline denkt dat hij veel later thuisgekomen is. Bestaat er eigenlijk de mogelijkheid e-mails met vertraging te versturen? Grambach zoekt in het helpmenu; dan schiet hem wat te binnen. Hij haalt het briefje uit zijn broekzak, klikt op Beantwoorden en schrijft: 'Hans-Ulrich Kreitler. Berlijn. Wolzogenstraße 37.' Verder niets; alleen een groet, die uit een afkorting bestaat. Even aarzelt hij, dan klikt hij op Verzenden. Hij wil niet nadenken. Als het maar gebeurd is.

Het duurt heel lang voordat het bericht in beeld komt dat de mail is verstuurd. Alsof de afstand zich doet gelden. Grambach blijft nog een tijdje heel rustig voor de computer zitten. Dan keert hij terug naar het spel, logt niet in, maar meldt zich als nieuwe speler aan. Het is een peulenschil een nieuwe existentie op te bouwen. Als naam geeft hij 'Wendling' op.

Bestaat al, meldt het spel.

'Kunstfeld.'

Die naam is vrij. Grambach voltooit de registratie, gaat aan boord van de hem toebedeelde boot, haalt zijn opdracht op en verlaat de haven. Onlangs is de lay-out verbeterd. Waren de kusten vroeger schimmige silhouetten, nu kun je rotsen, baaien en zelfs haventjes onderscheiden. Het spel neemt enorm veel ruimte op de harde schijf in beslag, Grambach heeft zijn pc moeten upgraden om met de nieuwste versie mee te kunnen doen. Hij zet de tijdcompressie op zijn allerhoogst. Een paar minuten later is hij in het Nauw van Calais. Hij legt een zigzagkoers vast, gaat naar de keuken en zoekt in de kasten. Hij vindt een blikje soep, giet de inhoud in een bord en zet dat in de magnetron.

Het alarm van de uitkijkpost roept hem terug. Er is een torpedobootjager in zicht, de compressie is automatisch overgeschakeld op echte tijd. Grambach geeft het bevel te duiken, maar laat de periscoop een paar centimeter boven het wateroppervlak uitsteken. Hij verandert niet van koers. Louter typische beginnersfouten; even later heeft de torpedobootjager hem in de peiling.

Veel te laat trekt Grambach de periscoop in en zoekt de diepte. Met de buitencamera ziet hij hoe de dieptebommen langzaam op hem neerdalen. Een ervan ontploft in de buurt van de toren, een tweede naast de achtersteven. De meldingen over schade volgen elkaar razendsnel op, het geluid van binnenstromend water is te horen. Grambach doet niets. Dan wordt alles zwart, de gegevens komen in beeld: niets tot zinken gebracht, iedereen dood. Op de achtergrond gedragen muziek.

Je eigen einde is altijd zo kort. Boten van de tegenstanders zie je minutenlang branden, exploderen en naar de zeebodem zakken, in allerlei varianten. Alleen voor het eigen sterven heeft het spel geen reeks opnamen ingebouwd, noch voor het binnenste van de boot noch voor de buitencamera. Daar wordt steeds weer over geklaagd. Maar op dat punt blijven de producenten hardnekkig.

Grambach gaat naar de kantine onder de naam Kunstfeld. Hij heeft nu een schone beginnersbiografie. Voor het eerst sinds er op Farwick is geschoten heeft hij het gevoel echt iets te ondernemen. Een voorsprong te hebben, hoe klein ook. Het is intussen bijna tien uur. Hij loopt de lijst met spelers door die online zijn. Hamacher is een van hen.

'Goedenavond,' schrijft Grambach in een apart venster dat alleen gelezen kan worden door Farwick. 'Ik heet Kunstfeld. Ik ben hier nieuw.'

Hamacher meldt zich met een standaardgroet die je alleen maar hoeft aan te klikken.

'Ik heb een verzoek,' schrijft Grambach. 'Mij is verteld dat u hier de beste bent. Ik wil graag met u meevaren. Ik wil alles van u leren.'

Het duurt even voor er een antwoord komt. 'Ik geef graag allerlei inlichtingen,' schrijft Hamacher. 'Maar ik vaar altijd alleen. Dat weet iedereen hier. Ik maak geen uitzonderingen.'

'In mijn geval wel,' schrijft Grambach. 'U neemt mij mee. Dan kunnen we ongestoord samen wat tijd doorbrengen. U laat me uw trucs zien. En als tegenprestatie heb ik een boodschap voor u. Van de man die op u geschoten heeft, meneer Farwick.' Grambach aarzelt even. Dan schrijft hij erbij: 'Laten we meteen maar afspreken: morgenavond precies om elf uur.' Hij verstuurt het bericht en verlaat direct het spel.

Moe is Grambach niet. Hoe zou dat ook kunnen! Het is een fantastisch gevoel de touwtjes in handen te hebben. Hij loopt al zijn kamers door, maar weet niet waar hij het zoeken moet. Na een paar minuten zit hij weer voor de pc. Pardons e-mailadres staat op het visitekaartje. 'Goed nieuws,' schrijft Grambach hem. 'De kampioen wil u graag zien. Het liefst snel!' Daarachter typt hij Farwicks mobiele nummer.

In de keuken drinkt Grambach een glas wijn. Hij heeft lang niet meer het gevoel gehad zo intens te leven. En het kan nog heftiger. Hij loopt terug naar zijn werkkamer; in zijn notitieboekje vindt hij het e-mailadres van mevrouw Merz. Hij schrijft haar: 'Roland Farwick woont nu samen met zijn verpleegster. Het is niet waarschijnlijk dat hij snel naar Frankfurt terugkeert. Ik dacht dat dat u misschien zou interesseren.' Als ze met hem wil spreken: hij is vierentwintig uur per dag bereikbaar. Voor de zekerheid schrijft hij er zijn mobiele nummer en zijn privéadres bij.

Dan gaat hij naar de keuken en drinkt nog een glas wijn. De soep is intussen koud geworden; hij gooit hem weg.

Twee weken voor het eind van de tiende klas, voor hem het negende jaar, viel Grambach tijdens de training om. Hij was een paar seconden buiten bewustzijn. Het gebeurde op sportveld één, en gelukkig was de gymleraar in de buurt. Ze maakten er weinig ophef van. De leraar bracht hem met zijn auto naar huis; onderweg voelde Grambach zich alweer de oude. Een week later gebeurde het opnieuw, nu bij de stedelijke kampioenschappen. Nu reden ze meteen naar het ziekenhuis, waar hij grondig werd onderzocht. Naar verluidt had hij problemen met zijn bloedsomloop. Niet zonder meer gevaarlijk, dat kwam op zijn leeftijd wel vaker voor. Maar hij moest het wat kalmer aan doen met zijn hardlopen.

Langzamer hardlopen, dat was dus hetzelfde als joggen. Maar voor de gymleraar had alles wat ook maar in de verte te maken had met 'Trim je fit' het effect van een rode lap op een stier. Sport was in zijn ogen de lichamelijke vorm van iets wat gericht was op een doel. Je loopt hard om snel te zijn, je werpt om ver te werpen. Joggen was daarentegen overduidelijk een doel op zichzelf. Daar moest een ander zich maar mee bezighouden, zei hij tegen de rector, hij gaf de verantwoordelijkheid voor Ludger Grambach terug aan de schoolleiding.

De rector riep de betrokken leraren bijeen. Ze moesten tot actie overgaan. Enerzijds om te voorkomen dat de hoogbegaafde leerling in de gaten zou gaan lopen, anderzijds om het gezicht te redden. Ze kwamen snel tot een besluit, en de rector ontbood Grambach. Hij had hier zijn eindrapport van de tiende klas, zei hij. Voor alle vakken een tien. Hij bood hem daarom aan een klas over te slaan. Hij adviseerde hem nadrukkelijk het aanbod aan te nemen.

'Laten we elkaar niets wijsmaken,' zei de rector. 'Sneller examen doen is niet hetzelfde als beter examen doen. Maar we schenken je nog een jaar. Dat zijn er dan al twee! Twee jaar meer leven.' Grambach had meteen door wat voor onzin die man uitsloeg. Maar hij knikte alleen maar.

Het tijdstip voor die sprong voorwaarts was gunstig. Grambach werkte zich moeiteloos op tot het niveau van de hogere klas; en omdat er in de laatste twee jaren geen vaste klassen meer waren, maar cursussen in steeds wisselende samenstelling viel de jongen die weer een klas had overgeslagen ook helemaal niet op. Grambach zoog de nieuwe stof net als vroeger stilletjes in zich op en gaf hem terug in de vorm van vlekkeloze repetities. Alles had kunnen blijven zoals het altijd geweest was, maar er kwam iemand bij: Günther Prack, leraar Duits en Engels, opvallend jong voor een docent. Hij kwam uit de naburige grote stad. Het vermoeden deed de ronde dat hij de volgende rector zou worden.

Prack was de eerste docent die van de hoogbegaafde Grambach met succes een geval op zichzelf maakte. Dat deed hij op zijn manier. Van meet af aan gedroeg hij zich jegens de jongen die klassen oversloeg en alleen maar de allerhoogste cijfers haalde zo agressief dat je wel moest denken dat de man de pik op hem had. Bij zijn nieuwe medeleerlingen verschafte dat Grambach een aureool. Maar hijzelf raakte voor het eerst na negen schooljaren van zijn stuk.

Prack was arrogant. Als Grambach in de les Duits een antwoord gaf dat begon met de formulering 'Ik geloof...', viel hij hem in de rede. Het interesseerde hem niet wat scholier Grambach geloofde, dit was geen godsdienstles. Voor hem, Prack, telden alleen bewijzen, en wie dacht dat Duits een slap vak was, zou het nog zwaar te verduren krijgen. De eerste repetitie, een betoog over de zin 'De ruimtevaart is een triomf van de techniek maar een nederlaag van de geest' kreeg Grambach terug met de ongehoorde aantekening 'Net voldoende'. Volgens het bladzijden lange commentaar met rode pen waren zijn argumenten zeker het overdenken waard en overzichtelijk gestructureerd, maar ze waren zo geformuleerd dat de lezer zich doodverveelde.

Terwijl de Duitse les weldra een privéoorlog leek, zag Prack tijdens de les Engels zijn veruit beste leerling demonstratief over het hoofd. Alleen als Grambach zich als enige meldde om iets te zeggen, gaf Prack hem na lang aarzelen een beurt, maar keek dan mismoedig uit het raam en zei niets. Slechts eenmaal vroeg hij na een lang betoog van Grambach of hij zich zo'n keurige uitspraak had aangemeten om later in Amerikaanse oorlogsfilms de Duitse officier te mogen spelen.

Voor het eerst van zijn leven stond Ludger Grambach op het punt zijn ouders om hulp te vragen. Maar hij kreeg het niet over zijn lippen te zeggen: 'Mijn leraar behandelt me onrechtvaardig.' Hij schreef brieven aan Prack, die hij niet verstuurde. Wat hij nog nooit had gedaan, deed hij nu: hij besteedde veel tijd aan zijn huiswerk. Toen de schoolkrant een nieuwe hoofdredacteur zocht, nam hij die functie op zich en stortte zich zo op dat werk dat het iedereen wel moest opvallen. Maar niets hielp, Prack liet hem niet met rust.

Ten slotte liet Grambach zich bij het volgende ouderspreekuur met naam en voornaam opnemen op de lijst van Prack. Die zei daar niets over, en hij zweeg ook toen Grambach het lokaal binnenkwam, waar Prack de ouders ontving. Hij wees hem de stoel voor de bezoeker.

'Ik ben hier omdat het zo niet verder kan,' zei Grambach.

Die mening was hij ook toegedaan, zei Prack.

Grambach keek om zich heen. Ze zaten in een lokaal van een lagere klas. Aan de muren hingen zelfportretten. Dat werd langzamerhand mode.

'En nu?' zei Grambach uiteindelijk.

Prack grijnsde. Hij, Grambach, was veruit de meest begaafde leerling die hij ooit had ontmoet. Anderzijds was hij nog nooit iemand tegengekomen die zo nonchalant met zijn talenten omsprong.

'Ik sta voor alle vakken een tien,' zei Grambach.

'Dat is nou net het probleem! Alleen maar tienen!' riep Prack. Wat had dat voor zin? En het karakter? Datgene wat de ene mens van alle andere mensen onderscheidt? Over anderhalf jaar deed hij examen. Zeventien jaar! Schitterende prestatie! En dan?

Grambach wilde iets zeggen, maar Prack was hem voor. De tijd was voorbij, zei hij, er maar een beetje bij te zitten en alles als een spons op te zuigen en het weer uit zich te laten stromen als iemand hem uitperste. Het was voor hem nu zaak de juiste vragen te gaan stellen. En de juiste vragen waren: Wie ben ik en wat wil ik?

'Dat weet ik niet,' zei Grambach snel.

'Zie je wel,' zei Prack, hoewel de leerlingen van de hoogste klassen volgens een besluit van de schoolvergadering met 'u' moesten worden aangesproken. 'Maar maak je geen zorgen. We krijgen je wel zover.'

'Hoe dan?'

'Trek eindelijk eens die waffel open. Dan zie je wie je bent. Wees niet bang. Ik help je.' En toen kon Grambach gaan.

Vanaf de daaropvolgende dag hield Prack op met zijn aanvallen. Hij glimlachte alleen nog maar als Grambach het woord voerde. Maar die begon van de weeromstuit de lessen van Prack te gebruiken om zich uitvoerig te beklagen over alles waarvan hij dacht dat het een hoogbegaafde en eenzelvige zestienjarige leerling zou moeten ergeren. Zijn klasgenoten waren stomverbaasd; ze wachtten op de grote eindstrijd tussen Prack en Grambach. Maar de leraar deed niets anders dan de protesten van Grambach zo nu en dan in een passende vorm gieten.

Binnen een paar weken werd Grambach een lastpost. Als woordvoerder van de hoogste klassen en als hoofd van de schoolkrant viel hij de schoolleiding lastig met steeds nieuwe eisen. Als er iets ongewoons voorviel, hoe klein ook, dan maakte Grambach er een precedent van. Hij werd veruit de bekendste leerling. Sommigen mochten hem niet, maar er waren er ook die hem openlijk bewonderden.

Het kostte de rector heel veel energie. Grambach zat nu steeds vaker voor zijn bureau en schudde alleen maar zijn hoofd bij alles wat hij te horen kreeg. De rector had zich aanvankelijk eenmaal tot Prack gewend om hulp te vragen. Dat klassen overslaan had dus niet goed geholpen. Wat moesten ze nu met die jongen?

'Niets,' zei Prack. Zo zijn ze nu eenmaal, die jongelui.

De rector begreep dat Prack daar zichzelf mee bedoelde. Hij knikte slechts. Zijn pensionering zou samenvallen met het moment waarop Grambach de school zou verlaten. Hij wilde zich zijn laatste jaren niet laten bederven; dus begon hij toe te geven, voor zover dat zonder gezichtsverlies mogelijk was.

Maar de opstand van Grambach was alleen maar show. Die leidde tot niets. Integendeel, sinds Prack had meegedeeld dat ze nu samen zijn ware talenten zouden ontdekken, raakte Grambach steeds meer in paniek. Want nu cirkelden al zijn gedachten als een maalstroom om zijn toekomst. En hoe meer hij nadacht, hoe minder hij er zich iets bij kon voorstellen. Na zijn toevallen, die te wijten waren geweest aan een haperende bloedsomloop, had hij het naamloze wezen dat hem regelmatig had toegestaan nergens aan te denken nog niet al te zeer gemist. Maar nu zijn hele bestaan was gericht op de vraag wie hij was en wat hij wilde, merkte hij wat er met dat wezen verloren was gegaan. Na meer dan een halfjaar wilde hij daarom weer gaan hardlopen.

Maar de teleurstelling was groot. Grambach merkte het al bij de eerste poging. Omdat hij niet meer zo hard mogelijk liep, had het naamloze wezen geen taak meer; het bleef weg. En omdat het lichaam geen strenge leiding meer had, liet het gevoel van alle zorgen bevrijd te zijn het afweten. Maar zonder dat gevoel was het onmogelijk nergens aan te denken. Zo jogde Grambach op een kille namiddag in maart achter zijn adem aan en maakte zich meer dan ooit zorgen over zijn toekomst.

Maar hij bleef hardlopen. En met elke meter groeide de angst dat hij er nooit achter zou komen wie hij was en wat hij wilde. Want hoe meer hij zich voor dingen interesseerde en er zich mee engageerde, hoe duidelijker het hem werd dat er tot nu toe bij alles wat hij had gelezen of gedaan niets was geweest waarvoor hij warmer zou kunnen lopen dan voor iets anders. En ergens voor in vuur en vlam staan, ho maar.

Bijvoorbeeld zoals zijn nieuwe klasgenoot Jochen Fuchs in vuur en vlam kon staan voor modelvliegtuigen met afstandsbediening. Die kon over niets anders praten. De hele school deelde hij in vakken in waar hij iets over het vliegwezen leerde en vakken die daarvoor irrelevant waren. Toen zijn cijfer voor Duits zo slecht was geworden dat hij een drie dreigde te krijgen op zijn rapport, liet Prack hem een opstel over een persoonlijke ervaring schrijven: 'Hoe ik als eerste mens alleen over de Alpen vloog'. Het resultaat was van dien aard dat Fuchs zelfs een zes behaalde. De tekst werd in de schoolkrant afgedrukt en tot de beste bijdrage gekozen. Met de geldprijs kocht Fuchs een elektrisch onderdeel, dat hij mee naar school nam en daar zo behoedzaam liet zien alsof het om een zeer breekbaar diertje ging.

Grambach moest Fuchs wel benijden om zo'n hartstocht. Toch was hij niet onverschillig. Alleen, voorliefde voor het één leek hem minachting in te houden voor al het andere. En erger nog: hij vreesde dat elke hartstocht hem meteen en voor altijd zou isoleren van de rest van de wereld.

Het werd donker. Grambach rende naar sportveld twee, liep een paar rondjes en ging langzaam naar drie. Aan de andere kant stonden de bekende figuren tegen de doelpalen geleund. Er was muziek te horen. Een beetje afzijdig stond weer een paartje te zoenen. Een met een hoge boog weggeschoten peukje trok buitelend een lichtend baantje.

Grambach rende, dat wil zeggen, hij sjokte voort. Er werd naar hem geroepen. Waar had hij al die tijd gezeten? Een paar opmerkingen hadden betrekking op het tempo dat hij er nu op na hield. Kleine crisis of een zware blessure? Bij de voormalige middellijn zwenkte Grambach af naar het doel. Vijf passen voor het kliekje bleef hij staan. Het was nu stil. Het paar had elkaar losgelaten. Een meisje giechelde.

'Hallo,' zei Grambach. 'Ik ben vandaag eerder klaar. Gaan we nog ergens heen?'

De anderen zeiden niets.

'Ik hoef alleen maar even mijn spullen te halen. Dat kan snel.'

Een jongen zette zich tegen de doelpaal af. 'Wablief?'

Grambach zei het langzaam en duidelijk: 'We kunnen nog wel ergens heen gaan. Een cola drinken. Als jullie me meenemen.'

'Betaal jij dan?' zei een meisje.

'Voor mezelf wel.'

Het was weer even stil. Toen wees de jongen bij de doelpaal op het kassahokje. 'We wachten daar op je. En wij bepalen waar we heen gaan.'

'Tuurlijk,' zei Grambach. 'Vijf minuten.' Hij rende weg, heel snel, bijna was het naamloze wezen teruggekeerd; maar dat zou hij waarschijnlijk niet hebben bemerkt.

Midden in de nacht wordt Farwick wakker. Normaal schrikt hij altijd als hij 's nachts wakker wordt. Of hij is meteen geïrriteerd. Dat stamt nog uit zijn actieve tijd, toen het nog van belang was door te slapen. Nu blijft hij rustig. Het was te verwachten; hoewel Ruth er erg op had aangedrongen, wilde hij geen pil meer. Nu is hij wakker geworden van de pijn.

Hij ligt alleen in bed. Je kunt niet naast een man slapen met dik verband op twee plekken van zijn lichaam. Zo had Ruth het gezegd. Niet in zo'n smal bed. Hij had haar willen weerhouden weg te gaan, maar toen gaf hij haar gelijk. Naast zijn bed ligt een draadloze telefoon; daar kan hij Ruth in de tegenovergelegen slaapkamer mee bellen. Daarnaast staat zijn laptop.

Ruth was tegen negenen naar bed gegaan. Haar normale bedtijd, had ze gezegd, een gevolg van de steeds wisselende werktijden. Farwick pakte zijn laptop. De verbinding functioneerde uitstekend. Behalve wat spam waren er geen mails binnengekomen, wie zou er ook op rekenen dat hij alweer zover was dat hij zich daarmee bezighield. Hij logde in op Knights; toen bij de intro de pathetische melodie opklonk, zette hij het geluid snel lager.

Hij klikte eerst de lijst van beste kapiteins aan. Niemand had hem ingehaald. Van de persoon op de tweede plaats wist Farwick dat hij alleen in het weekend speelde, maar dan was hij er ook vierentwintig uur per dag. De man die nu op de derde plaats stond was vermoedelijk werkloos; hij speelde onafgebroken, maar had onlangs aangekondigd aan een ander simulatiespel te zullen gaan deelnemen. Hier werd je nooit nummer een.

In de kantine had de discussie zich voortgezet over de vraag waaraan je kon merken dat je tegen de computer of tegen een menselijke speler streed. Farwick had daar al lang alles over gezegd. De chats brachten niets nieuws meer. Bovendien wilde iedereen toch alleen maar tips hoe meer punten te verwerven. Dat is een kwestie van aanvoelen; dat kun je niet aan anderen uitleggen.

Hij had er nog over gedacht uit te varen, maar er meldde zich iemand met een persoonlijk bericht. Naam: Kunstfeld! Dat kon alleen maar toeval zijn. Toch schrok hij. Hij klikte het bericht open. Nee, kennelijk weer iemand die niet de zelfbeheersing heeft zich langzaam op te werken. Knights is nu eenmaal een spel zonder cheats. Farwick schreef terug wat hij in zulke gevallen altijd schrijft. Hij is per slot van rekening geen vaarinstructeur voor onderzeeboten.

Het antwoord kwam prompt.

Farwick voelde zijn huid prikken op de plekken waar verband zat. Die naam kon geen toeval zijn. Hij kwam even in de verleiding de laptop gewoon dicht te klappen.

Er is iemand die weet wie hij is! En wat er is gebeurd. In de realiteit. En die persoon noemt zich Kunstfeld. Op enig moment lukte het Farwick een vraag terug te sturen. Maar hij kreeg geen antwoord. En Kunstfeld was niet meer online.

Het is nu even na drieën. Farwick blijft liggen, hij beweegt zich niet. In zijn hoofd neemt hij alle mensen door met wie hij over het spel gesproken heeft. Müller weet er natuurlijk van, van hem heeft hij voor het eerst over het spel gehoord. Marlene ook, zij heeft toegekeken. Tegenover haar heeft hij er zelfs een beetje over zitten opscheppen, voor de grap. Dat hij intussen weer een record heeft, zij het virtueel. En hij heeft er met jongens die sporten over gepraat. Die spelen allemaal als ze 's avonds niet meer het huis uit mogen. Ze waren blij dat hij zoiets niet onnozel vond. Maar hij heeft niemand verteld dat hij Hamacher heet!

Ruth heeft een urinefles naast zijn bed gezet. Farwick staat langzaam op. Dat is moeilijker dan die middag, en het doet vreselijk veel pijn. In de gang heeft ze het licht aan gelaten. Farwick weet het toilet te bereiken, hij kan ook weer van de wc-pot opstaan en de gang op lopen, maar dan lijken zijn krachten uitgeput. De slaapkamer van Ruth is vlakbij, hij hoeft maar te roepen. Zwaar ademend staat hij tegen de muur geleund, pal naast haar deur. Langzaam keren zijn krachten terug en weet hij zijn bed te bereiken.

Op de eerste avond samen met het kliekje van het sportveld had Grambach steeds meer spijt van wat hij gedaan had, naarmate ze dieper de wijk achter de sportvelden in trokken. De hemel was in het westen rood geworden, zo dieprood dat zelfs de jongeren het zagen en er iets over zeiden. Niemand praatte met hem. Hij liep helemaal achteraan, achter hem kwam alleen nog het stelletje dat soms zijn tred vertraagde om elkaar te kunnen kussen.

Grambach kende de buurt wel. Toen hij nog regelmatig met zijn vader op zondag naar zijn grootouders ging, bezochten ze hier soms een kennis. De man was vroeger een collega van zijn vader geweest en kennelijk vroegtijdig gepensioneerd; hij woonde in een huisje dat er nog ouderwetser uitzag dan dat van zijn grootouders. Hij woonde er alleen. Die heeft verder niemand op de wereld, zei Grambachs vader, alsof hij zich wilde verontschuldigen voor de bezoekjes.

Ze zaten altijd aan de keukentafel, waarop een plastic zeiltje lag met patroon. De man dronk onverdunde jonge klare uit een groot glas. Als er werd gesproken over de mooie cijfers van Grambach, richtte hij zich op. Het was goed dat hij iets wilde worden, zei hij. Je moest aan jezelf werken, van binnenuit. Bij het afscheid kreeg hij altijd vijftig cent van hem, soms een gulden, soms een kwartje. Grambach wist dan niet waar hij moest kijken van gêne.

Kortgeleden was de man overleden. Op de begrafenis had Grambach voor het eerst aan zijn vader gevraagd hoe zij elkaar eigenlijk kenden.

'Uit die klote-oorlog,' had zijn vader gezegd.

Grambach wist dat het dan geen zin meer had verder te vragen. Zijn vader praatte niet graag over de oorlog. Maar het hoorde nu tot zijn repertoire zich niet te laten afschepen.

'Heeft hij je ooit het leven gered?' Grambach had het nog niet gezegd of hij had er al spijt van.

Zijn vader keek de andere kant op. Er stonden tranen in zijn ogen. 'Nee,' zei hij moeizaam. 'Ik hem.' Maar het had niets uitgehaald. Het had gewoon niets uitgehaald!

Voor de Finke, het stamlokaal van het kliekje van het derde sportveld, bleven ze staan. Het paar vertrok, de anderen gingen naar binnen. Binnen was het warm en rokerig, Grambach werd nu zelfs een beetje bang. Hij hing omstandig zijn parka aan de kapstok en zette zijn sportspullen weg. Intussen dacht hij na over de vraag wat hij kon zeggen als hij dadelijk weer zou vertrekken.

Maar toen zag hij iets waaraan hij zich vanaf dat ogenblik zou kunnen vastklampen als aan een laatste strohalm. Het stond een eind van de tapkast vandaan in een zijgedeelte van de zaak: een tafelvoetbalspel. Een solide en absoluut kroegbestendig apparaat uit een tijd dat zo'n spel nog een attractie vormde. Je kon eraan afzien dat er stevig, maar fair mee werd gespeeld.

'Doe je alleen maar aan hardlopen?' zei een van de jongens. 'Of speel je ook?'

Tot dat moment had Grambach misschien vijf of zes keer tafelvoetbal gespeeld. Hij wist niet eens of hij er plezier aan beleefde. Hij speelde inderdaad alleen maar omdat het hem werd gevraagd. Maar amper een uur later wist hij dat hij iets had gevonden dat veel meer was dan een vervanging van het naamloze wezen bij het hardlopen.

Tafelvoetbal werd Grambach belangrijkste hartstocht. Op school was hij nog steeds en met overtuiging de schrandere en hoogst betrokken examenleerling. Samen met Prack, zij het niet schouder aan schouder, baarde hij overal opzien en onrust. Maar tegelijkertijd was er voor hem niets mooiers, en was er nooit iets mooiers geweest, dan na een paar rondjes om het sportveld met de jongens uit de oude arbeiderswijk tafelvoetbal te spelen.

Omdat ze in de Finke altijd met zijn vieren speelden, was elke speler verantwoordelijk voor twee rijen spelers, de doelman en de twee verdedigers of het dicht bezette middenveld en de drie aanvallers. Voor gemiddelde spelers waren daarmee de taken duidelijk verdeeld: als verdediger probeerde je doelpunten te verhinderen en de bal hoe dan ook naar voren te krijgen; als aanvaller schoot je vanuit elke positie op het doel. Maar Grambach was geen gemiddelde speler. Hoe zou het ook anders kunnen bij hem?

In de achterhoede was hij een bolwerk. Als de aanvallers de snelle, harde bal onder controle hadden, week een van zijn verdedigers geen millimeter van het poppetje met de bal. Hij gaf het bij een wisseling op tijd aan de man naast hem. Tegelijkertijd dekte zijn doelman de vrije hoek. Ze kwamen gewoon niet langs hem heen. Als hij de bal had, schoot hij hem nooit zomaar naar voren, maar zocht met snelle positiewisselingen een gat tussen de poppetjes door en schoot dan hard en verbazingwekkend gericht op het doel van de tegenstander. Niets mooiers dan het geluid van een bal die diep in de gelederen van de tegenstander doordringt en dan in het gat in de tafel verdwijnt, gevolgd door de heldere klik van het plastic blokje dat door een meisje werd verschoven om de nieuwe speelstand aan te geven.

Als Grambach in de aanval speelde, werd zijn partner in de verdediging overbodig. Tegen de tijd dat die zich enigszins had ingespeeld, was de partij meestal al gewonnen. Maar terwijl hij in de verdediging nauwgezet te werk ging, was Grambach in de aanval even arrogant als Prack voor de klas. Hij schoot nooit vanuit de middenlinie, maar probeerde de bal hoe dan ook bij zijn drie aanvallers te brengen, en wat hij dan deed was een vernedering van de verdedigers van de tegenpartij.

Hij wisselde de bal zo snel tussen binnen- en buitenspelers dat geen verdediger hem kon bijbenen, en dan schoot hij helemaal niet hard, maar soms zelfs provocerend zachtjes in het open doel. Of hij hield de bal bij één aanvaller, schoof hem iets naar voren, dan naar achteren en weer terug, iets naar binnen en dan weer naar buiten, tikte hem nu eens met de voorkant en dan weer met de achterkant van de voet van de speler aan, tot hij eindelijk schoot, zonder voorbereiding of na een schijnbeweging, met of zonder effect, en bijna altijd in het doel, zodat de gepiepelde verdediger telkens luidkeels vroeg waar verdomme dat gat in de verdediging had gezeten.

Iedereen die in de Finke zou hebben gespeeld zoals de buitenstaander Ludger Grambach, zou zich onmogelijk hebben gemaakt. Maar Grambach liet zijn successen gepaard gaan met gebaartjes van onschuld. Het leek trouwens wel of hij, als hij de door vele handen zwart geworden handvaten vasthield, niets met de bedrijvige poppetjes van doen had. Anders dan de echte bezetenen wilde hij ook niet langer spelen dan zijn tegenstanders. Anderen moesten hem er bijna om smeken door hem in hun hemd gezet te worden. Bovendien zorgde hij voor een voortdurende wisseling van zijn medespelers zodat na een aantal intensieve partijtjes iedereen minstens eenmaal had gewonnen. En hoewel ze om geld speelden, kwam het daarom ook nooit zo ver dat iemand heel veel verloor. Zijn eigen winsten stopte Grambach altijd in het geheel in een van de vakjes van een blikken kast, die nog uit de tijd van een spaarvereniging boven de vroegere stamtafel hing.

Maar Grambach werd nooit een volwaardig lid van het kliekje van het sportveld. De anderen goten stiekem meegebrachte korenjenever in hun cola, en dat keurde hij af. Ze rookten en waren blij dat ze hem geen sigaret hoefden aan te bieden. Ze beleefden amoureuze avontuurtjes, die Grambach vriendelijk aanschouwde zonder er zelf ooit in verstrikt te raken. Ze praatten over voetbal en de auto's waarin ze later zouden rijden. Grambach stond erbij te knikken of te lachen, of hij schudde zijn hoofd. Af en toe gingen ze samen naar een van de bioscopen bij het centraal station; hij koos nooit de film uit.

De jongens uit de oude arbeidersbuurt wisten in die tijd niet of ze zich moesten laten meedrijven of tegen de stroom in zwemmen. Alles was goed en gewoon, ieder van hen scheen probleemloos zijn plaats te vinden, waar ook hun vaders die gevonden hadden. Tegelijk dreigde alles anders te worden. Soms werd er gezegd dat over tien jaar niet een van de oude fabrieken meer open zou zijn. De meisjes daarentegen wisten precies wat ze wilden: een huis, een gezin, kinderen. Tegelijkertijd vermoedden ze wel dat ze daarmee niet gelukkig zouden worden. Al met al waren ze in wezen een treurig stelletje.

Maar niemand was er alleen! Ze deden lomp tegen elkaar, zo lomp dat Grambach er telkens weer bang van werd. Hoe dan ook, ze bekommerden zich om elkaar. Ze wisten niet veel van elkaar, maar ze deden een hoop. Als ze hielpen, gebeurde dat uit hulpvaardigheid en tegelijkertijd uit vreugde dat ze iets konden doen en zich waarmaken. Waarschijnlijk beviel het hun heel goed iemand als Grambach in hun buurt te hebben, met wie het verder nergens anders echt goed ging.

Vier

Zaterdag

Na het ontbijt heeft Ruth op verzoek van Farwick voor een loopband gezorgd. Op de laagste snelheid simuleert hij nu langzaam lopen op een volkomen vlakke ondergrond, Farwick hoeft zijn voeten amper op te tillen, het is geen belasting voor heupen en gewrichten, alleen licht bewegen, net wat hij nu nodig heeft om het genezingsproces te bevorderen. En hij kan zich aan de handgrepen vasthouden.

'Je bent gek!' zegt Ruth. In plaats van ziekengymnastiek deze flauwekul. Zijn wonden zouden weer kunnen opengaan. En wie wordt daarop aangesproken?

Farwick heeft net de eerste drie minuten op de loopband afgesloten. Hij draagt alleen maar shorts en is buiten adem. Het zweet loopt hem over zijn rug; onder het verband om zijn torso heeft hij vreselijke jeuk.

'Ziekengymnastiek,' zegt hij. Precies! Je moet altijd goed naar de woorden luisteren. Ziekengymnastiek is goed voor zieken. Maar hij is niet ziek. 'Aangeschoten,' zegt hij. Dat wil zeggen gewond.

Ruth heeft ook een nieuw trainingspak voor hem meegebracht, donderblauw, eenvoudig en groot, Farwick had zoiets als jonge tienkamper kunnen dragen. Hij kan het zonder problemen aantrekken, over zijn wonden heen.

'Staat je goed,' zegt Ruth. 'Maar hou er nu mee op, toe.' Ze draagt weer een jeans en een witte bloes, haar haren heeft ze opgestoken. Zo wil Farwick haar zien. Hij is iemand die elke dag weer zijn lievelingsgerecht kan eten en er nooit genoeg van krijgt.

Zonder hulp gaat hij in een ruststoel liggen. Hij wijst naar de tuin. Jammer dat daar zo weinig bloeit, nu in mei.

'Het is een oude tuin. Die doet alleen nog wat hij zelf wil.'

Farwick legt zijn hoofd in zijn nek en sluit zijn ogen. Hij heeft geen verstand van planten. Maar als je een huis kunt kopen, kun je ook een tuin kopen. Een tuin zoals je hem zelf wilt hebben.

'Zeker,' zegt Ruth. Als een miljonair dat betaalt – dan graag. Maar dan moeten eerst de bomen weg, en daarmee is de bescherming tegen inkijk bij het zonnen verdwenen.

Farwick opent zijn ogen. 'Geloof ik niet. Je kunt er nu toch ook doorheen kijken.'

Dan zal ze het hem moeten bewijzen! Ruth trekt haar bloes uit en stroopt haar bh naar beneden. Dan loopt ze een eindje in de richting van het gazon. 'Nou?' zegt ze. 'Ga je mee? Kun je dat?'

Farwick komt enigszins moeizaam overeind. Als hij het gazon bereikt, is zij al bij de hoge dennen achterin. Farwick is blootsvoets, het gras voelt aangenaam aan onder zijn voeten, maar zijn been doet erg pijn als hij er met zijn volle gewicht op staat. 'En de rechter?' zegt hij als hij eindelijk bij Ruth aangekomen is.

'Die is op bezoek bij zijn ouders.'

De gang over het gazon is voldoende geweest voor een perfecte erectie. Als Ruth zijn trainingsbroek omlaag trekt, lacht ze. Dan knielt ze voor hem in het gras en neemt hem in haar mond.

'Oké,' zegt Farwick, 'ik geloof je, dit is de volmaakte bescherming tegen inkijk.'

Maar Ruth houdt niet op. Farwick zou dat ook helemaal niet willen, hoewel hij meent te voelen dat hij bloost. Hij kijkt opzij. Tussen de dennen door kan hij op de bovenverdieping van het huis ernaast een raam onderscheiden.

Ruth houdt even op. 'Concentreer je,' zegt ze. Ze neemt hem weer in haar mond.

Het duurt nu al wat langer bij hem. Of misschien denkt hij dat alleen maar hier achter in de tuin. Als hij zover is, geeft Ruth hem de vrijheid. Het schiet tegen haar mond, loopt langs haar hals omlaag, over haar borsten.

Heel even denkt Farwick dat hij zal vallen. Met beide handen leunt hij op haar schouders. Er trekt iets als een warme leegte door zijn hoofd, die door zijn hele lichaam afglijdt naar zijn benen. Twee of drie seconden lang heeft hij nergens pijn.

En dat voelt hij! Voor het eerst in zijn leven voelt Farwick dat hij verlost is van al zijn pijn. Dan is alles weer als voorheen en heeft hij zich weer onder controle. 'Je hebt gelogen,' zegt hij. 'Je kunt hier een raam van de buren zien.'

Ruth staat op. Er zitten grasvlekken op haar jeans. 'Nou en?' Zij loopt voor hem uit naar het terras en veegt zich met Farwicks handdoek af, dan haalt ze de speld uit haar haar en schudt het uit. Ze trekt de bloes aan, maar knoopt hem niet dicht. 'Overigens weet ze waar je zit.'

Farwick laat zich weer in de stoel vallen. 'Lea?'

Ruth gaat omgekeerd op de stoel zitten die Farwick heeft gebruikt voor een strekoefening. Ze maakt het gebaar van telefoneren. Drie meisjes in het ziekenhuis hebben hun mond voorbijgepraat. 'Komt ze?'

Farwick richt zich even op; zijn buikspieren trillen daarbij nog steeds vreselijk. 'Ik denk van niet.'

'Wat wil ze van je? Jullie zijn toch al lang uit elkaar?'

Hoe weet ze dat?

'Ik heb in het ziekenhuis goed geluisterd.' Ze knoopt langzaam haar bloes dicht.

'Je luistert toch geen patiënten af?'

'Je neukt ook geen patiënten.'

Farwick tast naar zijn hoofdwond. Sinds die ochtend draagt hij er zelfs geen pleister meer op. 'Ik ben nooit getrouwd geweest, bij wijze van spreken. Lea kon geen kinderen krijgen. Het huwelijk werd nietigverklaard.'

'Ik dacht dat jullie niet bij elkaar pasten.'

'Ja ja.' Farwick staat op en maakt een paar stappen. Natuurlijk. Hun huwelijk was een jeugdzonde.

'Het was dus alleen maar een excuus?' Ruth steekt haar haren weer op.

Hij knikt. Vlak voor de bruiloft heeft hij een telefoongesprek afgeluisterd. Lea praatte met haar moeder. Ze verdedigde zich. Toen ze oplegde, huilde ze. Op dat moment kon hij alle stukjes van de puzzel in elkaar leggen. Ze wist al jaren dat ze onvruchtbaar was. Haar moeder moet er bij haar op hebben aangedrongen hem de waarheid te vertellen. Wat ze niet heeft gedaan.

'En jou kon het niet schelen?'

Farwick overweegt of hij al een kniebuiging kan maken. Waarschijnlijk niet. 'Nee,' zegt hij, 'mij kon het niet schelen. In die tijd wachtte iedereen op mijn grote doorbraak. Ik was al kampioen van de deelstaat, ik had het nationale record. En ik was wereldkampioen bij de junioren. Bij elke volgende wedstrijd kon er iets groots gebeuren. Dan denk je toch niet aan kinderen krijgen?'

'Je bent toch niet eeuwig een topsporter?'

'Nee.'

'Daarna komt er nog een heel leven.'

'Vertel mij wat.' Hij is per slot van rekening specialist in wat nog moet komen als je alles achter de rug hebt. 'Ik ben wereldkampioen doorleven,' zegt hij, en dan maakt hij toch een kniebuiging. Het is belangrijk datgene te doen waarvoor je op het moment erg bang bent. Het doet vreselijk pijn. 'Ik kan niet meer omhoogkomen. Help me.'

Met twee stappen is Ruth bij hem en ondersteunt hem, tot hij weer op beide benen staat. Dan helpt ze hem in zijn stoel. Hij heeft zich echt te veel ingespannen. Hij voelt zich nu zo misselijk dat hij het dadelijk zal moeten toegeven. Ruth ziet wat er met hem aan de hand is. Ze wil iets zeggen, maar hij maakt een afwerend gebaar. 'Ik was het vergeten. Echt waar. Ik was het echt vergeten. Maar toen ik te ver over de afzetbalk ging, schoot het me weer te binnen.'

Farwick ademt diep in en uit. 'Ik moest alleen die test laten uitvoeren. En toen waren we ook al uit elkaar. Alsof we nooit samen waren geweest.'

Waarom dan nietigverklaard? Ruth knielt naast Farwicks stoel. 'Ging het om geld?'

'Nee,' zegt Farwick. 'Het woord. Nietigverklaring. Dat wilde ik per se.'

'Waarom?'

'Dat is toch heel eenvoudig.' Farwick dacht een paar seconden geleden nog dat hij flauw zou vallen, maar nu voelt hij zich weer goed. 'Dat is een begrip uit de sport.'

Zaterdag wordt een dag als de dagen ervoor. Dit is een mei uit een plaatjesboek, nauwelijks wind, geen regen, van 's ochtends tot 's avonds is het niet warm en niet koud. Zo moeten de vissen in het water zich voelen, denkt Grambach, namelijk helemaal niet.

Van zijn huis tot het huis van Ruth is het ongeveer drie kilometer, misschien zelfs minder. Grambach heeft zijn trainingsspullen aan. Hij wil te voet gaan en zodra hij in het park is, ook een beetje rennen. Hij heeft lang niet meer hardgelopen. Hij wil het eerst in zijn eentje weer eens proberen.

Zijn wijk eindigt bij de nieuwe doorgaande weg; aan de andere kant begint de beste woonbuurt van de stad al, vlak bij het centrum en toch stil als op het platteland. Tot voor kort heeft hier alleen een voetbalstadion de rust verstoord, maar dat wordt nu afgebroken. Achter de bouwput begint Grambach zachtjes te rennen. Het gaat heel goed, ook al merkt hij dat hij nu heel wat meer massa in beweging moet brengen.

Hij let op zijn ademhaling en zijn pols. Hij heeft meer dan vijftien jaar regelmatig hardgelopen, dan doe je dat automatisch. Zijn laatste politiekampioenschappen heeft hij gewonnen, toen was hij alweer hier in de stad, in die dagen was hij de jongste van de hele moordbrigade. Het gevolg was dat hij al zijn collega's moest uitnodigen.

De politieman voor Ruths huis heeft de jogger snel in de gaten. Hij loopt hem een eindje tegemoet. 'Ach, u bent het,' zegt hij.

'Niets?'

Helemaal niets.

'Volhouden,' zegt Grambach. Maar het is wel de vraag hoelang dit soort inzet nog te rechtvaardigen is. Hij heeft de voordeur nog niet bereikt of Farwick doet al open.

'Hallo! Kom binnen. Ik wil u erbij hebben. Zuster Ruth weet namelijk van niets.'

Ze lopen een eindje de gang in, Ruth komt ze tegemoet. Wat een verrassing! Is er nieuws? Haar blik blijft op Grambachs trainingspak gevestigd.

'Nee,' zegt Farwick. 'We gaan alleen samen hardlopen.' Hij had het alleen niet durven zeggen.

'Ik kan die man niet volgen.'

'Vertel meneer maar rustig alle details.'

Ruth lacht en maakt een afwerend gebaar. Ze gaat naar de keuken. Farwick duwt Grambach door de deur naar buiten. 'Wat zou u denken?' fluistert hij. 'Als een oud echtpaartje, hè?'

Grambach geeft de politieman een teken: alles in orde. Ze lopen het park in. 'Schitterende plek,' zegt Farwick. Daar is Frankfurt niets bij. En echt een mooi huis.

'Gaat het goed met u?'

'Het gaat me uitstekend. Misschien gaat het wel beter met me dan vóór de schoten.'

'O ja?' zegt Grambach. 'Ik heb gehoord dat u ontslag genomen hebt.'

'Müller?' Kennelijk kan Farwick zonder veel pijn lopen, althans langzaam.

'Hij heeft ons gisteren nog gebeld. Bij u mocht hij niet meer aankomen, contactverbod. Hij wil waarschijnlijk niets verpesten.'

'Müller is een fijne vent,' zegt Farwick. Maar het is voorbij. Definitief. Hij kan helemaal niets terugdraaien.

'U wilt uw leven veranderen?'

Farwick lacht. Dat zijn nogal grote woorden.

'En u leeft voorlopig van uw spaargeld?'

'Ik weet niet,' zegt Farwick. Misschien bestaan er nog wel andere dingen op de wereld dan sport alleen. Hij zal zich binnenkort eens grondig gaan oriënteren.

Ze zijn intussen bij de grote vijver gearriveerd. Zolang Grambach zich kan herinneren is dat een trefpunt voor mensen met op afstand bedienbare boten. Het is nu even na elven, maar het is er al druk. Een tiental mannen staat met de afstandsbediening om hun nek naast elkaar aan de rand van de vijver, als vissers aan een kanaal. Er komen net twee nieuwe mannen aan met een bijzonder grote boot.

Farwick gaat kreunend op een bank zitten.

'En u wilt echt gaan hardlopen?' zegt Grambach. Hij is blijven staan.

'We kunnen ook praten.' Farwick masseert zijn onderbeen. 'Tenslotte bent u mij nog iets schuldig.'

'Wat dan?'

'Ik heb me doorzichtig gemaakt,' zegt Farwick. 'En u wilde me in ruil daarvoor over uw sportverleden vertellen. Maar u hebt de boot afgehouden.' En dit is een prachtige plek om erover te vertellen.

Grambach maakt even een rennende beweging zonder van zijn plaats te komen. Er valt niet veel te vertellen. Hij heeft als jongen hardgelopen. Later heeft hij gestudeerd. Sport erbij gedaan.

'Erbij?' zegt Farwick. 'Een curieuze loopbaan.'

Grambach laat zijn bovenlichaam naar voren hangen alsof hij een hele training achter de rug heeft en zich nu moet ontspannen. 'Ik ben ooit hoogbegaafd geweest, zoals dat heet,' zegt hij met gesmoorde stem. Na zijn examen heeft een leraar hem a tempo rechten laten studeren. Zodat hij in alle rust kon ontdekken wat hij wilde worden.

'Bent u een genie?' zegt Farwick.

Grambach is weer rechtovereind gaan staan. 'Nee.' Hij lacht. 'Het project is mislukt.' Hij gaat naast Farwick op de bank zitten en kijkt over de grote grasvlakte. Het mooiste van de studie is dat hardlopen geweest.

'Hebt u ook wel eens aan polsstokhoogspringen gedaan?'

Ja, maar niet lang. Een idiote sport. Grambach tikt tegen zijn voorhoofd. Daar moet je waarschijnlijk voor in de wieg zijn gelegd. 'Als ik me goed herinner, was u er goed in.'

'Ik was te goed,' zegt Farwick.

'Hoezo?'

'Luister!' Met zestien was er een sportleraar op hem gezet. Daarna volgde een weekend in een sportcentrum; daar stond alleen het polsstokhoogspringen op het programma. Ze stonden met zijn vijven om hem heen. Eerst urenlang droog trainen met een polsstok, en toen moest hij in een tuig, dat aan een uitstekend deel van een kleine toren naast het springtoestel was vastgemaakt. Daarmee konden ze hem de lucht in trekken en hem op de kop hangen zoals hijzelf moest doen om over de lat te komen. 'Ik moest van alles en nog wat doen,' zegt Farwick. 'Alleen zelf springen, echt springen, dat mocht ik niet.'

Waarom?

'Om me er kunstmatig zin in te laten krijgen. Ik denk dat ze wel doorhadden dat ik niet koste wat het kost tienkamper wilde worden. Ik vond mezelf in die tijd een middelmatige zwemmer, meer kennis over mezelf had ik liever niet.'

'Toen ik zestien was, beschouwde ik mezelf als een slechte middellangeafstandsloper,' zegt Grambach. Maar hij wil de ander niet onderbreken.

'Op de laatste dag mocht ik springen,' zegt Farwick. Natuurlijk nog maar over een lachwekkende hoogte, zij het wel zonder hulp. Maar het regende pijpenstelen.

De twee nieuwkomers bij de vijver hebben nu eindelijk de grote boot te water gelaten. Die moet van een totaal andere orde zijn; de andere boten lijken meteen bespottelijk speelgoed.

'En wat gebeurde er daarna?'

'Ik wilde nu inderdaad heel graag.' Het leek alsof hij voor het eerst voelde wat ambitie was. De hele dag stond hij achter het raam van de recreatieruimte. De ene wolkbreuk na de andere. Zelfs in de korte tussenpozen had hij niet kunnen springen, omdat buiten alles dreef. En 's avonds moest hij per se naar huis om op maandagochtend op tijd op school te zijn.

'Ik wil wedden dat u toch gewoon bent gaan springen,' zegt Grambach.

Farwick knikt. Sentimenteel, hè? Je ziet het zo voor je. Zijn ouders waren er al om hem af te halen. Nog voor hij de baan bereikte was hij al kletsnat. Hij wreef de stok op de plek waar hij hem vast moest houden droog. Het gat waarin je de stok bij de afsprong moest steken, stond boordevol water. Dat was niet erg; alleen de baan voor de aanloop was amper nog te zien.

'En toen flitsten er nog wat bliksemstralen,' zegt Grambach. 'U tilt de stok op, neemt een aanloop en meteen bij de eerste sprong over de lat.'

'Nee. De lat viel.'

Maar wat is dan de clou?

'De lat viel,' zegt Farwick. 'Maar alleen omdat ik de stok niet weg had geduwd. Hij kwam achter me aan en nam de lat mee. Ikzelf was er al overheen. Een flink eind eroverheen zelfs.' Hij staat op, snel en zonder een kreet van inspanning of pijn. 'Kom,' zegt hij. 'Snel een rondje wandelen. Anders kan ik thuis mijn gezicht niet meer laten zien!'

Grambach schudt enkel zijn hoofd. 'Maar u zei dat u te goed was. Wat wil dat zeggen dan: te goed?'

'Als tienkamper moet je polsstokspringen haten. Dat is mij nooit gelukt.' Hij reikt Grambach zijn rechterhand.

Die pakt hem zonder na te denken en laat zich omhoogtrekken. Er gaat een rilling over zijn rug: de man daar voor hem was ooit de beste atleet ter wereld! Van de vier of vijf miljard mensen die een soortgelijk lichaam hebben, van de vele miljoenen die bovendien van zijn leeftijd waren, van de duizenden die het ook probeerden, was hij de beste. Als Grambach heel even aan zijn arm hangt, kan hij het voelen.

Ze staan nu pal tegenover elkaar. 'Maar dat ik over de lat heen was, was niet het belangrijkste,' zegt Farwick. 'Het belangrijkste was: ik wilde het nu. Ik lag daar in de regen op de springmat en wilde tienkamper worden. Verder niets.'

En op hetzelfde moment begint hij snel te lopen. Hij loopt echt snel. Het ziet er niet goed uit. Maar hij loopt. Grambach kan het amper geloven. Daar lopen de twee besten: Farwick en Hamacher. Grambach loopt snel achter hem aan.

Een halfuur later zitten ze op het terras. Ruth heeft in een handomdraai een lichte maaltijd bereid. Ze wilde meteen weer in huis verdwijnen, maar Farwick heeft haar gevraagd te blijven.

'Middellange afstand dus,' zegt hij. 'En wat is uw beste tijd?'

'Op de vijftienhonderd meter onder de vier minuten.'

Farwick fronst zijn voorhoofd. 'Exacte tijd graag!'

'3.56.'

Farwick klapt in zijn handen. 'Geweldig!' Tachtig jaar geleden zou dat een wereldrecord zijn geweest. Hij kijkt Ruth aan. 'Hoe vind je dat? Ik train nu met een wereldrecordhouder. Als we in 1984 tegen elkaar gelopen hadden, had hij me verslagen.'

Grambach maakt een afwerend gebaar. In 1984 had hij de wedstrijdsport al opgegeven. Hij was een jogger zonder enige eerzucht.

'Dat bestaat toch niet.' Maar Farwick heft meteen zijn hand. Natuurlijk kun je iets zonder ambitie doen. Dat weet hij verdomd goed. 'Veel mensen doen aan hardlopen omdat ze dan alles om zich heen vergeten.'

Grambach is het daarmee eens.

'Mijn vijftienhonderd meter was een kwelling,' zegt Farwick. Wat de tijd betreft nog wel acceptabel. Je wordt geen wereldkampioen tienkamp als je in een van de onderdelen een dweil bent. Maar het was geen gezicht. Aan het eind van elke wedstrijd lag hij uitgeteld op de grond.

'Ik dacht dat u helemaal niet meer op zou staan.'

'Wanneer?' zegt Ruth. Ze buigt naar voren.

'Na het eerste wereldrecord.' Grambach zegt het in haar richting. De foto's werden na Farwicks opgeven in Los Angeles telkens weer getoond.

'Ik was kapot,' zegt Farwick. 'En ik was bang.'

Bang?

'Toen ik de finishlijn passeerde wist ik dat ik het wereldrecord had. In het deelnemersveld deed een goede vijftienhonderdmeterloper mee. Als die niet al te ver voor me zat, moest ik het gehaald hebben.'

'En waarom was je dan bang?'

'Omdat er daarna misschien niets meer komt.'

'O ja?' zegt Grambach snel. Interessant! Wat bedoelt hij daarmee?

Farwick grijnst. 'Sorry. Ik heb even tegen jullie gelogen. De verleiding was te groot.'

'Welke verleiding?'

'Dit geklets. Dat je in een gat valt als je bereikt hebt wat je je hebt voorgenomen. Dat het leven dan geen zin meer heeft. Volslagen nonsens! Elk wereldrecord kan verbeterd worden. Dat kan moeilijk zijn. Maar het gaat. Wie lang genoeg leeft, maakt dat mee. Het principe is: het gaat altijd vooruit. Altijd.'

'Beamon,' zegt Grambach.

'Precies!' Farwick is blij. 'Acht meter negentig. 1968 in Mexico. Vijfenveertig centimeter verder dan het toen bestaande wereldrecord. Dat zag eruit als het definitieve record. Alsof het nooit verder kon. Alle verspringers kunnen hun koffer pakken en een baantje gaan zoeken. Op de scholen kunnen ze de springbak onderschoffelen. Heeft geen zin meer. Maar mooi niet! Ze hebben het record verbeterd. Het heeft even geduurd, maar het is verbeterd. Elk record wordt verbeterd. Het is allemaal een kwestie van tijd.'

Farwick praat nu luider dan anders. 'Als je goed bent geweest, val je niet zomaar in zo'n gat. Je valt alleen in zo'n klotegat als je niet meer mag doen wat je het beste kunt.' Hij maakt een verontschuldigend gebaar. 'Sorry. Oudemannenwijsheid.'

Grambach heeft plotseling het gevoel vlak bij de oplossing te zijn. Misschien is er alleen nog maar één enkel juist woord nodig.

Maar Ruth is hem te vlug af. 'En waarom heb je dan op de baan gelegen? Ik dacht ook dat je nooit meer op zou staan.'

'Ik wilde Kunstfeld wat tijd geven. Ze hadden alle trainers op de tribune gezet, en de uitgang was een heel eind weg. Maar Kunstfeld moest me als eerste feliciteren. Het was ook zijn record.'

'Hij heeft zich op je geworpen en jullie zijn over de grond gerold.'

Grambach kijkt Ruth aan. Dat is niet op de televisie geweest.

'Maar het klopt wel,' zegt Farwick. Heel gênant. Kunstfeld was een emotionele man. Meestal heel beheerst, maar steeds weer van die uitbarstingen. Hijzelf was anders. Alleen op die dag had hij zich laten gaan. Voor Kunstfeld.

Grambach kijkt op zijn horloge. Het moment van vragen is voorbij. 'Tijd om te vertrekken. Laat me meteen weten als er iets gebeurt.'

Wat kan er dan gebeuren?

'Misschien neemt iemand contact met u op.'

'Bestaat dat?' zegt Ruth. 'Afpersers die eerst schieten en dan pas eisen gaan stellen?'

Hij mag gewoon niets uitsluiten, zegt Grambach.

Farwick begeleidt hem naar de voordeur. 'Die jongens daarbuiten hebben toch wel wat beters te doen dan mij bewaken?'

'Ik hoop dat u gelijk hebt,' zegt Grambach. Hij is al half in het park als hij nog eenmaal zwaait.

Farwick zwaait terug. Nu Grambach weg is, voelt hij zijn slechte geweten. Het liefst was hij nog steeds doorzichtig. Maar hij doet niets verkeerds, daar is hij zeker van. Hij heeft recht op zijn moordenaar.

Langzaam loopt hij terug naar het terras. 'We krijgen dadelijk weer bezoek.' In het voorbijgaan knijpt hij Ruth in haar zij. Een schrijver. Dat zal ze leuk vinden. Net als die politieman.

'Was je niet blij dat hij die mensen heeft afgeschud?'

Farwick maakt een afwerend gebaar. 'Benedikt Ritter.'

Ruth springt overeind. 'Die op het slot woont?'

'Geen angst. Hij komt incognito.'

Grambach rent op een sukkeldrafje naar huis. Als hij streng voor zichzelf wil zijn, zou hij kunnen zeggen dat hij zojuist een grote kans onbenut heeft gelaten. Maar wat hij niet van Farwick hoort, zal Hamacher hem vertellen. Dat is ook veel eleganter.

Grambach voelt zich tijdens het rennen weer lekker, net als indertijd in Berlijn. Prack had hem bij een bevriend echtpaar ondergebracht. Ze woonden aan de Rüdesheimer Platz, slechts een paar metrostations van de universiteit verwijderd. Maar voor hem lag het voor de hand dat hij de afstand hardlopend zou afleggen; het traject was ideaal, kaarsrechte lanen met brede trottoirs, langs ietwat vervallen villa's. De meeste straten waren zo rustig dat hij op de rijweg kon lopen als hij even een sprintje wilde trekken. Hij schreef zich aanvankelijk alleen maar bij lichamelijke oefening in omdat hij dan een kast kreeg en zich kon douchen. Ten slotte doorliep hij die hele studie. Het was bepaald geen slechte afwisseling. Zijn studie rechten kostte hem toch al niet veel moeite.

Aanvankelijk had hij gehoopt dat tijdens het hardlopen tussen Friedenau en Dahlem het naamloze wezen terug zou komen en hem in staat zou stellen nergens aan te denken. Maar dat gebeurde niet. Pracks plan was allesoverheersend, tijdens werk- en hoorcolleges, op straat. Het drong zich overal aan hem op; en als Grambach 's avonds op het terras van het café op de Rüdesheimer Platz zat en boven de fleurige lichtjes uit naar de bomen keek, zag hij daar meteen weer het plan.

Maar als hij nu hardliep, herinnerde het hem eraan dat hij een voorsprong had. Op de universiteit zag het eruit alsof hij met alle andere studenten zij aan zij in het peloton meedraaide – maar dat was een vergissing. Ze liepen in werkelijkheid niet in dezelfde ronde. Dat wil zeggen, niemand liep in de zijne. Daar was hij helemaal alleen.

In zijn eerste semester in Berlijn was Grambach nog zeventien. De studenten die naast hem zaten, waren gemiddeld zo oud als hij bij zijn examen zou zijn. Maar tijdens de colleges stelde hem dat niet gerust. Bij alle leerstof moest hij eraan denken dat die misschien niet wezenlijk en belangrijk was, misschien wel niets wat hij nu deed en leerde. Het wezenlijke zat hem waarschijnlijk heel ergens anders in. En zijn enige belangrijke taak was te ontdekken waarin.

Soms raakte Grambach in paniek. Dan meende hij meteen te moeten opstaan en weglopen. Waarheen? Naar een bibliotheek, een museum, de film, het theater, een wetenschappelijke lezing? Of moest hij langs de kant van de weg gaan staan en zich laten meenemen, waarheen dan ook?

Geen idee! Misschien, dacht Grambach wel eens, moest hij alleen maar op het gazon achter de rechtenfaculteit plat op zijn rug gaan liggen en zo ver mogelijk de hemel in kijken en intussen heel sterk aan zichzelf denken, totdat hij een ingeving zou krijgen. Of juist het tegendeel: zichzelf zo goed mogelijk vergeten.

Natuurlijk bleef hij telkens waar hij was. En wat hem altijd rustig stemde en wat hem troostte, was de wetenschap dat hij snel weer zou hardlopen. Want als hij hardliep voelde hij zijn voorsprong. Een zuivere voorsprong, niet meetbaar in meters of jaren. Een voorsprong zonder dat hij wist waarop.

En hoe goed het hardlopen hem ook nu weer deed! Grambach is gewoon enthousiast. Als je het strikt bekijkt, heeft hij vijftien kilo overgewicht, en dat voelt hij natuurlijk. Maar hij voelt ook dat het geen probleem is die kwijt te raken. De adem heeft hij nog en de kracht ook; hij is alleen te zwaar. Hij moet een beetje op zijn voeding letten. En natuurlijk hardlopen. Dat zal vast genoeg zijn.

Bij de concertzaal besluit Grambach een omweg te maken. Hij rent langs het huis waar zijn oom vroeger een grote slagerij had. Zijn oom is weduwnaar, hij woont al jaren op Mallorca. De slagerij is nu een cateringbedrijf geworden. Op de eerste verdieping zit een animeerbar. Grambach is er eenmaal geweest. Een uur lang zat hij in de vroegere woonkamer van zijn oom en dronk te veel. Toen een van de meisjes kwam liet hij alleen zijn identiteitsbewijs zien. Op het eind wilde ze hem niet laten betalen. Hij kan van geluk spreken dat niemand het ooit heeft geweten. Het was een vreselijke fout.

Grambach rent langs het vroegere meisjesgymnasium het park in bij de kerk op het Marktplein. Hij is nu al voor bijna tweederde deel om de binnenstad heen gerend. Hij blijft bij het restant van de oude stadsmuur staan, van hieraf is het maar vijf minuten lopen naar de drie sportvelden. Plotseling voelt hij zich uitgeput. Hij heeft er zojuist nog over gedacht de trap vanuit het park naar de kerk te beklimmen en dan via de winkelstraat naar huis te rennen. Maar nu vreest hij niet eens adem genoeg te hebben voor de trap. Hij gaat op een bank zitten. Weer een hobbysporter die te veel van zichzelf heeft gevergd. Uiteindelijk gebeuren er dingen met je waarover je vroeger moest lachen.

Grambach voelt zijn pols. Nee, hij hoeft nu niet dood te gaan. Hij wordt binnenkort drieënveertig. Dan heb je nog alle reden om te denken dat het niet meteen een kwestie van leven en dood is. Het is volkomen normaal dat zijn hart na die inspanning als een gek tekeergaat.

Pardon komt om drie uur, zoals per sms aangekondigd. Ruth brengt hem naar het terras. Farwick draagt alleen een T-shirt en een korte broek. Je moet van dit weer genieten, wie weet wat erna komt. 'Je bent niet veranderd,' zegt hij als Pardon naar buiten komt, duidelijk trekkebenend. Ze reiken elkaar de hand.

Pardon maakt een weids gebaar. Dank je voor het compliment, maar vergeleken met hem was hijzelf praktisch afgetakeld. Hij klopt zich op zijn been. 'Of beter gezegd: verroest.' Hij gaat tegenover Farwick zitten en wijst op diens verband. 'Doet het erg pijn?'

'Behoorlijk,' zegt Farwick. 'Maar dat is niet belangrijk. Het is geen ziekte.'

'Dank je!' zegt Pardon. 'Die boodschap is overgekomen. Bij mij hebben allerlei ziektes toegeslagen sinds ik de veertig ben gepasseerd.' Hij prutst wat aan zijn been. Het is trouwens helemaal een onmogelijke leeftijd, die van hen. Niet meer jong, zeker niet, maar ook nog niet echt oud. Eigenlijk een leeftijd waarop je nergens meer kunt schuilen.

'O ja?' zegt Farwick. Ruth is het huis binnengegaan.

'Bij jou ligt het natuurlijk anders,' zegt Pardon. 'Jij blijft eeuwig jong!'

Farwick schudt zijn hoofd. 'Mijn foto's blijven jong. De foto's van de overwinningen en de ceremonie erna. De foto's van de ontvangst door de Duitse president. En de foto's uit LA. – je kent die foto toch waar ik bij de springbak sta, zo?' Hij blijft zitten, maar zet zijn handen in zijn heupen. 'Herinner je je nog? Tegenover de scheidsrechter bij de afzetbalk, die me niet wil aankijken. Dat blijft jong. Bedoel je dat?'

Pardon maakt een afwerend handgebaar. Zo had hij het niet bedoeld.

'Waarom ben je hier?'

Pardon weet zich duidelijk geen houding te geven. 'Er is op je geschoten! En zoals je intussen weet, woon ik hier in de buurt.'

Inderdaad een buitengewoon gunstige samenloop van omstandigheden voor een bezoek na twintig jaar.

'Alsjeblieft, Roland! Je brengt me in een onmogelijke situatie.'

'Dat zou niet voor het eerst zijn.'

Ruth is met een bord met broodjes gekomen. Ze wil het huis weer in gaan, maar Farwick beduidt haar te blijven. 'Ik heb je indertijd zelfs in een ronduit beroerde situatie gebracht.' Hij spreidt duim en wijsvinger. 'Door een kleine onoplettendheid op de verkeerde plaats.'

'Dat is lang geleden,' zegt Pardon.

'Wees eerlijk! Wat heeft je dat destijds gekost? De vliegreis en het verblijf. Het waren toevallig de Olympische Spelen, dat drijft de hotelkosten behoorlijk op.'

'Roland, ik heb dat verwerkt.' Pardon schijnt naar een gebaar te zoeken waarmee hij kan aangeven wat er van hem geworden is. Maar hij laat zijn handen enkel in zijn schoot vallen.

'Heeft Lea je iets beloofd? Misschien als schadeloosstelling voor het geroofde verhaal van destijds?'

Pardon aarzelt even. 'We zijn elkaar volkomen toevallig tegen het lijf gelopen. Als je wilt, kan ik daar een eed op doen.'

'Laat maar. Neem een broodje.'

Pardon doet dat. Ruth schenkt hem koffie in.

'Vertel eens over jou,' zegt Farwick. Hij voelt dat hij goede zin krijgt.

'Wat wil je weten?'

Farwick grijnst. Hij leest de krant, en niet alleen het sportkatern. Het schijnt die Ritter voor de wind te gaan. Waarom heeft hij overigens geen van zijn boeken meegebracht?

'Ik ben schrijver. Ik run geen boekwinkel.'

Farwick zoekt een broodje uit. 'Eindelijk,' zegt hij. 'Eindelijk hoor ik weer eens je stem. Welkom thuis!'

Ze eten een tijdje zonder iets te zeggen. Ruth schenkt koffie bij.

'Mooi is het hier,' zegt Pardon. Hij wijst naar de tuin. Alsof je midden in het bos zit.

Farwick kijkt Ruth lachend aan. Ze wordt rood. 'Klopt,' zegt hij snel. Hij leunt achterover en kijkt omhoog. 'Misschien blijf ik hier. De woning in Frankfurt ben ik zo kwijt.'

'En je baan?'

'Ik heb ontslag genomen.'

'Ach!' Pardon veegt kruimels van zijn broek.

Jazeker. Farwick drukt de schouder aan zijn gewonde zijde naar achteren. 'Ik denk dat ik nu iets nieuws moet bedenken. Zoals jij toentertijd, toen ik over de afzetbalk heen gestapt was.'

Pardon fronst zijn voorhoofd. 'O nee,' zegt hij langzaam. Eindelijk lijkt hij zichzelf weer in de hand te hebben. 'Ik heb wat mij betreft helemaal niet iets nieuws gevonden. Integendeel. Toen jij de goedheid had onze afspraken over dat gehuppel van je te annuleren, heb ik enkel gedaan wat ik altijd al wilde doen en waarvoor ik eerder de moed niet had.' Hij kijkt heel ernstig. 'Roland! Ik heb je toentertijd verwenst. Maar er had me niets beters kunnen gebeuren dan die domme, iets te verre stap van je. Ik kon mijn droom in vervulling doen gaan.'

'Is dat zo?' zegt Farwick. 'Meen je dat echt?'

Pardon maakt een handbeweging als een dirigent die wil dat een instrument inzet. Precies zoals hij het zegt. Schrijver, dat was zijn jeugddroom.

'Dan weet ik wat ik moet doen.'

Pardon wrijft nogmaals over zijn been en legt dan zijn armen over elkaar. 'Ik wil niet al te intiem worden, maar we zijn beiden niet meer de jongsten. We lopen tegen de vijftig, dan weet je dat de teerling wel zo ongeveer geworpen is. Ik bedoel: doen we in ons leven nog iets nieuws?' Hij pauzeert even dramatisch. 'Daarvoor is het te laat.'

'O,' zegt Farwick. 'Zit dat zo?' Hij staat op, belast even zijn been en gaat weer zitten. 'Heb je eigenlijk een gezin?'

Pardon schudt zijn hoofd. Dat heeft niet zo mogen zijn. Geluk in de kunst, pech in de liefde.

Dat antwoord vindt hij niet toereikend, zegt Farwick.

Pardon kijkt Ruth aan. 'Een dochter, in februari zestien geworden. Ze woont bij haar moeder. Anna is geboren toen mijn eerste boek verscheen. Ik dacht in die tijd dat een intieme band met iemand niet kon samengaan met mijn werk. En een gezin al helemaal niet.'

'En hoe denk je daar nu over?'

'We hebben lang ruzie gehad, de moeder van Anna en ik. Maar nu gaat het beter. In de weekenden is Anna bij mij. Niet elk weekend, maar wel vaak. Soms neem ik haar mee als ik ergens moet voorlezen. Ze wil in dure hotels logeren. Als alles goed gaat...' Hij maakt een vaag gebaar.

'Als alles goed gaat, wat dan?'

Pardon gaat met zijn wijsvinger over zijn slaap. 'Ik zal je wat vertellen: achter in mijn boeken staat een e-mailadres. Er komen elke dag zo'n vijftig e-mails binnen, meestal allemaal dezelfde. Een agentschap beantwoordt die voor me. Als er een bijzondere e-mail is, sturen ze die aan me door. Ik antwoord dan zelf. Een halfuurtje werk per dag.'

'Wat wil je daarmee zeggen?'

'Dat Anna misschien ooit de laatste zal zijn die me niet alleen mailt als er een nieuw boek van mij verschijnt. Of...' hij buigt zich licht naar voren, 'als ik een paar kogels in ontvangst heb mogen nemen.'

'Raak!' zegt Farwick. 'Terwijl iemand als ik in dat geval alleen bezoek krijgt van mensen als jij.'

Pardon kijkt even alsof hij meteen wil opstaan en weglopen. Farwick buigt ook naar voren en slaat hem op zijn schouder. 'Kom!' zegt hij. 'Je bent toch een sportman?' Wie wil uitdelen, moet ook kunnen incasseren.

Op weg naar huis vergeet Grambach zijn paniek. Hij loopt naar zijn oude school; via het schoolplein bereikt hij de voetgangerszone, die van het Marktplein tot aan het station loopt. Het wemelt er van de mensen. Hij blijft voor een etalage staan. Hij kent de zaak al sinds zijn kinderjaren. Die heet inderdaad nog steeds: 'Herenmodemagazijn'. Daar kocht zijn vader zijn pakken, met of zonder extra broek, de revers al naargelang de mode van het moment, mouwen en broekspijpen werden op maat korter gemaakt. Daar kleren kopen was ooit het bewijs dat je geslaagd was in het leven. Nu is het een wonder dat de winkel nog bestaat naast alle discountzaken en filialen van grote ketens.

Als Grambach het parkje in loopt, ziet hij haar meteen. Marlene Merz zit op een bank. Ze heeft de ingang van zijn huis in het vizier; als ze even naar hem kijkt, herkent ze hem niet. Dat komt waarschijnlijk door zijn trainingspak. Pas als hij voor haar staat en haar aanspreekt, is ze weer bij de les. 'Wat een verrassing,' zegt hij.

'Waar is uw mobieltje?'

Grambach wijst naar zijn huis.

'Ik was misschien wat al te snel,' zegt mevrouw Merz. 'Ik moest iemand vinden die op Luise past.'

'Deed Farwick dat vroeger?'

Ze draagt een donkere zonnebril. 'We hebben niet samengewoond.'

'Maar hij deed het wel.'

'Als hij er de tijd voor had.'

'En?' Grambach gaat naast haar zitten.

Ze weet wat hij bedoelt. 'Luise is soms moeilijk. Maar hij was heel…' Ze maakt een beweging met haar hand.

'Geduldig?'

'Er zouden er niet veel zijn die het hadden volgehouden.'

'Een meevaller. Jammer!' Grambach trekt de mouwen van zijn trainingspak naar beneden. Hij moet echt een nieuwe hebben.

Mevrouw Merz draait zich naar hem toe. 'Ik heb geen gezelligheid nodig. En Luise geen pappie.'

'Wat dan wel?' Het gesprek verloopt uitstekend. Grambach is blij dat hij niet meteen weer woedend op die vrouw is. Terwijl ze op zijn pleintje zitten en hij dat onnozele trainingspak aanheeft. 'Hoe ziet uw geluk er dan uit?'

'Ik weet het niet. Wie wel?'

Grambach heeft nog niet gevraagd waarom ze hier gekomen is. Dat moet hij uitbuiten. Hij zwijgt.

'Wilt u weten wat ik denk?'

Hij maakt een vaag gebaar.

'Het loopt allemaal zo krankzinnig verkeerd.'

Grambach weet wat ze bedoelt, maar zegt niets.

'Een zuster!' Ze verdraait haar ogen. 'Is het die blonde vrouw?'

Langzaam begrijpt Grambach wat deze vrouw zo aantrekkelijk maakt. Ze is een van die vrouwen die levendiger worden als ze woedend zijn. Misschien is ze vroeger vaak woedend geweest. Voordat ze is gaan klagen.

'Dat is ze,' zegt Grambach. Voor zover hij het kan beoordelen een interessante vrouw. Niet onvermogend. Hij grijnst. Bovendien van adel.

'Flauwekul.'

Grambach wil zo lang mogelijk géén vraag stellen. 'Is toch een goede oplossing.' In deze omstandigheden.

'En ik dan?' Er kijken mensen naar haar, zo luid is ze gaan spreken. 'Natuurlijk had ik voor hem gezorgd.'

'Maar uw dochter. En uw beroep.' Ze kon toch niet voortdurend weg zijn.

'Shit,' zegt ze.

Nu hij haar al bijna sympathiek vindt, heeft Grambach plotseling alles bij haar in de hand. 'De man herstelt erg snel, maar hij heeft professionele hulp nodig. Of kunt u ook verband aanleggen?'

'Ik heb die vrouw gezien. Die neukt hem. Dat is toch godgeklaagd.'

Grambach moet haar nu vragen zich iets te matigen. Voor het privéleven van Farwick is de politie niet verantwoordelijk. Hem interesseren alleen de schoten; en daarvoor is de verpleegster niet van belang. 'Of denkt u dat zij op hem heeft laten schieten om hem bij haar in bed te krijgen?'

'Idioot.'

'U maakt een fout. Sinds ik met u praat, ben ik in functie. Als u me beledigt, heeft dat gevolgen.'

Mevrouw Merz neemt haar bril af. Ze ziet er heel moe uit. 'Haalt u hem daar weg. Dat is niet goed voor hem.'

Hij hoeft haar hopelijk niet uit te leggen dat dat onzin is. Grambach staat op. Als het haar niets uitmaakt, wil hij nu graag gaan douchen. Hij wacht haar antwoord niet eens af. Ze volgt hem, misschien tegen haar zin, maar zonder enig gebaar en zonder iets te zeggen. In de gang is Grambach geneigd te zeggen dat ze zich niet moet storen aan de rommel in zijn huis, terwijl zijn woning altijd opgeruimd is. Maar je moet niet overdrijven.

'Gaat u maar naar de keuken. Zet maar even koffie voor ons.' Het is geen aanbod, maar een instructie. Ze begrijpt dat.

Na de douche trekt Grambach schone kleren aan. Het overhemd laat hij over zijn broek hangen; zo kun je niet zien dat die in de taille wat te krap zit. Hij hoort mevrouw Merz in de keuken bezig. Een prima meisje, zou zijn moeder zeggen. Maar zij heeft iemand nodig die vooroploopt. Zodat zij hem kan leiden.

Ze heeft de kleine tafel gedekt, de koffie is juist doorgelopen. Grambach let op zijn toon. 'Ik begrijp u natuurlijk wel,' zegt hij. 'Meer dan u denkt.'

Ze kijkt hem kritisch aan. Hij gaat zitten, zij blijft staan.

'Mensen in wier omgeving een misdrijf wordt gepleegd, verliezen hun houvast. Ook als ze het er zelf goed van hebben afgebracht. Alles is plotseling verkeerd. Ze gaan verhuizen omdat er ingebroken is. Ze komen niet meer in het stadsdeel waar ze zijn beroofd. Plotseling is alles verkeerd.' Hij wijst op de andere stoel. 'Ga zitten.'

Ze haalt haar schouders op.

'We hebben ooit een zaak gehad die aanvankelijk op een moord leek. We dachten aan een misdaad in de relatiesfeer en verhoorden de familie. Maar er was niemand met een motief en ze hadden allemaal een alibi. Twee weken later werd er een inbreker gearresteerd, en die gaf meteen toe.'

Waarom hij dat vertelt? Ze gaat eindelijk zitten.

'De familie is uit elkaar gegaan. Gewoon uit elkaar gespat. Scheidingen, onterving, allemaal met advocaten. Ze konden niet eens meer met elkaar praten.'

'Ik dacht dat u me zou kunnen helpen,' zegt ze.

'Nee.' Grambach schenkt koffie voor zichzelf in. 'De vraag is of u mij kunt helpen.'

Tegen vijf uur vertrekt Pardon. Op het eind hebben ze alleen maar gepraat over hoe het destijds was. Nu kost het hem enige moeite uit zijn stoel te komen.

'Ik heb het niet eerder willen vragen,' zegt Farwick. 'Maar wat heb je?'

'De benaming is niet van belang. Belangrijk is alleen dat het niet meer weggaat.'

Een ongeluk?

'Nee. Een vervelende speling van de natuur. Gelukkig wel met het vooruitzicht dat ik het nog veertig jaar kan uitzingen.'

'Een operatie is niet mogelijk?'

Ze zijn op de gang. Na een paar stappen lijkt het beter te gaan. 'Dat kan wel,' zegt Pardon. 'Maar de kansen zijn niet al te rooskleurig. Tenminste, voor mijn gevoel.'

Buiten bij de voordeur omarmt Farwick Pardon even. Leuk dat hij langs geweest is. Het heeft hem plezier gedaan.

'Dank je,' zegt Pardon. Hij is een beetje in de war.

'En je woont inderdaad op een slot?'

'Ja, met alles wat erbij hoort. Gracht en wapenkamer. Kom maar eens op bezoek!'

'Je noemt jezelf Ritter en woont op een slot,' zegt Farwick.

Pardon lacht. 'Geen zorgen. Mijn lezers zijn heel ruimdenkend in die dingen.' Hij geeft Farwick een visitekaartje. Die uitnodiging bedoelde hij serieus.

'Je kunt het nu krijgen,' zegt Farwick.

'Pardon?'

'Je kunt het verhaal van toen krijgen. Wat er met me gebeurd is en daarvoor.'

Heeft hij dat goed verstaan?

'Waarschijnlijk kun je het helemaal niet meer gebruiken. Niemand heeft daar nog belangstelling voor. Maar ik wil het rechtzetten. Vanaf nu heb jij de rechten op mij.'

'Dat komt als een echte verrassing.'

'We kunnen het ook op papier zetten.'

'Alsjeblieft, zeg!' Pardon haalt een bos sleutels uit zijn zak en kijkt ernaar. 'Kan ik iets voor je doen?'

'Pas goed op jezelf.'

Pardon heft groetend zijn hand en loopt naar zijn auto. Als hij wegrijdt, zwaait Farwick hem na. Hij staat er nog even, tot Ruth achter hem komt staan. 'Gaan we een wandelingetje maken?' zegt hij.

Mooi niet! Twee uur absolute rust, meteen. Dat schrijft ze nu gewoon voor. Samen lopen ze naar het terras en gaan aan de tafel zitten.

'Aardige vent,' zegt Farwick. 'Vind je ook niet?'

'Misschien een beetje verwaand.'

'En hij heeft een dochter.' Pardon als vader. Farwick kijkt de tuin in. Daar kan hij zich amper iets bij voorstellen. Dan kijkt hij Ruth aan. Heeft zij eigenlijk kinderen? Hij heeft dat inderdaad nog helemaal niet gevraagd.

'Nee,' zegt Ruth. 'Niet getrouwd, geen kinderen.'

'En, hoe zit het? Zou je nog kinderen willen?'

Ruth kreunt. 'Roland! Ik ben veertien dagen jonger dan jij.'

'Dat weet ik. Maar dat zegt me niets. Ik heb wel enig verstand van lichamen. Ouderdom is maar een van de vele factoren. Kijk maar naar mij: als ik weer in orde ben, ren ik alle dertigjarigen eruit. Op het eind kunnen ze me niet eens meer zien.' Hij slaat zich zachtjes op zijn ongehavende been. 'Kun je nog kinderen krijgen of niet?'

'Ja, idioot!' Zo woedend heeft Farwick haar nog nooit gezien. 'Natuurlijk kan ik nog kinderen krijgen.'

'En? Wil je kinderen?'

Ze staat op. 'Wat moet dit? Wat denk je wel niet?'

'Ga zitten. Ik wil antwoord: wil je kinderen of niet? Ja of nee?'

Ze zal weer gaan zitten of hem een mep verkopen. 'Neem de tijd.'

Farwick voelt zich goed terwijl hij wacht. Wachten was altijd al zijn sterke punt geweest, als hij nog een poging te goed had. Wie zelf nog een keer aan de beurt komt, kan alles hebben. Omdat hij het kan veranderen.

Het duurt lang voordat Ruth tot een beslissing gekomen is. Eindelijk gaat ze zitten. 'Ja,' zegt ze.

'Hele zin.'

Ze heeft alle verzet opgegeven. 'Ja,' zegt ze luid. 'Ik wil nog kinderen.'

'Goed. Stel je nu dan even voor dat ik voor je neerkniel. Ik zou het ook wel doen als het me niet zoveel pijn deed. Je moet je het voorstellen. Kun je dat?'

Ze knikt.

'Dit is een huwelijksaanzoek. Enige voorbehoud van mijn kant: je moet meteen zwanger worden.'

'Roland. Alsjeblieft!'

'Dat spijt me nu heel erg.' Farwick heft zijn handen. 'Er zijn hier maar twee antwoorden mogelijk. Ja of nee.' Hij legt zijn handen achter zijn hoofd. 'En het antwoord moet vlug komen. Je mag wel wat verbaasd zijn, hoor. En je een beetje overweldigd voelen. Misschien kun je niet meteen praten omdat er een brok in je keel zit. Maar je mag niet echt moeten nadenken. Anders is het niet goed. Anders begint het al met een miskleun. En dan moeten we er verder van afzien. Nou?'

'Ja,' zegt Ruth snel.

'Zie je!' Farwick haalt zijn handen achter zijn hoofd vandaan. 'Zo simpel is het.'

'Onzin,' zegt Merz. 'Wie zou zoiets nou doen? Dat is krankzinnig. Dat gelooft u zelf toch niet?'

Grambach spreidt de vingers van zijn linkerhand en kijkt naar zijn nagels. 'Wat ik geloof, is niet van belang.' Hij kijkt op. 'Maar ik moet een theorie volledig doordenken. Een idee. Wat ook. Het moet iets zijn waarin ik mijn tanden kan zetten. Dus denk ik dat Roland Farwick iemand heeft opgedragen op hem te schieten.'

'Onzin.'

'Drie dagen,' zegt Grambach. 'Sinds de schoten zijn er nu drie dagen verstreken. Je kunt zeggen dat het niet veel is. Maar ik voel het bij elke zaak: de dingen ontwikkelen zich of alles valt stil. Komt er nog iets, of draaien we in een kringetje rond?'

'En toch is het onzin.'

'Misschien. Misschien ook niet. Ieder mens is geïnteresseerd in zijn eigen dood. Ook al heb je alleen maar de wens niet te sterven, althans niet meteen. En terwijl je zo denkt, gaat er van alles door je hoofd. Uiteindelijk zet er zich een beeld vast. Op zeker moment is het sterk genoeg. En dan ga je tot handelen over.'

Merz wil iets vragen.

'Geef toe!' zegt Grambach. 'Ook u hebt wel aan uw dood gedacht. Vaak zelfs.'

'Jazeker.'

'En u hebt ook wel eens willen doodgaan. Het liefst met veel theater. Luid gillend, zodat iedereen het ziet.'

'Ik was het. Ik heb u op het idee gebracht.'

Grambach haalt zijn schouders op.

'Toen ik zei waarom ik weg ben bij Roland. Omdat er in zijn leven niets meer gebeurt. Dat heeft u op het idee gebracht.'

'Ik dacht dat hij u in de steek had gelaten.'

Eindelijk neemt ze koffie. 'En wat moet ik nu?'

'U kunt met hem praten. Anders dan ik dat kan.'

Ze knikt achter haar koffie. 'Goed. Maar ik heb twee vragen.'

'Ga uw gang.'

'Als hij het zelf is geweest, waarom hebt u er dan eigenlijk belangstelling voor?'

'Omdat het een strafbaar feit is. En omdat we dan niet meer naar een gek hoeven te zoeken die willekeurig op mensen schiet.' Grambach buigt zich licht naar voren. 'Bovendien is het voor mij persoonlijk een belangrijke zaak. En uw tweede vraag?'

'Als ik uw spion word, hoeveel krijg ik daar dan voor?'

'Dat ligt voor de hand,' zegt Grambach. 'Als ik gelijk heb, is die idylle voorbij. Dat wilt u toch?'

'Wat krijgt hij?'

'Moeilijk te zeggen. Dat soort processen wordt door psychologen beslist.'

'Moet hij de gevangenis in?'

'Niet waarschijnlijk.' Maar Farwick was dan wel zijn goede naam kwijt. Waarschijnlijk moet hij een behandeling ondergaan.

'Goed!' Merz duwt haar kopje weg. Ze glimlacht naar Grambach. 'En wat wil dat zeggen: belangrijk voor u persoonlijk?'

Hij trekt een grimas: een politieman die verhoord wordt. 'Ik wil worden overgeplaatst naar Berlijn. Dat is een netelige kwestie. Dan kan alles belangrijk zijn.' Maar nu moet hij zeker op haar discretie kunnen rekenen.

'Berlijn,' zegt ze. 'Wat wilt u daar?'

'Ik heb er nog openstaande rekeningen.' Grambach komt even in de verleiding haar alles te vertellen. Hij en Farwick op het balkon in Schöneberg. Maar hij heeft zich alweer in de hand. 'In Berlijn,' zegt hij snel, 'zou het ooit allemaal gaan gebeuren.' Hij had twee klassen overgeslagen. Daarna zou hij rechten studeren en onderwijl bedenken wat hij ooit wilde worden.

'Hé! U hebt een verleden.'

Zo'n zin heeft Grambach nog nooit over zichzelf gehoord. Hij staat op en ruimt wat dingen af.

'Wanneer was dat?' zegt Merz. 'Voor of na 1989?'

Grambach weet dat hij jonger lijkt dan hij is. 'Voor,' zegt hij. Duidelijk ervoor!

In 1989 was ze zestien, zegt zij. Ze heeft de Muur nooit gezien. Ze helpt hem bij het afruimen.

'Ik ben eenmaal in Oost-Duitsland geweest,' zegt Grambach. Eén enkele keer. Het was eind februari, het regende en sneeuwde afwisselend. Hij was er verdwaald geraakt. Pas toen hij de Friedrichstraße bereikte, wist hij weer enigszins waar hij was. En hoewel hij het verschrikkelijk koud had, was hij niet met de metro gegaan, maar te voet teruggekeerd naar het Westen. Dat ging nog sneller ook.

'Ik heb me geschaamd,' zegt hij. 'Omdat ik ervan heb geprofiteerd. Zonder deling geen speciale status voor Berlijn, en daarzonder geen vrijstelling van militaire dienst voor Ludger Grambach. Ik was een legale deserteur.' Die stomme grens! Een tijdlang had hij erover gefantaseerd hoe je met één haal alles ten goede kon keren.

'En waar was u toen de Muur viel?'

'Hier,' zegt Grambach. 'Voor de televisie. Waar anders!'

'Denkt u dat ik vanavond nog naar hem toe kan?'

Grambach gaat naar zijn werkkamer om te telefoneren. Dan komt hij terug. 'Hij heeft vanmiddag lang bezoek gehad. Ik geloof dat het een beetje te veel zou worden. Hij moet uitgerust zijn als u komt.' Morgen misschien.

Hoe hij zich dat voorstelt?

'Morgen is het zondag. Laat uw dochter waar ze nu is en logeer vannacht bij mij. Ik heb ruimte genoeg.'

'U hebt haast,' zegt Merz.

En dan merkt ook Grambach dat dat klopt. Hij lacht. De duivel heeft geen tijd.

Medio mei wordt het vanaf acht uur donker. Zolang kunnen we wel wachten, heeft Farwick gezegd. Er moeten vast ook nog voorbereidingen worden getroffen. Het best konden ze bij daglicht beginnen en het dan doen bij de invallende duisternis.

'Idioot,' heeft Ruth gezegd. Toen is ze het huis in gegaan. Nu is het even na zevenen. Farwick heeft een horloge met een pulsometer. Over een uur gaat hij een kind verwekken. Hij zal daar in elk geval een bijdrage aan leveren. En dat zal hem zeker vooruithelpen. Daar is hij vast van overtuigd.

Hij staat op. De eerste stappen van het terras het huis in zijn weer stappen tegen een pijn die overal tegelijk is. Alsof zijn hele lichaam strak omzwachteld is. Maar dat is snel over. Hoewel het behoorlijk moeilijk is te douchen zonder het verband nat te maken, wil Farwick het voor de tweede keer die dag doen. In de badkamer ligt plastic folie die hij over zijn been en zijn borst aanbrengt. Ook aan een dergelijke handicap kun je wennen.

'Bij mij of bij jou?' roept hij als hij uit de badkamer komt. En hij krijgt geen antwoord.

'Ruth?'

Farwick weet niet hoe hard hij mag roepen. Is die rechter boven alweer thuis? Hij loopt naar zijn kamer, op bed ligt een schone pyjama, mouwen en pijpen uitgespreid. Hij heeft het niet koud, maar opeens voelt Farwick zich in al zijn naaktheid niet meer zo zeker van zichzelf. Dat kent hij niet. Thuis loopt hij vaak naakt rond, soms de hele dag.

'Ruth?'

Ze is niet in haar slaapkamer en niet in de woonkamer. Ook niet in de keuken. Is dit een spel? Farwick vindt het misplaatst, uitgerekend nu. Hij trekt de pyjama aan. Ook het terras is leeg, de schemering valt al. Misschien moest ze nog iets doen en heeft hij haar onder de douche niet gehoord. Hij gaat naar de voordeur en opent hem op een kier. Op de inrit staat zijn auto. Er brandt licht binnen. Ruth zit achter het stuur en wenkt hem.

Farwick knoopt het pyjamajasje dicht, sluit de voordeur achter zich en loopt naar de auto. Bij het open portierraam buigt hij zich voorover. Ruth heeft alleen de witte blouse aan en een klein slipje.

'Waar rijden we heen?'

'Instappen!'

Hij gehoorzaamt. Ruth rijdt de wagen de inrit uit en slaat de eerste zijstraat in.

Is ze misschien van mening veranderd?

'Nee,' zegt Ruth. Ze rijdt op de toegangsweg naar de snelweg. 'Heb je er goed over nagedacht? Je wordt de man van een ziekenverpleegster met enig vermogen. En als je zestig bent, heb je een kind in de puberteit.'

'Ik kan zelf ook rekenen,' zegt Farwick na een pauze.

'Maar kun je de gedachte ook verdragen?' Ruth zet de richtingaanwijzer aan om de snelweg op te rijden.

'Ik heb twintig jaar lang verdragen dat de wereld stilstaat en ik wegrot, zonder dat het te zien of te ruiken was. En ik laat niet op me schieten zonder er consequenties uit te trekken.'

Hoe bedoelt hij dat?

'Ik denk dat ik nu alles weet,' zegt Farwick. 'Iemand wilde me een teken geven. Een teken dat ik dood ben. Dood, alleen nog niet begraven.'

'Wie heeft je dan een teken willen geven? Wat weet je van die man?'

'Niets,' zegt Farwick. Een tijdje kijkt hij zwijgend voor zich uit. 'Maar hij moet me kennen.'

'Dat betekent niets. Miljoenen mensen hebben naar je gekeken.' Ruth haalt een vrachtwagen in.

'Ja, toen ik de afzetbalk overschreed.' Het rijk der doden in. Farwick lacht. 'Iemand heeft zich over mij ontfermd.'

'En je kent hem echt niet?' Ze rijden in de richting van het oosten, de duisternis in.

Farwick heeft niet geluisterd. 'Iemand heeft medelijden met me. Ik had dat toentertijd niet. Ik zei bij mezelf: je bent nog jong. Je kunt nog alle kanten op.' Hij slaat met de vlakke hand op het dashboard. 'Als ik in die tijd had geweten wat er komen ging, had ik een van mijn speren genomen, hem half in het zand gestoken en me er na een aanloop in gestort.'

'Kletspraat,' zegt Ruth. 'Jij hebt ook ideeën, zeg.'

Vergissing! Hij heeft juist geen ideeën. Als Romeinse veldheren een grote nederlaag geleden hadden, kozen ze die manier van zelfmoord plegen. Warempel niet zijn idee.

Ruth legt haar hand op de linkerdij van Farwick, op de plek waar het verband zit. 'Alles in orde daar?'

'Hoger,' zegt Farwick. 'Daar komt het nu op aan.'

Ze komen langs een wegrestaurant. 'Zullen we ervóór nog een glas champagne drinken?' Hij heeft ooit gelezen dat het de activiteit van het sperma verhoogt. Met zijn hand maakt hij kleine zwembewegingen.

'We zijn er bijna.'

Na een paar kilometer slaat Ruth af naar een kleine parkeerplaats achter hoge bomen, en ze laat de auto in zijn vrij uitrijden. Ze zet de motor af en schakelt het licht uit.

'Hier?' zegt Farwick. 'Ben je wel serieus?'

Zeker. Vlak na een wegrestaurant rijdt niemand een parkeerplaats op. En deze hier al helemaal niet. Hier worden ze door niemand gestoord.

En waarom hier?

'Als het goed uitpakt, zullen we ons het altijd blijven herinneren.'

En als het niet goed uitpakt?

'Dan bedenken we iets anders.'

Farwick bromt iets. En hoe stelt ze zich dat in detail voor?

'Zoals jij het wilt,' zegt Ruth. De auto heeft vast stoelen die je in een ligstand kunt zetten.

'Dit is toch truttig.' Farwick maakt zijn pyjamajasje open. Sportlieden zijn eraan gewend dat er naar hen gekeken wordt als ze zich inspannen. Gesteld dat iedereen zich aan de regels houdt. Voor de toeschouwers de tribune, voor hem het veld van het stadion. En niemand overschrijdt zijn grenzen.

Ruth trekt haar bloes uit. 'Hier zijn we alleen. Je moet het zonder publiek doen.'

Farwick duwt het portier open. Dat wil hij niet gehoord hebben! Hij haalt eenmaal diep adem, en dan is hij met één enkele beweging buiten. Hij gaat voor de auto staan. Ruth doet de parkeerlichten aan. In haar licht kleedt hij zich uit. Dan strijkt hij met beide handen over de motorkap. 'Lekker warm. Kom hier!'

Even na halfelf kijkt Grambach op zijn horloge. Het is wel onbeleefd als je gastheer bent, maar hij heeft nog een buitengewoon belangrijke afspraak. Een afspraak op internet. Mag hij haar een uurtje alleen laten?

's Middags is Merz lang de stad in geweest. Meisjespullen kopen, heeft ze gezegd. Ze was immers niet voorbereid op een overnachting elders. En in alle rust telefoneren. Toen ze terugkwam stond Grambach al aan het fornuis. Na het eten hebben ze weer gepraat. Ze praat nog altijd veel over hem, hoewel er helemaal niets te melden valt.

'Geen probleem,' zegt ze nu. Ze gaat het liefst meteen naar bed. Ze heeft veel slaap nodig.

Grambach had erover gedacht haar Carolines kamer te geven, maar hij heeft zijn eigen kamer voor haar in gereedheid gebracht. Hij gaat op een opklapbed in zijn werkkamer liggen.

Ze wensen elkaar op de gang welterusten. Grambach ruimt nog een beetje op. Hij heeft juist zijn pc aangezet als er op de deur wordt geklopt en de deur meteen erna opengaat. Hij zwenkt zijn bureaustoel een halve slag.

'Wel een beetje vreemd allemaal,' zegt Merz in de open deur. Ze heeft een roze pyjama aan met halflange mouwen en pijpen. Ze ziet eruit als een harlekijn of een charmante pop.

De werkkamer heeft geen gordijnen. Met de afstandsbediening schakelt Grambach de twee staande lampen uit. Nu wordt Merz alleen nog beschenen door het blauwige licht van de monitor.

'U mag niet denken dat ik hem terug wil hebben.'

'U ziet het goed,' zegt Grambach. 'Iemand moet hem helpen enigszins heelhuids uit die situatie te geraken.'

Ze komt de kamer binnen. Ze blijft vlak bij Grambachs bureaustoel staan. Haar pyjama ruikt naar het appreteermiddel. Ze heft haar armen een beetje en Grambach legt de zijne om haar middel. Hij trekt haar naar zich toe tussen zijn gespreide benen, dan schuift hij zijn handen onder het elastiek van haar pyjamabroek. Hij drukt zijn gezicht op haar buik. In die positie houden ze het lang uit. Grambach denkt nergens aan. Als hij het eindelijk merkt, trekt hij zijn handen terug. 'Sorry,' zegt hij. 'Maar het is echt dringend.'

'Oké.' Merz streelt hem over zijn hoofd en verlaat de kamer. Grambach zwenkt zijn stoel terug. Het duurt een paar seconden en dan voelt hij zich weer degene die hij nu is: de man die het overtuigende bewijs levert tegen Farwick. Hij logt in op Knights.

Hamacher is er al. 'Het eerste wat je moet leren,' schrijft hij als Grambach zich meldt, 'is op tijd zijn.' Hij heeft al een patrouilleopdracht voor een vaart voor twee afgehaald en de haven verlaten.

Grambach maakt zijn verontschuldigingen. Hij gaat zijn eigen boot op, laat afvaren en een koers naar de plaats van ontmoeting berekenen. Daarna vaart hij op de buitencamera. Hij haalt zijn muis over het scherm tot hij Hamachers boot ver van bovenaf ziet. Hij herkent hem aan de kleine mascotte op de toren. Hamacher is een van de weinigen die er zelf een mochten ontwerpen of via een andere site downloaden. Hij duikt overal naast zijn naam op: een witte tijger tijdens zijn sprong.

Grambach zoomt in. De commandant staat op de toren achter de mannen die met verrekijkers uitkijken. Grambach kent het gezicht. In zijn boot gebruikt het spel het voor het hoofd van de tweede officier. Er is op dat punt niet al te veel keuze; soms heb je zelfs tweelingen aan boord.

Als Grambachs boot voldoende dichtbij is, meldt Hamacher zich in de modus Oproep. Hij geeft de plek door waar binnen korte tijd een konvooi wordt verwacht. Hij wil erheen en dan voor de vrachtschepen uit varen, tot het donker is. Zo veel mogelijk buiten het bereik van de begeleidende bewakingsboten. 'Voor zover jij dat tenminste kunt.'

'Ik zal het wel leren,' zegt Grambach.

'Doe gewoon wat ik zeg.' Zodra het donker is moet hij een aanval uitvoeren op het voorste vrachtschip. En zich nergens anders aan wijden. Wat er ook gebeurt, gewoon doorgaan. En niet vergeten: totale radiostilte! Hamachers boot zet zich in beweging.

Grambach heeft zich dit toch anders voorgesteld. Farwick neemt de les kennelijk volkomen serieus. Hoe kunnen ze dan ook nog praten? Maar hij is te verrast en geeft alleen door: 'Begrepen.'

Onderweg naar hun doel bepaalt Hamacher de tijdcompressie. Na enkele minuten krijgen ze ver vooruit het konvooi in zicht, even later liggen ze aan weerszijden van de vrachtschepen. Als het donker wordt, schakelt Hamacher over op echte tijd. Voor Grambach het signaal in de richting van het konvooi te koersen en aan te vallen. Hij rekent het op de kaart uit. Om bij het eerste vrachtschip te kunnen komen, moet hij nu op volle kracht varen. Hij zet de koers uit, bereidt de torpedoaanval voor en laat duiken.

Ze varen in de herfst van 1943, de torpedobootjagers hebben intussen gevoelige peilapparatuur. Zelfs 's nachts en onder water is het nu zeer gevaarlijk met hoge snelheid aan te vallen. Zelfs als je heel langzaam vaart loop je het risico ontdekt te worden. Hij durft zijn periscoop niet uit te steken. Na enkele minuten zijn de schroefgeluiden van een torpedobootjager te horen; de fluisterende stem van de radiotelegrafist meldt onafgebroken de hoogste alarmfase.

Wat kan mij het schelen, denkt Grambach. Wie voert hier het commando? Hij of ik?

Dan is er een explosie die de boot doet slingeren. Ze zijn geramd! Nee, er is niets beschadigd. Grambach laat de periscoop omhoogbrengen. Het is een heldere nacht vol sterren. Links achter staat een torpedobootjager in lichterlaaie. Hij is nog steeds naar hen onderweg, maar de boeg ervan steekt al in het water.

Hamacher meldt zich tegen zijn eigen bevel in via de radio: 'Blik naar voren houden!'

Grambach draait de periscoop. Klopt! Hij is al dicht bij het vrachtschip. Snel geeft hij het bevel tot het afvuren van een torpedo en tot een koerswijziging. Dan kijkt hij weer om. De torpedobootjager steekt alleen nog met zijn achtersteven boven water uit, erachter duikt Hamachers boot op, de witte tijger schittert op de toren.

'Zachtjes nu,' seint hij door.

Weer een explosie, als Grambachs torpedo het vrachtschip raakt. Een waterkolom stijgt bij de scheepswand op. Grambach blijft vlak onder de oppervlakte. Hij laat de machine lager zetten, beveelt rust op de boot en observeert de situatie door de periscoop. Dwars tussen de vrachtschepen door komt een klein vaartuig met hoge snelheid aangevaren, het zoeklicht aan. Het is een snelle jager, een groot gevaar voor een onderzeeboot aan de oppervlakte. Maar Hamacher ligt nog achter de rookwolk van de zinkende torpedobootjager. Als de jager door de voorste rijen van de vrachtschepen breekt, vuurt hij meteen. Al na het eerste salvo brandt het kleine schip, na het tweede salvo kantelt het en wordt door een explosie uiteengereten.

'Maak maar weer lawaai,' seint Hamacher.

Grambach weet nu hoe het spelletje wordt gespeeld. Hamacher gebruikt hem als lokaas. Hij ziet nog hoe de boot met de witte tijger weer onder water verdwijnt en trekt zelf de periscoop in. 'Halve kracht opheffen!' beveelt hij. Hij stuurt reparatieploegen naar alle ruimen. Het is onmogelijk nog meer herrie te maken. Tien minuten later naderen er weer schroefgeluiden, de man aan de radio meldt een korvet, even later hoort Grambach de ping van de peiling. Hij wordt nog iets luider, daarna breekt hij af.

'Dat was het,' seint Hamacher. 'De rest is voor jou.'

Als Grambach opduikt, is er geen tegenstander meer te zien. Het konvooi heeft zich wat verwijderd, maar is nog duidelijk te onderscheiden. In hun midden brandt het aangeschoten vrachtschip. Voordat andere bewakers uit de Engelse havens ter plaatse zijn, gaan er uren voorbij. Met wat tijdcompressie zijn ze binnen een paar seconden tussen de weerloze schepen. Ze brengen er negentien tot zinken, dan is hun munitie op. Als ze naar huis varen wordt het al licht.

'Dat was niet slecht,' seint Grambach. 'Maar zolang ik uw lokaas ben leer ik niets.'

Hamacher geeft het korte signaal voor 'Begrepen'.

'En als ik niets leer, zeg ik niets. Ik was er eigenlijk wel zeker van dat u wilde dat ik zou praten.'

'Geen angst,' antwoordt Hamacher. 'Ik brand van nieuwsgierigheid. Maar ik dacht dat je er wel eens plezier aan zou willen beleven iets goed te doen. Ga eerst maar inkopen doen. Morgen om negen uur. Dan ben je nog fris.'

Op dat moment zijn ze dicht genoeg bij de thuishaven om de vaart te kunnen afbreken zonder hun contingent te verliezen. Een melding toont dat Farwick het spel heeft verlaten.

'Shit,' zegt Grambach. Hij logt uit.

Het is nu even voor twaalven. Hij opent zijn e-mailbox. Er is weer een e-mail van Caroline binnengekomen.

Of hij zich eigenlijk kan voorstellen, schrijft ze, wat het betekent met iemand te leven die alles op de lange baan schuift. Hoe eindeloos het telkens weer duurt als er van hem een beslissing wordt verwacht! Ten aanzien van de kleinste kleinigheden, om maar helemaal te zwijgen van de belangrijke dingen. En dan die uitvluchten – om te beginnen zijn beroep: een en al excuus voor werkelijk alles. Er volgt een hele lijst voorbeelden, sommige nog uit de tijd dat ze elkaar pas kenden.

Die Kreitler, schrijft Caroline aan het eind van haar e-mail, kent ze overigens niet.

Farwick klapt de laptop dicht. Met Kunstfeld heeft hij twee jaar geleden voor het laatst gesproken. Toen kon hij zelf nog eten en zich aankleden. Ze hebben heel algemeen over sport gepraat. Als iemand had geluisterd, dan was hem misschien niets opgevallen. Twee oud-collega's die over hun vroegere vak babbelen. Farwick voelde haarfijn aan dat Kunstfeld niet wist met wie hij eigenlijk praatte. Zo was dat. Sindsdien wipt Farwick altijd maar heel even aan. Ze zitten een kwartiertje tegenover elkaar te zwijgen. Voor hij vertrekt stelt de vrouw van Kunstfeld hem op de hoogte van de stand van zaken.

Farwick heeft met de laptop op schoot in bed gezeten. Ruth is al naar haar slaapkamer, maar ze hebben besloten vannacht bij elkaar te zijn. Ook al wordt het ongerieflijk. Hij gaat naar bed zodra hij moe genoeg is.

Op de parkeerplaats waren ze inderdaad niet gestoord. Pas toen Ruth het koud kreeg, reden ze verder. Tijdens de rit naar huis spraken ze nauwelijks. Hij had honger, zei Farwick ten slotte; Ruth reed naar een drive-in. Met de zakjes op schoot stonden ze weer op een parkeerplaats.

'Wat gok jij?' zei hij.

Hoe stelde hij zich dat eigenlijk voor? Er gaat bij haar toch geen lampje branden als het goed uitgepakt heeft?

Farwick zet zijn laptop voorzichtig naast zich neer. Hij heeft het gevoel dat die Kunstfeld zich op de vlakte houdt. Waarschijnlijk ligt Ruth nog wakker. Hij zal zich moeten excuseren.

Er brandt inderdaad nog licht bij haar bed. 'Sorry,' zegt Farwick als hij de slaapkamer binnengaat, 'maar je wilt niet geloven wat ik net heb meegemaakt.'

Ruth sluit haar boek. Ze lijkt uitstekend gehumeurd te zijn. 'Hallo, papa,' zegt ze.

Farwick blijft in de deur staan.

'Kom binnen. Waar zat je zo lang?'

'Meegedaan aan een spel,' zegt Farwick. 'Op internet.'

'Uilskuiken!'

'Dat zei papa altijd tegen me.'

Het was een grap geweest. Althans aanvankelijk.

Farwick doet het licht in de gang uit en gaat bij Ruth in bed liggen. Ze doet haar lampje uit.

'Je wilde me vertellen wat je had meegemaakt.'

'Niet de moeite waard.' Farwick ligt op zijn rug en kijkt de duisternis in. Normaal slaapt hij op zijn zij in, maar daar valt nog niet aan te denken.

'Vertel het maar op je gemak, ik brand van nieuwsgierigheid naar spelletjes.'

'Dat is niet zo. Ga maar lekker slapen.' Even komt Farwick in de verleiding Grambach te bellen. Waarschijnlijk maakt hij zich strafbaar, ook als het zijn eigen moordenaar is die hij dekt. Maar hij blijft liggen.

Die man is natuurlijk gek! Zoals Marlene heeft gezegd. Zoals iedereen zegt. Maar Farwick voelt geen teleurstelling. Het is in elk geval iemand die het persoonlijk bedoelt. Farwick zou hem niet willen ruilen voor iemand die willekeurig op mensen schiet.

Hij wacht tot Ruth langzamer ademhaalt. Het duurt niet lang. Dan staat hij zo zachtjes mogelijk op en gaat naar de woonkamer. Hij gaat bij het raam staan en kijkt de donkere tuin in. Natuurlijk moet die klootzak in de kraag worden gevat. Die heeft per slot van rekening op hem geschoten, steeds weer, ook toen hij al op de grond lag.

Farwick heeft de handen op zijn rug gelegd. Met de rechterwijsvinger houdt hij zijn linkerwijsvinger vast. Als hij het merkt, schrikt hij, zoals zo vaak de laatste tijd. Zo stond zijn vader altijd als hij ongeduldig was: zijn benen licht gespreid, de kin vooruit en zijn handen precies zoals Farwick nu.

Sinds enige tijd merkt hij dat soort details. Het is aan de telefoon begonnen. Hoewel iedereen tegenwoordig 'Hallo' zegt, meldt Farwick zich nog steeds met zijn naam. En opeens hoorde hij heel duidelijk de stem van zijn vader. Hij was zo geschokt dat hij moest ophangen. Later is de manier van lachen erbij gekomen. Vaders snelle, schaterende lach. En sinds kort is de manier waarop hij staat dezelfde als die van zijn vader.

Een maand geleden heeft Farwick het voor het eerst gemerkt. Samen met Müller had hij een paar mensen uit de economische wereld begeleid bij een van de grote sportfeesten van het jaar; daarna was er de mogelijkheid de sterren in hun kleedkamer te bezoeken. Natuurlijk was alles voorbereid en afgesproken, geen angst, er kan niets gênants gebeuren, dat staat zo in de contracten van de mensen, daar worden ze voor betaald. En nog heel goed ook.

Farwick heeft bij dat soort gelegenheden altijd mensen aan elkaar voorgesteld, jarenlang. De sporters en de heren uit de economie, oudgediende sponsoren en mensen die erover denken het te worden. Maar zijn eigenlijke taak was herkend te worden. Zijn taak was bij jonge mensen te staan die komen en gaan, en er woordloos voor te zorgen dat ze opstonden en hem de hand reikten en zijn naam zeiden. Met verwondering en respect.

Zijn naam die zo goed in andere talen uit te spreken was. In het Engels met twee zacht r-en. In het Frans met de klemtoon op elke lettergreep, zo hoorde Farwick hem het liefst, het mooist spraken de lange, slungelachtige Afrikanen uit de voormalige koloniën zijn naam uit. Ze allemaal die naam te laten zeggen: dat was zijn taak. Zodat de mensen uit het bedrijfsleven naast hem zouden staan met het terechte gevoel getuige te mogen zijn van een ontmoeting van heden en verleden.

Maar dat gaat voorbij. Dat weet Farwick. Het wordt steeds waarschijnlijker dat sportlieden hem niet meer kennen. Niet omdat hij zo veranderd zou zijn – dat is niet zo. En natuurlijk kent iedereen zijn naam, hij staat nog altijd op de derde plaats van de wereldranglijst aller tijden. Maar een naam kennen is één ding, iets anders is te weten hoe die man eruitziet. Of zelfs maar te weten dat hij nog leeft. Als hij plotseling voor iemand in de kleedkamer staat, binnen dat kleine, contractueel vastgelegde tijdsbestek voor de sponsoren, en zegt: 'Mag ik even voorstellen!' En daarom is Farwick vier weken eerder voor het eerst in de gang voor de kleedkamers blijven staan, uit angst niet meer herkend te worden.

Müller was er bij wijze van uitzondering bij, het waren ditmaal heel bijzondere heren uit het bedrijfsleven, althans zo moesten ze behandeld worden. Müller had veel gepraat, ten slotte leidde hij ook de expeditie naar de kleedkamers. Farwick kon zich afzijdig houden zonder dat het erg opviel. En terwijl hij bij de kleedkamers stond te wachten en de minuten verstreken waarin hij niet meer een paar twintigjarigen onder ogen durfde te komen van wie niemand zich meer zijn overwinningen of zijn nederlagen zou herinneren – bemerkte hij dat hij niet alleen als zijn vader praatte en lachte, maar intussen ook zo stond.

Hij gaat terug naar zijn kamer en opent zijn laptop. Pardons e-mailadres kent hij uit zijn hoofd, het is de titel van de reeks romans waarmee hij bekend is geworden.

'Het is zover,' schrijft hij. 'Ik heb contact met de schutter. Mijn moordenaar. Ik heb je mijn levensverhaal cadeau gedaan. Nu krijgt dat het einde dat het verdient. Als je interesse hebt, laat het me weten.' Hij verstuurt de e-mail en sluit de laptop. Te laat schiet hem te binnen dat hij zijn wachtwoord nog steeds niet heeft veranderd. Hij loopt naar de slaapkamer. Ondanks zijn verband weet hij zo zachtjes in bed te komen dat Ruth niet wakker wordt.

Op Grambachs laatste avond met het kliekje van het derde sportveld sneeuwde het. 's Ochtends had hij het halfjaarlijkse rapport van de eindexamenklas gekregen. Ze stonden eerst weer wat bij elkaar, boven hen hing adem en rook. Later gingen ze naar de Finke, en daar kreeg Grambach nu eens niet genoeg van het tafelvoetbal. Toen hij niet meer vier spelers bij elkaar kon krijgen, bood zich een meisje aan; dat was meer dan ongebruikelijk. Ze heette Angelika, maar werd Anka genoemd, ze was groot en slank en had lange blonde haren. Ze werkte als stagiaire bij een advocaat en was het rustigste meisje van het kliekje.

Grambach stelde haar op in de aanval. Als hij de bal had, moest zij haar spelers in een horizontale positie brengen zodat hij onder ze door kon schieten.

Ze keek hem fronsend aan. 'Pardon?' zei ze. 'Ben je helemaal gek? Ik speel mee.'

En Grambach begreep haar direct. Zo was het nu. Het werd menens in zijn leven. 'Misverstand,' zei hij snel. Als zij de voeten omhoogbracht, kon hij de bal makkelijker naar voren krijgen. Dan kon zij die daar oppikken.

'Dat gaat toch!'

En toen speelde Grambach inderdaad alleen om de vrouw voorin tot doelschoten te laten komen. Ze raakte de bal amper, ze zou nooit een doelpunt maken. Maar Grambach hield zoals altijd achter alles dicht. Het werd de langste tafelvoetbalpartij zonder doelpunt die er ooit in de Finke was gespeeld. Langzamerhand stond iedereen op om te gaan kijken. De tegenpartij kreeg gedaan dat wie het eerste een doelpunt scoorde, gewonnen had. Maar in deze samenstelling en met Grambachs raadselachtige terughoudendheid begon zich een eeuwig en wanhopig nul-nul af te tekenen.

Regelmatig keek Grambachs tegenspeler in de aanval naar hem. 'Maak er een eind aan!' zei hij.

Maar Grambach keek alleen maar stom toe. Over een paar maanden ging hij naar Berlijn. Niets zou meer zijn zoals het was. En hoewel hij niet erg van zijn leven hield, maakte de verandering hem bang.

Zijn tegenpartij deed er alles aan om een eind aan het spel te maken. Grambach liet het niet toe. De tegenstanders wisselden van aanval en verdediging. Dat moesten Grambach en Anka eigenlijk ook doen, werd er gezegd, anders kwam er geen eind aan. Hij wees dat af. Daarop liet de verdedigende tegenstander, zojuist nog Grambachs aanvallende tegenspeler, een houdbare bal door. Anka juichte niet, ze keek Grambach alleen aan.

Die nam zijn handen van de grepen en hield ze voor zich uit, de handpalmen naar boven. Het zag eruit alsof hij zijn onschuld wilde tonen. 'Dat was het dan,' zei hij. 'Ik moet weg.' En toen begon hij te huilen, geluidloos en zonder zich te bewegen.

Heel even verroerde niemand zich, tot Anka haar haren in haar nek wierp. Ze duwde zich van de voetbaltafel af en liep naar de blikken kast boven de oude stamtafel. Met het sleuteltje dat aan een touwtje hing, opende ze het vak van Grambach. Ze deed dat voorzichtig, want het zat helemaal vol, de munten vielen haar tegemoet. Ze legde alles op de tapkast. 'Ludger geeft een rondje,' zei ze. En terwijl er eindelijk beweging kwam in het publiek om de tafel heen, haalde ze zijn parka van de kapstok en duwde Grambach de deur uit.

'Jongens huilen niet,' zei ze buiten. Het klonk alsof ze het inderdaad meende. Het sneeuwde niet meer. Toen zei ze: 'Waar ga je heen?'

Hij legde haar het plan van zijn leraar in een paar zinnen uit.

Ze knikte. 'Als je klaar bent, kom je gewoon terug, dan kan ik bij je werken. Dan kan ik weg bij de klootzak bij wie ik nu werk.' Met een zakdoek veegde ze langzaam en voorzichtig Grambachs gezicht af. Ten slotte hield ze het tussen haar beide handen, zoals je een gezicht van een kind vasthoudt. 'Beloofd?' Ze liet zijn gezicht niet los.

'Beloofd,' zei Grambach. Hij schaamde zich omdat hij loog.

Vijf

Zondag

Grambach wordt wakker door een geluid op de gang. Het duurt even tot alles hem weer voor de geest staat. Als Caroline 's maandags in alle vroegte teruggaat naar Potsdam, wekt ze hem vlak voordat ze de woning verlaat. Hij doet dan altijd alsof hij net wakker wordt.

In de badkamer valt iets op de vloer. Grambach heeft zich Merz tot nu toe niet naakt voorgesteld. Dat verbaast hem. Hij staat op en loopt door de gang. De badkamerdeur heeft een oud slot met een reusachtig sleutelgat. De douche loopt. Grambach heeft Caroline nooit bedrogen, geen enkele keer in zeven jaar. Er waren wel momenten dat hij in de verleiding was, maar het is nooit zo ver gekomen als gisteravond.

Hij bukt zich naar het sleutelgat. Hij kan het nog steeds niet geloven. Ik heb hem! Het is alsof hij die zin ergens moet aflezen. Als hij het nu een beetje behendig aanpakt, kan hij elegant bewijzen dat Roland Farwick de opdracht heeft gegeven tot de aanslag op zichzelf.

Waarom? Dat zal blijken. En dat is niet zijn zaak, dat moeten rechter, officier van justitie en deskundige maar rustig onder elkaar uitmaken. Grambach denkt na over de vraag hoe de e-mail aan Caroline te beginnen: 'Ik heb gelijk gekregen'? Of gewoon: 'Het is zover'?

Zachtjes keert hij terug naar zijn werkkamer, hij kleedt zich snel aan en maakt in de keuken het ontbijt. Als hij een fles champagne in zijn koelkast zou hebben, kon hij die ter verhoging van de feestvreugde openen. Hij schudt snelfiltermaling in het koffiefilter en fluit zachtjes voor zich uit. En Merz moet nu eigenlijk eens binnenkomen, zonder iets te zeggen aan tafel gaan zitten, haar benen over elkaar slaan en met hem proosten.

Na een kwartier gaat de badkamerdeur open, daarna de slaapkamerdeur. 'Ik ben dadelijk klaar,' roept Merz, en even later komt ze de keuken binnen. Ze draagt een jeans en erboven een lichte bloes. Haar natte haar heeft ze strak naar achteren gekamd; op straat zou Grambach haar misschien niet hebben herkend. Lang geleden dat iemand ontbijt voor haar heeft gemaakt, zegt ze.

Grambach doet al zittend alsof hij een buiging maakt. Of ze al met haar dochter heeft getelefoneerd?

'Daar is het te vroeg voor,' zegt Merz. De dochter is bij een vriendin. Daar doet ze nu wat thuis verboden is. Lang opblijven en een gat in de dag slapen.

'Verder alles goed?' Grambach wijst in de richting van de slaapkamer.

'Fantastisch.' Ze schenkt koffie in.

'Wilt u een melding doen?'

Ze weet wat hij bedoelt en schudt haar hoofd. 'Beter van niet. Hij kan niet ver weg zijn.' Ze kijkt hem aan. En zijn afspraak gisteravond?

'Die gaat ook u aan. Ik mag er eigenlijk niet over praten. Maar ik ben er nu zeker van dat hij het zelf is geweest. Dat hij iemand opdracht gegeven heeft.'

Ze giet melk in haar koffie. 'En wat betekent dat voor mij?'

'Bedenk dat hij niet meer de man is die u hebt gekend. Misschien is hij ziek. Of gek, zonder dat het opvalt.' Grambach onderbreekt zichzelf. 'Maar ik wil u niet beïnvloeden.'

Ze strijkt een vochtige haarsliert achter haar oor. 'En hoe moet het nu verder? Met mijn leven.'

Hoe bedoelt ze?

Ze tikt zich tegen het voorhoofd. 'Erachter komen wie ik nu ben? Ik ben met een man samen geweest die op zich laat schieten nadat we gescheiden zijn.'

Nou ja, zegt Grambach, dat hoeft toch niet om haar gebeurd te zijn?

'Waarom dan wel?' Ze ziet er weer woedend uit. 'Hij heeft meer bij mij gewoond dan bij zichzelf. Hoewel er bij hem tweemaal zoveel ruimte was. Nee! Hij zat liever in mijn piepkleine keuken te wachten tot Luise met het eten klaar was, zodat hij de vaat in de vaatwasmachine kon doen. En als hij verder niets omhanden had en niet weg moest, maakte hij nog een beetje schoon ook.'

Ze lacht boosaardig. 'Ik ben eens thuisgekomen, vorig jaar zomer, toen hij in de woonkamer stond te stofzuigen. Naakt! Spiernaakt.' Ze schreeuwt bijna. 'Kunt u zich dat voorstellen? Een wereldkampioen staat naakt in mijn woonkamer te stofzuigen.'

Grambach gaat met zijn hoofd heen en weer. Hij wil in elk geval zijn lachen inhouden.

'Zeg er eens wat van!'

'Wat moet ik zeggen?'

'U moet denken dat ik ze zie vliegen.' Ze wil weer een haarsliert wegstrijken, maar Grambach pakt over de tafel heen haar hand vast. 'Dat denk ik niet,' zegt hij. 'U hebt zich niets te verwijten. Wie niet meer gelooft dat alles anders kan worden, is dood, ook als hij er kerngezond uitziet.'

Hij laat de hand van Merz niet los. 'Dat soort mensen zijn vriendelijke vampiers. Ze nestelen zich ergens en willen niets kapotmaken. Maar ze zijn niet te redden. Wie berust, is verloren.'

'U bent een vreemde politieman,' zegt Merz.

'Fout.' Grambach staat op, hij heeft nog steeds haar hand in de zijne. Zo loopt hij om de tafel. Hij trekt haar omhoog, tegen zich aan. 'Helemaal fout. U kent mijn naam. Ik word binnenkort drieënveertig. Overdag ben ik als politieman werkzaam. Verder is alles onbeslist. Begrijpt u?'

Hij pakt ook haar andere pols. 'Niets is opgehelderd. Mag ik u nu kussen?'

Ze knikt. Dus kussen ze elkaar. Ze is welwillender dan Grambach verwacht heeft. Maar eigenlijk heeft hij helemaal niets verwacht. Hij kust haar en wil er niet aan denken dat er ooit een eind aan die kus zal komen. Op een bepaald moment laat hij haar handen los en laat zijn rechterhand onder haar bloes glijden, dat gaat heel gemakkelijk. Maar onderweg naar haar borst stuit hij ergens op en hij schrikt. Hij wil zich niet verraden, maar de kleine beweging is voldoende geweest.

Merz deinst even terug. 'Iemand heeft ooit mijn hart gebroken.'

Grambach wil zich verontschuldigen.

Ze lacht. 'Onzin. Ik ben ooit geopereerd. Als kind.'

'En nu is alles in orde?'

'Nee.' Ze slaat haar armen om hem heen. 'Soms ben ik een beetje slap. Dan krijg ik nitro.' Statistisch gezien een verminderde levensverwachting, zegt ze aan zijn oor. Alsof ze zou drinken of roken. Maar ze kan ook negentig worden.

Grambach drukt haar tegen zich aan. 'Ik ben politieman,' zegt hij. 'Ik let op. Dan worden het er honderd.'

Als Farwick wakker wordt voelt hij dat hij alleen is. Hij wil zo nog een poosje blijven liggen, roerloos en met gesloten ogen. Ik moet ervan genieten, denkt hij. Gisteravond heb ik een kind verwekt en vanavond ontmoet ik mijn moordenaar. Hij zou er heel wat voor overhebben het Kunstfeld te kunnen vertellen.

Maar hij kan hem niet om raad vragen. Net zomin als na zijn eerste sprong in Los Angeles. Kunstfeld zat op de tribune. Er was niemand die hem vertelde wat hij moest doen, en zijn hoofd was volkomen leeg, op de woede over de verprutste sprong na. Toen de scheidsrechter de baan vrijgaf voor zijn tweede sprong wist hij nauwelijks nog wie hij was.

Maar toen, na drie of vier passen, voelde Farwick de verandering. Heel plotseling, eindelijk weer een keer, rende hij niet meer tegen die eeuwige weerstand in, hoefde hij niet de dringend noodzakelijke krachten overal vandaan te halen. Nu was het anders: het droeg hem en stuwde hem voort, en het voelde aan alsof er nooit een eind aan zou komen.

De aanloop maakt bij het verspringen meer dan tachtig procent uit. Natuurlijk heb je techniek nodig om de energie in afstand om te zetten, maar dat kun je leren. Maar om jezelf binnen vijftig meter te veranderen in louter energie, dat is moeilijk. Dat kan echt niet iedereen. Het kan je zelfs makkelijk overkomen dat je aan het eind van de grote aanloop alleen maar in de springbak kukelt, alsof je bij gebrek aan kracht ineengestort bent. Of doodgeschoten.

Iedere sportman wacht. Niet op het moment dat hij beter wordt dan ooit tevoren, daar kun je aan werken. Hij wacht op het moment dat die weerstand verdwijnt. Dat er geen aantrekkingskracht meer is en geen zwaartekracht en geen wrijving en geen hechting en al die onverdraaglijke vanzelfsprekendheden. De meeste sportmensen wachten daar eeuwig op. Voor Farwick was het op een achtste augustus zover. Na drie of vier passen aanloop voor de tweede sprong, na zijn eerste, totaal verprutste poging. Eindelijk was alle weerstand weg.

Acht meter? Die sprong hij af en toe tijdens de training, in wedstrijden kwam hij vaak tot in de zeven meter tachtig, op goede dagen in de zeven meter negentig. Voor een tienkamper uitstekend, zonder enige twijfel. Maar bespottelijk voor een verspringer. Al meer dan vijftig jaar werd er boven de acht meter gesprongen. En acht meter negentig was de maat aller dingen, Beamons sprong van zegge en schrijve zestien jaar eerder! Sindsdien kwamen ze stukje bij beetje dichterbij. Er ontbrak nog elf centimeter.

Intussen bleven de tienkampers op acht meter steken. De tienkampers gaan alleen in puntenaantal vooruit. Er is steeds een wereldrecord, en dat zal ook steeds weer verbeterd worden. Maar die getalsneukerij, dat wordt bedacht door functionarissen, hier een punt per centimeter af, daar een punt per tiende seconde bij. Beter – nee, beter word je als tienkamper nooit, alleen evenwichtiger, betrouwbaarder, meer ingespeeld op jezelf, een toonbeeld van discipline, een fantastisch gelijkmatig gevormd en gekneed lichaam, dat almaar regelmatiger de berekende prestaties levert. Terwijl je voor de anderen, de echte sportmensen, een belachelijke figuur blijft.

En dan is plotseling alles anders. En je moet een beslissing nemen, binnen een paar seconden, binnen een aanloop van vijftig meter. Of je nog degene wilt zijn die je was. Of dat je een ander wilt worden, wat dat ook moge zijn. Farwick nam een beslissing. Hij sprong.

Nu wil hij opstaan, maar hij kan niet; alles weigert dienst. Waar zit het probleem, in zijn been of in zijn borst? Misschien in zijn rug. Heeft hij verkeerd gelegen? Veel ruimte had hij niet. Farwick denkt: tussenwervelschijf. Daar hebben meer mensen last van gehad, onlangs zelfs een bokser, midden in zijn actieve tijd. Einde van de carrière, van de ene dag op de andere.

Maar er is niets met een tussenwervelschijf. Dat voelde anders aan. Farwick opent zijn ogen, de gordijnen zijn dicht, maar het moet al licht zijn. Hij onderneemt een nieuwe poging zich te bewegen. Het gaat niet, en hij weet niet waarom. Wat is dit in godsnaam?

Ergens in huis worden rolluiken opgetrokken. Dat komt van boven, dat moet de rechter zijn. Nog een paar minuten, denkt Farwick, dan moet ik om hulp roepen. Een dergelijke toestand is gewoon niet acceptabel, vooral niet op een dag als deze.

Op het nachtkastje ligt zijn mobieltje. Gisteravond lag het daar niet, vast een teken dat Ruth het huis verlaten heeft. Haar nummer staat in de telefoonlijst. Met grote moeite slaagt hij erin het mobieltje te pakken te krijgen. Maar hij heeft het nog maar nauwelijks in zijn hand of het begint aan zijn melodie. De display licht op. Farwick heeft even een paar seconden nodig om de mededeling te lezen.

Het is Marlene. Hij hoeft alleen maar een toets in te drukken om het gesprek aan te nemen. Dat valt niet mee, maar het lukt hem en hij zegt zijn naam. Zijn stem klinkt vreemd.

'Hallo, Roland,' zegt Marlene. 'Ik sta bij je voor de deur. Bij jullie. Maar ik wilde eerst bellen. Kan ik je spreken?'

'Dat kan,' zegt Farwick. 'Als je in het huis kunt komen.'

'Roland, wat moet dat? Als je me niet wilt zien, zeg het dan.'

'Zeggen kan ik het wel. Maar ik kan niet opstaan. En er is niemand in huis. Loop langs het huis. Misschien is de deur van het terras open.' Hij laat zijn hand op de deken vallen. De verbinding blijft bestaan, Farwick vindt de toets om de microfoon luid aan te zetten. Er gebeurt niets, maar dan hoort hij Marlenes stem weer.

'Ik ben op het terras. Hier zit alles dicht.'

Farwick doet opnieuw een poging zich op te richten. Het gaat niet. 'Er is een trap naar de kelder.' Hij hoort voetstappen, dan een deur en kort erop stemmen. 'Een ogenblik graag,' zegt Marlene, dan hangt ze op.

Farwick probeert zich te ontspannen. Wat er ook aan de hand is, hij zal het onder controle brengen. Er wordt aan de slaapkamerdeur geklopt. 'Binnen,' zegt hij.

Marlene draagt haar haren anders dan normaal. Ze ziet er opgewonden uit. Ze heeft haar mobieltje nog in haar hand. 'Er was een man in de kelder. Die heeft me binnengelaten.'

'Dat was de rechter.' Hij wenkt Marlene met zijn ogen naderbij. 'Er gaat hier iets mis.'

Heeft hij medicijnen nodig?

Nee, het is geen kwestie van medicijnen. 'Ik moet opbellen, maar ik kan zo slecht intoetsen.' Hij reikt haar het mobieltje aan. Waarschijnlijk onder de R.

Marlene heeft niet veel tijd nodig. Ze gaat naast het bed zitten en houdt het mobieltje aan zijn oor. De telefoon gaat zowat tien keer over voordat Ruth zich meldt. Ze is buiten adem. Eindelijk wakker?

'Kom alsjeblieft meteen hierheen,' zegt Farwick. 'Er is iets niet in orde. Ik kan me niet goed bewegen.'

Heeft hij pijn?

Eigenlijk niet.

Hij moet in zijn been en in zijn armen knijpen. Voelt hij dat?

Farwick heeft even tijd nodig om zijn arm onder de deken te krijgen. Ja, dat voelt hij. Overal.

Is hij duizelig? Is het hem zwart voor de ogen?

Nee, dat helemaal niet.

'Ik ben in het ziekenhuis,' zegt Ruth. 'Over een kwartier ben ik bij je. Rustig blijven liggen, oké?'

'Oké.'

Marlene staat op en legt het mobieltje op bed.

'Sorry,' zegt Farwick. Hoe hij er nu uit moet zien! Gisteren heeft hij nog gelopen. Wat is er voor dringends?

'Niets dringends. Ik wilde alleen met je praten.'

'Ga zitten. Hier op bed.'

Ze schudt haar hoofd. Daar is het nu echt niet het goede moment voor. Misschien later, ooit.

'Nu moet je sowieso hier blijven,' zegt Farwick. 'Tot Ruth komt. En in die tijd kunnen we wat mij betreft praten.'

Marlene gaat met haar hand over haar hoofd. Dat strak gekamde haar staat haar niet, denkt Farwick. Ze maakt dan zo'n strenge indruk.

'Roland, ik maak me zorgen om je.'

'O jee,' zegt Farwick. 'Eerst was ik je tot last en nu maak je je zorgen. Wat moet ik doen om daar een eind aan te maken?'

'Je maakt het zo moeilijk voor me.'

'En ik dacht dat alles goed zou komen als ik wegging.'

Ze gaat weer door haar haar. Ze moet er iets in hebben gesmeerd wat haarzelf het meest stoort. Ze zwijgt.

'Weet je wat?' zegt Farwick. 'We gaan ruziemaken. We hebben helemaal geen ruzie gehad. Dat gaan we nu inhalen.'

'Wat moet dat nu weer betekenen?'

'Snol,' zegt Farwick. 'Nee! Verkeerde uitdrukking. Snollen zijn dom. Dat is niet van toepassing op jou. Sloerie dan? Ik denk dat die uitdrukking helemaal uit de mode is.' Hij wil op zijn voorhoofd krabben. Maar het gebaar mislukt, zijn hand glijdt over zijn gezicht. 'Hoer is ook verkeerd. Weet je, ik ken de juiste woorden niet. Ik geloof dat ik het niet voor elkaar krijg.'

'Idioot,' zegt Marlene.

'Zie je! Het werkt.'

'Je kunt hier onmogelijk blijven.'

'Ik kan niet eens uit bed komen.'

'Je weet wat ik bedoel. Je kunt niet bij een ziekenverpleegster wonen.'

Farwick doet alsof hij lacht. Momenteel een uitstekende oplossing.

'Je maakt jezelf belachelijk. Dat ik niet meer met je kon samenleven, dat lag aan mij. Oké? Niet aan jou. Je hebt steeds het beste met jezelf voorgehad. Er hing steeds… ik weet niet.' Ze zoekt naar een woord. 'Er hing steeds een waardigheid om je heen. Maar nu word je een dwaas figuur. Als de pers te weten komt waar je ondergedoken zit, zullen ze kachelhout van je maken.'

'Mooi niet,' zegt Farwick. 'Ze krijgen binnenkort prachtige foto's van mij te zien: links naast me mijn gezin en rechts mijn moordenaar.'

'Roland, ben je gek geworden?' Er hangen een paar natte haarslierten voor Marlenes gezicht. En nu vindt hij haar toch leuk. Hij had haar veel vaker woedend moeten zien te krijgen. In plaats van op dat verwende nest van haar dochter te passen, die kleine geit. Of haar huis schoon te houden als ze vermoeiende dagen op haar werk had.

En hij had haar moeten slaan. Het liefst zou hij dat alsnog doen, maar dat gaat niet. Farwick voelt zich vloeibaar metaal dat langzaam afkoelt.

'Wat wil dat zeggen: mijn moordenaar? Wie heeft er op je geschoten?'

'Dat zou jij wel graag willen weten! Voor het eerst iets uit mijn leven dat níét twintig jaar geleden is.'

Farwick verbaast zich. In zo'n toestand zou je toch bang moeten zijn. In elk geval banger dan hij zich nu voelt. Hij zweet ook helemaal niet. Of zijn dat slechte voortekenen? Misschien is hij wel bezig dood te gaan. Misschien is doodgaan wel iets onspectaculairs. Als je het eerder zou weten, dan zou je het jezelf toewensen.

Marlene toetst iets in op een mobieltje. 'Ik bel een ambulance. Dat had ik meteen moeten doen. Ik kan me wel voor mijn kop slaan.'

Laat maar, denkt Farwick. Maar hij zwijgt. Het is zo'n eind tot de volgende zin. Een kwartier, heeft Ruth gezegd. Hij merkt dat Marlene de kamer verlaat, maar hij kan haar niet nakijken. Dan hoort hij geluiden die hem niet interesseren. Er komen mensen zijn kamer binnen, Farwick kan hen niet onderscheiden. De deken wordt van hem weggehaald. Ligt hij weer voor iedereen te kijk. Dat heeft hij nu werkelijk vaak genoeg meegemaakt. Hij krijgt een injectie. En hij voelt niets, maar hij slaapt in, hoewel ze allemaal in de kamer blijven.

Grambach gaat per fiets naar het hoofdbureau van politie. Het weer is niet veranderd; nauwelijks te zeggen of het mooi weer is, je bent allang aan alles gewend. Het is ideaal fietsweer; Grambach zou wensen dat het traject langer was.

Op het binnenplein staat een transportwagen met een zwaar beschadigde sportauto. Voor en opzij geen vierkante centimeter die niet gebutst en gedeukt is. 'Verschrikkelijk, hè?' zegt een man in burger. Het is Vollrath.

Grambach groet hem. Crashkids? Vollrath haalt zijn schouders op.

'Vanochtend gevonden,' zegt een monteur. 'Midden in het bos.' Met een piepende lier wordt de auto van de transportwagen getrokken, de banden blokkeren. Eindelijk staat hij op de grond. Het is een zilvergrijze Audi TT. Het portier van de bestuurder staat open, vanbinnen is er niets beschadigd, er ligt niets in. De monteur verdwijnt in een hal.

'Nieuws?' vraagt Vollrath. 'Of word je door je slechte geweten naar je bureau gedreven?' Hij lacht, dat was uiteraard een grapje. 'Vat het niet persoonlijk op. Zaken als deze komen nu eenmaal voor. We zijn de politie, niet Onze-Lieve-Heer. Neem de tijd voor deze zaak.'

Grambach wil iets zeggen, maar Vollrath maakt een afwerend gebaar. Natuurlijk begrijpt hij dat het voor hem op een uiterst ongelukkig moment komt: een spectaculair geval zonder enig spoor.

'Ik wil overigens voorstellen onze mensen bij zijn nieuwe adres terug te trekken.'

'Je hebt het toch niet opgegeven?' zegt Vollrath.

Nee. Maar de collega's zijn elders nodig.

'Voor mijn part. Morgen komen we nogmaals bij elkaar. Misschien heeft iemand een ingeving.' Vollrath groet en loopt weg.

De monteur komt met iemand van de technische recherche terug. 'Wie beleeft daar nu lol aan?' zegt de man. Schandalig, de auto is rijp voor de sloop.

Een letter en een tweecijferig getal. Een kentekenplaat uit Offenbach, makkelijk te onthouden. Grambach gaat naar boven, naar de kamers van zijn afdeling. Er zit alleen een vrouwelijke collega in een van de kantoren, parate dienst. Hij zet zijn pc aan. Hij begint met het natrekken van de persoonsgegevens bij de centrale registratie kentekenbewijzen.

Terwijl hij op antwoord wacht, weet Grambach niet wat hij moet wensen. Het is terecht dat hij dit natrekt, maar het is minder dan een spoor. Hij zou een slechte politieman zijn als hij zich te snel op maar één mogelijkheid zou oriënteren. Anderzijds wil hij nu geen reden vinden Berntrieder op te bellen of meteen het hele recherchebijstandsteam op te trommelen. Misschien kan hij vanavond nog het bewijs tegen Farwick rond krijgen. Eindelijk komt de mededeling dat er over de eigenaar van het voertuig in Offenbach geen gegevens bekend zijn. Dat is dus iemand die nog nooit moeilijkheden met de politie heeft gehad. Grambach voelt zich opgelucht; dan gaat zijn mobieltje.

Op de display ziet hij dat het Merz is. Sinds die ochtend spreken ze elkaar met jij en jou aan; maar het lukt Grambach niet meteen haar bij haar voornaam te noemen. Hij wil dat uitleggen, maar ze laat hem helemaal niet aan het woord komen. Ze moeten elkaar per se nu zien! Zo snel mogelijk. Het gaat om Farwick.

Grambach wil zich niet door haar laten ophalen. Ze kan beter voor zijn huis wachten, hij is er over twintig minuten.

Als hij op het binnenplein komt, rukken de monteurs met zware tangen juist de spatborden van de banden. Grambach komt erbij staan. Of de eigenaar al weet wat er met zijn juweeltje is gebeurd?

'Nee,' zegt de man van de technische recherche. 'Onbereikbaar.' Hij tikt met een mes op de smetteloze leren bekleding. De auto is misschien gebruikt om drugs te vervoeren. Hij steekt met zijn mes in de bestuurdersstoel. Maar dat is maar een vermoeden. Pure routine.

Als hij in de richting van het station rijdt, hoort Grambach de stem van Merz nog. Misschien is ze al vergeten wat er vanochtend gebeurd is. Of het betekent niets voor haar. En ze heeft zich wonder wat in het hoofd gehaald. Maar dat kan hem niet schelen – niets van dat al zou hem kunnen krenken.

Want wat zou hem moeten krenken, terwijl hij helemaal niets van haar verwacht? En op het moment dat hij dat denkt, schiet het door Grambach heen: dat geldt niet alleen voor Merz.

Het komt aan als een klap. Hij stopt en stapt van zijn fiets. Opeens is de bezorgdheid verdwenen dat het zijn einde zou zijn als hij zich vastlegt. Op iets of iemand.

Grambach weet nu dat hij niet meer wacht. Misschien heeft hij wel nooit gewacht, maar alleen gedaan alsof. Hij heeft ook nooit gezocht; hij heeft alleen iemand gespeeld die zoekt. Hij zou Caroline op ditzelfde moment moeten opbellen om het haar te vertellen. Ze kan naar huis komen, het liefst meteen. Hij zal ter plekke doen wat zij het liefst wil.

Iemand spreekt hem aan. Hij verspert met zijn fiets de weg. Of hij misschien naar opzij…

Grambach trekt zijn identiteitsbewijs tevoorschijn. 'Politie. U hindert een onderzoek.' De man sluipt langs hem heen en loopt snel door.

Of het is anders! Grambach klimt weer op zijn fiets. Ieder beslist voor zichzelf. Een mens zijn zin is een mens zijn leven. Laat Caroline maar op haar eiland blijven. Ze zou hem hier alleen maar hinderen. Hij moet een tienkamper aan het verstand zien te peuteren dat je niet op jezelf moet laten schieten en doorleven als het niet lukt. Daarna bemoeit hij zich pas met zijn volgende stap.

Grambach slaat af. En misschien gaat hij wel nergens heen. Blijft hij gewoon hier, in deze prachtige middelmatige stad, waarin hij geboren is en naar school is gegaan en waar hij eigenlijk nooit is teruggekeerd, omdat hij tot een minuut geleden steeds in dat vervloekte Berlijn is blijven steken.

Hij ziet Merz van verre weer op de bank zitten. Maar nu komt ze hem tegemoet, ze rent zelfs. Ze wenkt naar hem, hij weet niet wat te doen, hij stopt. En als ze buiten adem en met warrige haren voor hem staat, denkt Grambach plotseling dat hij van haar houdt, anders dan van Caroline en zoals hij nooit eerder van iemand heeft gehouden.

'Hij is verlamd geraakt!' zegt zij. 'Maar de dokter denkt dat het van voorbijgaande aard is.' Een vertraagde schok.

Grambach zoekt naar een vraag. 'Is hij bij bewustzijn?'

Ze luistert niet naar hem. 'Hij is niet meer zichzelf.' Ze pakt Grambach bij zijn arm. 'Hij heeft me uitgescholden. Hij heeft ongelooflijke dingen tegen me gezegd. En hij heeft van zijn moordenaar gesproken.'

Hij zou haar heel graag in zijn armen nemen, maar er staat een fiets tussen hen in. Grambach dwingt zich te denken aan wat er nu eerst moet gebeuren. Hij haalt zijn mobieltje uit zijn zak en zet het uit.

'Wat ga je nu doen?'

'Ik moet meteen naar huis,' zegt Merz. Haar dochter!

Of ze een pc heeft. Met een snelle internetverbinding.

'Wat denk je?'

Dan kan ze hem meenemen naar Frankfurt. Dienstaangelegenheid.

Over de fiets heen legt ze haar armen op zijn schouders en drukt zich tegen hem aan. 'O ja,' zegt ze. 'dat is goed.'

Een echte diepe slaap was het niet. Meer doezelen, maar het heeft Farwick goedgedaan, hij voelt zich weer helemaal de oude. Hij zegt dat tegen Ruth, die naast hem op bed zit. Hij kan zich ook weer zonder problemen bewegen.

'Blijf liggen,' zegt Ruth. Het medicijn werkt zeker tien uur. 'En maak je niet bezorgd. Je houdt er niets aan over. Je moet jezelf alleen veel meer ontzien.'

'Oké.' Farwick glimlacht tegen Ruth en voelt pijn in zijn gezicht. De wekker staat op even voor drieën. 'Mag ik wel mijn laptop hebben?'

'Geen sprake van. Je ziet toch wat er is gebeurd.' Ruth lijkt nu ouder. 'Je wilt het allemaal alleen niet toegeven. Dat ken ik wel uit het ziekenhuis. De mensen zitten bij het afdelingshoofd op de kamer, die hun vertelt dat het er slecht met hen voor staat – en wat doen de mensen? Die kijken op hun horloge en zeggen: Jammer, ze hebben nu geen tijd. Ze moeten dringend iets doen.' Ze staat op. 'En buiten op de gang zakken ze in elkaar.'

Farwick knikt met zijn ogen. Hij moet Ruth erbuiten laten. Dat bedoelt hij niet verkeerd. Maar als je je moordenaar gaat ontmoeten, kan je familie er maar beter niet bij zijn. 'Het beste is dat ik weer een beetje ga slapen,' zegt hij.

Ruth blijft in de deuropening staan. 'Heb je honger?'

'Nee. Maar wel zin in iets zoets.'

Ze is verheugd. Goed zo. 'Chocola,' zegt hij snel. 'Rum-druivennoten. Heb je dat?'

'Kijk goed naar me. Zie ik eruit alsof ik chocola in huis heb?'

'Niet belangrijk.'

Ze is al op de gang. 'Ik rij even naar het station!' Dat duurt hoogstens een kwartiertje.

Even later gaat de voordeur open en dicht en hoort hij de auto starten. Farwick haalt diep adem en rolt dan uit bed. Als er niet die druk op de blaas was geweest, zou hij niets voelen. En niets voelen is een prachtig gevoel. Dat weet hij nu. Hij loopt naar de badkamer.

Het moet een stoornis zijn geweest, denkt Farwick als hij op de wc zit. Een communicatieprobleem tussen hem en zijn lichaam. Er zijn berichten blijven hangen, misschien als gevolg van de schoten. En nu zit zijn e-mailbox boordevol, berichten die helemaal niet meer actueel zijn. Zo zat dat. Hij trekt zijn pyjamabroek omhoog.

Zijn laptop staat nog op de plek waar hij hem het laatst heeft neergezet. Het duurt vreselijk lang voor hij alles aangesloten en opgeroepen heeft. Onder de nieuwe e-mails is er een van Pardon, waarschijnlijk het antwoord op zijn bericht van gisteravond; maar daar heeft hij nu geen tijd voor. Eindelijk zit Farwick bij Knights. Hij schrijft een persoonlijke boodschap voor Kunstfeld. Het contact van-avond is helaas onzeker. 'Niets ondernemen, a.u.b.!' Als hij niet op tijd is, dan morgenavond op dezelfde tijd.

Hij is nog maar nauwelijks klaar of hij hoort de BMW op de oprit. Hij kan nog net op tijd in bed komen als de voordeur opengaat.

'Ik was bij de kiosk,' zegt Ruth. Ze had niet geweten dat die nog bestond. Is dit voldoende? Ze houdt een stel chocoladerepen in de lucht.

'Hier ermee!' zegt Farwick op overdreven toon. Ze gaat naast hem zitten. Met zijn linkerhand scheurt hij het papier open en met zijn rechter gaat hij tussen haar benen. Met een groot stuk chocola in zijn mond zegt hij: 'Wanneer weten we het eigenlijk zeker?'

Weet hij dan helemaal van niks? Eerst moet haar menstruatie uitblijven.

'Onzin,' zegt Farwick met volle mond. 'Ik ben niet van gisteren. Er bestaan andere mogelijkheden.'

'Niet zo ongeduldig zijn.'

'Geduld is altijd mijn probleem geweest.'

'Kan ik me voorstellen.' Ruth houdt zijn arm met beide handen tussen haar benen.

'Kun je niet,' zegt Farwick. 'Als zwemmer had ik er te veel van. Ik was niet nerveus genoeg. Dat nu of nooit was een hel voor me. Soms had ik de beslissende tiende van een seconde al verloren voordat ik goed en wel in het water lag.'

Met een hand breekt hij nog een stuk chocola af. 'Ik miste het heilige vuur. Het was maar sport, verder niet. In het buitenbad keken we naar de meisjes. Wij mochten dat, wij waren sporters; ze mochten naar ons kijken, dus wij ook naar hen.'

'Ga verder,' zegt Ruth.

Farwick trekt het restje zilverpapier van de chocola. 'Op een keer hingen we zomaar wat aan de rand van het bassin. Plotseling zei Tom: ze kunnen me de pot op! Zomaar, zonder enige aanleiding. En zonder woede. En ik had het gevoel dat ik hem volkomen begreep. Ze kunnen me de pot op! Ik dacht: beter kun je het niet zeggen.'

'Is Tom die Müller, je baas?'

Farwick likt chocola van zijn vingers. 'Ja, ja.' Respectievelijk nee. Hij heeft eergisteren ontslag genomen.

'Dat kun je niet menen!'

'Geen angst,' zegt Farwick. 'Ik ben niet arm.'

Ruth leunt even achterover. Alsof het daarom ging. Maar hij heeft werk nodig. Vijfenveertig is geen leeftijd om met pensioen te gaan.

'Een van de andere zwemmers is dominee geworden,' zegt Farwick. 'Op een keer zijn we 's avonds met twee meisjes in het zwembad gebleven, hij en ik. De meisjes waren jonger dan wij. Er is niet veel gebeurd. Maar we hebben geruild, Reinhard en ik, midden tijdens onze activiteiten. De volgende dag had ik een slecht geweten, maar hij zei enkel: Maak je niet druk! Dat stelde toch nog niets voor. En ik wist meteen dat hij gelijk had. Dat stelde allemaal nog niets voor.'

Hij trekt zijn hand terug. 'Maar toen kwam die verdomde tienkamp. En ik werd natuurlijk ambitieus.'

'Dat is mooi,' zegt Ruth. 'Als je zo van vroeger vertelt. Van de sport.'

Farwick wijst op de repen chocola. Moeten die niet in de koelkast?

'Vertel me meer, alsjeblieft!'

Farwick legt zijn handen achter zijn hoofd. 'Wat wil je horen?'

Ze haalt haar schouders op. Doet er niet toe. 'Of toch! Je eerste wereldrecord.'

Maar daar is ze toch bij geweest.

Ja, daarom.

'Dat was een kutdag,' zegt Farwick. Hij komt overeind, tot zijn bovenlichaam bijna loodrecht tegen de muur rust. 'Een kutdag, een kutstadion en een kutwedstrijd. Bovendien regende het dat het goot. Het was veel te koud.'

'Ja,' zegt Ruth.

'Ik ben nog nooit zo in de verleiding geweest het hele boeltje erbij neer te gooien. Ik laat me toch niet zo in mijn hemd zetten! Zelfs Kunstfeld zou ermee akkoord zijn gegaan. Er was veel kans op blessures. Toen werd er plotseling gezegd dat de olympisch kampioen wilde vertrekken, onder protest. Uitgerekend die pokerface. Hij ging tekeer als een gek, we hebben het gehoord; ik weet niet hoe ze hem hebben weten te sussen. En alleen omdat hij er zo'n vertoning van maakte, ben ik gebleven en heb ik meegedaan.'

'En waarom was je toen dan zo goed?'

'Ik was niet goed,' zegt Farwick. 'Ik was in bloedvorm. Ik had de beste wintertraining van mijn hele loopbaan achter de rug. Ik voelde me top, begrijp je wel? Maar dat betekent niet dat niets me pijn deed. Nee! Alles deed me goed. Dat heb ik me althans wijsgemaakt. En dan kom ik naar dat stadion en dan regent het en is het koud, de organisatie is een ramp en de organisatoren zijn onbenullen uit de provincie.'

'Je wilt zeggen dat je eigenlijk nog veel beter had gekund?'

'Nee.' Farwick bonst zachtjes met zijn achterhoofd tegen de muur. '8771. Dat was het wereldrecord. Beter had ik niet kunnen zijn. Ook niet in de beste omstandigheden.'

'Dat moet je me eens uitleggen.'

'Ja, dat klopt. Ik moet het mezelf ook uitleggen. Terwijl het zo makkelijk te begrijpen valt. Ik was oké, maar de omstandigheden waren het niet. Dus we konden maar één ding doen: het zekere voor het onzekere nemen. Geen risico's! Geen blessure riskeren. Kunstfeld stond voor me met zijn handen op mijn schouders. Mooie, jonge vriend, heeft hij gezegd.' Farwick doet Kunstfelds accent na. 'Rustig aan. Is training met toeschouwers. Meer niet. Training met toeschouwers. Dat mocht ik niet vergeten.'

'Meen je dat serieus?'

'Zeker,' zegt Farwick. 'Helaas. En toen heb ik in feite voor het eerst gedaan wat Kunstfeld steeds gepredikt heeft: Doe wat je kunt. Niet minder. Maar probeer ook niet meer.' Farwick tikt zich tegen zijn voorhoofd. 'Tenzij het gewoon gebeurt.'

'En toen is het gewoon gebeurd?'

'Nee. Er is niets gebeurd. Tel bij een tienkamper van wereldklasse alles op wat hij presteert als het in de training heel goed loopt, dat wil zeggen op alle onderdelen, en je hebt een wereldrecord. Tienmaal alles heel goed, dat betekent een wereldrecord. Ze zeggen het tegen je, je weet het, maar je begrijpt het niet. Je wilt alleen zo ver mogelijk naar voren. Op die dag heb ik het ook niet begrepen. Ik heb alleen gedaan wat Kunstfeld gezegd had, omdat het gevaar van blessures zo groot was. En ik lag steeds net onder mijn beste trainingsprestaties, krap eronder. Maar geen uitschieters omlaag, geen van die gebruikelijke miskleunen tijdens een wedstrijd.'

Farwick trekt een grimas. 'Tienmaal niet beter geweest dan vroeger – dat was mijn wereldrecord.'

'Je was zo vreselijk blij,' zegt Ruth.

'Ik was niet blij. Ik had het wereldrecord omdat ik alles goed had gedaan. Begrijp je? Het was Kunstfelds record. De training had gewonnen.'

'Nou en?'

'De middelmaat!' Farwick trekt met zijn rechterhand een denkbeeldige horizontale lijn. 'De middelmaat was wereldrecord geworden. En omdat ik dat eindelijk begrepen had, was ik vanaf dat moment de perfecte tienkamper.'

'Maar dat is toch geen middelmaat,' zegt Ruth. 'Middelmaat, dat is het verkeerde woord. Wat jij bedoelt is iets anders.' Ze haalt haar schouders op. Misschien evenwichtigheid.

Farwick zegt niets. Hij zit even heel stil. Dan maakt hij een hoofdbeweging in de richting van de chocola. 'Leg dat weg. Anders kom ik weer in de verleiding.'

Het is een heel oude Mini, bijna al antiek. Een piepklein autootje, denkt Grambach, die nog nooit in zo'n auto gezeten heeft. Hij moet de stoel helemaal naar achteren schuiven om zijn benen enigszins te kunnen strekken. Merz is een rustige chauffeur. Je kunt niet aan haar zien dat ze zojuist nog zo opgewonden was. Maar ze spreekt nu nauwelijks. Grambach is daar blij mee. Als ze zou vragen wat hij in Frankfurt moet, zou hij moeten liegen.

Er is niet veel verkeer op de autosnelweg. Ze hebben al een heel eind gereden als zij plotseling zegt: 'Waarom trouwen jullie niet?'

Grambach steekt een duim onder zijn veiligheidsgordel.

'Er is regelmatig een vrouw bij je in huis. Hebben jullie een weekendrelatie?'

'Klopt.'

'Hoelang al?'

'Een paar jaar.'

'En zit ze ver weg?'

Grambach knippert met zijn ogen. Hij is even getroffen door een reflex van een spiegel of een ruit. 'Duizend kilometer. Of tweeduizend. Ik zou het op de kaart moeten nagaan.'

'Pardon?'

'De Canarische Eilanden. Een groep eilanden voor de kust van West-Afrika. Ik denk zelfs wel drieduizend kilometer.'

'Is ze met vakantie?'

'Werkvakantie. Zoals er een werkdiner bestaat. Je doet belangrijke zaken, maar in een leuke omgeving.'

Merz klapt de zonneklep aan haar kant omlaag. Geen misverstand: ze wil zich niet mengen in zijn aangelegenheden.

'Oké,' zegt Grambach. 'Caroline denkt na over onze relatie. Als ze terugkomt heeft ze een beslissing genomen. En dan hoor ik hoe het verdergaat, niet eerder.'

Een camper rijdt langzaam op de linkerrijstrook. Merz houdt afstand, maar knippert een paar maal met het groot licht. 'En je overplaatsing?'

'Ik kon geen beslissing nemen,' zegt Grambach. 'Ik dacht telkens: wat ik ook doe, het is verkeerd. Maar dat is nu voorbij.'

Ze schudt haar hoofd. Dat kan bedoeld zijn voor de bestuurder van de camper, die tergend langzaam naar de rechterrijstrook gaat. 'Misschien heeft ze al een ander.' Ze maakt even een beweging met haar rechterhand. Gran Canaria, wie is er graag alleen aan het strand?

'Nee!' zegt Grambach luid.

'Sorry. Ik weet dat het niet goed met je gaat.'

'En met jou?'

Ze geeft gas. Het lijkt er heel even op dat ze tegen de bestuurder van de camper op haar voorhoofd wil wijzen. 'Het was vreselijk. Hoe hij erbij lag! Alsof hij in een paar dagen dertig jaar ouder was geworden. En ik voelde me zijn vrouw, die hem nog een eeuwigheid moet verplegen.'

Nou, dan kwam een ziekenverpleegster mooi uit. Misschien moet het maar zo blijven.

Ze arriveren net bij het Frankfurter Kreuz. 'Toen we van de Caraïbische Zee terugkwamen, dacht ik dat ik zwanger was. Ik stelde me voor hoe hij met de kinderwagen boodschappen ging doen. Of hoe hij de luier verschoont, in trainingspak, omdat hij net hardgelopen heeft. Ik raakte zowat over mijn toeren.'

Abortus? Ze hoeft niet te antwoorden.

'Vals alarm,' zegt Merz. 'Maar vanaf dat moment…' Ze maakt een gebaar en zwijgt. Bij de Messeturm vraagt ze of ze Grambach naar Müller moet brengen.

'Nee, zet me maar bij het station af.'

'Kom je nog?'

Er zit iets in haar stem wat Grambach verbaast. Ze hebben losjes afgesproken dat hij nog een keer bij haar langskomt als zijn werk zich niet te lang voortsleept. 'Ik bel je zodra ik wat meer weet.' Is dat oké?

'Tuurlijk,' zegt Merz. Bij het station stopt ze op de taxistandplaats. Ze buigt zich naar hem over. 'Dat van vanochtend...'

Grambach kust haar voor ze verder kan praten. Hij strijkt haar over het haar en stapt uit. Hij zwaait zolang hij de auto nog kan zien. Hij geeft het adres aan een taxichauffeur en ze rijden meteen weg; aan de rand van Offenbach komen ze in een file terecht. 'Dat kan wel even duren,' zegt de chauffeur. Hij beschrijft de route. Hoogstens tien minuten lopen. Grambach betaalt en stapt uit.

Op de dag dat hij tot chef van de moordbrigade werd benoemd, ging Grambach 's avonds met Caroline naar de Finke. Ze was in die dagen wanhopig, omdat ze na haar examen geen baan kon vinden. Hij wilde haar gedachten verzetten. Maar de Finke bleek een Turks restaurant geworden. De naam was behouden gebleven, de inrichting ook. Eigenlijk was alleen het voetbalspel verdwenen, op die plaats stond nu een tafel met voorgerechten. Grambach was lichtelijk ontzet. Caroline was op de hoogte. Ze troostte hem.

In Berlijn was zijn eerste gedachte geweest weer een tafelvoetbalspel te zoeken. Maar in de omgeving van de Rüdesheimer Platz kon hij geen café vinden dat er een had. Met een Gouden Gids en een handvol munten stond hij een halfuur lang in een wat terzijde gelegen telefooncel te bellen. Toen wist hij het.

Een paar dagen later, het was nog voor Kerstmis 1979, stond hij in een achterzaaltje van een oud café aan de Oranienstraße in Kreuzberg. Het was een echte feestzaal met een lambrisering tot op halve hoogte en hoge jugendstilramen van gekleurd glas. De plafondlampen leken reusachtige broches. Er stonden zes voetbaltafels in twee rijen. Wat hier plaatsvond, was voor iedereen toegankelijk, maar tegelijkertijd strak georganiseerd. Je schreef je naam achter een nummer op een lei en betaalde startgeld, dan werd er voor de samenstelling van de ploegen geloot en precies om acht uur begonnen de wedstrijden. De organisator was een man van middelbare leeftijd, kort en gezet, ongeschoren en steeds in beweging. Hij sprak zo vreselijk Berlijns dat Grambach hem amper kon volgen.

Als medespeler kreeg hij een Italiaan van rond de dertig. De eerste wedstrijd speelden ze tegen twee Duitsers, van wie Grambach dacht dat het studenten waren. De Italiaan behandelde hem vriendelijk, maar praatte nauwelijks met hem. Hij liet hem kiezen of hij in de aanval of de verdediging wilde beginnen. Grambach koos de aanval.

Het toestel was anders dan in de Finke, maar het verschil stelde niet veel voor. Het duurde maar een paar minuten voor het gevoel weer terug was. Grambach begon met eenvoudige balwisselingen, snel en nauwkeurig uitgevoerd. Drie wissels in de aanvalslinie doorstond de student, en toen verloor hij het overzicht. Eerst schoot Grambach nog hard, daarna bijna zacht in het doel. 'Die zet je op het verkeerde been,' zei de Italiaan over de tafel heen tegen hem. De studenten verloren, ze scoorden niet eenmaal.

Voor hun tweede partij wisselden ze volgens de regels van tafelkant en rij. Grambach speelde nu als verdediger tegen dezelfde tegenstander die nu aanvaller was. Hij zag aan de student dat die zich wilde revancheren. Hij kende zo zijn trucjes, maar om langs Grambach te komen had hij sneller moeten zijn, heel veel sneller.

Toen Grambach de eerste bal onder controle kreeg, gaf hij de Italiaan een teken zijn figuren horizontaal te zetten. Die knikte kort, maar deed het aarzelend. Grambach speelde een paar keer af, haalde uit en knalde de bal aan de andere kant midden in het doel.

'Wie is dat?' zei de Italiaan. Hij keek de studenten weer aan en maakte een handbeweging die Grambach niet wist te duiden. 'Kennen jullie hem? Is dat de Einstein van het tafelvoetbal?' De studenten lachten.

'Let op mijn woorden!' zei de Italiaan nog steeds tegen de tegenstanders. 'Volgend jaar is hij de koning van Berlijn.'

Ze wonnen weer zonder enig tegendoelpunt, de Italiaan had maar een van hun doelpunten gescoord. Nu was er een pauze voorzien, de resultaten werden genoteerd, er zouden nieuwe tegenstanders komen enzovoort, tot elke ploeg tweemaal tegen elke andere ploeg had gespeeld. De Italiaan wenkte even, en opnieuw keek hij daarbij langs Grambach heen; hij liep naar voren, naar het cafégedeelte. Daarvandaan kwam een bediende met een groot blad vol glazen en iedereen ging om hem heen staan.

Grambach bleef alleen achter bij de toestellen. Hij had zich hier ingeschreven om tweeëntwintig partijtjes te spelen. De eerste twee waren goed verlopen, hij was niets verleerd. Maar hij wilde weg, meteen. Maar hij durfde niet langs de Italiaan. Hij keek om zich heen. Naast de ramen zat een deur. Toen niemand keek, probeerde Grambach de klink, de deur was open. Hij sloop weg en stak een binnenplaats over. Door een inrit zag hij de Oranienstraße al. Daar begon hij te rennen in een willekeurige richting tot hij het symbool van de metro zag. Een halfuur later was hij terug op zijn kamer op de Rüdesheimer Platz. Zijn hospes was er niet. Hij was bijna weer in huilen uitgebarsten.

Hij is nu geneigd zijn mobieltje aan te zetten. Waarschijnlijk wordt er al achter hem aan gebeld. Hij zou graag weten hoe het met Farwick gaat, maar dat zou hem in een netelige positie kunnen brengen. Vooral als hij zou moeten zeggen waar hij nu is.

Terwijl Merz haar spullen pakte, had Grambach de eigenaar van de auto in een zoekmachine gezocht. Thomas Weber, een klassieke allemansnaam, vele duizenden items; er was zo snel niets eenduidigs te vinden. Nu staat Grambach voor het huis. Een bakstenen blokkendoos zoals de aangrenzende huizen ook; waarschijnlijk allemaal uit de jaren twintig. Sommige kun je nauwelijks onderscheiden, zo hoog en vol is het groen in de voortuinen.

Het huis ademt volmaakte stilte. Een inrit leidt naar een garage. Grambach zou willen dat het donker was, maar zo lang kan hij niet wachten. Garage en huis zijn verbonden door een muur met een ijzeren poort erin die niet afgesloten is. Grambach beweegt zich alsof hij er woont. Vanaf het terras kan hij de woonkamer en de keuken in kijken. Geen beweging. Hij gaat naar de voordeur en belt aan. Er komt niemand, er is niets te horen, hij gaat dezelfde weg terug.

De garage heeft een achteruitgang die ook open is. Binnen staat geen auto. Wel veel spullen op lange rekken, geen wanorde, maar het ziet er allemaal uit alsof het niet meer wordt gebruikt. Aan de muur hangen keurig op rij een stel winterbanden.

Van het tuingereedschap vertoont alleen de grasmaaier verse sporen. Op een stoffige werkbank staat een kist met halters, oude dingen met schijven van zwart gelakt metaal. Grambach wacht tot zijn ogen gewend zijn geraakt aan het halfduister. Wie een huis en een garage heeft, verstopt een sleutel. En wel zo dat hij hem terug kan vinden, ook als hij hem pas na lange tijd nodig heeft. Grambach trekt een paar dunne handschoenen aan en tilt de halters uit de kist. De sleutel is met plakband bevestigd aan de kleinste halter.

Hij past op de deur die van de keuken naar het terras leidt. Het valt niet mee hem in het slot te krijgen, hij moet al tijden niet meer zijn gebruikt. Via de blinkend schone keuken loopt Grambach naar de woonkamer. Hier is ooit iets verbouwd, vast al heel lang geleden. Er lopen kleine scheurtjes op het plafond op de plek waar iets weggebroken is, er moet daar een muur geweest zijn.

Grambach kijkt om zich heen. Twintig jaar geleden was dit hier modern. Niet meer het schrille en ietwat dwaze van de jaren zeventig, maar alleen rechte vlakken en rechte hoeken, glas en spiegels, het meeste wit, hier en daar bleke pastelkleuren. In die dagen heette dat waarschijnlijk decent. Of misschien wel tijdloos. En nu is het bezig ouderwets te worden. Het ziet er bijna knus uit.

Voor in de kamer hangt een groot schilderij als een stuk opgeklapte grond: aarde, modder, bandensporen en lichte vlekken, misschien oude sneeuw. Bijna in het midden een stuk krant en iets van gebroken plastic. De televisie in de hoek is een oud model.

De trap naar de eerste verdieping is ook ooit vernieuwd, elke trede rust op een drager. Ze kraken een beetje als Grambach naar boven gaat. Boven zijn vier kamers en een badkamer. Een slaapkamer en een werkkamer, twee kamers zijn volkomen leeg. De slaapkamer is weer ingericht in de stijl van de begane grond, het grote bed is heel netjes opgemaakt, duidelijk voor één persoon; er slingert niets rond, de rolluiken zijn half neergelaten.

Maar de werkkamer lijkt niets met de rest van het huis te maken te hebben. Voor het grote kozijn, waarin een deur zit die naar een balkon leidt, staat een grote schrijftafel, een eenvoudig houten blad op ijzeren poten, het oppervlak lijkt onbehandeld. Er ligt weinig op, en dat weinige is pijnlijk netjes geordend. Een agenda, schrijfgerei, maar nergens een vel papier te bekennen, geen brief, geen kladjes; een elektrische schrijfmachine, niet precies in het midden; ook die moet ooit het non plus ultra zijn geweest, vlak voordat alle schrijfmachines een belachelijke indruk gingen maken.

Maar het bijzondere van die kamer zijn de muren links en rechts. Zoiets heeft Grambach nog nooit gezien. Twee stellingen tot aan het plafond; muren en rekken lijken één geheel te vormen. En die stellingen zijn van boven tot onder gevuld met ordners van gelijke grootte, waarvan de ruggen, net als een puzzel, samen een beeld vormen. Dat wil zeggen een schilderij. Links een herfstlandschap, misschien achttiende eeuw. Rechts iets abstracts.

Grambach loopt ernaartoe. Niets op de ordners maakt duidelijk wat erin zit. Ze hebben ook niet het gebruikelijke gat onderaan, alleen een kleine inham aan de bovenkant om ze vast te kunnen pakken. Daaronder staat een heel klein getal. Grambach gaat het na, natuurlijk zijn ze oplopend genummerd. Als die Weber geen geheugengenie is, moet er hier dus ergens een lijst zijn.

Grambach vindt die aan de binnenkant van het omslag van de agenda. Het begint bij: 1. Oorkonden A. Daarna: 2. Oorkonden B. Enzovoort. Grambach kijkt op zijn horloge; hij weet niet hoeveel tijd hij heeft, dus hij begint vooraan. Thomas Weber, geboren in 1953, studie bedrijfseconomie, paar jaar in het buitenland gewerkt. Bij het doorbladeren heeft hij last van die dunne handschoenen. Later werd de lederfabriek van de familie failliet verklaard, de onroerende goederen werden verkocht of zo verbouwd dat ze anderszins konden worden gebruikt. En sindsdien lijkt het Webers beroep te zijn zich hoogstpersoonlijk te bekommeren om wat er is overgebleven.

Ordner 17 bevat de recente correspondentie. In een van de laatste brieven verontschuldigt Weber zich bij een huurder voor de foutieve afrekening van de stookkosten. Hij neemt daarvoor persoonlijk de verantwoordelijkheid op zich. Het te veel betaalde bedrag maakt hij over, verhoogd met een toeslag voor gederfde rente.

In ordner 24 vindt Grambach de papieren voor de Audi TT. Het zijn er niet veel. De auto is inderdaad spiksplinternieuw. Grambach bladert terug. Weber heeft jarenlang in gedegen, onopvallende limousines gereden; hij had een contract op grond waarvan hij regelmatig een nieuwe auto kreeg. Dat heeft hij onlangs opgezegd.

Na een halfuur weet Grambach wat Weber overdag doet. Maar er zijn geen aanwijzingen over zijn privéleven. Niet over vrouw of kinderen, hobby's, lidmaatschappen van verenigingen of zo. De lijst in de agenda bevat zo'n vijftig ordners. Grambach rekent het even na, de beide schilderijen bevatten samen ongeveer duizend ordners. Hij trekt er willekeurig een paar uit. Sommige zijn leeg, andere propvol, ze hebben geen schutbladen, op het eerste gezicht valt er geen orde in te ontdekken. Je zou uren nodig hebben om te vinden wat je zoekt. Misschien zelfs dagen.

Grambach gaat nogmaals naar de slaapkamer. In de kasten enkel de garderobe van een man van gemiddelde lengte, alle pakken donkergrijs of zwart, alle overhemden wit, en vreemd genoeg maar twee stropdassen.

Ten slotte gaat Grambach nog even naar de lege kamers. Maar die zijn alleen maar leeg, schoon en leeg, kennelijk pas gerenoveerd, althans geverfd. Het is niet te zeggen of er überhaupt iemand heeft gewoond. Grambach gaat weer naar beneden. De keldertrap is gebleven wat hij oorspronkelijk was, de houten treden zijn lichtelijk uitgesleten. Als Grambach het eerste hok binnengaat, denkt hij even dat er iemand woont. Maar dat klopt niet. Het is een bedrijfsruimte, hier werkt iemand. In een hoek staan tafel en stoel, op de tafel een radio, een koffieapparaat, een bordje met gebaksresten.

Grambach trekt een handschoen uit en probeert een stukje. Het is vers. Snel gaat hij terug naar de werkkamer. In de lijst is er een nummer 22. Privépersoneel. Grambach heeft de ordner al in de hand als hij de huissleutel in de voordeur hoort; en pas op dat moment beseft hij dat hij veel te ver is gegaan.

Hij kan nu niets anders dan wachten. Op de begane grond is iemand bezig; Grambach meent de deur van een koelkast te horen. Heel langzaam zet hij de ordner terug. De deur van de werkkamer staat halfopen, hij maakt een paar behoedzame passen en sluit hem zo zachtjes mogelijk.

Even later hoort hij voetstappen op de trap. Als de deur nu opengaat moet Grambach bewijzen dat er gevaar dreigde. Uitzichtloos in deze situatie. Temeer daar hij niemand geïnformeerd heeft en zijn mobieltje heeft uitgezet. Zoiets kan je je baan kosten.

Een schoonmaakster beslist nu over zijn leven! Grambach voelt zijn hart kloppen. En hij is woedend op Farwick. In de slaapkamer worden de rolluiken opgetrokken en de ramen geopend. Dan zijn er weer de voetstappen. In de badkamer stroomt water; iemand zingt; een vrouwenstem.

Nu, denkt Grambach. Hij verlaat de werkkamer en neemt de trap zonder zich om te draaien. Het is een Spaans lied, Grambach kent de melodie. De voordeur is niet afgesloten, hij loopt de straat op, hij rent niet, hij loopt. Bij het eerstvolgende kruispunt haalt hij zijn mobieltje tevoorschijn en zet het aan. Er zijn een vijftal berichten van het hoofdbureau. Hij beluistert ze niet, maar belt terug.

'Waar zit je?' vraagt Berntrieder.

'Uitstapje,' zegt Grambach. Vermoedelijk geen netwerk. Wat is er?

'Farwick. De ambulancedokter is bij hem geweest. Zag er vermoedelijk dramatisch uit.'

'En? Moeten we iets doen? Was het weer een aanslag?'

'Nee nee,' zegt Berntrieder. 'Het alarm is al ingetrokken. Ik heb met de dokter gesproken.' Hij ritselt met een papier en leest voor. 'Abnormale ervaringsreactie. Posttraumatische stress. Betreft alleen het willekeurige spierstelsel.'

'Wablief?'

'Hij kon zich plotseling niet meer bewegen. Maar hij heeft valium gekregen, dat schijnt te helpen.' Berntrieder pauzeert even. 'Waar zit je eigenlijk?'

'Heb ik toch al gezegd: een uitstapje. Met de fiets. Wie heeft ons op de hoogte gebracht?'

'De collega's op straat. Maar die zijn nu teruggetrokken. Op aanwijzing van Vollrath. Wist jij daarvan?'

'Natuurlijk,' zegt Grambach.

Berntrieder bromt iets.

'Dan tot morgen.' Grambach drukt het gesprek weg. Bij de volgende hoofdstraat houdt hij een taxi staande en laat zich naar Merz rijden. Nee, hij corrigeert zichzelf: naar Marlene.

Even voor zessen staat Farwick op. Hij heeft niet meer geslapen; de meeste tijd heeft hij gedaan alsof. Hij hoort Ruth, ze moet in de woonkamer zijn, kennelijk staan alle deuren open. Het opstaan kost hem opnieuw geen moeite. De crisis is definitief bezworen. Vanavond kan alles gebeuren wat er nu moet gebeuren. Misschien moet hij Kunstfeld een 'signaal veilig' geven. Hij wacht nog heel even en loopt dan zo zachtjes mogelijk de kamer uit.

Maar hij komt niet verder dan de gang. 'Hé,' zegt Ruth. Alweer onderweg, meneer de patiënt?

'Alles pico bello,' zegt Farwick.

'Ga meteen weer naar bed.'

Farwick maakt een komische buiging. Hij onderwerpt zich graag aan haar wil. Als hij zich maar een paar minuten mag terugtrekken voor een belangrijk contact. Daarna stelt hij zich weer volledig beschikbaar als object van haar preventieve zorg.

'Nee,' zegt Ruth. 'Je hebt er niets van begrepen. Er is op je geschoten! Ook al ben je nu niet zwaargewond…'

Farwick onderbreekt haar. 'Maar mijn psyche is er niet ongeschonden van afgekomen. En dat zal nooit meer genezen. Bedoel je dat? Of zegt de man met de injectienaald dat?'

'Daar hoef je geen dokter voor te zijn. Je hoeft jou niet eens te mogen om dat te weten.'

Farwick heft beide handen. 'Sorry. Het duurt op zijn hoogst een kwartiertje. En ik zweer dat ik morgen in bed blijf. Ik heb altijd al graag gewild op een maandag gewoon in bed te kunnen blijven liggen.'

Hij loopt een paar passen in de richting van de werkkamer, maar Ruth verspert hem de weg. 'Je mag je nu echt niet opwinden. Dat is veel te gevaarlijk.' Farwick duwt haar zachtjes opzij, maar ze loopt langs hem heen, pakt de laptop en drukt hem met beide handen tegen zich aan. Ze ziet er nu uit als een klein meisje dat zich vastklampt aan een dierbaar voorwerp dat men haar dreigt af te pakken.

Hij kent de scène; die moet uit een film komen die hij in zijn jeugd heeft gezien. Om het meisje staat een hele horde straatkinderen. Nou, zegt de leider, mogen wij ook eens met je popje spelen? Wat ze zullen doen als ze het popje hebben, is duidelijk. Maar ze nemen het niet zomaar; het meisje moet het uit vrije wil geven. En op het eind moet ze bij zichzelf zeggen dat het haar eigen schuld is. Ze heeft het dierbaarste wat ze had, weggegeven.

'Toe, Ruth,' zegt Farwick. 'Het is belangrijk.'

Ze schudt haar hoofd. Hij doet een greep naar zijn laptop. Hoe kan ze verhinderen dat hij hem te pakken krijgt? En ze verweert zich ook niet, zo'n laptop is tenslotte te duur om erom te vechten. Maar als Farwick het ding al in zijn hand heeft, in zijn linkerhand, valt het op de grond. Het valt op zijn kant, er springen splinters af.

Ze staan tegenover elkaar en kijken naar de grond tussen hen in. Farwick zou niet verbaasd zijn als Ruth nu zou zeggen: Dat heb ik niet gedaan! Dan zou ze nog gelijk hebben ook. Hij zou zelf moeten zeggen wat er met hem gebeurd is, ook al begrijpt hij helemaal niet hoe het kon gebeuren. Hij kijkt naar zijn linkerhand en beweegt zijn vingers. Dan balt hij een zo stevig mogelijke vuist. Met zijn hand is alles in orde.

'Kijk eens of hij het nog doet,' zegt Ruth eindelijk. En als hij zich niet beweegt tilt ze de laptop op en sluit hem aan. 'Ga zitten.' Ze zet het toestel op zijn schoot en zet het aan. Er gebeurt niets. Farwick probeert het ook, wacht een minuut en probeert het opnieuw. Zelfs de ventilator werkt niet meer. 'Geen stroom,' zegt ze. 'Dat ding krijgt geen stroom.' Ze duwen en trekken aan alle snoeren en kabels, maar er gebeurt niets.

'Je kunt die van mij gebruiken.'

'Ga hem even halen.' Hij zegt niet dat het hem helemaal niet helpt. Om bij Knights in te loggen moet het spel geïnstalleerd zijn. Geen kans dus om Kunstfeld te bereiken.

Ruth brengt hem haar laptop. 'Sorry,' zegt ze als ze hem aansluit. Ze blijft even in de deur staan. 'Ik laat je alleen, maar maak het alsjeblieft niet te lang.'

Hij kan in elk geval zijn e-mails lezen. Hij klikt op het antwoord van Pardon waarvoor hij een paar uur eerder geen tijd had: 'Je doet me het water in de mond lopen. Maar je kunt het niet menen dat je moordenaar zich heeft gemeld. Of wel? Je bedoelt er iets anders mee, klopt hè?! Overigens, als ik het mag zeggen: leuk, je nieuwe vriendin.'

Farwick klikt op Antwoorden: 'Ik moet even kort zijn. De dingen zijn zich aan het ontwikkelen. Ik heb je hulp nodig. Ik weet verder niet wie ik kan vragen. Bel me alsjeblieft op mijn mobiel op, en graag zo snel mogelijk. Dank je.'

Merz woont in de wijk Sachsenhausen op de bovenste verdieping van een flat vlak bij de Henninger Turm. Hij is nog maar amper in de woning of Grambach weet al waarin hij is terechtgekomen. Het gaat niet goed met de dochter. Ze heeft iets verkeerds gegeten of er is een verkoudheid in aantocht. Grambach moet maar even in de woonkamer wachten. 'Dadelijk is alles weer in orde,' zegt Merz.

Grambach hoort een gesprek: of de dochter morgen naar school moet. Hij begrijpt niet elk woord, maar hij weet dat het om iets anders gaat. Hij kijkt op zijn horloge. Hij heeft om negen uur die afspraak met Farwick. Als hij hem hier niet kan ontmoeten, moet hij uiterlijk over een uur op het station zijn.

Hij loopt het balkon op. Je kunt tot in de binnenstad kijken aan de andere kant van de rivier en zelfs nog verder, langs de torens van de bankgebouwen. Grambach herinnert zich hoe chic dat ooit was, in een torenflat wonen, natuurlijk zo hoog mogelijk. Die tijd liep juist ten einde toen zijn ouders het nieuwe huis bouwden, een bungalow tussen de boerderijen in een buitenwijk. Torenflats zijn kooien voor mensen, zei zijn vader. Grambach had zich toentertijd verbaasd. Zijn vader had nooit zulke uitgesproken meningen. Je kunt je voorstellen wat er zal gebeuren als hij ooit gedwongen wordt in een tehuis te gaan wonen.

'Nou,' zegt Merz, 'geniet je van het uitzicht?'

Grambach loopt de kamer weer binnen.

'Alles oké.' Zij kust hem op zijn mond.

'Moet ik haar misschien even gedag zeggen?'

'Laat maar. Ik heb tegen haar gezegd dat we een hapje gaan eten.'

'Ik moet om negen uur op internet zijn.'

'Geen probleem,' zegt Merz. Ze loopt naar een halfronde kast in de hoek van de kamer. Na een duwtje verdwijnt de draaideur en komt er een kleine werkplek vrij. De monitor zit in de achterwand. Ze trekt een stoel bij en drukt op een knop. Het systeem schakelt zichzelf bliksemsnel in. Grambach haalt een dvd uit zijn colbert.

'Hier.' Ook de drives zijn in het meubel ingebouwd. 'Heb ik van hem cadeau gekregen. Dan kan ik meer thuis werken, zei hij.' Ze maakt een gebaar. Maar eigenlijk had hij hier alleen maar gezeten om zijn spel te spelen.

Rechts boven op het bureaublad staat het symbool van Knights. Grambach klikt erop en doet de dvd in de computer. Seconden later komt de onderzeeër uit een mistbank gevaren.

'Speel jij dat nu ook? Dat kan toch niet waar zijn!'

Grambach drukt op Escape. Daar moet hij niks van hebben. Maar bij de controle van Farwicks laptop hebben ze zijn hobby ontdekt. En je kunt er met hem praten zonder dat hij weet met wie hij van doen heeft.

'En wat doe jij?' vraagt Merz. 'Zet je een val voor hem?'

Grambach maakt een afwerend gebaar. 'Wij kijken alleen naar wat er gebeurt.'

'En waarom juist vandaag om negen uur? Ontmoet hij dan iemand?'

Grambach schudt zijn hoofd. Gewoon routine. En nu heeft hij echt honger.

Ze lopen al op straat als Merz zegt: 'Je bent bij Müller geweest.' Ze heeft haar arm door die van Grambach gestoken en maakt zich voor de grap wat zwaar. Voor hij iets kan zeggen vervolgt zij: 'Die man deugt.' Roland heeft veel aan hem te danken. 'Ik ben er niet bij geweest,' zegt ze. Maar je kunt je voorstellen in wat voor gat hij gevallen was als Müller hem in die tijd niet meteen had aangenomen.

Het gaat behoorlijk steil omhoog. Grambach merkt dat hij wat kortademig wordt.

'Müller is er altijd bang voor geweest,' zegt Merz, 'dat Roland in verkeerd gezelschap zou belanden. Dat hem zou influisteren dat hij dat allemaal niet nodig heeft. Dat hij iets anders moet beginnen.'

'Wat?'

'Tegenwoordig hebben ze iedereen nodig.' Ze wijst naar de overkant van de straat. 'Voor een hoop bombarie. Als het maar bekende persoonlijkheden zijn.'

Ze blijven op het trottoir staan. 'Weet je dat hij nog altijd de op twee na beste tienkamper aller tijden is? Na twintig jaar. En miljoenen mensen weten nog steeds wie hij is. Dat levert gewoon geld op. Zo iemand pluk je niet zomaar van de straat.'

'Begrijp ik,' zegt Grambach.

'Bij mij kon Tom zeker zijn van zijn zaak. Ik zal de laatste zijn die Roland zou aanraden iets onzinnigs te doen.'

Het restaurant zit in een oud gebouw op de top van een heuvel. Het is heel populair, heeft Merz gezegd, maar omdat ze zo vroeg zijn, krijgen ze nog wel een tafeltje. Grambach is niet speciaal dol op de Italiaanse keuken, maar hij vindt het wel lekker. Tijdens het eten praten ze over koetjes en kalfjes. Als de tafel wordt afgeruimd bestelt Merz nog een dessert.

'Denk je dat hij in een inrichting terechtkomt?'

Grambach neemt een slokje wijn. Dat lijkt hem niet waarschijnlijk. En als het wel zo is, dan niet voor lang. Misschien is het allemaal niet meer dan een existentiële crisis. Of misschien is het dat al sinds Los Angeles.

'Ik heb het pas heel laat gezien,' zegt Merz. Zijn opgeven. Hijzelf had er geen opname van, althans hij heeft haar geen opname laten zien. Maar toen had ze die reclame gevonden. Voor een paar punten op een klantenkaart kreeg je een dvd met de hoogtepunten van de Olympische Spelen.

'Hij lachte. Nu is het dan zover, had hij gezegd: een film van zijn begrafenis als kortingsgeschenk. Goed!' Ze bedoelt het dessert. 'Ik heb de dvd stiekem besteld. Heb je die wel eens gezien?'

'Ik was erbij,' zegt Grambach.

Ze kijkt op.

Voor de televisie natuurlijk. Maar wel op het moment zelf. 8 augustus 1984. Een regenachtige dag in Berlijn.

Merz knijpt haar ogen dicht. Ze lijkt te zitten rekenen. Was hij toen al klaar met zijn studie?

'Ambtenaar.'

'Met zeventien jaar al rechten studeren. Wat een onzin.' Ze likt haar lepel af. 'Ik wil wedden dat je toen nog maagd was.'

'Als je per se wilt.' Maar op die bewuste dag in elk geval niet meer.

'En hoe heette ze? Of ben ik nu te nieuwsgierig?'

'Nee,' zegt Grambach. 'Petra.'

'Vertel eens!'

Er is niets te vertellen. Grambach maakt een gebaar en ze veranderen van onderwerp.

Farwick heeft de werkkamer al een uur niet meer verlaten. De laptop van Ruth heeft hij uitgeschakeld, zijn mobieltje ligt in zijn schoot en ernaast ligt het visitekaartje van Pardon. Hij belt om de tien minuten, afwisselend het mobiele nummer en zijn vaste nummer. Bij beide hoort hij een neutrale voicemail. Tot aan de afspraak met Kunstfeld resteren er nog net twee uur.

Op het visitekaartje van Pardon staat zijn adres: de naam van het kasteel, een plaats met dezelfde naam en een postcode. Dat is makkelijk te onthouden. Farwick staat op. Sinds de schoten heeft hij alleen maar trainingspakken en pyjama's gedragen. Het is eigenlijk een slecht teken dat het hem niet stoort.

Het raam van de werkkamer gaat naar buiten open, aan de kant van de straat. De BMW staat op de inrit naar de garage. Als zo vaak doet hij Farwick denken aan een slapend dier. En waar zijn de politiemannen? Hij trekt het gordijn een eind opzij, de straat is leeg. Hij loopt bij het raam vandaan. Ruth heeft zijn sleutels naast zijn portefeuille op het lage kastje gelegd. Farwick trekt schoon ondergoed aan en een van zijn nieuwe trainingspakken. Die heeft geen zakken, hij moet zijn spullen in zijn hand houden. Als een dief in de nacht, denkt hij; dan opent hij zachtjes het raam. Hij zet er een stoel onder en klimt erop. Als hij zijn zere been niet al te zeer belast, gaat het heel goed. Natuurlijk moet hij buiten op één been terechtkomen. Dat lukt hem niet erg goed. Wat zou Kunstfeld hier wel niet van zeggen!

Met de afstandsbediening in de sleutel opent hij het portier. Het doet verrassend veel pijn de rem in te trappen. Farwick draait de sleutel om en voert het adres van Pardon op de navigatie in. Dan haalt hij de auto van de handrem en ontkoppelt, de inrit loopt voldoende af om de wagen te laten wegglijden. Pas op straat start hij de motor. Hij ziet Ruth nog net de voordeur uit komen.

De navigatiestem is die van een bekende actrice, een cadeau van Müller. Ze loodst hem eerst naar het centrum, dan bijna zonder overgang naar een naburige stad, later door opgeruimde, levenloze voorsteden langs bouwmarkten en filialen van grote ketens naar oude fabrieksgebouwen. Ten slotte bereikt hij het platteland, voor een gehucht laat de stem hem rechts af slaan. Daar staat ook al een aanwijzingsbord.

Vanaf dat punt is alles aangegeven. De parkeerplaats, reusachtig groot en praktisch leeg, ligt vlak bij het kasteel. Farwick stopt naast een rijtje kraampjes met streekproducten, fruit uit de tuin van het kasteel. Een ouder echtpaar draait zich naar hem om. Farwick schaamt zich voor zijn trainingspak; maar hij is een beetje duizelig, er valt niet te denken aan rennen.

Een laan naar het slot toe eindigt voor een gracht. Achter een stenen brug een poortgebouw met een kleine klokkentoren. De poort is gesloten, evenals de deur erin. Privéterrein, zegt een bord. Bezoekers dienen zich aan de voorgeschreven paden te houden. Er is een koperen bord met bellen; daarnaast geen namen maar getallen. Iemand komt uit de deur.

'Goedenavond,' zegt Farwick, hij loopt langs de man naar binnen.

Aan de andere kant van de poort ligt ongelijkmatig plaveisel, Farwick moet voorzichtig zijn zodat hij zijn voet niet per ongeluk verzwikt. Langs schuren en stallen bereikt hij een groot, nogal onooglijk gebouw; een doorgang leidt naar een binnenplaats, drie ongeveer even grote vleugels vormen een U. Aan de open zijde weer een brug over een gracht, en daarachter ligt vermoedelijk het eigenlijke kasteel. Een echte burcht, een kubus met torens en kantelen. Farwick heeft geen idee waar Pardon precies woont. Hij kijkt om zich heen. Het is nog te licht om ergens een lamp te zien branden. Waar moet hij nu zoeken?

Hij staat misschien een minuut op het plein voordat hij door iemand wordt aangesproken die van het kasteel komt. 'U bent verdwaald,' zegt de man. Dit hier is privéterrein.

Farwick zegt wie hij zoekt: Georg Pardon.

Die kent hij niet, zegt de man. Hij kijkt er streng bij.

'Pardon, Ritter is zijn echte naam.'

'O,' zegt de man. 'Waar zijn uw kinderen dan?'

'Geen kinderen. We zijn vrienden. Ik wilde hem bezoeken.'

De man neemt Farwick van top tot teen op.

Die trekt aan zijn trainingspak. 'U kent me wel. Ik ben Roland Farwick. Er is op mij geschoten.'

'U bent Roland Farwick,' zegt de man. Het is geen vraag. 'En hoe gaat het met u?'

'Goed. Alles oké.'

De man opent zijn mond, maar zegt niets, hij maakt alleen een beweging met zijn hand.

'Natuurlijk,' zegt Farwick. 'Dat wil iedereen graag weten. Ik ook.' Hij legt zijn hand even op de schouder van de man. 'Ik kan het u wel vertellen. De politie heeft een spoor. En ik moet me enigszins onzichtbaar maken.'

'Kom maar mee!' De man loopt vooruit naar de rechtervleugel van het gebouw. 'Ritter is niet thuis. Maar hij komt vanavond terug. Wij zijn buren. Ik heb een sleutel van zijn woning. We letten hier allemaal een beetje op elkaar. Zo gaat dat hier toe.' Je legt nu eenmaal niet straffeloos kabels en buizen door vijfhonderd jaar oude muren.

Ze staan voor een eenvoudige ingang met een witgeverfde deur. 'Na u,' zegt de man, en ze bestijgen een trap. Boven is Farwick buiten adem. Als hij de man wil bedanken, maakt die een afwerend gebaar. Als zijn gezicht geen aanbeveling is, wat dan wel?

'Hebt u het ook gezien?'

'In 1984? Toen was ik soldaat. We hebben in de kantine televisiegekeken.' Hij opent een deur die enigszins scheef in het kozijn zit. 'Als u iets nodig hebt, ik woon aan het andere eind van de gang. Gewoon kloppen.' Hij groet. 'En het beste, voor de rest van uw leven.'

Farwick sluit de deur van de woning. Het is nog licht genoeg om alles te kunnen onderscheiden. Het vertrek gaat een bocht van het gebouw om, het is l-vormig, elke poot ervan zeker tien meter. Er staan twee oude, reusachtige kantoorbureaus in de buurt van de ramen, elk vol met beeldhouwwerken, figuren, kleine voorwerpen. Tegen de binnenmuren staan losjes gevulde boekenkasten die tot aan het plafond reiken. Twee zitgroepen met zware lederen meubels, een ervan bij de open haard, die door zuilen wordt geflankeerd. De rest van de ruimte wordt in beslag genomen door vitrines en sokkels: modellen van oude schepen, ridder- en cowboyfiguren, draken, blikken speelgoed, opgezette dieren. In ijzeren houders staan zwaarden, midden in de knik van de L een zeiljacht met manshoge masten, daarnaast een groot kanon. Tussen de ramen twee oude flip-

perautomaten, een felkleurige jukebox en een massief tafelvoetbalspel.

Farwick loopt een eindje de kamer in. Ze kent hij Pardon niet.
Vroeger was het een nerveuze jongeman die alleen aan zijn toekomst
dacht. Geen blik naar links of naar rechts, en altijd in de weer. Geen
vriend van bijzaken. Als hij morgen sterft kan dit als museum dienen, denkt Farwick. De legendarische werkkamer van Benedikt Ritter. Anderzijds is er niets dat naar hem verwijst; geen foto, helemaal
niets persoonlijks, als je al die rommel daar tenminste niet bij rekent.

En nergens een computer te bekennen. Farwick gaat op een bank
zitten en legt het omzwachtelde been hoog. Dat doet hem goed. Buiten wordt het donker. Hoe laat is het eigenlijk? En waar heeft hij zijn
mobieltje gelaten? Op dat moment beginnen diverse klokken te
slaan, heel mooie geluiden, zo veel en zo gelijkluidend dat ze niet
van elkaar te onderscheiden zijn. 'Wacht even,' zegt Farwick zachtjes, en dan merkt hij hoe moe hij is. Zijn hoofd valt op de leuning.
Het voelt niet natuurlijk aan, het moeten de medicijnen zijn. Hij wil
zich ertegen weren, maar dat lukt hem niet, even later valt hij in
slaap.

Als ze in de woning van Merz terugkeren, zit de dochter in de woonkamer televisie te kijken. 'Hallo,' zegt Grambach, maar ze kijkt hem
amper aan.

Dat is de man over wie ze het gehad heeft, zegt Merz. De politieman die moet achterhalen wie er op Farwick heeft geschoten.

'Weet hij het al?'

'Nee,' zegt Grambach. 'Misschien kun jij me helpen.'

'Kan ik niet.' Nu kijkt ze op. 'Heeft hij erge pijn?'

'Ik geloof van niet. Hij heeft veel geluk gehad.'

'Hij is aardig. Ik mis hem.'

'Pardon!' zegt Merz.

Het meisje zet de televisie uit. Ze staat op en neemt een groot
zwart kussen onder haar arm. 'Ik ga morgen naar school. Hier is het
saai.' In het voorbijgaan zwaait ze even naar Grambach. Merz volgt
haar.

Het wordt langzamerhand tijd. Grambach zet de computer aan en
toetst zijn wachtwoord voor Knights in. Als hij in de kantine is, staat
Merz weer achter hem en legt een hand op zijn schouder.

Kunstfeld heeft een berichtje van Hamacher binnengekregen.

Grambach roept het op. Farwick weet niet of hij op tijd kan zijn. Iets onvoorziens, en Kunstfeld moet vooral niets ondernemen.

Merz buigt zich licht voorover, over Grambachs schouder. 'Wie is Kunstfeld?'

Iemand die berichten stuurt.

'Ach!' zegt Merz. 'Je zet een val voor hem. Weet je het wel zeker? Ben je er zo achter gekomen?'

Grambach tikt op de monitor. 'Dit heeft geen kracht van bewijs. We gooien alleen maar een balletje op.'

Ze heeft haar mond vlak bij zijn oor gebracht. 'Wij? Of jij?'

'Dit is een verkapt onderzoek als het ware.' En daarom tegen niemand een woord!

'Hij kan vast niet komen. In zijn toestand.'

Grambach knikt. Misschien is hij toch meer aangeslagen dan officieel wordt toegegeven.

'Of zijn ziekenverpleegster wil niet dat hij met zijn speeltje in de weer is. Misschien werkt hij haar daarmee al op de zenuwen.'

'Dit is geen spel,' zegt Grambach.

Het is zo langzamerhand negen uur. Ze wachten voor de computer, maar er gebeurt niets. 'Wat nu?' vraagt Merz.

Grambach opent het venster voor een persoonlijke mededeling. 'Ik ben heel teleurgesteld,' schrijft hij. 'Ben ik u misschien vergeten te waarschuwen voor incorrect gedrag? Er zijn mensen die hoogst onberekenbaar reageren. Blijf morgen beschikbaar. In uw eigen belang. Ik meld me. Kunstfeld.' Hij stuurt de boodschap naar Hamachers mailbox en logt uit.

'Je maakt hem gewoon bang!' zegt Merz. Ze wijkt even van zijn zijde.

Grambach zet de computer uit. 'Ik probeer de dingen gaande te houden.'

'Je kunt waarschijnlijk niet hier blijven?'

Hij maakt een gebaar naar de deur. Ze weet wat hij bedoelt. 'Zou ook echt niet goed zijn. Hoe laat ga je weg?'

'Je kunt me naar het station brengen,' zegt Grambach. 'Als je wilt.' Dan kussen ze elkaar. Ze legt haar arm om zijn nek, waarbij haar bloes naar boven schuift. Grambach legt zijn rechterhand op haar litteken. Ze schrikt even terug, maar daarna laat ze het litteken tegen zijn hand rusten.

'Gaat het goed met je?' zegt Pardon. Hij staat over Farwick gebogen en kijkt bezorgd.

'Alles oké.' Farwick oriënteert zich. Buiten is het nu pikkedonker. In de kamer brandt slechts een kleine lamp onder bij de deur, als de nachtverlichting in een trein. 'Ben je niet geschrokken?'

'Ik was gewaarschuwd,' zegt Pardon. 'Ik heb een buitengewoon opmerkzame buurman.'

Farwick haalt zijn gewonde been van de bank. 'Ik vind het vervelend je lastig te vallen.'

Pardon gaat in de fauteuil tegenover hem zitten. Hij houdt zijn mobiel omhoog; daarop kan hij ook e-mails ontvangen. 'Het klopt dus echt wat je daar schrijft?'

'Zeker.' Farwick kreunt. Zijn been voelt verdoofd aan, of als van een vreemde. 'De man die geschoten heeft. Hij heeft contact met me gezocht. Of iemand die weet wie het is geweest. Maar hij zegt nog niet wat hij wil.'

'En wat zegt de politie?' Pardon wacht niet op zijn antwoord. 'Ik begrijp het. Dat is jouw geheim. Dat wil je met niemand delen.'

'Nu nog niet.'

'Je bent gek!' Pardon slaat met zijn vlakke hand op de leuning van zijn stoel. In de donkere kamer klinkt het hard en luid. 'Als dat allemaal klopt, hoort die man in het gesticht. Zo snel mogelijk. Dat is toch een gevaarlijke krankzinnige. Morgen komt hij misschien op het idee een voetballer dood te schieten die ooit een strafschop heeft gemist.'

'Zie je!' Farwick wijst naar Pardon. 'Jij gelooft ook dat hij mij iets duidelijk wil maken.'

'Onzin. Dat wil hij niet. Die vent heeft een klap van de molen gehad.'

'En als het nu eens heel anders ligt?' Met veel moeite komt Farwick overeind. Hij moet een beetje rondlopen, dan gaat het beter. Maar het is moeilijk in die duisternis nergens tegenaan te stoten.

'Hoe gaat het eigenlijk met je ouders?' zegt Pardon.

'Mijn vader is dood.'

'Waar is hij aan gestorven?'

'Kanker. Maar het ging heel snel. Het begon nog maar net tot hem door te dringen of hij was al dood.'

'Mis je hem?'

Farwick loopt nog steeds op en neer. Hij krijgt langzaam weer gevoel in zijn been. 'Nee. Maar ik moet wel steeds vaker aan hem denken. Hij staat dan voor me en zegt: Dat was enkel een verloren wedstrijd.'

'Dat heb ik ook gezegd.'

'Als ik de telefoon opneem, hoor ik zijn stem.'

Pardon neemt een apparaatje van het tafeltje naast de bank en drukt op een paar toetsen. Overal in de kamer gaan lichten aan, staande lampen, wandlampen aan gedraaide houders, spots, indirect licht in de vitrines. De jukebox en de flipperautomaat beginnen in alle kleuren op te lichten.

'Mooi,' zegt Farwick. Hij wijst om zich heen naar de stralende dingen, dan neemt hij een zwaard uit een houder, heft het op, zwaait er voorzichtig mee boven zijn hoofd en zet het weer terug. 'En staan, dat doe ik net zoals hij.' Hij doet het voor, zijn handen op zijn rug, de vinger van de ene hand omsloten door die van de andere.

'Oké,' zegt Pardon. 'Weet je wat ik je eigenlijk hoor zeggen? Je merkt dat je ouder wordt. En dat maakt je bang. Maar sorry, dat is niets nieuws. Als je vijftig wordt, wil je een ander leven hebben gehad. Dat gaat met iedereen zo. Die schoten hebben daar niets mee te maken. Dat is een gek geweest. Die wil jou niets duidelijk maken. Die wil je alleen om het leven brengen.'

'Dat zegt iedereen. Lea overigens ook. Hebben jullie dat met elkaar besproken?'

'We hoeven het niet met elkaar te bespreken. Dat is een kwestie van je gezonde verstand gebruiken.'

Farwick gaat voor een van de twee boekenkastwanden staan. Van dichtbij ziet hij dat er alleen maar boeken van Pardon in staan, de originele uitgaven, de pockets, de vertalingen en de luisterboeken op cassettes en cd's. Hij pakt er een boek uit en toont het. 'Ik wil wedden dat hierin iemand spreekt met iemand anders die hem naar het leven staat. Toch?'

Pardon maakt een vaag gebaar.

'Waar of niet?' zegt Farwick streng.

'Ja, natuurlijk. Maar dat hoort bij dat soort boeken.'

'Klopt. En hoeveel mensen van vlees en bloed hebben de kans met hun moordenaar te spreken? In het echte leven? In de realiteit. Kom, Ritter, geef antwoord!'

'Niet veel,' zegt Pardon.

'Preciezer!'

'Praktisch niemand.'

'Oké. Wat zou je in mijn plaats hebben gedaan?'

'De politie erbij halen,' zegt Pardon zonder enige stemverheffing.

'Je liegt. Een van je benen is het al aan het opgeven. Ik weet toevallig wat dat betekent. Maar je zet je tanden op elkaar. Je bent geen lafaard. Je begrijpt me.' Farwick zet het boek terug. Hij pakt een blikken vliegtuigje dat vrolijk beschilderd is. Hij drukt op een schakelaartje, de propeller begint te draaien en aan de vleugels lichten kleine lampjes op. 'Functioneert nog goed. Moet je regelmatig de batterijtjes verwisselen?'

'Nee. Ik heb iemand die dat voor me doet.'

'Hoe laat is het eigenlijk?'

'Even voor elven.'

'Dan heb ik hem gemist. We praten bij een spel. Op de chat. Mijn laptop is kapot. Ik heb internet nodig en de originele software. Daarom ben ik hier.'

'Welk spel?' Pardon loopt naar een kist waar een piratenteken op staat.

'Knights of the Deep. Ga me niet vertellen dat je dat kent!'

Pardon opent de kist. Er zijn houders voor dvd's ingebouwd. Hij haalt een dvd tevoorschijn. Die krijgt hij in grote hoeveelheden van de producenten. Ze werken in hetzelfde segment. In enkele spelen zit zelfs promotie voor zijn boeken verscholen.

'En waar is je pc?' zegt Farwick. 'Misschien achter een valdeur?'

'Zoiets.' Aan een van de smalle kanten van het vertrek is nog een veel kleinere, vierkante kamer, die op een glazen schrijftafel en een kast met ordners na bijna leeg is. Op de schrijftafel drie monitoren, eronder vele meters snoeren en kabels, keurig in bundels, en naast elkaar drie pc's. Pardon schuift de dvd in een drive en start de installatie. De twee mannen staan zwijgend naast elkaar. Farwick wrijft over zijn been. Ten slotte komt het spel met de intro in beeld. Op alle drie monitoren komt de onderzeeër uit de mist gevaren.

'Alsjeblieft,' zegt Pardon. Hij draait zich om, hij wil de kamer verlaten.

'Blijf toch hier!' Farwick gaat aan de schrijftafel zitten en logt in. Er is een bericht voor hem; Pardon buigt zich over hem heen om mee te kunnen lezen.

'Zie je. Dat neemt hij me nu kwalijk.'

Pardon klopt Farwick op zijn schouder. 'Oké, dat is overtuigend. Wat moeten we nu doen?'

'Kan ik bij je blijven?'

Pardon verdraait zijn ogen. 'Tuurlijk! Heb je een mobieltje bij je? Zo ja, schakel het dan uit. En je kunt er beter de batterij uit halen. Je kunt nooit weten.' Hij loopt terug naar de grote kamer en komt met een kartonnen doosje terug, waar hij het kleurrijke papier van afscheurt. Het is een nieuw mobieltje met een prepaid kaart, een geschenk voor zijn dochter. 'Neem jij het maar! En je vriendin? Weet zij waar je bent?'

'Ik denk van niet.'

'Bel haar op. Ze moet per se haar mond houden. Geen woord, tegen niemand. Zeg haar dat je haar op de hoogte zult houden.' Pardon loopt terug naar de grote kamer. Hij strompelt nu weer heel duidelijk. Farwick blijft zitten tot hij het geluid van flessen hoort. Pardon heeft twee glazen met champagne gevuld. De fles staat op een oude commode, waarin een koelkast is ingebouwd. Ze proosten.

'Die vent is gek,' zegt Pardon. 'Maar ik ben blij dat je hier bent.' Hij grijpt naar zijn been. Door de stof heen draait hij ergens aan. Dan laat hij zich in een fauteuil vallen. 'Zijn we nu weer een team?'

Farwick lacht en geeft geen antwoord.

In zijn laatste schooljaar werd Grambach gekozen tot vertegenwoordiger van alle scholieren in de stad; nu werd hij op andere scholen herkend. Hij merkte duidelijk dat de meisjes belangstelling voor hem hadden. Maar de gymnasiastes van de eindexamenklassen waren twee jaar ouder dan hij, vermoedelijk vreesden ze dat ze zich belachelijk zouden maken als ze met hem werden gezien. In feite raakte hij met niemand zo vertrouwd als met de blonde stagiaire van het advocatenkantoor, toen ze hem tot aan de deur van de Finke had gebracht.

In Berlijn was alles anders. Daar kende niemand hem, niemand vroeg naar zijn leeftijd. Soms meende hij gewoonweg onzichtbaar te zijn. Als hij een studente aardig vond, werkte hij hele colleges lang aan een plan om haar aan te spreken; daarbij liet hij alle mogelijkheden de revue passeren. Maar meestal had hij de week erop al problemen met het herkennen van het juiste meisje.

Maar hij had alle tijd. Daarom kon hij ook de tijd nemen een meisje te zoeken. Maar de tijd vloog om. In een mum van tijd had hij al zijn tentamenbriefjes gehaald. Diverse professoren zaten elkaar bij wijze van spreken in de haren om hem als hun pupil te mogen presenteren. Van de studiebeurzen kon hij op zijn gemak de beste uitzoeken. Na zes semesters meldde hij zich aan voor het staatsexamen.

En eindelijk werd hij twintig. Op zijn verjaardag won het Duitse nationale elftal de halve finale bij de wereldkampioenschappen. Eerder had de Duitse keeper een Franse aanvaller zo hard onderuitgehaald dat zelfs de commentator sprakeloos was. Grambach had de wedstrijd met zijn hospes en hospita gezien. Om niet in een gesprek verwikkeld te raken waar hij niet van hield, ging hij meteen na het laatste fluitsignaal met de metro naar het centrum. Op het plein voor de Gedächtniskirche werd nog gefeest. Grambach stond besluiteloos toe te kijken toen hij werd aangesproken door een medestudente.

Wat een toeval! Anders had ze hem binnenkort wel aangesproken. Of hij haar bij de studie kon helpen? Ze had gehoord dat hij al eens eerder bij een soortgelijk geval behulpzaam was geweest.

Dat was Petra. Zij was vijf jaar ouder dan Grambach. Haar studieprestaties waren tot dusverre niet goed geweest, ze had hoe dan ook een beter cijfer nodig. De daaropvolgende weken kwam ze regelmatig bij hem langs. Hij schreef haar werkstuk; moeilijker was het haar de zaak uit te leggen. Toen ze voor het laatst zijn woning aan de Rüdesheimer Platz verliet, hadden ze niets afgesproken. En Grambach was verre van verliefd.

Maar Petra was de eerste vrouw in Berlijn die hij moeiteloos herkende. In het daaropvolgende semester zag hij haar al vanuit de verte, midden in een groep, zonder dat hij haar had gezocht. Hij herkende haar zelfs aan haar manier van lopen als ze achter hem de trap af liep. Ze groetten elkaar, Petra was altijd aardig, maar ze spraken amper met elkaar.

In de lente van 1983 haalde Grambach het staatsexamen met het hoogst mogelijke cijfer. Hij begon zijn hogere ambtenarenfunctie bij een Berlijnse rechtbank; zijn proefschrift schreef hij in zijn vrije tijd. Omdat hij Petra nu niet meer zag, merkte hij hoezeer hij haar miste. Op een warme dag in de zomer ging hij bij haar op bezoek zonder zijn komst aan te kondigen. Petra woonde op een studentenverdieping van een oud gebouw, enigszins afgelegen, op de grens tussen Schöneberg en Kreuzberg. Ze was alleen thuis en toonde zich verheugd. Ze praatten lang; voor het eerst vertelde hij haar over zijn leven en over het plan van zijn leraar. Die nacht sliepen ze met elkaar.

De volgende ochtend zaten ze lang op Petra's bed, ze waren beiden naakt en dronken koffie uit grote mokken. Het was smoorheet in de kamer. Vanuit het enige raam keek je op het oude kerkhof; het licht viel door de kruinen van de grote bomen. Misschien een uur lang had Grambach het gevoel dat hij nooit meer ergens aan hoefde te denken.

De tijd die hij met Petra was, verzoende hem bijna met Berlijn en met Pracks plan voor zijn leven. Maar het samenzijn met haar gaf hem geen enkele aanwijzing over wat hij ooit moest doen of worden, evenmin als de lectuur die Prack hem stuurde of de bezoekjes aan musea of het nadenken tijdens het hardlopen.

Het hielp ook niets dat Petra haar best deed. Diep onder de indruk steunde ze Pracks project. Een paar maanden lang was ze Grambachs agente. Ze begeleidde hem op zijn uitstapjes. In zijn aanwezigheid kon ze snel belangstelling opbrengen voor allerlei mogelijke onderwerpen die toevallig ter sprake kwamen. Maar zonder enig succes. Als ze naast elkaar liepen, had Grambach vaak het gevoel dat ze een halve stap vooruitliep. Terwijl dat niet klopte – ze haakte het liefst bij hem in.

Petra was een sociaal type, haar vriendenkring was al spoedig de zijne. Het waren voor het grootste deel rechtenstudenten, maar niemand van hen durfde iets meer van de toekomst te verwachten dan een voldoende voor zijn examen, laat staan iets heel anders. De vaders van de meesten van hen waren jurist; overal op het Duitse platteland wachtten advocatenkantoren erop overgenomen te worden. Tegenover Grambach gaven ze geen blijk van enige jaloezie. Hij was niet een van hen. Hij was een ander soort jurist. Misschien zelfs wel een ander soort mens.

Op een keer vroeg Petra hem voor de afwisseling eens met haar mee te gaan. Ze gingen naar een informatieve bijeenkomst voor rechtenstudenten die vlak voor hun examen stonden. Mensen uit diverse beroepssectoren voerden het woord; eigenlijk was het een bijeenkomst voor kandidaten zonder vooruitzicht op een carrière binnen het justitiële apparaat. Omwille van Petra had Grambach niets gezegd en was gewoon meegegaan.

Als allerlaatste kwam een politieman aan het woord. Een afgeronde juridische opleiding was een uitstekende basis voor een baan op hoog niveau. De man was in burger. Op hoog niveau was je hoofd van een afdeling of bureau, met de gewone opsporing had je niets van doen.

'Dan interesseert het me niet,' had Grambach tegen Petra gezegd. Als je al bij de politie gaat, dan moet je je in het volle leven storten. Donkere kroegen in, binnenplaatsen op, in menselijke afgronden kijken. Eens zien wat de mensen zoal uitvreten. Met een identiteitsbewijs in de hand waarmee je overal binnenkomt. 'Opendoen, politie!'

Petra moest hem verzoeken zachter te spreken, mensen draaiden zich al naar hen om. Grambach hield zich nu koest, maar deed de rest van de dag ongewoon onnozel. 's Avonds moedigde hij Petra aan hem te verhoren. Zij moest hem een dag opgeven die allang verleden tijd was en hij moest zich proberen te herinneren waar hij op die dag was en wat hij had gedaan. Eindelijk stemde ze ermee in, en hij beleefde groot plezier aan het spel. Op het eind noemde Petra een datum in de toekomst. Grambach werd woedend.

'Waarom doe je dat?' vroeg hij. Als hij niets bijzonders over zichzelf kon vinden, was dat ook een resultaat van het experiment. Elke zoektocht kan als conclusie opleveren dat er niets te vinden is. Het klonk als een juridisch grondbeginsel. Ze kregen voor het eerst ruzie; Grambach was bijna opgestapt.

Amper een halfjaar later was zijn proefschrift klaar. Vanaf dat moment ging hij dagelijks naar kantoor om uit te voeren wat zijn bureaucratische collega's op de lange baan schoven. Nu kon hij niet meer om het feit heen dat de juristerij een gruwel was. Het lag niet aan de zaak op zichzelf. Daar kon je nog wel plezier aan beleven. Maar jurist worden betekende dat je een beslissing genomen had. Al het andere, die eindeloze zee van mogelijkheden, was weggevaagd, afgesneden, vernietigd. Jurist zijn was net als elk ander beroep het einde van de openheid. En Grambach was uitsluitend op die openheid gefixeerd, nergens anders op en daarom op niets bepaalds.

Vlak voor de kerstvakantie werd hij ziek. Tegenwoordig krijgt hij voortdurend te maken met mensen wier ziekte opvallend goed bij hun situatie past. Verdachten redden zich op die manier uit de vuurlinie, en getuigen die niets meer willen zeggen. Misschien was het toen ook wel zo. Als Grambach een doel voor ogen had gehad, dan had hij het vermoeden van de arts dat zijn misselijkheid wees op een blindedarmontsteking misschien geen werkelijkheid laten worden. Of hij had die onbenullige ingreep snel en zonder gevolgen ondergaan. In plaats daarvan werd hij uit het ziekenhuis ontslagen met een gastritis die chronisch dreigde te worden.

Het ging slecht met hem. Hij moest zijn kamer aan de Rüdesheimer Platz opgeven. Aan het begin van het jaar 1984 woonde hij weer thuis. Zijn moeder verzorgde hem; sinds zijn tijd als zuigeling had ze niet meer naar hem hoeven omkijken. Toch vermagerde hij. Petra kwam in de weekenden op bezoek. Een brave ziel, zeiden de Grambachs en stopten haar reisgeld toe. Omdat hij te zwak was om te gaan wandelen, reed Grambach met Petra in de auto van zijn vader door de stad. Hij liet haar zijn oude school en het sportcomplex zien; het derde sportveld was er niet meer, er werd gebouwd. En hoewel hij weer zo snel mogelijk aan het werk wilde, had Grambach bij die ritjes het gevoel alsof het een afscheid was – niet van zijn geboorteplaats, die hem nu in feite klein en eenvoudig voorkwam. Maar van het grote Berlijn en zijn grote plan.

Eind februari keerde Grambach, enigszins op krachten gekomen, naar Berlijn terug. Zonder enig probleem verdedigde hij zijn proefschrift, maar tot ontsteltenis van zijn hoogleraren ook zonder enige betrokkenheid. Op kantoor viel hij nu af en toe op omdat hij roerloos op zijn stoel zat en nergens in het bijzonder naar leek te kijken. Hij woonde bij Petra, op haar verdieping was een kamer vrijgekomen. 's Avonds zaten ze vaak op het balkonnetje van de keuken, hijzelf dik ingepakt in jas en sjaal. Sinds hij zo afgevallen was, had hij het snel koud.

De zomer was koel en regenachtig. Toen de Oostbloklanden wraak namen voor de boycot van de Olympische Spelen van Moskou en niet naar Los Angeles gingen, had Grambach vreselijk de smoor in. Maar kijken deed hij wel. Hij wilde in elk geval Farwick zien.

Zes

Maandag

Op maandagochtend is Grambach lang voor alle anderen op het hoofdbureau. Hij heeft maar een paar minuten nodig om uit te vinden wie Hans-Ulrich Kreitler is. Of Schmidt, de aanvoerder van hun ongelukkige konvooi. De man is in het echte leven negenenveertig jaar, is ooit getrouwd geweest en heeft een volwassen dochter. Hij is geoloog en hoofd van een afdeling bij een milieuinstantie van de overheid in Berlijn. En het instituut in Potsdam waar Caroline werkt, verricht regelmatig bodemonderzoek voor hen; dat hoefde Grambach niet eens na te gaan, dat wist hij zelf. Caroline vertelt graag over haar werk. Ze is nog altijd blij die baan te hebben gevonden.

Gisteravond was er een nieuwe mail van haar, maar die wilde hij niet lezen zonder zekerheid te hebben. Nu maakt hij hem open. Behalve de singles en de kinderloze echtparen zijn er alleen echtparen met heel kleine kinderen in het hotel. Het verbaast haar hoe weinig ze zich voor kleine kinderen interesseert, schrijft Caroline. Als ze aan kinderen denkt, dan onwillekeurig aan twaalf- of vijftienjarigen, die 's middags weinig spraakzaam aan tafel zitten of eindeloos over hun problemen kletsen. Misschien heeft dat te maken met het feit dat ze geen broers of zussen heeft. Zoals hij. Je vergeet dan je eigen kinderjaren nog sneller en grondiger.

Of er is een andere oorzaak, schrijft ze. Ik denk niet aan kleine kinderen omdat ik niet meer op de leeftijd ben dat je kleine kinderen hebt. Midden dertig behoor je grotere kinderen te hebben. In India worden vrouwen zwanger zodra het mogelijk is. In Afrika ook. Ze zijn nog maar nauwelijks veertig of alles is al voorbij.

Grambach sluit even zijn ogen. Dan leest hij verder.

Ja, Kreitler kent ze. Misschien heeft ze hem zelfs wel ooit genoemd. De man is haar belangrijkste opdrachtgever. Mogelijk dat hij verliefd op haar is. Onzin! Natuurlijk is hij het. Hij drukt het alleen anders uit. Onlangs heeft hij haar een huwelijksaanzoek gedaan. Maar dan zo dat je het als een grap kon opvatten. Als ze kinderen wilde hebben, had hij daar niets op tegen. Wat hem betreft kon het altijd.

Ze heeft er niets over gezegd. Kreitler kent haar omstandigheden, zij heeft hem alles in grote lijnen verteld.

Inderdaad, denkt Grambach. Zelfs zijn spelersnaam in Knights.

Of er nieuws is in de zaak-Farwick, vraagt ze nog. En of de afspraak nog steeds geldt dat hij haar van het vliegveld zal ophalen? Verder niets. Alleen een korte groet. Grambach weet niet wat te antwoorden. Als de deur van zijn kamer opengaat, klikt hij de mail weg.

'Wakker worden,' zegt Berntrieder. Nieuws! De grote bespreking van het recherchebijstandsteam is afgeblazen. Vollrath moest plotseling naar het ministerie in Düsseldorf.

Toch laten ze iedereen bijeenkomen om tegenover elkaar te kunnen bevestigen dat ze alles gedaan hebben wat in hun vermogen lag. Al is het vruchteloos geweest. Elk onderzoek naar personen, alle verzoeken om overeenkomstige dadersprofielen, het verder natrekken van de weinige sporen – tot nu toe is alles vergeefs. De baas van de technische recherche lijkt het langzamerhand persoonlijk op te gaan vatten. 'Die vent heeft ontzettend veel geluk gehad,' zei hij.

In de pers is er intussen bijna geen aandacht meer voor de zaak. Over een paar dagen, zegt een vrouwelijke collega, vertoeft de heer Farwick weer in het rijk der vergetelheid.

En de tips uit de bevolking?

Zelfs niet eens meer de gebruikelijke querulanten. Maar de agentuur heeft gebeld. De fietspolospecialisten. Hoe moet de veiligheidssituatie van hun geplande Europese kampioenschappen nu worden ingeschat?

Iedereen lacht. Grambach wacht tot de rust is teruggekeerd. 'Ik weet dat het er niet naar uitziet dat wij hem te pakken krijgen,' zegt hij. 'Ik ben ook niet overenthousiast. Anderzijds denk ik dat we hem al te pakken hebben.' Als iemand iets wil zeggen, maakt hij een afwerend gebaar. Niet meer dan een gevoel. Zonder de bespreking te beëindigen verlaat hij het vertrek. Berntrieder haalt hem pas in bij de deur van hun kamer. Hij pakt hem bij zijn schouder. 'Wat weet je over hem?'

'Afgelopen zaterdag ging het hem goed,' zegt Grambach. 'Hardlopen kon hij nog niet, maar hij kon wel doen alsof.' Hij gaat aan zijn bureau zitten.

Berntrieder blijft in de deuropening staan. 'Niemand laat op zich schieten. Je zit op een doodlopende weg.'

Grambach wil antwoorden, maar ze worden bij een dode geroepen. Zwijgend rijden ze erheen. De man ligt onder aan een uitvouwbaar trapje in zijn huis. Zijn vijftienjarige dochter heeft hem gevonden toen ze uit school kwam. Een oudere zoon arriveert op hetzelfde ogenblik als de agenten. Ze verhoren de twee, maar dat levert niets op. Als laatste komt de echtgenote thuis; ze woont sinds een paar weken niet meer in huis, maar ze heeft niemand verteld waar ze nu verblijft. Het heeft lang geduurd voor ze eindelijk haar mobiele telefoon opnam.

Grambach kan tot in zijn diepste vezels voelen hoe gebrouilleerd ze met elkaar zijn. De zoon doet op weerzinwekkende wijze alsof het hem allemaal niks aangaat, de dochter is bijna hysterisch. De vrouw doet denken aan de schuldige vrouw in een stuk dat wordt opgevoerd door een amateurgezelschap. Ze liegt over haar verblijfplaats en de redenen van haar vertrek, neemt in de volgende zin alle leugens terug en vertelt nieuwe. Grambach vraagt door. Intussen staat de zoon op het toilet te roken en draait de dochter ergens muziek. Plotseling keert de vrouw zich af; zwijgend gaat ze naar de keuken om de vaatwasmachine uit te ruimen.

Grambach haat het wat hij hoort en ziet. Het liefst zou hij vertrekken en de dode man aan die mensen overlaten. Maar hij doet zijn werk, tot de politiearts hem een teken geeft. Samen met het hoofd van de technische recherche lopen ze even de voordeur uit.

Het mechanisme van de trap was defect. Slijtage, maar voldoende om iemand met oude schoenen aan te laten struikelen. De dokter maakt een gebaar zoals je jezelf een geur toewaait. En als je flink gedronken hebt. De verwondingen passen bij de situatie van de dode. Met andere woorden: er is geen aanwijzing voor schuld door anderen.

Ze laten de man afvoeren. Als de technische recherche en de arts het huis verlaten, zitten de vrouw en de kinderen om de tafel in de woonkamer. De dochter heeft een fotoalbum op haar knieën. Grambach aarzelt even. Hij is niet gedwongen hun iets te zeggen over de uitkomst van het onderzoek, het is ook nog helemaal niet officieel. Maar hij klopt op het deurkozijn. 'Het is een ongeluk geweest,' zegt hij en draait zich meteen om.

Terug op het hoofdbureau wikkelen ze de formaliteiten af. Tussendoor zijn er mededelingen over de zaak-Farwick, maar er zit niets bij wat nader onderzoek vraagt. Grambach gaat al tegen vijven naar huis. De deur van de zaak op de begane grond van het gebouw waar hij woont, staat open. Binnen wordt kennelijk gerenoveerd. Heel even komt hij in de verleiding er binnen te gaan en de mensen te waarschuwen. De buurt is leeggelopen en geïsoleerd geraakt. Er zullen geen gasten meer komen, welke diensten er ook worden aangeboden. Natuurlijk zegt hij niets.

Thuis schuift hij een kant-en-klaarmaaltijd in de oven. Hij zet de computer aan en zoekt verder naar Thomas Weber. Als vandaag niet die dode man onder aan de trap had gelegen, was hij misschien al begonnen met het officiële onderzoek. Grambach weet dat hij op het punt stond. Natuurlijk hadden ze eerst Farwick moeten vragen of hij Weber kent – en dat zou hem hebben gewaarschuwd. Nu is het anders gelopen.

Maar de aanwijzingen op internet zijn schaars. Inderdaad duikt het bedrijf Weber alleen nog op in verband met het resterende onroerend goed. Geen wonder: het is twintig jaar geleden al opgeheven, voor internet is dat een zeer grijs verleden.

Bij de man zelf ligt de zaak nog moeilijker. Grambach toetst een hele serie combinaties van bedrijfsnaam en de naam van de eigenaar in. Dat levert lange tijd niets op. Wie Thomas Weber heet, kan zich op internet heel lang schuilhouden; hij is er wel, maar verdwijnt in het steeds groter wordende aantal treffers op de zoekmachine. Grambach is zijn geduld al aan het verliezen als hem nog iets te binnen schiet. Hij tikt in: 'Thomas Weber' en 'vereniging'.

En eindelijk vindt hij iets. Een zekere Thomas Weber is lid van het bestuur van een schoolvereniging. Het is een internaat in de Taunus. Grambach klikt de ene site na de andere aan. Op een foto uit het laatste jaar is hij de man helemaal links: rond de vijftig, een gezicht zonder bijzondere trekken. Opvallend is alleen het volle, rossige haar. Hij heeft een bos bloemen in zijn hand en kijkt enigszins verlegen in de camera. Hem wordt dank gebracht voor een royale schenking.

Grambach wil over verdere zoekwoorden nadenken als de oven nadrukkelijk begint te piepen. Hij haalt de maaltijd eruit en dwingt zich ertoe zo langzaam mogelijk te eten. Daarna ruimt hij af en brengt de keuken op orde. Vervolgens sorteert hij zijn vuile was en brengt die naar de kelder. Daarna keert hij naar zijn werkkamer terug.

Hij belt Merz op. Eerst op haar mobieltje. Dat is uitgeschakeld. Dan bij haar thuis. Zonder ook maar eenmaal over te gaan, meldt het antwoordapparaat zich. Grambach zegt dat hij haar niet kan bereiken. Maar dat hij aan haar denkt.

Ten slotte belt hij Farwick op. Terwijl hij het nummer intoetst merkt hij hoe nerveus hij is. Grambach spreekt de voicemail in: hij maakt zich zorgen. Hoe gaat het met hem? Hopelijk beter. Hij wil hun ontmoeting graag weer eens herhalen. Het hardlopen heeft hem goed gedaan. Hij doet zijn best vriendelijk en nonchalant te klinken. Dan legt hij zijn mobieltje naast zich op tafel.

'Praat met mij!' zegt hij luid. En hij logt in op Knights.

De nacht op het kasteel was zo stil dat Farwick de muren kon horen werken. In een schoorsteen had zich een uil genesteld, en op het dak boven de woning van Pardon schijnen marters te leven. Hij heeft het allemaal gemerkt, maar hij heeft tegelijkertijd ook geslapen, misschien nog steeds een bijwerking van de medicijnen.

Na het ontbijt gaat hij in het park wandelen. Hij moet door twee draaihekken waarvoor Pardon een pasje bezit. Op zijn nieuwe mobieltje onderdrukt hij het nummer voordat hij belt. Ruth neemt meteen op. 'Niet boos worden,' zegt hij. Het gaat allemaal wat moeizamer en sneller dan hij had verwacht, zegt hij. En hij heeft niet de hele waarheid gesproken. Ja, hij heeft contact met de man die op hem geschoten heeft.

'Ik moet je in bescherming nemen,' zegt hij. 'Daarom ben ik weggegaan. En de politie mag nu even niets weten. Begrijp je? Als ze het vragen, vertel dan dat ik naar Frankfurt gereden ben en dat ik er niet lang blijf.'

Waar zit hij dan in godsnaam?

'Alsjeblieft,' zegt Farwick. 'Dit is het begin van ons leven samen. We beginnen opnieuw, wij met ons drieën. En ik wil dat het een droomstart wordt, oké?'

'En je verband dan?' Ruth lijkt elk ogenblik in huilen uit te kunnen barsten.

'Ik vertrouw op jou. Ik moet op jou kunnen vertrouwen. Hoor je me?'

Waarschijnlijk knikt ze. 'We blijven contact houden,' zegt Farwick. 'Over een paar dagen is alles voorbij.' Hij zegt nog een paar dingen waarvan hij denkt dat ze haar gerust zullen stellen. Intussen is Pardon naast hem komen staan. Hij heeft de BMW naar een oude wagenloods gereden. Houdt ze dat wel vol, vraagt Pardon.

'Als er iemand is die het volhoudt, dan zij wel,' zegt Farwick.

Ze gaan samen terug naar de woning. Pardon heeft tijdens het ontbijt al gezegd dat hij aan het werk moet. Hij gaat in de amper ingerichte kamer voor zijn drie monitoren zitten en begint te schrijven. De middelste monitor toont de tekst, op de linker staan foto's van plaatsen en personen. Op de rechter is voor de zekerheid de kantine van Knights geopend.

'Ga even rusten,' zegt Pardon. 'Ik waarschuw je wel als hij zich meldt.'

Bijna de hele dag is Farwick in een van de kamers die aan de andere kant van het grote vertrek liggen. Daar heeft hij ook geslapen. Het is een logeerkamer die eruitziet alsof hij vaak wordt gebruikt. Pas na verloop van tijd komt Farwick op de gedachte dat Pardons dochter er waarschijnlijk vaak overnacht.

Hij leest een van Pardons boeken. Het is diens nieuwste boek, het tweede deel van een reeks die vier delen moet gaan omvatten. Hij kon daar makkelijk mee beginnen, heeft Pardon gezegd. Geen probleem. Aan het begin staat een samenvatting van het eerste deel.

Farwick vindt het een leuk boek. Hij laat zich door het verhaal meeslepen. Het stoort hem niet zo erg dat hij snel vergeten is wat er zojuist is gebeurd. Af en toe stelt hij zich de hoofdpersoon voor als de Georg Pardon die hij twintig jaar geleden gekend heeft. Dat doet hem plezier, ook al leidt het nergens toe.

Vroeg in de avond gaat Pardon koken. Dat doet hij niet uit liefde, zegt hij, maar daar ben je hier buiten de stad gewoon toe gedwongen. En langzamerhand heeft hij er de slag van te pakken gekregen. Een maximum aan resultaat met een minimum aan inspanning. Hij zegt dat in het Frans.

Als hij het eten opdient, zegt hij: 'Ga je wel eens bij hem op bezoek?'

Farwick weet dat hij de echte Kunstfeld bedoelt.

'Zinloos.' Hij kan evengoed een bezoek aan een graf brengen. Daar heeft de persoon in kwestie ook niets aan.

Onder het eten praten ze wat. Pardon vertelt over Anna en haar moeder, en Farwick noemt Marlene en Luise. Eerst denkt hij dat hij snel een eind moet maken aan het gesprek. Maar dan merkt hij dat het hem amper wat uitmaakt. Met de tweede fles wijn verhuizen ze van de keuken naar de grote kamer. Ze praten over de jaren voor zijn wereldrecord. Toen er in wedstrijden telkens weer iets misging. Naast persoonlijke records ook altijd een pijnlijke terugval, vooral op de technische nummers.

Dat hoofdstuk kan hij zich het best herinneren, zegt Pardon. Die fase van onevenwichtigheid paste zo mooi in het geheel. Je had het zelf niet beter kunnen bedenken. Met het wijnglas in zijn hand zit hij wat te knikken.

'Weet je wat?' zegt Farwick. 'Lees me dat eens voor!' Het idee komt spontaan bij hem op.

Pardon trekt een grimas. 'Sorry.' Die tekst heeft hij nog op een typemachine geschreven. Die wilde hij altijd nog eens laten scannen, maar bij de laatste verhuizing is hij verloren gegaan.

'Verloren gegaan?' Farwick had niet gedacht dat hij zo teleurgesteld kon zijn.

Pardon moet het aan hem kunnen zien. 'Misschien is het ook al wel een verhuizing eerder gebeurd. Ik heb de laatste jaren veel papier weggegooid. Niet altijd terecht.'

'Jammer.' Op dat moment geeft een signaal uit de werkkamer aan dat er een bericht voor Hamacher is binnengekomen.

'Schip ahoi,' zegt Pardon.

Het duurt maar een paar seconden of Hamacher meldt zich. Hij verzoekt hem zijn afwezigheid gisteren niet kwalijk te nemen.

'Vandaag gaan we praten!' schrijft Grambach.

'Natuurlijk,' luidt het antwoord. 'Ik ben benieuwd. Maar eerst doen we iets bijzonders. Iets dat we alleen maar samen kunnen. Laat me alstublieft niet in de steek. U zult het niet betreuren. We gaan een eersteklas buit binnenhalen.'

Grambach wil tegenspreken. Geen spelletjes meer. Maar dan antwoordt hij toch: 'Begrepen.' Er wordt een soort spreekkamer geopend; er wordt een opdracht gegeven met behulp van onscherpe foto's. In een haven aan de Middellandse Zee ligt een Engels vliegdekschip met motorpech. De bewakers hebben moeten improviseren. Geen netten, geen balkversperring, geen kustbatterij; alleen twee torpedobootjagers en een paar patrouilleboten. Daarom hebben ze een redelijke kans.

Hamacher legt zijn plan uit. Ze naderen bij nacht en vallen aan bij daglicht. Vlak onder het wateroppervlak, zodat ze elkaar nog via de periscoop kunnen blijven zien. Het gaat erom de vijandelijke plaatsbepaling weer te misleiden. Zodra ze ontdekt worden koerst een van hen een andere richting uit en eist de aandacht van de verdedigers op. Misschien krijgt de ander dan de gelegenheid de aanval tot een goed einde te brengen.

'Een moeilijk karwei,' schrijft Hamacher. Als ze op elkaar botsen of elkaar uit het oog verliezen, ligt het plan in duigen. Als de misleiding niet lukt, natuurlijk ook. Hij weet niet of het echt werkt. Maar hij heeft er vaak over nagedacht. Ze moeten het gewoon proberen.

Hij zal zijn best doen, schrijft Grambach. Wie valt aan en wie is het lokaas?

'Dat wijst zich vanzelf.' Start over twee minuten.

Als hij aan boord gaat, merkt Grambach de verandering al. Het tot zinken brengen van het konvooi heeft hem een upgrade opgeleverd. De boot is sneller, en hij is beter bewapend. Bovendien meldt zich een nieuwe navigatieofficier met veel ervaring; met hem aan het roer vaart de boot waarheen je maar wilt. Het volgende ogenblik liggen ze beiden boven water naast elkaar in de Middellandse Zee.

Het is avond. Ze houden contact met morsetekens. 'En wanneer wilt u praten?'

'Straks. Als we tenminste overleven.'

Maar dat is toch lang niet zeker!

Hamacher noemt het punt waar ze elkaar ontmoeten. 'Vat het sportief op, Kunstfeld. En vanaf nu: stilte!'

Na een paar minuten liggen ze in stelling voor de kust. De haven is niet te zien, maar af en toe schijnt er een zoeklicht. Klokslag zes uur willen ze gaan aanvallen. Hamacher laat de nacht in een paar seconden verstrijken, dan duikt hij en koerst voorwaarts, vlak onder het wateroppervlak.

Grambach geeft het bevel hem te volgen. Moeilijk voor de beginneling die hij nog altijd is. Nu eens steekt zijn periscoop veel te ver boven water uit, dan weer heeft hij hem te ver ingetrokken en kijkt hij in het donker. En het duurt nu lang. Tijdcompressie is uitgesloten; zelfs de kleinste fout zou dan fataal zijn. Van inspanning dreigt de hand die Grambach op de muis houdt te gaan slapen. Hij moet voortdurend corrigeren. Meer naar links, meer naar rechts, sneller, langzamer. Waarom vaart Hamacher voorop? Dat is toch veel en veel makkelijker.

Hij zet me weer voor schut! denkt Grambach. Die man heeft lef. Eigenlijk zou hij Farwick daarom moeten bewonderen. Maar hij voelt nog steeds niets anders dan woede.

En hij heeft geen tijd zich te beklagen. Grambach ziet hoe Farwick even de periscoop uit het water opsteekt. Hij doet hetzelfde. Ze zijn nu ter plekke; het vliegdekschip ligt iets links van hen, vlakbij, maar achter een havenhoofd. Schieten kun je van hieruit dus niet; je moet om het havenhoofd heen de haven in varen. De toegang wordt bewaakt door twee torpedobootjagers. Die schijnen stil te liggen, er zijn nog geen schroefgeluiden te horen geweest. Grambach trekt de periscoop weer in – en kan het volgende ogenblik maar net een botsing voorkomen. Hamacher is nog langzamer gaan varen en heeft bijna roet in het eten gegooid. Grambachs boot komt naast de zijne te liggen; vlak naast elkaar glijden ze langzaam en stil de haven in.

De radio meldt nu fluistercontact, waarschijnlijk een van de patrouilleboten. Daar komt een ander geluid bij: de metalen ping van de sonar. Nu hebben ze ze weldra in de peiling. Maar wat moet hij verdomme doen? Wegdraaien en het lokaas spelen of recht op het doel afvaren?

Grambach kijkt weer door de periscoop. Eerst ziet hij helemaal niets, daarna steekt de boeg van Hamachers boot uit het water op. Hij moet ballast naar achteren hebben gepompt om een duikfout te simuleren. Hij is dus het lokaas!

Grambach laat de motoren uitzetten, de boot glijdt nu heel langzaam verder de haven in. Toch is er kabaal. De destroyers maken vaart. En er vallen schoten. Ze moeten de boeg van Hamacher hebben gezien. Grambach laat dieper duiken om niet geramd te worden. Zijn boot heeft nog steeds een beetje vaart, twee knopen, dat kan voldoende zijn.

De tijd vergaat onnoemelijk langzaam. Grambach dwingt zich rustig te blijven. Hij mag nu helemaal niets doen. Eindelijk komt de melding van de navigatieofficier: ze moeten om het havenhoofd heen zijn. Hij steekt zijn periscoop boven water uit. Achter hem is de hel losgebroken; waar bommen ontploffen rijzen waterkolommen op. Hij kan niet zien wat er precies gebeurt, de destroyers benemen hem het zicht. Hij draait aan de periscoop. Iets terzijde ligt het vliegdekschip, roerloos, bijna al te dichtbij, een reusachtige kolos, niet te missen. Grambach laat bijdraaien en vuurt dan. De vier torpedo's schieten snel achter elkaar weg. Iets licht op bij het vliegdekschip. Verrekijkers of klein geschut. Ze zijn ontdekt.

'Weg hier!' schreeuwt Grambach. Langzaam keert de boot, eindelijk wijst de boeg in de richting van de open zee.

'Volle vaart vooruit!' Grambach houdt het vliegdekschip in het oog. Hij zou dieper moeten duiken, maar hij wil het nu koste wat het kost zien.

Dan slaan de torpedo's in. Na elk van de vier ontploffingen verdwijnt de opbouw van het vliegdekschip achter een muur van water. Het reusachtige schip verheft zich en valt terug als een getroffen dier. Wat een prachtig gezicht! Nog niet een op de duizend spelers die ooit zoiets ziet!

Maar nu naar beneden! De twee torpedobootjagers schieten vooruit, er vallen nog steeds bommen. Hoe diep is het hier? Heel diep. Gelukkig wel.

Natuurlijk zullen ze worden ontdekt. Laat ze maar! Nu ze hun vliegdekschip gehavend zien, zullen de destroyers ernaar terugkeren, ook al kunnen ze het niet meer beschermen. Zo zijn ze nu eenmaal geprogrammeerd. Grambach lacht. Dat is maar al te menselijk.

Een halfuur later is hij ver op zee. De destroyers hebben op goed geluk nog een paar bommen uitgeworpen, er rammelde wat, een paar lampen zijn gesprongen en de radio is uitgevallen, maar dat was dan ook alles. Nu liggen de honden aan de ketting. Grambach slaat met zijn vlakke hand op tafel. Hij heeft het voor elkaar! Jammer alleen dat hij niet heeft kunnen zien of het vliegdekschip is gezonken. Hij geeft opdracht om te stijgen.

En Hamacher? Wat is er met hem gebeurd? Grambach roept hem per radio op, maar hij meldt zich niet. Hij probeert het nogmaals. Weer geen antwoord.

Ten slotte gaat hij naar de toren. Het land is op grote afstand te zien. Bij de kust vliegen er nu meeuwen om de boot. Hij wil de buitencamera al gebruiken om Hamacher te zoeken als diens boot opduikt. De witte tijger op de toren is doorzeefd.

'Gefeliciteerd,' seint Hamacher. 'U kunt nog tot iets groots uitgroeien.'

'Ik weet niet of hij gezonken is.'

'Ja,' schrijft Hamacher. 'Vliegdekschepen zinken na drie treffers. Vergeet niet: dit hier is een spel. En een spel kent zijn regels.'

Op de toren van Hamachers boot verschijnt de figuur van de commandant. Hij zwaait. Vermoedelijk een functie die alleen bij bijzondere prestaties gebruikt kan worden.

'Kent u Kunstfeld persoonlijk?' schrijft Hamacher.

Grambach antwoordt met het icoon 'Niet begrepen'.

'Doe niet alsof!'

Sorry, schrijft Grambach, de man betekent niets voor hem. Het is hem alleen maar om de naam begonnen.

'Dan voor de draad ermee!'

Dit is het moment waarop Grambach heeft gewacht. Ben ik voorbereid, denkt hij. Kan hij dat eigenlijk wel zijn? Nee, er zijn ontmoetingen waar je je alleen met je hele leven op voor kunt bereiden. Dit hier is er zo een. 'De man om wie het gaat,' schrijft Grambach, 'is nogal ontevreden.'

Welke man precies?

'De man die de dingen aan het rollen heeft gebracht. Hij is ontevreden over de ontwikkeling tot dusverre.'

Het duurt even voordat Farwick antwoordt: O ja? Interessant. En wat moet hij daarmee?

'Heel wat. Teleurgestelde mensen kunnen uiterst onaangenaam worden.' En zoals bekend zijn er heel wat ergere dingen dan de dood!

Hij is zich van geen schuld bewust, schrijft Farwick.

'U leeft nog. Dat is die man nu een doorn in het oog.'

Het radiovenster blijft weer een tijdlang leeg. 'U houdt me voor de gek,' schrijft Farwick eindelijk. 'U bent niet meer dan een profiteur.'

Grambach heeft het gevoel dat alle beslissingen hem uit handen zijn genomen. Hij schrijft: 'Fietspolo.' Is dat genoeg?

Het antwoordt volgt prompt. 'Goed. Hoe kom ik met die man in contact?'

'Hier.' Grambachs handen beginnen licht te trillen. Hier in Knights. Dat is de veiligste plek op aarde.

'Oké,' schrijft Farwick. Om misverstanden te voorkomen: hij is zeer geïnteresseerd de zaak in der minne te schikken. Wat moet hij doen?

Maar Grambach weet niet meer wat te antwoorden. Zojuist nog meende hij dat alles van een leien dakje zou gaan. Maar dat was een vergissing. Hijzelf moet de juiste woorden kiezen, elk woord moet het juiste zijn. Een paar maal begint hij, maar hij breekt telkens af.

'Bent u er nog?'

'Morgen,' schrijft Grambach eindelijk. 'Laten we zeggen om tien uur.' Dan logt hij uit zonder een antwoord af te wachten.

Hij blijft nog een paar minuten voor de monitor zitten en staat dan op om het raam te openen. Hij heeft een slag verloren, maar niet de hele oorlog. Zo moet hij het maar zien.

Het parkje ligt er rustig bij. Ondanks het mooie weer heeft nog geen enkel café stoelen en tafeltjes buiten gezet. Vroeger werd hier na een thuiswedstrijd van de voetbalclub de hele nacht feestgevierd, af en toe kwam het tot knokpartijen. Nu gaan de fans van de bezoekende club met bussen naar het nieuwe stadion. Het wordt hier een rustige buurt, heeft onlangs een wethouder op een bewonersvergadering gezegd.

Een dode buurt, denkt Grambach.

Zeven

Dinsdag

Op dinsdagochtend is Pardon heel vroeg naar de stad gegaan om inkopen te doen. Hij gaat dingen halen die Farwick nodig heeft. 'Blijf hier in huis,' heeft hij gezegd. 'En ga niet bij het raam staan.' Hamachers bootrit met Kunstfeld heeft hem ontzag ingeboezemd. 'Wat een avontuur! Goeie god!'

Farwick staat bij het tweede draaihek naar het park. Hij kiest Ruths nummer. Meteen als de bel overgaat, neemt ze op. 'Hoe gaat het met ons nakomelingenschap?'

'Alsjeblieft,' zegt Ruth. Op vrijdag kan ze in het ziekenhuis een test laten doen. Op zijn vroegst, en zonder enige garantie.

'Oké, oké,' zegt Farwick.

Wanneer hij dan weer contact heeft? Met die man?

Hij antwoordt ontwijkend.

Ruth vindt dat allemaal volkomen verkeerd. Hij moet de politie inschakelen. En hij moet bij haar terugkomen. Is hij dan helemaal vergeten dat hij gewond is?

'Vanavond,' zegt Farwick. 'Ik zal die vent eens even aftroeven. Ik maak eigenhandig een eind aan zijn praktijken.' Hij lacht door de telefoon. 'Even serieus: maak je geen zorgen. Zodra er nieuws is, bel ik je weer op.' Als hij het gesprek beëindigd heeft, zet hij het nieuwe mobieltje uit.

Er zijn nauwelijks mensen in het park. De mensen die er wel zijn, lijken er te werken. Iemand snoeit een boom, twee anderen scheppen modder uit de slotgracht. Farwick gaat op een bankje zitten. De zon schijnt in zijn nek, maar is niet al te warm. Hij sluit zijn ogen.

Velen vinden het een vloek iets bijzonders te zijn. Farwick ziet dat anders. Hij is maar wat graag de beste tienkamper van de wereld geweest. Hij heeft zich werkelijk nooit ergens aan geërgerd, ook niet aan het gedoe eromheen. Ook niet aan de wetenschap dat het ooit voorbij zou zijn, misschien zelfs wel van de ene dag op de andere, zomaar. Sporters moeten met zoiets rekening houden. Een zware blessure had hij vast en zeker aangekund. Maar juist dit niet: zijn tweede sprong.

Waarom, denkt Farwick. Waarom heeft zijn lichaam dat gedaan? Waarom is het plotseling zo anders geworden? Zo vreemd.

Sportman zijn betekent je eigen lichaam leren kennen. En niemand kent zijn lichaam zo goed als een tienkamper; want niemand eist zo veel van zijn lichaam, en zo veel verschillende dingen. In Los Angeles was Farwick acht jaar lang al kriskras door zijn lichaam getrokken om zelfs met de verst afgelegen gebieden intiem contact te blijven houden. Tienkamp is en blijft de hoogste tak van sport. Wat men verder ook moge beweren. Als de mens ergens ooit op alle fronten wordt uitgedaagd, dan daar. Daarmee vergeleken zijn de andere sporten een permanent zich misvormen, het tot stand brengen van een ziekelijke onevenwichtigheid. Farwick kan zich niet verbazen over een topsporter uit een gespecialiseerde discipline die tussen de dertig en de veertig gewoon dood neervalt. Dat hoeven niet de gevolgen van medicijnen te zijn. Het is slechts het gevolg van dat verkeerde, van dat eenzijdig geforceerde leven. Als een bouwwerk dat instort, omdat de rechterkant uit andere steen is opgetrokken dan de linkerkant.

Waarom heeft zijn lichaam dat dus gedaan? Waarom gaat er na al die jaren plotseling een kamer open, waaruit het andere zich een weg naar buiten baant en alles in beslag neemt? Alles uit balans brengt? En plotseling doet alsof. Alsof alles mogelijk is, bijvoorbeeld een wereldrecord verspringen.

Nooit eerder heeft Roland Farwick overtuigend boven de acht meter gesprongen, laat staan boven de acht meter negentig. Niet na al die jaren waarin hij altijd ophield met trainen als hij ergens te goed in werd. Omdat er te vrezen viel dat elke verdere inspanning ergens anders tot een terugval kon leiden. Een tienkamper die altijd alleen maar strijdt om zijn evenwicht en de veilige middelmaat te behouden, kan niet plotseling een wereldrecord springen. Hij kan niet eens een echt goede verspringer zijn. Dat is volkomen uitgesloten.

En dan is hij het toch. Voelt zich althans zo. Farwick weet tot op de dag van vandaag niet hoe ver zijn tweede sprong in Los Angeles was. De sprong is niet eens opgemeten. De vlag van de scheidsrechter bij de springbalk ging meteen omhoog. Misschien is het tegenwoordig te reconstrueren door de televisiebeelden te digitaliseren en het beeld zo lang te draaien tot een richtingslijn boven de laatste afdruk in het zand in een rechte hoek op de meetlat valt. Misschien zal iemand dat ooit wel eens doen. Misschien doet iemand het op dit ogenblik wel.

Maar Farwick hoeft de afstand niet te weten. Die doet er helemaal niet toe. Bij zijn tweede sprong in Los Angeles was zijn lichaam veranderd. Het had een andere substantie gekregen. Of een andere bestemming. Bij zijn tweede sprong was Farwick een verspringer geweest. Alsof een dier een ander dier werd. Een hond een kat, een kat een vogel.

De mannen bij de gracht trekken nu iets groots uit het water, waarschijnlijk een tak. Twee vrouwen kijken toe, moeders met ieder een kinderwagen en een klein kind aan de hand. Ze praten hard en vallen elkaar voortdurend in de rede, alsof ze elkaar lang niet meer hebben gesproken.

Na de tweede sprong was Farwicks derde gekomen, en na de derde sprong dan het einde. Tussen de sprongen in heeft hij alles verkeerd gedaan. Het zou zaak zijn geweest de tweede sprong te vergeten. Alles opnieuw te proberen. Een goede, solide veiligheidssprong, misschien geen voortreffelijk puntenaantal, maar met zijn vorm had hij gewoon alleen maar hoeven doorgaan om olympisch kampioen te worden. Alles wat er later gebeurde, pleit daarvoor.

Maar hij wilde vliegen. En daarom moest hij na de laatste sprong aan alles onherroepelijk een einde maken. Alles stoppen en stilleggen. Hij had de verandering toegelaten. Hij was niet als tienkamper uitgeschakeld, ook niet als verspringer. Maar als iets anders; en daaruit moest alles wel voortkomen.

Maar er kwam niets uit voort. Twintig jaar lang is er niets uit voortgekomen. Het was verkeerd daarop te hopen. Elke dag heeft sindsdien even lang geduurd als wanneer je ergens op wacht: tweemaal zo lang. Als je het goed bekijkt, is Farwick al lang een oude man. Maar nu hij van het bankje opstaat is hij er alleen maar verbaasd over hoe weinig pijn zijn verwondingen hem doen. De twee moeders zijn juist in zijn buurt gekomen, hij heft zijn armen in een hoek en begint te rennen. Ze vallen meteen compleet stil.

Sinds de vroege ochtend kan Grambach Merz niet bereiken. Hij is ongeveer een uur op zijn kamer als hij bij Vollrath moet komen. 'Ik ben om jou op het ministerie geweest,' zegt hij zonder enige inleiding. Hij maakt een gebaar dat hij niet wil worden onderbroken. 'Het ging niet om die tienkamper. Of slechts zijdelings.'

Grambach weet niet wat voor gezicht hij trekt. Hij wil opstaan en in een spiegel kijken.

'Ik ben je superieur,' zegt Vollrath. 'Ik moet me druk maken over wat er van je wordt. Laten we niet om de hete brij heen draaien. Je bent midden veertig en hebt hier de hoogste sport van de ladder bereikt. We hebben erover gesproken wat we met je kunnen aanvangen. In plaats van je hier op straat oud te laten worden.'

'Ik voel me er prima bij,' zegt Grambach.

Vollrath maakt een afwerend gebaar. 'Dat doet er niet toe. Ik ken mensen als jij. Binnenkort sta je op een tweesprong. Je gaat je dan beklagen over je gemiste kansen of je wilt van je huidige baan af. In het eerste geval word je een last voor ons, in het tweede geval een verlies. En als ik niet op tijd ingrijp, krijg ik de schuld.'

Grambach had niet gedacht dat hij iemand zo de stuipen op het lijf kon jagen. 'Mijn verzoek om overplaatsing,' zegt hij. 'Ik wil deze zaak graag tot een eind brengen.'

'Dat heeft er niet veel mee te maken. Als ik je toekomst aan jezelf overlaat, ben ik een slechte baas. Laat mij maar even mijn gang gaan. Ik houd je op de hoogte.'

Grambach schuift op zijn stoel heen en weer zodat zijn zwijgen geen zwijgen lijkt.

'En het onderwerp tienkamp. Zal ons nog zomaar iets in de schoot vallen?'

'Ja,' zegt Grambach. 'Dat zal gebeuren. Daar ben ik absoluut zeker van.' Hij staat op. 'Ik zou er zelfs een weddenschap op willen afsluiten.' Hij neemt afscheid en loopt heel langzaam terug naar zijn kamer.

'Dat was niet goed,' zegt Berntrieder. Hij is het niet eens met de terugtrekking van de politiemannen bij Ruths huis. 'Misschien is het toch iemand die speciaal Farwick te lijf wil, en niet iemand anders.'

'Geen gek meer?' vraagt Grambach.

'Zoals de dingen er nu voor staan.'

'Des te beter.'

Wat hij daar nu weer mee bedoelt?

'Denk je nu werkelijk dat iemand die bij de eerste keer zo goed was, het nu nogmaals probeert terwijl er een politieauto voor de deur staat?'

'Dan is hij nu een lokvogel!'

'Het was Vollraths idee,' zegt Grambach. 'Niet het mijne.'

'Ik rijd er wel even heen.'

'Nee! Hij is thuis en het gaat goed met hem.' Grambach wijst naar zijn mobieltje en staat op.

'Waar ga je naartoe?'

'Inspiratie opdoen.' Grambach wijst uit het raam. 'Moet je kijken. Dat is geen hemel. Dat is iets wat zich in de lucht uitgespannen heeft om ons voor de gek te houden. Ik ga fietsen, net zo lang tot ik ergens kom waar het regent. Waar het hagelt en bliksemt en dondert. Dan krijg ik vast een goed idee.' Hij legt zijn hand even op de schouder van Berntrieder.

'Graag een beetje serieus blijven.'

'Wat moet ik dan? Ik weet niet meer hoe het verder moet. Ik moet even een frisse neus halen.'

'Oké,' zegt Berntrieder. 'Oprotten dan. Maar laat je mobiel aan-staan.'

Grambach loopt naar beneden, het binnenplein op. De Audi TT wordt juist uit de garage geduwd. Grambach gaat met zijn hand over de kapotte flanken. Het gaat je gewoon aan het hart. Waar heeft die misdaad zich voltrokken?

'Tussen Fuchsbau en hoofdkwartier,' zegt een monteur. 'Lag in een gat, amper nog te herkennen.'

Grambach groet, haalt de fiets uit de stalling en rijdt weg. Hij heeft geen doel. Bij elk kruispunt zegt hij bij zichzelf dat hij niets anders kan doen dan wachten. En hopen dat hem vanavond de juis-te woorden te binnen willen schieten. Hij is op het pleintje bij zijn woning aangekomen als zijn mobieltje overgaat. Hij stapt af, het is Merz.

'Sorry,' zegt ze. 'Ik was gewoon voortdurend onderweg.' En haar dochter heeft toch weer koorts. Voor de zaak in het gebouw waar ook zijn woning is, stopt een vrachtwagen. Hij moet op een andere plek gaan staan om Merz nog te kunnen horen.

Ze is nog steeds een beetje bedroefd, zegt ze. Dat ze hem op zon-dag zomaar naar het station heeft gebracht. Maar ze moet nu eenmaal rekening houden met haar dochter.

'Alsjeblieft,' zegt Grambach. Geen excuses.

'Hebben jullie weer contact gehad?'

Hij aarzelt even. 'Nee. Er is in elk geval geen nieuws.' En dan krijgt hij een idee. 'Mag ik je iets vragen? Maar je mag er met niemand over praten. Oké?'

'Tuurlijk,' zegt Merz. Ze klinkt geamuseerd.

'Alsjeblieft. Vat het niet te licht op. Het moet hoe dan ook onder ons blijven.'

'Oké.'

'Weber,' zegt Grambach. 'Thomas Weber. Een man van rond de vijftig. Woont in Offenbach. Doet niets anders dan zijn bezit beheren. Ken jij hem? Of kent Farwick hem? Hij sponsort een school. Misschien ook een sportvereniging. En hij woont alleen.'

'Dan is hij het niet.'

'Wie is het niet?'

'Ik ken wel een Weber,' zegt Merz. 'Hij woont in Offenbach. Hij was vaak bij van die manifestaties voor een goed doel. Een van de mensen die graag met Roland praatten. Ik stond er maar een beetje bij.'

'Hoe zag hij eruit?'

Ze ademt even hoorbaar in. Moeilijk te zeggen. Een alledaags gezicht. Onopvallend. 'Maar hij kan het niet zijn geweest.'

'Waarom niet?'

'Hij woont niet alleen. Hij heeft Roland veel over zijn leven verteld. Ik meen dat hij kinderen heeft geadopteerd.' Er is even wat geluid te horen, en nu is het alsof de stem uit een ander vertrek komt. 'Tweelingen,' zegt ze. 'Hij heeft verteld hoe moeilijk dat was. Een hoop officiële rompslomp en zo. En dat kinderen opvoeden een moeilijke opdracht is die ook kan mislukken. Een vreselijk saaie vent. Ik ben op een bepaald ogenblik weggelopen. Ik kon er niet meer tegen.'

'Had hij problemen? Had hij geld nodig?'

Ze lacht. 'Wie naar dergelijke galavoorstellingen gaat, zwemt in het geld. En hij wil het uitgeven. Het kan niet schelen waaraan. Maar hij wil dan wel een poosje kletsen. Roland werkte het op de zenuwen.'

'Wat heeft hij gezegd? Over die Weber?'

'Ik weet het niet.' Nu is er weer een ander geluid. 'Hij werkte hem op de zenuwen. Hij wilde hem kwijt. Roland haat smalltalk. Als het over iets gaat waar hij het fijne van weet, praat hij graag. Maar dat ging nergens over. Het was zo'n beetje een levensverhaal.'

'Wat maak je toch een rare geluiden.'

'Ik zit te bladeren,' zegt Merz. 'Er staat ergens een foto in een tijdschrift. Daar sta ik ook op. Wacht even, dit is niet de goede.'

Grambach zit alweer op de fiets. Hij rijdt in de richting van het station.

'Ik heb hem,' zegt Merz aan zijn oor. 'Ja, dat was hij. Inderdaad, onopvallend. Alleen heeft hij nogal rood haar. Wat is er bij jou aan de hand? Wat een kabaal.'

'Ik moet helaas het gesprek beëindigen. Met niemand erover praten, hoor!'

'Is hij het? Heeft hij op Roland geschoten?'

'Nee, nee,' zegt Grambach. Een bus van lijn 15 komt bij een bushalte tot stilstand. 'Als dit allemaal voorbij is – ga je dan met mij ergens heen?'

'Ludger?' zegt Merz. 'Ik kan je niet verstaan!'

'Ciao,' zegt Grambach. Als hij de fiets de bus in tilt, valt het mobieltje bijna op de grond. Hij laat zijn identiteitsbewijs zien. Maar voor de fiets moet de geachte collega betalen, zegt de chauffeur. Of is het een dienstfiets?

'Uw grapjes kunt u voor zich houden,' zegt Grambach scherp. Een paar passagiers beginnen te fluisteren.

De kortstondige inspanning heeft Farwick goed gedaan. Wel is hij volkomen bezweet geraakt. In de woning van Pardon doucht hij uitgebreid; als hij zijn ondergoed weer aan moet trekken, heeft hij daar geen zin in. Pardon heeft hem zijn spullen aangeboden, maar ze passen niet.

Hij loopt opnieuw door de grote kamer en monstert de vele spullen. Vermoedelijk zou hij hier weken kunnen doorbrengen zonder elk detail te kennen. Of Pardon dat allemaal echt verzamelt? Of heeft hij het alleen maar bij elkaar gekocht om dit vertrek mee te kunnen optutten? Eigenlijk heeft hij geen tijd voor dat soort vertier. Ze hebben over zijn werk gesproken. Hij heeft de laatste tijd veel onderzoek moeten verrichten voor zijn teksten, dat is tegenwoordig een vereiste. En natuurlijk moet hij elke dag een bepaald aantal bladzijden schrijven. De deadline van zijn boeken staat jaren van tevoren vast.

Farwick opent het raam. Je kunt eigenlijk niets over dit weer zeggen: aangename temperatuur, veel zonneschijn, soms een briesje. Niemand zou ander weer willen. Misschien is het daarom wel slecht weer.

Pardons voetbaltafel is een bijzonder exemplaar. Farwick heeft daar kijk op. Die moet lang in een café hebben gestaan, maar er is goed mee omgegaan, hij is alleen versleten. In het houten vak ligt één bal. Farwick laat hem het veld op rollen. Er is dat geluid dat iedereen kent, ook al heeft hij nooit gespeeld. De bal blijft tussen de rijen liggen. Farwick tikt hem aan. Dan schiet hij met links, zo hard hij kan. Dat gaat heel goed, hij treft doel. Als de bal in de verzamelbak valt, is er weer een onverwisselbaar geluid hoorbaar.

Grambach is acht jaar lang elke dag met lijn 15 naar het gymnasium in de stad gegaan. Hij neemt die bus nog steeds om zijn ouders te bezoeken. Als de haltes worden omgeroepen, raakt hij telkens meer ontroerd. Maar hij is zelden zo ongeduldig geweest als nu.

De bus doet er bijna een halfuur over. Grambach stapt op het eindstation uit en klimt weer op de fiets. Achter de longkliniek begint het bos. Er zijn een paar geasfalteerde wegen voor omwonenden, maar Grambach rijdt de weg die hij vroeger met zijn ouders fietste: langs de lange landweer, de militaire begraafplaats en het sportcomplex. Een pad onder hoge bomen leidt direct naar de Fuchsbau. Hij heeft de uitspanning al jaren niet meer bezocht. Kennelijk is het gerenoveerd, het heeft nu een glazen aanbouw.

Via een secundaire weg rijdt hij verder het bos in, naar het hoofdkwartier van de NAVO. Ook de schoolboerderij is er nog steeds. Het pad wordt zanderig en diep. Grambach raakt langzaam buiten adem en hij is blij dat hij af moet stappen om zich te oriënteren. Pas na wat zoekwerk vindt hij de bandensporen van de takelwagen.

En dan is hij op de juiste plek. Op de bomen zitten strepen van zilvergrijze lak, lage takken zijn afgebroken. Aan Grambachs voeten ligt een kom, misschien een bomkrater, op het diepste punt staat wat water, de grond lijkt er wel opengesneden met twee reusachtige zagen. Als de auto snel was, heeft de chauffeur het gat misschien helemaal niet zien aankomen.

Grambach zet zijn fiets tegen een boom. Hij daalt af. Hier zijn veel sporen, ondoenlijk er de juiste uit te halen. Maar dat hoeft ook niet. Grambach kan zich makkelijk inleven: wie hier is uitgestapt, is verdergegaan in de richting waarin hij niet meer heeft kunnen rijden. Dat is een heel natuurlijke impuls.

Aan de overzijde klautert hij de kom uit. Het was toch al niet meer belangrijk in welke richting hij reed, hij wilde alleen maar weg, en dan is elke richting goed. Belangrijk is alleen dat je de vluchtlijn aanhoudt. Dat je steeds een rechte lijn aanhoudt. Even een verkeerde slingering en je plan ligt in duigen.

Grambach kent de plattegrond van de stad. Van hieruit kan het niet ver meer zijn tot het hoofdkwartier. Er moet dadelijk een hek komen. En gewapende bewakers. Maar zo ver hoeft Grambach niet te gaan. Na zo'n tweehonderd meter zit rechts van hem een man tegen een boom. Hij heeft zijn benen gespreid, zijn armen hangen naar beneden. Er is veel bloed uit zijn mond gelopen; waar de huidskleur nog te zien is, is die onnatuurlijk bleek, met iets blauwigs erin. Grambach loopt er nog dichter naartoe en let erop niet op zachte grond te lopen.

De boom achter hem heeft waarschijnlijk erger weten te voorkomen. De man heeft zich in zijn mond geschoten, maar misschien heeft hij eerst zijn hoofd tegen de boomstam gedrukt, zodat de uittredende kogel niet zijn halve schedel heeft weggerukt, zoals anders.

Maar een gezicht is er niet meer, dat zie je meteen. Na een week is dit hier enkel een doodshoofd, dat langzaam door de huid heen zichtbaar wordt. Het kan iedereen zijn, een man, dat is zeker, misschien rond de vijftig, grijs pak, wit overhemd met open kraag. Geen bijzondere kenmerken – op het volle rode haar na, dat nu gedeeltelijk zwart is van het bloed.

Grambach trekt zijn schoenen uit voordat hij dichterbij komt. Het pistool is in Webers schoot gevallen, het is er een met een geluidsdemper, de bewakers van de NAVO hebben niets kunnen horen. Links van het lijk ligt een langwerpige kist. Grambach trekt handschoenen aan. Hij monstert de afstand die hij moet afleggen. Gelukkig ligt er een stam die hij op het laatst als brug kan gebruiken.

De dode stinkt verschrikkelijk, ook hier in de buitenlucht is het nauwelijks te verdragen. Voordat Grambach de kist oppakt, tast hij in zijn zakken. Hij vindt niets, geen portefeuille, geen envelop, geen briefje. Bijna had hij zijn adem niet zo lang kunnen inhouden.

Als hij weer bij zijn schoenen is, hapt hij naar lucht. Dan komt hij tot rust. Op de kist zit het handelsmerk van een grote fabriek, er zit een draagriem aan waarmee je hem aan je schouders kunt hangen. Daarmee heeft Grambach zijn handen vrij om elke afdruk die hij nu nog achterlaat met een paar takken te wissen. Pas bij zijn fiets trekt hij zijn schoenen weer aan. Via een omweg rijdt hij terug naar de buitenwijk. Hij komt langs de kerk waar hij gedoopt is, en daarna langs zijn oude school.

Na een splitsing rijdt hij het laatste stuk van zijn weg naar en van school. Tussen twee boerderijen door leidt een doodlopende straat naar het huis van zijn ouders. Grambach heeft nog steeds een huissleutel. Hij luistert even, maakt de deur open en loopt meteen door naar zijn oude kamer. Het heet nu de logeerkamer; maar in werkelijkheid heeft niemand behalve hij er ooit geslapen. Hij schuift de kist onder het bed en loopt door de glazen deur de tuin in. 'Verrassing,' zegt hij.

Zijn vader spreidt zittend zijn armen uit.

'Laat maar, papa,' zegt hij snel. Soms doet elke beweging zijn vader pijn, maar klagen doet hij niet. Hij wordt binnenkort tachtig. Zíjn vader stierf op zijn zeventigste. Een verbetering van de prestatie met ruim boven de tien procent, zegt hij altijd. Meer mag niemand van hem verlangen. Ook hijzelf niet.

Grambach gaat zitten. 'Waar is mama?'

Zijn vader wijst op het huis. 'Wat is er met je? Heb je vrij?'

'Zoiets.'

'Dus jullie hebben hem al?'

Grambach weet wat hij bedoelt. Hij maakt een grappig gebaar. Dienstgeheim.

Zijn vader trekt een teleurgesteld gezicht. 'Weet je het nog? Hoe hij over de balk gestapt is? We hebben er op het werk naar gekeken. Op zo'n klein toestelletje.' Hij geeft het met beide handen aan. 'Man, wat hebben we gevloekt!' Hij buigt zich licht naar Grambach toe. 'En jullie krijgen hem niet te pakken?'

'We krijgen ze allemaal te pakken.'

Zijn vader maakt een afwerend gebaar. 'Hoofdzaak is dat het je goed gaat. Het gaat toch goed met je, hoop ik?'

Grambachs moeder komt het terras op. Ze wist toch zeker dat ze stemmen had gehoord! Waarom heeft hij niet even gebeld? Een spontane aanval van ouderliefde? Ze gaat wel even koffiezetten.

Zijn vader kijkt zwijgend de tuin in. Soms zit hij erbij alsof er iets niet in orde is. Maar Grambach heeft het de dokter gevraagd, en die zei: Niets negatiefs. Zo worden oude mensen soms. Ze maken zich niet meer druk om wat men van hen verwacht. Een paar minuten lang zitten vader en zoon bij elkaar te zwijgen.

Dan verschijnt moeder met een dienblad. Jammer van de ijstaart. Maar die komt net uit de vrieskist. 'En Caro, hoe gaat het met haar?' vraagt ze.

'We gaan scheiden,' zegt Grambach. Hij luistert naar de echo van zijn eigen zin. Hij zou hem graag herhalen voordat hij wegsterft.

'Ludger!' zegt zijn moeder. Zijn vader draait een beetje de andere kant op. Vroeger was dat een teken dat hij het ergens niet mee eens was. Nu heeft hij misschien niet eens geluisterd.

'Als ik niet snel kinderen krijg, is het te laat.'

Zijn moeder gaat zitten. 'Maar ik dacht dat Caroline kinderen wilde.' Zijn vader prikt met zijn vork in de ijstaart.

'Potsdam,' zegt Grambach. Dat is allemaal zo ver weg.

'En als je bent overgeplaatst? Je kunt toch een jaar vrijaf nemen?'

Zijn vader heeft een stuk taart in zijn mond. 'Sabbatical,' zegt hij moeizaam.

'Ik wil niet eeuwig politieman blijven.' Het is prachtig hier op het terras van zijn ouders dat soort zinnen uit te proberen.

'Wat ga je dan doen?' zegt zijn vader in alle rust.

Grambach haalt zijn schouders op. Hij is ook nog jurist.

'Dat is toch al lang niet meer geldig.'

'Alsof jij dat kunt weten,' zegt zijn moeder.

'Nou ja.' Zijn vader zet het bordje met de ijstaart op tafel en staat op. Hij lijkt helemaal geen pijn te hebben. 'Kom eens mee. We hebben verbouwd. Je zult nog verbaasd opkijken.'

En Grambach volgt zijn vader het huis in.

Farwick mag van Pardon de pc's gebruiken als hij er zelf niet is. Ze staan dag en nacht aan. Hij logt in op Knights; hij aarzelt even en kiest dan de persoon met de naam Wendling.

Wendling was drie jaar geleden zijn eerste leven in Knights, en hij was de *shooting star* van het spel. Na een paar weken stond hij op de toptienlijst. Binnen de kortst mogelijke keren voer hij op de technisch best uitgeruste boot. Ruim een jaar geleden is hij uit het klassement verdwenen; als iemand lang niet meer op vijandelijke vaart gaat, worden zijn resultaten gewist.

Sindsdien is Farwick Hamacher. De naam Wendling gebruikt hij alleen nog voor een van de speciale missies die zijn gereserveerd voor bijzonder goede spelers. Het is veruit de moeilijkste missie. Ze heeft heel weinig te maken met de historische realiteit, daarom is er ook voortdurend kritiek op. Ze brengt de reputatie van het spel schade toe, wordt er dan beweerd.

Maar dat is slechts schijn. In werkelijkheid wordt in de kantine in het openbaar aangegeven wie de missie op zich heeft genomen – en niemand die de missie ooit met succes heeft afgesloten. Wie mislukt is, probeert zich meteen te rechtvaardigen. Met opzet zo geprogrammeerd dat niemand het ooit zal lukken. Een streek van de makers ten koste van de spelers. En dat hij ook Wendling is, kan niemand weten.

Farwick neemt de uitgangspositie in voor de monding van de Thames. Die wordt door kleine schepen bewaakt. Je kunt je een weg door de rijen heen schieten; maar dat zou de eerste fout zijn, want dan wordt er een netversperring aangebracht die tot op de bodem van de rivier reikt. In plaats daarvan luidt het devies: wachten, observeren en geduld hebben tot het juiste moment om binnen te varen. Het is niet al te moeilijk dat deel onder de knie te krijgen, de positie van de kleine boten is goed te bepalen.

Veel moeilijker is het de rivier op te koersen. Dat kan alleen maar 's nachts als je permanent onder water blijft en met minimale snelheid vaart om niet gehoord of gezien te worden. De navigatie lijkt op lopen in een volkomen verduisterde, vreemde kamer. Bovendien zijn er patrouilleboten met plaatsbepalingsapparaten.

Maar dat zijn allemaal maar doorsneeproblemen. Het lastige van de missie is dat het doel ervan niet wordt genoemd. Een tijdlang heeft ook Farwick gedacht dat er een slagkruiser vernietigd moest worden die bij de Docks ten oosten van Londen ligt. Andere spelers hadden die al gezien, maar geen van hen was nog aan schieten toegekomen. Na een vaart die een hele nacht lang geduurd had, reële tijd, lag hij met Wendling voor het eerst in een goede positie. Hij vuurde, de slagkruiser ontplofte, evenals een deel van het havencomplex. Farwick had nog nooit zo'n animatie gezien. Maar aan de missie was daarmee niet voldaan. In plaats daarvan werd hij van alle kanten beschoten. Hij was ervan overtuigd geweest dat hij eindelijk zijn doel had bereikt en had niets ter bescherming van zichzelf ondernomen. Hij werd tot zinken gebracht.

Pas weken later kon Wendling voor de tweede keer schieten. Hij bleef niet kijken naar het spektakel, maar zakte meteen naar de bodem van de rivier, terwijl boven alles de lucht in vloog. Hij bleef op de bodem liggen zolang zijn zuurstofreserve het toeliet en begon toen aan zijn sluiptocht terug. Hij bracht de boot uit de rivier naar open zee. Wat uitbleef was de melding: Missie volbracht. De slagkruiser bleek een hinderlaag. Je moest kennelijk verder Londen in.

Normaal gesproken zou het nu weer uren duren voor hij de Docks bereikt. Maar onlangs, bij zijn laatste poging, heeft Farwick eindelijk ontdekt dat de programmeurs een cheat in hun spel hebben ingebouwd, een trucje waarmee je alle moeilijkheden in een handomdraai overwint. Hij was al een tijd stroomopwaarts gevaren toen de beide motoren uitvielen. Tijdens de reparatie begon de boot terug te drijven, stroomafwaarts.

Farwick zonk naar de bodem en sloeg met de tijdcompressie een paar uur over. Toen hij de boot weer liet stijgen, dreef hij stroomopwaarts in de richting van Londen. Een uitstekende truc: je kon gebruikmaken van de sterke getijden van de Thames. Bij vloed ging het in de richting van de stad, bij eb ging je op de bodem liggen. Je hoefde niet eens meer te sturen, het systeem nam de navigatie over. Na een paar minuten lag Wendling in de Docks, maar toen was hij onvoorzichtig geweest en ontdekt.

Hij doet nu alles precies als bij de vorige keer, maar let beter op. In de buurt van de kruiser laat hij het nacht worden. Dan oriënteert hij zich via de periscoop. In het westen is een rossig schijnsel te zien, dat zijn de lichten van de stad. Hij berekent de volgende getijden en laat zich weer drijven. Een kwartier later is hij een paar honderd meter voor de Tower Bridge. Het is nu middernacht en precies tussen vloed en eb in. Hij zakt naar de bodem. Behoedzaam bedient hij de tijdcompressie tot hij weer naar de stad wordt gedreven.

Dan gaat de huistelefoon. Het mobieltje van Farwick is uitgeschakeld. Het zou Pardon kunnen zijn met een belangrijke mededeling. Hij aarzelt, neemt op maar zegt niets.

'Meneer Ritter?'

Het is Ruth. Farwick legt weer op. Hij is geïrriteerd. Zijn instructies waren toch overduidelijk. Opnieuw gaat de telefoon. Hij neemt niet op en wacht totdat het toestel verstomt. Nu weet Ruth dus definitief waar hij is. Farwick besluit haar voor straf voorlopig niet meer op te bellen.

De boot moet intussen onder de brug zijn als de deur van de woning opengaat.

'Heb je soms contact?' zegt Pardon. Hij zet een paar grote tassen op de grond en komt bij de rechtermonitor staan.

Nee. Hij speelt alleen maar, dan gaat de tijd wat sneller.

'En waar zit je nu?'

Farwick legt uit wat hij tot nu toe van de missie weet.

'Vast een gag van de programmeurs,' zegt Pardon. Niet iedereen houdt van de spelletjes die ze zelf maken. 'Ben je nog lang bezig?'

'Geen idee.' Maar bij deze missie kun je niets opslaan. Als hij nu ophoudt, moet hij de volgende keer weer van voren af aan beginnen.

'Zeg nooit nee!' Pardon pakt de muis en gaat een paar seconden zoekend over het beeldscherm tot hij het hoofdmenu van Knights gevonden heeft. Hij klikt op 'Spel opslaan'. Prompt wordt hem gevraagd hoe hij de actuele stand wil noemen.

'Dit kon vroeger nooit.'

'Misschien heb je een grens overschreden.' Pardon veegt met de cursor over het vrije veld. En nu?

'Ik weet het niet.'

Pardon tikt met de vingers van één hand: Reis in de duisternis.

'Je overdrijft.' Farwick denkt even na, dan tikt hij: Rondvaart op de Thames.

Terug in de stad neemt Grambach weer de bus. De weg gaat niet meer door het open veld zoals vroeger, maar over de parkeerplaatsen van het nieuwe stadion. Alles is leeg; alleen de aanwijsborden steken aan weerszijden boven het asfalt uit.

Grambach denkt na over de vraag hoe zijn collega's in te lichten. Als Weber gevonden wordt kan hij het officieel gaan onderzoeken. Misschien helpt dat om Farwick verder onder druk te zetten.

Anderzijds is dat een risico. Hij heeft nu het geweer! Maar wie weet wat de technische recherche vindt als ze het lijk grondig onderzoekt. Om van het huis met de duizenden ordners maar te zwijgen. En zodra ze weten wie geschoten heeft, weet Farwick waarvoor hij zich dient te beschermen.

De bus bereikt de binnenstad. In de bochten houdt Grambach zijn fiets vast. Als hij wil, kan hij de zaak nu afronden. Een zonderling uit Offenbach, een rentenier en beheerder van zijn onroerend goed, heeft geschoten op een voormalige wereldrecordhouder tienkamp. God weet waarom.

En daarna heeft hij op zichzelf gericht. Met aanzienlijk meer succes. Waarom? Misschien omdat hij door zijn telescoop moest aanzien hoe zijn eerste plan niet functioneerde. En omdat hij daarna geen zin meer had in wat dan ook. Of was het anders? Het doet er niet toe. Dan was het een gek. Je kunt bij dat soort mensen achteraf geen verhaal construeren. Niet eens als ze dood zijn. In elk geval heeft hoofdinspecteur Grambach weer eens een fijne neus gehad. Hij hoeft zich geen zorgen te maken over de formulering van het perscommuniqué. Dat kan hij wel aan Vollrath overlaten.

De bus stopt bij de halte op het Marktplein. Hij komt plotseling sterk in de verleiding een eind te maken aan deze hele zaak. Maar Grambach weet zich ertegen te verzetten. Bij het station stapt hij uit. Hij belt het nummer van zijn kamer op het hoofdbureau. Het gaat hem nu beter; de rest van de dag neemt hij vrij.

'Wat je wilt,' zegt Berntrieder.

Stipt om tien uur is Kunstfeld in de kantine. 'Goedenavond,' schrijft hij. 'Laten we meteen ter zake komen. Ik heb ruggespraak gehouden. De man wiens belangen ik hier vertegenwoordig, heeft heel veel kritiek op uw gedrag.'

Zover waren ze de vorige keer ook al, schrijft Hamacher. En hoe komen ze nu uit die impasse?

'Het gaat om correcties achteraf.'

'Zie je wel!' zegt Farwick. 'Hij doet alsof ik bij hem een moord op mezelf heb besteld.'

Pardon knikt alleen maar. Ze zitten samen voor de drie monitoren en op elk ervan is het beeld van de kantine geprojecteerd.

'Wat moet ik doen?' zegt Farwick. 'Moet ik ook zoiets bedenken?'

'Geef eens!' Pardon trekt het toetsenbord naar zich toe en begint te typen: 'Ik ben graag bereid met u over onze afspraken te praten. Maar ik mag erop wijzen dat we besproken hebben me dood te schieten. En wel op het moment dat ik er het minst op reken. Zo was het afgesproken. Maar ik leef nog. Juridisch gezien heb ik recht op bezwaar.'

'Denk je dat dat goed is?' zegt Farwick. 'Dat is toch onzin?'

'Laat me even.' Pardon maakt een geconcentreerde indruk.

'U had kunnen blijven liggen,' zegt Kunstfeld.

'Bingo,' zegt Pardon. Hij schrijft: 'Dat was een impuls. Ik was machteloos. Ik ben sportman. Ik reageer instinctief op bedreigingen.'

'Geweldig,' zegt Farwick. Hij slaat Pardon lichtjes op de rug. Die weert even af. Het duurt een tijdje voor het volgende bericht binnenkomt.

'Ik heb u aan een nieuw leven geholpen,' schrijft Kunstfeld. 'Je zou ook kunnen zeggen: aan een nieuwe poging, waarop u eigenlijk geen recht hebt. Dat moet u iets waard zijn.'

Pardon knipt met zijn vingers. 'Nu hebben we hem in de tang.' Hij schrijft: 'Dat was toeval. Dat kunt u niet op uw conto schrijven. De man in de krantenkiosk krijgt ook niets van de loterij, alleen omdat hij het briefje heeft gestempeld.'

'Pas op,' zegt Farwick. 'Zo jaag je hem weg.'

'Die wegjagen? Mooi niet. Die blijft aan je plakken. Hij kan helemaal niet meer zonder je.'

'Ik sta op onderhandelingen achteraf,' schrijft Kunstfeld.

'Daar moet ik protest tegen aantekenen. Er bestaat een juridisch principe. En vanuit dat principe bent u uw verplichting niet nagekomen. Ik heb alles goed gedaan. U bent een prutser!'

'Pas op,' zegt Pardon. 'Nu gaat hij je proberen af te persen.' Hij klapt in zijn handen. 'God, wat een idioot!'

Opnieuw duurt het even voor er wordt geantwoord.

'Ik kan de politie een aanwijzing geven. Dat zou onaangenaam voor u zijn.'

Farwick kijkt Pardon aan. Die houdt zijn handen demonstratief ver van de toetsen. 'Afwachten. Hij kan nog beter. Hij is nu uitgedaagd.'

'Of nog anders,' schrijft Kunstfeld. 'Ik zou het als mijn plicht kunnen zien de zaak echt tot een einde te brengen. Zonder uw toestemming te vragen. Op mijn verantwoordelijkheid.'

'Shit! We zijn te ver gegaan.' Farwick wil het toetsenbord overnemen, maar Pardon verhindert dat. Hij schrijft: 'Dat is niet nodig. Ik stel voor dat we met elkaar overeenstemming bereiken. Laten we het een premie van het lot noemen. Daarbij gaat het niet om geld. Morgenavond om tien uur weer hier. U noemt plaats en tijdstip van de overhandiging. Dit is mijn laatste aanbod.'

Pardon klikt op Verzenden, maar schrijft er meteen achteraan: 'Ik zie uw zwijgen als instemming. En graag stipt op tijd. Ik heb warempel wel wat belangrijkers te doen.'

Voor hij kan verzenden, trekt Farwick het toetsenbord naar zich toe. 'We kunnen dan over alles praten,' schrijft hij. 'Ik zou graag...' Plotseling zijn alle monitoren zwart.

'Wat is dit nu?'

Pardon heeft een stekker in zijn hand. Hij verstelt iets aan zijn been en staat op. 'Dat was als slot niet goed. Bellen we de politie op?'

Farwick antwoordt niet.

Dat had hij al gedacht! Pardon gaat naar de koelkast in de grote kamer. Daar branden alle lampjes weer.

'Je woont in een museum,' roept Farwick.

Pardon drinkt. 'En jij bent een rare snuiter geworden.'

Grambach is van de pc opgestaan en naar de keuken gelopen. Hij opent een kast en sluit hem meteen weer. Hij gaat terug naar de monitor, staat opnieuw op en loopt naar de slaapkamer. Dan gaat hij naar de kelder. Hij moet de was ophangen, maar hij kan zich er niet toe zetten.

Waarom is hij niet blij? Het gaat toch allemaal zoals hij het wil. Farwick heeft alles toegegeven. En hoe goed heeft Grambach namens de man in het bos gesproken! Hij gaat weer voor zijn pc zitten. Maar als het een overwinning is – waarom voelt die dan als een nederlaag aan?

Grambach ziet zich weer op het balkon bij het kerkhof zitten. Nee, de revanche heeft hij weggegeven. Hij heeft zich als een schooljongen de les laten lezen.

Hij is nog steeds als Kunstfeld bij Knights ingelogd. Hij plaatst zich op de lijst met spelers die een konvooi willen vormen. Meteen heeft hij tientallen kandidaten. Hij klikt zijn persoonlijke gegevens aan en begrijpt meteen waarom. Het tot zinken brengen van het vliegdekschip heeft hem een geheel nieuwe boot opgeleverd. Vergeleken met de meeste spelers beschikt hij nu over een wonderwapen. Hij staat zelfs op de top tien.

Hij loopt de lijst met kandidaten door. Schmidt is er ook bij. Grambach kiest hem uit, verder niemand. Als ze samen de haven verlaten stuurt hij hem een boodschap: 'Mooi aan het strand?'

Schmidt geeft alleen het teken voor 'Niet begrepen'.

'Dat ze je laat spelen! Zelfs op vakantie en al voor middernacht – alle respect. Of hebben jullie ruzie?'

'Wie is hier aan het woord?' vraagt Schmidt.

'De ex-vriend. De politieman. De man die vooral niet naar Berlijn moet.'

Schmidt zwijgt.

'Hoe is het weer op het eiland? Ik ben niet meer op de hoogte van de stand van zaken.'

'Ik ben niet op een eiland.'

Grambach laat de machine lager zetten en klikt op de toren. 'Kom tevoorschijn,' zegt hij. 'Ik geloof dat ik naar je kan zwaaien.'

Op de boot van Schmidt verschijnt de figuur van de commandant. Grambach zoekt in het bewegingsregister en vindt de nieuwe functie. Hij schakelt weer over op de buitencamera. Het ziet er geweldig uit zoals hij daar staat te zwaaien.

'Je mag haar hebben,' schrijft hij. Berlijn is sowieso nooit zijn favoriete stad geweest. Maar hij moet hem waarschuwen. Je krijgt geen kinderen omdat je ze wilt. Zoiets moet je overkomen. Hij sluit met het teken A.u.b. bevestigen.

'Je weet helemaal niet wat je Caroline aandoet,' schrijft Schmidt. Langzaam vaart er een boot langs Grambach. 'Ze heeft heel erg veel van je gehouden. En nogmaals: ik zit niet op een eiland. Ik zit hier in Berlijn te wachten op haar beslissing. Net als jij.'

'Vergissing,' zegt Grambach zachtjes. 'Ik wacht niet.' Schmidts boot vaart nu langs Grambachs boeg. Hij klikt op het vizier en vuurt een torpedo af. Meteen erna volgt een explosie. Grambachs boot wordt heen en weer geslingerd. Wrakdelen slaan in, er komen berichten over schade.

Als de rook optrekt, ziet Grambach de andere boot zinken. De figuur van de commandant staat voor op het dek met een witte vlag te zwaaien.

'Geloof niet wat je ziet,' schrijft Schmidt. 'Ik ben dat niet.' Dan verdwijnt het brandende wrak.

Grambach klikt de opdracht weg, maar kan het spel niet verlaten. In plaats van het hoofdmenu verschijnt er op de donkere monitor enkel een roodomrande tekst: 'Er ligt een belangrijke mededeling in uw postvak.' Een paar seconden later komt die zonder zijn toedoen in beeld: 'Aan Kunstfeld. U bent wegens schending van de gedragsregels voor zeven dagen van deelname uitgesloten. Ingangsdatum: vandaag. De automatische administrateur.' Dan komt er een eind aan het spel.

'Godverdomme!' zegt Grambach luid. Meteen roep hij het spel weer op. Hij toetst naam en wachtwoord in, maar er verschijnt opnieuw hetzelfde bericht. Hij probeert het met zijn oude naam. Dat is zinloos, Farwick zou hem zo niet herkennen; hij functioneert ook helemaal niet. Dan wil hij zich met een ander e-mailadres aanmelden, maar nog terwijl hij het formulier voor nieuwe spelers aan het invullen is, breekt hij de procedure af.

Hij zit nog een poosje roerloos voor het beeldscherm. Om de spelleiding ertoe te brengen Kunstfeld weer vrij spel te geven heeft hij een tweede gerechtelijke beschikking nodig. En om die te krijgen zou hij de officier van justitie moeten uitleggen wat Kunstfeld op internet te zoeken heeft.

Grambach roept zijn e-mails op. Niets nieuws, althans niets wat de moeite van het lezen waard is. Hij staat op en loopt naar de slaapkamer, trekt haastig sportspullen aan en haalt zijn fiets uit de kelder. Er is geen verschil in temperatuur tussen binnen en buiten. Hij fietst weg. De straten om het pleintje zijn volkomen rustig. De dynamo van de fiets suist onregelmatig, hij klinkt als een woedende insect. Pas op de doorgaande weg is er wat verkeer. Grambach rijdt die af tot aan de muziekhal. Na een korte klim staat hij voor het huis van Ruth. Hij weet eigenlijk nog steeds niet wat hij moet doen. Hij gaat dus eerst maar eens op de bank zitten bij de grote vijver.

Ze hebben een tijdje zwijgend zitten eten en daarna heeft Pardon voorgesteld het park in te gaan. Hij doet een zaklamp aan en richt de bundel vlak voor hun voeten. 'Sorry. Maar ik wilde je in bescherming nemen.'

'Doe toch uit,' zegt Farwick. Het is laatste kwartier, de grote bomen werpen schaduwen op het gras en het water van de slotgracht. 'Ik ben geen rare snuiter.'

'Ben je soms beledigd?'

'Nee. Maar ik ben niet raar. Raar is wie alleen nog maar uit kuren en grillen bestaat. Ik reageer naargelang de situatie. Bovendien heb ik weer tegenstanders. En wie tegenstanders heeft, wordt niet raar. Begrijp je!'

'Typisch zinnen van een trainer. Alsof Kunstfeld aan het woord is.'

'Laat hem erbuiten. Hij is ziek.'

'Je maakt jezelf toch geen verwijten?' Hun weg gaat onder bomen door. Pardon laat de lichtbundel door de kruinen van de bomen gaan. 'Zonder jou was hij op die school verzuurd geraakt. Met jou heeft hij een mooie tijd gehad. Een kleine Boheemse leraar als pleegvader van 's werelds beste tienkamper. Daar moet ooit een eind aan komen.'

'Ik was niet zijn zoon,' zegt Farwick. 'Hij was mijn trainer.'

'Hij daar op internet, dat is hem in elk geval niet. En ik val in herhaling: van hem krijg je niets te horen. Niets wat je interessant zou kunnen vinden. Zeg dat maar tegen de politie. Die moeten hem maar in de kraag vatten.'

Ze lopen verder zonder iets te zeggen. Na een half rondje komen ze het bos uit.

'Ik heb aan hem een belangrijke ervaring te danken,' zegt Farwick. 'Hij had me bijna van het leven beroofd. Nu weet ik in elk geval hoe dat voelt.'

'Alsjeblieft niet sentimenteel worden!'

Voor het kasteel baadt het grasveld in het maanlicht. Farwick praat terwijl hij naar dat prachtige tafereel gekeerd staat. 'Toen ik Marlene leerde kennen, dacht ik dat het mijn redding was. Ik leefde immers enkel nog bij vergissing. Of uit luiheid.'

'Geklets.'

'Marlene heeft vreselijke problemen. Ik kan je daar dingen over vertellen.'

'Ach wat!' Pardon is blijven staan. Er is iets met zijn been. Farwick hoort het aan zijn stem. 'Roland, je bent onuitstaanbaar.'

Farwick wil Pardon ondersteunen. 'Gaat wel. Het doet ook helemaal geen pijn.' Hij gaat in het gras zitten. Voorovergebogen houdt hij met beide handen zijn been vast. 'Soms is opeens alles foetsie. Ik moet even wachten, dan gaat het weer. Vind je mijn boek eigenlijk leuk?'

Farwick gaat naast hem zitten. 'Wisselvallig. En nogal bloederig. Als je bedenkt dat je voor kinderen schrijft.'

Pardon heeft de zaklamp naast zich neergelegd. De straal is een open driehoek op het gras. 'Klopt,' zegt hij. 'Bij mij wordt naar beste vermogen doodgegaan. Maar alleen om de hoofdpersonen het eeuwige leven te geven. Het zijn sprookjes, Roland. Elke dood wordt elders in rekening gebracht.'

'Hou me hier vast,' zegt Farwick. Hij legt Pardons linkerarm om zijn nek, pakt hem onder zijn knie en komt met hem overeind alsof de man in zijn armen zowat niets weegt.

'Genoeg gespeeld,' zegt hij. 'We gaan nu weer naar binnen.'

Grambach blijft een kwartier staan bij het huis van de ziekenverpleegster. Dan is hij er volkomen van overtuigd dat Farwick daar niet meer is. Als hij niet in een nog ongunstiger positie wil geraken, moet hij iets doen. Hij belt aan.

Zij doet meteen open; ze ziet er slecht uit, oververmoeid. Ze maakt een gebaar om hem binnen te noden. Ze loopt voor hem uit naar de woonkamer, gaat op een van de lichte fauteuils zitten en trekt haar benen onder haar lichaam.

Grambach gaat tegenover haar zitten. 'Ik heb een vraag.'

Ze sluit even haar ogen. 'Hij is naar Frankfurt. Iets belangrijks wegbrengen.'

'En u hebt hem laten gaan? Met die verwondingen?'

'Dat moet hij zelf beslissen. Hij is een volwassen man.'

'Misschien liegt hij tegen u. Misschien is hij bij zijn ex-vrouw.'

'Die heeft gebeld,' zegt Ruth. 'Ze weet niet waar hij is.'

'Ach!' zegt Grambach. 'Een aantrekkelijke vrouw trouwens. Die twee zijn indertijd wellicht iets te abrupt gescheiden.'

'Ik ken het verhaal.'

'Dan bent u toch iets nader tot elkaar gekomen?'

'U hoeft niet te doen alsof. Dat staat u niet.'

Grambach knikt. 'En? Hoe vergaat het u intussen? Wordt u 's ochtends vroeg wakker met het gevoel opnieuw geboren te zijn?'

'Ik voel me alsof ik op het slappe koord balanceer.'

'Waar is hij?' zegt Grambach. 'Ook slachtoffers mogen niet doen en laten wat ze willen.'

'Ik weet het niet. We hebben telefonisch contact.'

Een klok in de kamer slaat een paar keer. Het is een kleine klok onder een glazen stolp. Het enige voorwerp dat hier niet goed past.

'Wat heeft hij gezegd?'

'Wat u net hebt gezegd: het is het begin van een nieuw leven samen.' Ze staat op en komt met een kaart in haar hand terug. Ze reikt hem Grambach aan. Het is de kaart van Ritter.

'Hij is ervandoor gegaan. Door het raam. Als een kleine jongen die huisarrest heeft. Hij is zonder de motor te starten de weg op gereden. Ik heb iets gehoord, toen niets meer, ik heb geroepen en daarna heb ik de auto alleen nog zien wegrijden.'

'Dank u,' zegt Grambach. Hij staat op en zij brengt hem naar de deur.

'Ik ben een stomme trut,' zegt ze. 'Stelt u zich voor: hij wil een kind.' Ze maakt een hulpeloos gebaar. 'Nu. Ter plekke.'

Grambach zit al op zijn fiets. Hij zou graag iets zeggen, maar meer dan een groet kan hij niet uitbrengen. Als hij al een eind de straat in gereden is, draait hij zich om en zwaait. Ze staat inderdaad nog in de deur.

Thuis draagt Grambach de fiets naar de kelder. Hij kleedt zich om. Op het station neemt hij een taxi, en twintig minuten later staat hij voor de grote poort aan de andere kant van de brug. Die is gesloten, net als de deur erin. Er is een koperen bord met een intercom, naast de bellen staan alleen maar nummers. Grambach gaat naar de bezoekersingang van het park. Bij de kassa een bordje: DE WEG NAAR HET RESTAURANT IN HET KASTEEL IS TOT 0.00 UUR OPEN. Tussen hoge hekken loopt een pad naar de gracht. Daarna zijn er twee draaihekken, het ene verspert de ingang naar het park, het andere, achter een houten brug, de toegang tot de bijgebouwen van het kasteel. In het restaurant brandt nog licht.

Grambach is hier voor het laatst geweest toen hij zeventien was. De eindexamenleerlingen hebben in het park feestgevierd. Enkelen van hen rookten marihuana. Hij herinnert zich hoe bang hij was voor de politie. Als hier mensen wonen, dan in het grote wooncomplex aan de andere kant van de gracht. Grambach gaat naar het tweede draaihek. Het is niet al te moeilijk, hij kan de uitsteeksels als sporten van een ladder gebruiken. Aan de andere kant blijft hij even staan voor hij verdergaat. Het klimmen heeft hem adem gekost.

Het plein voor het wooncomplex is leeg. Achter een paar ramen brandt licht. Grambach loopt verder, achter een doorgang begint de tuinderij van het kasteel. Een grote poort leidt naar de binnenplaats. Hij hoort een autoportier dichtslaan en duikt weg in een nis. Er komt een man langs zonder hem te zien. Grambach wacht tot hij hem niet meer hoort lopen.

Het binnenplein hoort bij een wagenloods met open parkeerplaatsen. Helemaal vooraan staat de witte BMW van Farwick. In het maanlicht kun je zelfs de kentekenplaat lezen. Voorzichtig verlaat Grambach de wagenloods en loopt terug naar het wooncomplex. Hij wil juist weer de binnenplaats opgaan als hij iemand uit de richting van het slot ziet komen. Hij verbergt zich achter het vooruitspringende deel van een muur. Het zijn er twee. Een grote man die een andere man draagt.

'Ik vind het gênant,' zegt de man die gedragen wordt. De andere man, Farwick, lacht. Dan gaat er een deur open en dicht.

Grambach neemt de weg terug die hij gekomen is. Pas op de provinciale weg belt hij een taxi. Dat duurt even, zegt de man in de centrale. Minstens twintig minuten.

Op de vroege avond van 8 augustus verliet Grambach toch nog het huis bij het kerkhof. Hij liep naar de Yorckstraße en vandaar naar de Potsdamer Straße. Misschien zou hij Petra tegenkomen op haar terugweg van de bibliotheek. Hij hield beide trottoirs in de gaten, maar hij zag haar niet.

De stad eindigde destijds bij het Kulturforum. Sinds lange tijd zag Grambach de Muur weer. Bussen met toeristen stopten er, de mensen kochten ansichtkaarten, beklommen de uitzichtplatforms en maakten foto's van de andere kant, de grenspolitie aan de oostkant keek door verrekijkers terug en dat zou allemaal eeuwig zo blijven. Het diende immers tot behoud van de vrede.

Langs de Muur liep Grambach naar de Brandenburger Tor, waar ook zo'n platform was. Op het plein voor het Rijksdaggebouw zaten groepjes mensen. Het waren er velen, ondanks het veranderlijke weer. Hij liep door in de richting van de Spree. In een wijde boog volgde de S-Bahn de loop van de rivier; het station op het snijpunt en de ruïne van een ambassade waren in de wijde omtrek de enige bouwwerken. Het terrein eromheen was niet eens verwoest, het was gewoon alleen maar leeg.

'Sorry, meneer Prack,' zei Grambach. Hij verklaarde hiermee het plan voor mislukt. Voor niks vijf jaar in een stad gewoond waarvan de straten allemaal bij een muur eindigden. Voor niks deel geworden van een vreselijk gênante situatie waarmee zijn land boete deed voor zijn geschiedenis. Niets gevonden wat hem voor het verlies van alle mogelijkheden schadeloos kon stellen. De scholier Grambach had niet eens meer het vooruitzicht van een tweederangs leven.

Langzaam liep hij terug door de menigte. En hij gruwde ervan: van het volhouden, het doorgaan. Wat hij nu dringend nodig had, was één enkel groots idee. Hoe hij het voor elkaar kon krijgen de deur niet dicht te slaan. Hoe hij vrij kon blijven zonder aan lagerwal te raken.

Hij wilde met Petra praten, zo snel mogelijk. Waar was het dichtstbijzijnde metrostation? Grambach wist het niet, na vijf jaar Berlijn. Eerst wilde hij het iemand vragen, daarna liet hij het erbij en begon te lopen.

In Los Angeles pakte Roland Farwick nu waarschijnlijk al zijn koffers. Iemand regelde zijn terugvlucht. Weg hier! Weg van de camera's, weg naar huis. Misschien naar zijn ouders, sympathieke mensen, bekend van de tv.

In de Tiergarten begon Grambach te rennen. Farwick zou vermoedelijk zijn wereldrecord wel behouden. Bovendien was er het na-olympische seizoen. Dan kon hij revanche nemen. En vierentwintig was werkelijk geen leeftijd. Vooral niet voor een tienkamper. Grambach verbaasde zich erover hoeveel lucht hij na zijn ziekte alweer had.

En toen dacht hij: nee! De man was dood. Hij zou nooit meer terugkomen. Ze zouden nooit meer iets van hem horen, niets meer. Hij was nu al zijn eigen geschiedenis geworden.

Twee bereden politiemannen kwamen over de allee. Het paard van de een was een beetje schichtig, misschien omdat Grambach rende. De ruiter stelde het met woorden gerust en klopte het op zijn nek. Toen ze op gelijke hoogte waren, riep hij: 'Langzaam, jongeman!' Het was niet serieus bedoeld. Op dat moment besloot Grambach politieman te worden.

Een week later verliet hij Berlijn. Hij had zijn ambtenarenloopbaan zonder opgaaf van redenen opgegeven. Bij een politiebureau in Berlijn had hij inlichtingen ingewonnen over de opleiding. Hij was niet geïnteresseerd in een hoge functie, zei hij tot grote verbazing van degene die hem te woord stond, hij wilde niet achter een bureau verkommeren. Was het ondanks zijn studie mogelijk te solliciteren naar een baan als rechercheur?

De ambtenaar dacht vermoedelijk dat hij voor het lapje werd gehouden. Grambachs papieren lagen voor hem. 'Niemand weerhoudt u ervan hier de fik in te steken,' zei hij.

Grambach vertelde het Petra een dag voor zijn vertrek. Ze was onthutst. Ze had zich van alles kunnen voorstellen. Zowel een leven als echtgenote aan de zijde van een prominente advocaat als dat van een compagnon op een klein advocatenbureau in Kreuzberg. En als Grambach had besloten schilder te worden, dan was ze gewoon de levensgezellin van een schilder geworden. Maar de vrouw van een politieman, dat niet. Het was geen lang gesprek en het was helemaal geen ruzie, daarvoor was Petra veel te verbaasd en Grambach veel te vastberaden. Ze bracht hem nog naar het station. Het was een kort afscheid, ze huilde aldoor, hij kon het nauwelijks aan.

Grambach woonde daarna een paar weken bij zijn ouders. Die waren radeloos. In oktober verhuisde hij naar de dichtstbijzijnde politieacademie. Ze hadden hem hoofdschuddend aangenomen. Hij was niet een van de kandidaten op wie ze ingesteld waren, maar door de resultaten van het toelatingsexamen konden ze niet anders. Bovendien was hij pas tweeëntwintig, en dat was een gemiddelde leeftijd.

Hij telefoneerde aanvankelijk dagelijks met Petra. Maar ze kregen steeds vaker ruzie; daarom besloten ze over te gaan tot het schrijven van brieven. Grambach vertelde daarin over zijn opleiding, die hij interessant en realistisch vond. Petra bezwoer hem er nog eens goed over na te denken. Haar tentamens waren zo slecht dat ze ermee ophield. Grambach vond het jammer dat hij zich niet om haar kon bekommeren. Ten slotte schreef Petra hem dat ze iemand anders had leren kennen. Sinds hun scheiding in Berlijn hadden ze elkaar niet meer gezien.

Toen Grambach zijn opleiding tot inspecteur van politie afsloot, was hij veruit de beste van zijn jaar. Zijn prestaties in alle vakken waren voortreffelijk. Maar het bijzondere was, werd in zijn getuigschrift genoteerd, zijn duidelijke bereidheid zich te wijden aan zijn toekomstige beroep, niet als een beroep zoals zoveel andere, maar als een werkelijke opdracht. Men zei zoiets niet lichtvaardig, maar Grambach werd door al zijn leraren beschouwd als de geboren politieman. Als een soort cadeau kreeg hij een baan in zijn geboortestad.

Acht

Woensdag

Als Grambach op woensdagochtend zijn kamer op het hoofdbureau binnenkomt, zit Lea op zijn plek. 'Mevrouw Farwick wil je spreken,' zegt Berntrieder.

Grambach blijft staan. Hij zou haar nu moeten vragen ergens anders te gaan zitten, maar dat wil hij niet. 'We kunnen naar de kantine gaan,' zegt hij. Zij volgt hem. Grambach haalt voor hen beiden koffie. Als hij gaat zitten hebben ze nog geen woord gewisseld.

'Is er nieuws?' zegt Grambach uiteindelijk.

'Dat wilde ik u juist vragen.'

En daarvoor is ze vanochtend om, Grambach kijkt op zijn horloge, vijf uur vanuit Hamburg vertrokken?

'Ik was hier gisteren in de buurt. Beroepshalve. Het ligt op de route. Haalt u zich niets in uw hoofd.'

'Ik kan geen mededelingen doen over lopend onderzoek.' Een collega komt voorbij en groet hem; Grambach groet terug. 'Dat weet u. Iedereen weet dat.'

'Ik heb die ziekenverpleegster gebeld. Ze vertelt leugens. Kunt u me zeggen waar ik hem kan vinden?'

'Hij hoeft ons niet te zeggen waar hij naartoe gaat. Hij heeft een vaste verblijfplaats. Wat hij doet en waar hij is, gaat ons niet aan, zolang er geen verdenking tegen hem bestaat.'

'Ik wil met hem praten.'

Grambach vindt haar veranderd. Niet dat ze ouder lijkt dan voorheen, of vermoeider; ze maakt eerder de indruk geen tijd meer te willen verliezen. Ze kijkt in haar koffie. Grambach haalt suiker en melk van het naburige tafeltje.

'Waar gaat het over?'

'Zakelijke dingen.'

Omdat ze er nu toch is, mag hij misschien wel vragen wat haar connectie met Georg Pardon is.

'Dat mag,' zegt Lea. 'Maar er is geen connectie meer. We hebben vroeger ruzie gehad. Maar dat was niets bijzonders. We hadden ruzie met iedereen. Ik heb hem pas teruggezien bij het ziekenhuis. U was erbij als ik me het goed herinner. Dat is alles. Hij hinkt. Meer weet ik niet van hem.'

'Als ik u nu zeg waar Farwick is, zou u me dan een plezier willen doen?'

Ze trekt haar wenkbrauwen op. 'Als ik het kan.'

'U moet voorkomen dat hij vanavond precies om tien uur het internet op gaat. Een kwartier lang. Of tien minuten. Dat moet genoeg zijn.'

'Waarom dan?'

Grambach leunt achterover en schudt zijn hoofd.

Ze denkt even na. 'En hoe krijg ik dat voor elkaar? Moet ik me aan zijn voeten werpen en me aan zijn benen vastklampen?'

'Ik denk dat u wel andere middelen hebt.'

Ze zwijgt.

'Overval hem. Doe iets waardoor hij zijn kamer niet verlaat. Tien minuten! Ik weet zeker dat u dat kunt.'

'En dat vertrouwt u me wel toe?' Ze slaat haar benen over elkaar. Voor het eerst speelt ze weer een beetje theater.

'Ja,' zegt Grambach, en als Lea zwijgt: 'Hij is bij Pardon. Pardon heet nu Ritter. Hij schrijft kinderboeken. Dat weet je niet als je geen kinderen hebt. Hij woont op een kasteel, twintig minuten hiervandaan.'

'Benedikt Ritter? Serieus?'

Klopt. Een heel andere wereld.

'Nou. Geen slechte ruil.' Ze haalt haar mobieltje uit een van haar zakken en toetst iets in. 'Precies om tien uur.' Dat is geen vraag.

Grambach spelt de naam van het kasteel. Er zitten wel bellen aan de poort, maar geen naambordjes. Hij haalt Pardons visitekaartje uit zijn notitieboekje. Bel numero drie.

Ze steekt haar mobieltje weer in haar zak en wijst op de kaart. 'Kunstfeld heeft gezegd dat hij overal de schuld van is.'

'Was dat bijgeloof?'

'Natuurlijk,' zegt Lea overdreven. Ze spert haar ogen open. 'Altijd dezelfde sportschoenen aan, de handdoek niet wassen, voor het springen driemaal met de rechtervoet opveren. Allemaal bijgeloof.'

'Ik begrijp het,' zegt Grambach. 'Het was hem dus menens. Maar waarom?'

Lea legt haar armen over elkaar. 'Eerst was Georg volkomen wanhopig. Hij bleef maar vragen en vragen, en Roland antwoordde, maar het leidde nergens toe. Alleen maar die eeuwige getallen.' Ze nipt aan haar koffie en vertrekt even haar gezicht. 'Maar Georg is niet dom. Hij begon dingen te bedenken: waarom alles zo gekomen is en niet anders. Ten slotte heeft hij zelf een hoop verteld.'

'En Farwick?'

'Roland heeft belangstellend geluisterd. Als het hem wel aanstond, knikte hij gewoon. Hier en daar corrigeerde hij Pardon. Maar dan meer in de trant van: probeer het nog maar eens.'

'Hebt u het gelezen?'

'Het was allemaal heel aardig verzonnen,' zegt Lea. 'Op de getallen na.'

'Was Kunstfeld er daarom op tegen?'

'Nee.' Lea maakt een weids gebaar. 'Die had het vast leuk gevonden. Hij speelde er een mooie rol in. Een beetje treurig, een beetje gelukkig.'

Waarom heeft hij Pardon dan de schuld gegeven?

Lea staat op. 'Dat is toch doodsimpel. Daar kunt u zelf ook wel op komen.' Ze wijst op hem. 'Je schrijft geen boek als niet alles ten einde is. En als je wel een boek schrijft, dan is alles voorbij.'

'Ik vertrouw op u,' zegt Grambach. Hij begeleidt Lea naar de parkeerplaats. Daarna blijft hij een tijdlang op straat staan, voor het hoofdbureau. Hij wil juist teruggaan naar zijn kamer als zijn mobieltje overgaat. Op de display ziet hij dat het Merz is. 'Moet je horen,' zegt ze. 'Toeval.' Ze moet vrijdag beroepshalve in de buurt zijn. Als hij er niets op tegen heeft kan ze morgenavond langskomen, zo tegen zevenen. En misschien weer bij hem de nacht doorbrengen.

'Geweldig,' zegt Grambach.

'Zit er schot in de zaak?'

Hij aarzelt met zijn antwoord. Bewijzen zijn nooit de beste oplossing. Beter is een bekentenis.

'Is het die Weber geweest?'

'Daar mag ik niets over zeggen,' zegt Grambach. 'Nog een of misschien twee dagen, dan is alles voorbij.'

'En ik kan desondanks langskomen?'

'Geen probleem. Bel me. Ik ben altijd bereikbaar.'

'Houden jullie hem eigenlijk constant in de gaten?'

Grambach lacht. 'Dienstgeheim.'

'En jij beleeft daar lol aan?'

'Natuurlijk,' zegt Grambach. 'Deze nachtmerrie is nu snel voorbij. Dan kan hij met mensen praten die hem kunnen helpen.'

'Ik duim voor je,' zegt Merz en ze beëindigen hun gesprek.

Grambach loopt de straat uit. In een telefooncel kiest hij het nummer van de alarmcentrale. Met verdraaide stem meldt hij dat er een lijk in het bos ligt. En de auto van het lijk was een Audi. Meer zegt hij niet. Voordat er nog iets gevraagd kan worden, hangt hij op. Even later is hij weer op het hoofdbureau.

'Wat je kon verwachten,' zegt hij, als Berntrieder hem vragend aankijkt. Mevrouw heeft waarschijnlijk zakelijke belangen. Het kleine heden maakt zich meester van het grote verleden.

'Mooi!' zegt Berntrieder. 'Schrijf het op. En gebruik het in je volgende verslag.'

Het duurt nog een paar minuten voor de mededeling uit de alarmcentrale bij hen binnenkomt. Iemand heeft anoniem de vondst van een lijk gemeld. Zeer onnauwkeurige vermelding van de plek, maar wel een scherp detail. Berntrieder schakelt de luidspreker in. 'Een Audi?' zegt hij. 'In het bos? Meer niet?'

Grambach maakt een gebaar en Berntrieder sluit de hoorn met zijn hand af. 'Beneden in de garage staat een Audi. Een paar dagen geleden in het bos gevonden. Leeg. De drugsrecherche heeft hem laten onderzoeken.'

Berntrieder spreekt weer in de hoorn. Ze hebben minimaal twee surveillancewagens nodig. En meteen ook maar de technische recherche en de dokter. 'Zie je,' zegt hij, als hij opstaat. 'Het kan ook anders. Moord in het criminele milieu. Nu hebben we tenminste weer een echte zaak.'

Berntrieder rijdt, Grambach telefoneert. Hij laat een man van de drugsrecherche de vindplaats van de Audi beschrijven. Ze rijden met zwaailicht binnen een kwartier naar de plek. De eerste surveillancewagen is er al. Even later staan ze met zijn vieren voor de kom. 'We wachten even op de anderen,' zegt Grambach.

Even later arriveren de tweede surveillancewagen, de dokter en de technische recherche. Hun baas is er ook bij. 'Ik hou van bos,' zegt hij, maar niemand lacht. Er komt een grijns op zijn gezicht. Vanwege de sporen natuurlijk.

'We waaieren uit,' zegt Grambach. 'U ziet in welke richting de wagen heeft gestaan. Dat is twaalf uur. We gaan met ons vijven, in v-vorm, van tien tot twee uur. Op gelijkmatige afstand, en graag langzaam en behoedzaam. We zullen allemaal op het hek van het hoofdkwartier stuiten, de rechterflank het eerst. Daar op nadere instructies wachten.'

Ze gaan aan de andere kant van de kom uit elkaar. Ook hier, midden in het bos, is het warmer noch koeler dan elders. Er valt veel licht door de hoge dennen; ze kunnen precies zien waar ze lopen. Grambach loopt waar hij gisteren ook gelopen heeft, op twaalf uur, hij wijkt soms opzettelijk even van de rechte lijn af. Langzaam laat hij zich terugzakken.

Het is de jonge politieagente naast hem die Weber vindt. Ze klinkt heel rustig als ze het via de mobilofoon meldt. Grambach hoort haar stem tweemaal, zo dichtbij is ze.

'Blijf waar u nu bent, collega,' reageert hij. 'De anderen gaan via een omweg naar het lijk.'

'Hé,' zegt Berntrieder in zijn mobilofoon, 'je kent de theorie nog, hè?'

Even later kunnen ze beiden Weber zien. De mannen van de technische recherche hebben het terrein afgezet, de jonge politieagente is met een wijde bocht teruggekeerd naar de surveillancewagen. Een collega is met haar meegelopen. De stank is ook op tien meter afstand amper te verdragen.

Grambach telefoneert met een collega van de drugsafdeling. Hij heeft direct alle gegevens nodig over de eigenaar van de Audi. Die ligt op zo'n honderd meter van het graf van zijn juweel dood in het bos.

'Shit!' zegt de collega aan de telefoon. 'Hebben we de zaak verprutst?'

Hoezo?

'Niets,' zegt de collega. 'Het was een routinezaak. We kregen een melding dat zo'n wagen werd gebruikt door koeriers. Maar die bak was clean.'

Grambach leunt tegen een boom. Thomas Weber zal nog even moeten wachten voor hij in zijn kist ligt. Misschien bevalt het hem wel hoe zorgvuldig er met hem wordt omgesprongen. Alles wat er van zijn hoofd gevlogen is, wordt gemarkeerd, gefotografeerd en in plastic zakjes gestoken. Het laatste waarmee hij zich heeft beziggehouden, wordt heel voorzichtig uit zijn schoot gehaald en in een speciaal kistje gelegd. Een dokter onderzoekt hem zo nauwkeurig dat het wel lijkt alsof er nog iets te redden valt, en twee mannen kijken na wat voor sporen hij op zijn laatste route achtergelaten heeft.

Het duurt allemaal lang. Berntrieder en Grambach blijven op afstand. Ze zouden een dodenwake kunnen lijken als niet hun mobieltjes voortdurend zouden overgaan. Na een uur maken de dokter en de technische recherche een voorlopige balans op. De man is ongeveer een week geleden alleen en te voet op deze plek aangekomen, is tegen die boom gaan zitten en heeft zich met het wapen dat hij nog in zijn hand had door de mond geschoten, in zijn hoofd. Hij was meteen dood. Als iemand anders dit allemaal in scène heeft gezet om exact die indruk te wekken, dan is het een meester in zijn vak geweest. Meer details na verder onderzoek. Zoals gebruikelijk.

Ze lopen achter de kist aan terug. Berntrieder moet met de auto laveren om langs de lijkwagen te komen. Op het hoofdbureau ligt alles al klaar wat de afdeling Drugs over de eigenaar van de Audi weet. Thomas Weber, tweeënvijftig jaar, zakenman uit Offenbach, ongehuwd, geen natuurlijke kinderen, is sinds zondagmiddag niet meer bereikbaar. Hij heeft kennelijk geen medewerkers. Via via is men een advocaat op het spoor gekomen die voor hem werkt. Ook die was niet aanwezig. Er wordt geprobeerd hem te traceren. Meer is er niet.

Berntrieder belt het nummer van de advocaat. Een vrouw neemt op, zijn secretaresse. De heer Maaßen is in zijn jachthuis in de Taunus. Berntrieder moet bepaald aandringen voor ze zijn mobiele nummer geeft. Berntrieder zet de luidspreker van de telefoon aan. Er meldt zich een oudere man, het klinkt alsof hij heel ver weg zit. Wat is er gebeurd?

Berntrieder legt uit wat ze hebben gevonden en wat voor vermoedens er nu bestaan. Hoe ziet Thomas Weber eruit?

'Alledaags,' zegt de man. Hij klinkt onwillig, alsof hij vreest dat er een spelletje met hem wordt gespeeld.

Berntrieder zegt dat iemand de dode moet identificeren. En hij is de enige die daarvoor in aanmerking komt. Of ze hem misschien kunnen afhalen?

'U bent dus serieus.' De stem van de man zakt weg. 'Hij heeft heel rood haar. Geen spoortje grijs.'

En de naaste familie? Hoe kunnen ze die bereiken?

'Die heeft hij niet. Alleen twee kinderen. God, dat is een lang verhaal.'

'Waar zitten die?'

'In Nieuw-Zeeland,' zegt de advocaat.

'Kunt u morgenochtend op uw kantoor zijn? Om elf uur?' Berntrieder kijkt Grambach vragend aan. Die knikt.

'Ja,' zegt de man aan de lijn. Dan begint hij zachtjes te huilen.

Berntrieder beëindigt het gesprek. 'Waarom op deze manier?' zegt hij. 'Waarom gaan de mensen niet gewoon in bed liggen en nemen vergif in?'

'Omdat dat op zwakheid duidt.'

'O ja? En sterke mannen gaan het bos in en schieten zich een kogel door hun kop?'

'Alleen wie zelfmoord pleegt, krijgt de dood die hij zich wenst.'

Berntrieder zuigt lucht naar binnen door zijn tanden. Krachtig gesproken! 'En wie gaat er naar Offenbach?'

'Dat moet de baas beslissen,' zegt Grambach. De drugsafdeling heeft al zitten slapen. Dat mag hun niet gebeuren.

'Perscommuniqué?'

Grambach hoeft niet te antwoorden. Het is ongebruikelijk een zelfmoord aan de pers bekend te maken, alleen al uit consideratie met de familie. Hij staat op. 'Kom, we gaan wat eten. Ik weet dat je er niet aan moet denken, maar ik heb honger.'

Farwick is de hele ochtend al zenuwachtig. Hij zou graag weer inloggen om zich af te leiden, vooral nu hij eindelijk in Londen is. Maar Pardon moet werken. En hij heeft slechte zin.

Wat is er aan de hand dan?

'Irritatie.' De linkermonitor toont een soort organogram in diverse kleuren. Pardon blijft tikken terwijl hij praat. 'Gisteravond, in jouw armen, heb ik bedacht dat alles wat ik de laatste week geschreven heb, voor de kat z'n kont is.' Tenzij hij de beginsituatie van deel vier per se wil verknoeien. Terwijl het laatste hoofdstuk zo goed was!

'En nu?' vraagt Farwick.

'Weg ermee. Het geheel is altijd het belangrijkste.'

'Net als in het echte leven?'

'Nee!' Pardon houdt even op met schrijven. 'In het echte leven zie je alleen maar details. Daarom lezen de mensen boeken.'

Farwick keert terug naar de logeerkamer. Op een van de boeken-
planken vindt hij het dagboek van Pardons dochter. Het is een ver-
zameling reisverslagen; ze heeft haar vader begeleid. In keurig kin-
derhandschrift heeft ze genoteerd waar ze heeft geslapen. Kennelijk
heeft Pardon haar aan zijn publiek voorgesteld. 'Ik vond het niet vervelend,' schrijft ze. Maar zijzelf wil ooit iets anders worden. Ze wil
mensen helpen.

Nu komt het, denkt Farwick. Dokter natuurlijk. Hij slaat de bladzijde om.

Oceanologe, schrijft de dochter van Pardon. Plotseling beseft Farwick waar hij mee bezig is. Hij zet het dagboek snel terug op zijn
plaats, alsof hij vreest betrapt te worden.

Pas laat in de middag komt Pardon zijn werkkamer uit. 'Je moet
langzamerhand wel sterven van de honger,' zegt hij. 'Waarom maak
je niet iets voor jezelf klaar?'

Farwick zit intussen met een van Pardons oudere boeken in een
leren fauteuil. 'Dat doe je niet op een vakantieboerderij.' Je eet samen, of je eet helemaal niet.

Pardon moet lachen. Hij moet nu even het huis uit om iets weg te
brengen. Maar opgelet: hij is niet lang genoeg weg voor een tochtje
op de Thames!

Farwick doet alsof hij zijn handen van het stuur haalt. Als Pardon
weg is roept hij zijn e-mails op. Er is voor het eerst een berichtje van
Müller. Farwick opent het: 'Hallo Roland. Ik heb nu over alles nagedacht. In het begin was ik razend. Maar intussen ben ik wat rustiger. Misschien heb je gelijk, misschien is dit hier binnenkort geen
goede plek meer voor je. Ik geloof dat ik me je intussen ook elders
kan voorstellen. Ik kan niet precies zeggen waar. Neem de tijd. Kom
tot rust. Dan praten we verder. Ik zou blij zijn met een antwoord van
je.'

Een paar minuten achtereen blijft Farwick naar de monitor zitten
staren. Dan staat hij op en loopt naar het raam. Tussen de perken van
de kasteeltuin lopen twee mannen in groene schorten met een lange
plank tussen zich in waarop plantenpotten staan.

Farwick weet dat hij zelf ontslag genomen heeft. Als Müller probeert hem tot andere gedachten te brengen, dan zal hij hard blijven.
Toch heeft hij het gevoel alsof hij aan de dijk is gezet. De tuiniers
vullen de potten met grond. Farwick zoekt Pardons kaart voor het
draaihek en loopt het park in.

Hij draagt eindelijk weer eens een broek en overhemd. Pardon heeft ruimzittende kleding voor hem gekocht die over het verband kan. Aan de rand van de gracht gaat hij in het droge gras zitten. Hij lijkt vandaag geheel alleen in het park te zijn.

Na de derde sprong was hij meteen naar het vliegveld vertrokken. Niemand kon hem volgen. Hij nam van een andere passagier diens ticket over. Zo was hij voor de anderen thuis. Hij ging naar zijn ouders. Voor hun huis liep hij Müller tegen het lijf. Samen gingen ze op het terras zitten om koffie te drinken en gebak te eten.

Müller gaf toe dat hij niet wist wat hij van Farwick wilde. Hij zei alleen: 'Roland, op de een of andere manier komt het goed met ons.' En Farwick zei ja, omdat hij geen reden kon vinden nee te zeggen.

Pas één dag later zag hij Lea en Kunstfeld. Ze hadden gelegenheid gehad elkaar te spreken. Farwick stond voor hen als een kind voor zijn onderwijzer. Wat ze zeiden, was waar: hij had maar één keer een nederlaag geleden, meer niet. Hij moest verantwoordelijkheid tonen. En hij was pas vierentwintig. Als hij was gaan discussiëren, had hij verloren. Maar dat was niet nodig. Hij had Müller zijn woord gegeven, zijn oudste vriend.

'Een woord een woord,' zei hij altijd.

Over zijn derde sprong werd niet meer gerept. Lea en Kunstfeld hadden nog urenlang gepraat over de publiciteit, over de wedstrijden na de Olympische Spelen en over het volgende seizoen, terwijl hij maar bleef herhalen dat hij zijn vriend Müller zijn woord had gegeven. Tot de avond had dat absurde spelletje geduurd, en al die tijd was er niet gesproken over de derde sprong. Toen was het voorbij. Kunstfeld deelde aan de bond mee dat hij geen trainer meer was. Farwick vloog met Lea naar een eiland in de Caraïbische Zee. Op advies van Müller. In zijn vaderland kon hij beter even niet meer komen.

Langzaam loopt Farwick een rondje door het park. Als hij de woning weer binnengaat, is Pardon in de keuken; hij neuriet wat. Op de drie monitoren is Farwicks e-mail nog te zien. Er is een nieuwe e-mail binnengekomen, afkomstig van Marlene: 'Roland, ik wil het er niet over hebben hoe je je hebt gedragen. Het ging niet goed met je. Maar nu moet je per se naar me luisteren. Alleen ik kan je helpen. Maar ik kan je niet bereiken. Waar zit je? Meld je.'

Farwick drukt op Antwoorden. Maar hij weet niet wat hij moet schrijven. Bijna lukt het hem niet Marlene voor de geest te halen. Ten slotte tikt hij zijn nieuwe mobiele nummer in, verder niets, en verzendt de e-mail. Daarna maakt hij zijn box leeg. Hij moet zijn wachtwoord nog steeds veranderen. Maar er wil hem geen nieuwe te binnen schieten.

Als Grambach en Berntrieder na het eten weer op hun kamer komen, zijn er berichten binnengekomen. Het pistool dat in Webers schoot is aangetroffen, staat keurig volgens de voorschriften geregistreerd op zijn naam. Een jachtwapen dat wordt gebruikt om aangeschoten groot wild te doden. Bovendien bezit Weber een aantal geweren.

'Misschien heeft hij ook op Farwick geschoten,' zegt Berntrieder. 'En omdat het niet gelukt is, heeft hij zichzelf gestraft.'

Grambach maakt een grimas.

'Sorry. Ik denk gewoon de hele tijd aan jou.' Hij reikt Grambach een fax aan. Collega's in Offenbach hebben Webers huis doorzocht. Niets bijzonders. Geen afscheidsbrief, in elk geval niet op de keukentafel. Alles netjes opgeruimd, alsof de eigenaar met vakantie is. Bovendien hebben ze de naam van zijn huishoudster achterhaald.

'Bel haar maar op,' zegt Grambach.

Even later heeft Berntrieder de vrouw aan de lijn. Hij zegt niet meteen dat Weber dood is. Hij heeft wat informatie nodig. Ze schrikt en begrijpt amper wat hij van haar wil. Nee, meneer Weber heeft geen problemen. Ze werkt al ruim twintig jaar voor hem. Alles gaat fantastisch. Hij is nu met vakantie. Komt pas over een week terug.

'En zijn kinderen?'

Studeren elders. Aan de andere kant van de wereld! Komen pas met Kerstmis weer thuis. Misschien.

'Vraag haar of er ruzie is geweest om geld.'

Berntrieder heeft even wat tijd nodig om het de vrouw duidelijk te maken.

'Geen ruzie over geld.'

Grambach geeft Berntrieder een teken: niet ophangen!

'Waarover wel?'

'Ach, kinderen!' zegt de vrouw. 'Altijd een beetje ondankbaar.' Dat is toch bekend. Je doet je best, je doet alles voor de kinderen, en dan worden ze groot en lichten ze hun hielen, zomaar.

Grambach geeft een teken: nu!

Hij moet haar een treurige mededeling doen, zegt Berntrieder. Meneer Weber is dood. Doodgeschoten, waarschijnlijk zelfmoord.

De vrouw is even stil. Dan begint ze luid te huilen, op zijn Spaans. Het klinkt alsof ze vloekt. Berntrieder kan haar niet onderbreken. Op een goed moment hangt hij op. 'Heb je er iets van begrepen? Je spreekt toch een paar talen?'

'Maar deze niet.'

'Zijn we nu iets verder?'

'Misschien ligt zijn afscheidsbrief bij zijn advocaat. Dat was een fatsoenlijke man. We moeten alleen even geduld hebben.'

Berntrieder knikt. 'Hoe gaat het met Farwick?'

'Geen complicaties. Ik denk dat we de komende zondag weer kunnen hardlopen.'

'Je bent gek! Laat hem met rust.'

'Bel die vrouw nog eens op,' zegt Grambach. 'Ik wil haar spreken. Morgen om twaalf uur, in het huis van die Weber.'

Als het donker wordt is Farwick zo onrustig dat hij het huis uit wil. Pardon moet nog werken. 'Blijf op de paden,' zegt hij.

Voor het restaurant in het kasteel staat een paartje dat kennelijk ruzie heeft. Farwick kan niet verstaan wat ze zeggen, maar ze klinken bitter. Hij loopt over de houten brug. Pardon had gelijk toen hij hem verhinderde met die man te praten. Wat kun je met zo iemand bespreken, en dan nog wel in zo'n spel. Maar vanavond laat hij zich niet nogmaals het heft uit handen nemen. Hij zal een overgave afspreken, een ontmoeting. Hij zal de man dwingen zich te tonen. En als hij hem maar eenmaal te zien krijgt, is het genoeg.

Farwick is ervan overtuigd dat de ander dat ook wil. Het gaat hem helemaal niet om geld! Die wil hem van nabij meemaken, om welke reden dan ook. Hij zal het aanbod niet afslaan. Daarna mag de politie hem in zijn kraag vatten. Laat ze hem maar opsluiten, hij heeft hem niet meer nodig. In een grote boog loopt Farwick naar de bezoekersingang van het park. Daar gaat hij zitten op een laag muurtje bij de gracht.

De dagen met Lea op het Caraïbische eiland waren een verschrikking. Van de vroege ochtend tot de late avond was er maar één onderwerp van gesprek: zijn vertrek uit de topsport. Of hij misschien ook eens aan haar kon denken? Aan haar plannen, aan haar voorstelling hoe het allemaal ooit zou worden. Zo ga je toch niet met het leven van anderen om! Natuurlijk had ze gelijk. Zijn belangrijkste taak was ervoor te zorgen dat ze weer op eigen benen kon staan. Gelukkig wist hij al sinds zijn sprongen hoe hij dat moest aanpakken.

In de herfst deed hij zijn eerste presentaties voor Müller. Lea was bij hem, maar ze vond het niet leuk wat hij moest doen. Begin december zei hij tegen haar dat hij zich wilde laten testen. Bij veel topsporters had het vermogen tot voortplanting te lijden. Hij had al een afspraak in het ziekenhuis gemaakt, ook voor haar. Hij wist dat zij niet kon weigeren. Ze kon alleen tot het eind zwijgen, en dat deed ze ook.

Daar is ze warempel! Heel even gelooft Farwick aan een dwaze persoonsverwisseling. Maar dat daarginds, dat is Lea. Ze stapt uit een open sportwagen vlak bij het poortgebouw. Hij ziet haar achter de bocht van de gracht onder een lantaarn staan. Nu loopt ze naar de stenen brug. Hij moet haar wegsturen. Hij moet haar zeggen dat hij het druk heeft. Hij kan haar nog roepen.

Maar Farwick opent zijn mond niet, en dan is het al te laat. Hij kan van hieruit niet zien of de poort open was of dat Lea ervoor staat en aanbelt. Hij maakt rechtsomkeert. Hij heeft nog één kans. Als hij snel genoeg terug is in Pardons woning, kan hij niet thuis geven. Hij loopt nu op een draf. Gisteren ging dat goed, maar nu voelt zijn been aan alsof het in een harnas zit. Hij moet stoppen. De pijn trekt heel langzaam omlaag. Hij begint weer te rennen. Even later is het weer hetzelfde liedje. En dan trapt hij in het duister op een tak. Hij knikt door zijn knieën. Met veel moeite komt hij overeind. Op de brug vindt hij houvast aan de leuning.

Het paar dat ruzie had, zit nu naast elkaar aan een tafeltje voor het restaurant. De vrouw rookt, de man heeft een vel papier in zijn handen, hij leest zachtjes voor. Hij moet lachen om wat hij leest.

Farwick laat de leuning los, maar er valt niet te denken aan rennen. Hij kan niet eens fatsoenlijk lopen. Dit is meer hinken. Bij het draaihek naar de bijgebouwen valt de kaart hem uit handen. Het is geen probleem hem te pakken. Maar hoe dat eruit moet zien! Hij beweegt zich als een oud mannetje.

Eindelijk bereikt hij de ingang van het wooncomplex. Bij de trap pauzeert hij even. Hij wacht tot hartslag en ademhaling enigszins normaal zijn. Hij trekt zichzelf de trap op aan de leuning, heel langzaam, zijn enige kans is toch al verkeken. Bij de voordeur van Pardon hoort hij de stem van Lea al. Hij overweegt aan te kloppen. Maar dat zou volkomen verkeerd zijn.

'Hallo Roland,' zegt Lea.

In het ziekenhuis is Roland erin geslaagd langs haar heen te kijken. Nu zit ze naast een staande lamp met een ouderwetse kap. Het licht valt zijdelings over haar gezicht. Ze ziet eruit als toen, alleen zijn haar trekken wat harder geworden. Pardon is net onderweg naar zijn werkkamer. Hij maakt een beweging met zijn hand. Bezoek!

'Ik heb wat gelopen,' zegt Farwick. Hij wil graag gaan zitten, maar hij is bang als een zak aardappelen op de kussens te vallen. Hij gaat naar de keuken en schenkt een glas water in. Hij drinkt het half leeg om op de terugweg niet te morsen.

'Mooi hier,' zegt hij terwijl hij zich tegenover Lea op de bank laat vallen. 'Toch?'

Pardon komt terug. 'Wat zeg je van zo'n verrassing?' Hij kijkt Farwick aan en wijst heel even op zijn horloge.

Lea ziet het gebaar. 'Kom ik ongelegen?'

Nou, ja. Roland moet over een paar minuten iets regelen. Moet hij dat misschien even voor hem doen dan?

'Nee!' zegt Farwick snel. 'Dat doe ik zelf. En zeg me alsjeblieft hoe ze weet dat ik hier ben.'

'Niet van mij. Maar wees blij. Ons oude team is weer bijeen.'

'Je had het me moeten vragen.' Farwick heeft nog steeds het glas in zijn hand. Nu klotst er toch wat water over de rand.

Hij zegt het niet graag voor de tweede keer, zegt Pardon. Maar dit is een totaal onverwacht bezoek.

Farwick zoekt een plek om zijn glas neer te zetten. 'Net zo onverwacht als jullie tweeën samen in het ziekenhuis.'

Pardon ademt hoorbaar uit. Misschien is het beter als hij nog even een rondje maakt. 'Maar niet kibbelen,' zegt hij, als hij al in de deuropening staat.

Lea zwaait hem na.

Farwick kijkt op de klok. 'Ik moet dringend iets regelen. Het spijt me, maar je komt echt op het verkeerde moment.' Nu hij zit, wordt de pijn in zijn been nog erger. Eigenlijk moet hij het verband eraf halen en de zaak bekijken. Misschien is er iets opengebarsten. Misschien bloedt hij wel.

'Toen ik op de radio hoorde dat er op je was geschoten, wilde ik meteen naar je toe.'

'Ja ja.' Farwick denkt nu uit voorzorg over elke beweging na. Op weg naar de werkkamer zal hij het bankstel en de eerste schrijftafel als steun gebruiken; dan hoeft hij het been in het begin helemaal niet te belasten. Daarna zal hij wel zien.

'Ik moet je iets vragen, Roland. Iets heel belangrijks. Iets waarvan heel veel afhangt.' Lea staat op, hurkt voor hem neer en legt een hand op zijn arm. 'Alsjeblieft! Waarom is er niets van me terechtgekomen sinds we uit elkaar zijn?'

Farwick buigt zich licht voorover en streelt haar hoofd. 'Je liegt,' zegt hij.

Ze wijkt terug. Ze moet oppassen niet te vallen.

'Waarom ben je hier?'

Ze gaat weer op haar plaats zitten en zegt niets.

'Moet je daarover nadenken? Dan zal ik intussen jouw vraag vast beantwoorden. Er is niets van je terechtgekomen omdat dat normaal is. De meeste mensen worden niets bijzonders. Dat is alles.'

Lea strijkt met beide handen haar rok glad. Wat het onderzoek tot dusverre eigenlijk opgeleverd heeft?

'Dat ik nog leef.' Hij maakt een afwerend gebaar. 'Vergeet het maar. Waarom ben je hier? Voor geld?'

Ze lacht. Het klinkt onzeker. 'Ik heb vrienden in Hamburg. Die zouden graag eens met je praten. Die hebben ideeën. En je hebt nu toch weer tijd.'

'Hoe weet je dat ik ontslag genomen heb? Van Müller?'

'Hij wilde weten wat hij moest doen.'

'Wat zijn dat voor vrienden?'

Lea haalt haar schouders op. Mensen van de televisie. Onder anderen.

'Geen belangstelling,' zegt Farwick. Hij kijkt niet op de klok. Hij weet hoe laat het is. En inderdaad, het volgende ogenblik beginnen alle klokken in het vertrek te slaan, elk op hun eigen toonhoogte. Tien uur. In de kantine zit zijn moordenaar op hem te wachten. Laat maar wachten, denkt Farwick. Tot hij een ons weegt!

Lea staat op. 'Wil je niet weten om wat voor werk het gaat?'

Farwick heeft zijn beide handen op het verband gelegd. Nee, er is niets opengebarsten. De pijn wordt ook weer wat minder. 'Geld interesseert me niet,' zegt hij. 'Ik heb geld zat. Ik haal het morgen allemaal van de bank en maak er dertig hoopjes van. Eén hoopje per jaar.'

'Zo kun je niet leven.'

'Correctie: veertig hoopjes.' Hij imiteert een buiging terwijl hij zit. 'Wat leuk dat je even langsgekomen bent. Goede reis naar huis.'

Ze doet een stap in zijn richting, maar Farwick slaagt er weer in straal langs haar heen te kijken. Een tijdlang blijft ze gewoon zo staan; eindelijk loopt ze zonder te groeten weg. Hij blijft waar hij is, misschien wel een halfuur. Als hij Pardons voetstappen op de trap hoort, gaat hij snel naar zijn kamer. Pardon roept hem, maar hij geeft geen antwoord.

Grambach zit voor zijn pc. Onder een ander e-mailadres heeft hij zich weer toegang verschaft tot Knights; zijn nieuwe personage draagt zijn naam, hij kon niet op een andere naam komen. Als Grambach kan hij nu weer uitvaren, maar hij doet het niet. Het is onverdraaglijk weer op een niveau te gaan spelen dat hij al ver achter zich heeft gelaten. Hij klikt op speciale missies. Voor nieuwelingen als hij zijn er daar maar weinig van, en vooral geen waarover in de kantine veel gepraat wordt: de Thames opvaren zonder te weten waarom. Misschien een gag van de makers.

Het is even na elven als er een signaal hoorbaar is dat er een nieuwe e-mail is binnengekomen. Die is afkomstig van Caroline. Het wordt langzamerhand tijd om de koffers te pakken, schrijft ze. Overmorgen vroeg op het vliegveld zijn. Dat blijft toch de afspraak?

Meer schrijft ze niet, maar onder aan het beeldscherm wordt een foto opgebouwd. Grambach scrolt naar beneden, maar het duurt lang voor er iets te zien valt. Een blauwe hemel, die overgaat in de zee. Eindelijk het strand. Caroline zit op een handdoek, op de handdoek naast haar zit niemand. Ze houdt de voorpagina van een Duitse krant omhoog. Hij zoomt in. Het is een krant van gisteren.

Grambach klikt op Antwoorden. 'Ik geloof je,' zegt hij. En dat hij stipt op tijd op het vliegveld zal zijn. Dan gaat hij naar bed.

Negen

Donderdag

Op donderdagochtend staat Grambach voor een huis in Westend in Frankfurt. Als hij aanbelt, gaat de deur meteen open. Maaßen verontschuldigt zich; zijn secretaresse is er helaas niet, ze moeten zichzelf zien te redden.

Maaßen is een stokoude man. Grambach schat dat hij ver over de tachtig is, maar hij loopt kaarsrecht. Zijn woonkamer is zijn kantoor. Of andersom. Hij lacht als hij dat zegt. Hij moet zich voor die slechte grap excuseren. Maar het is nu eenmaal niet anders! Hij heeft helaas nooit de tijd gevonden om met werken te stoppen. Thomas Weber was zijn laatste cliënt.

'U bent advocaat van de familie geweest?'

Maaßen heeft koffiegezet. Hij komt er nu mee de kamer binnen op een zilveren dienblad. Grambach biedt hem niet aan te helpen.

'Dat klopt. En ik ben zijn peetoom. De familie was heel klein geworden, vandaar.' Hij laat zich in een fauteuil vallen. 'Is het allemaal echt waar wat u vertelde?'

Grambach heeft een foto bij zich, die door de deskundigen zwaar is geretoucheerd. De advocaat hoeft maar even een blik te werpen. Ja ja.

'Ik wil geen beslag op uw tijd leggen. Laten we er maar van uitgaan dat het zelfmoord was. Waarom?'

'Wanneer zou u zelfmoord plegen?'

'Als het verder niet meer gaat? Als ik alles verkeerd heb gedaan en niet meer terug kan? Als ik failliet ben?'

Maaßen schudt zijn hoofd. 'Sorry, jongeman, dat zijn allemaal gemeenplaatsen. We moeten het concreter maken, anders hebben we niets. En om het concreet te kunnen maken hebben we mensen nodig.'

'Vertel eens.'

'Een tweeling,' zegt Maaßen. 'Twee kleine jongens. Hun vader was een schoolkameraad van Thomas. De twee waren onafscheidelijk. Robert is vroeg getrouwd. Ik dacht dat het toen wel voorbij zou zijn, maar de twee bleven bevriend. Later kreeg Robert kinderen, de tweeling, en Thomas werd hun peetoom.' Hij lacht. 'Peetoom zijn is een gewichtig iets, zei hij. En toen zijn ze allemaal doodgegaan. Binnen veertien dagen.'

Maaßen pauzeert even. 'Eerst senior. Thomas had maar een paar weken de tijd om een beslissing te nemen over het bedrijf. De banken wilden hom of kuit. En toen Robert, samen met zijn vrouw. In hun eerste vakantie zonder de kinderen, die waren bij Thomas.'

'Hoe dan?'

'Een ongeluk, een beetje mysterieus. Op de autosnelweg bij Garmisch. Er was geen ander voertuig bij betrokken. Waarschijnlijk ingeslapen achter het stuur.'

'En hij was de peetoom.'

'Klopt. Robert had maar één zus, een duister type. Drugs. Voor de kinderen betekende dat: naar een tehuis of naar de oom die een rijk man was. Ik moest dat indertijd tot een goed einde brengen. Hij mocht ze niet adopteren, omdat hij zelf niet gehuwd was. Maar we kregen wel het ouderlijk gezag. Hij heeft zijn huis verbouwd en een vrouw in dienst genomen. Het heeft de kinderen aan niets ontbroken, zoals het wel eens fraai wordt uitgedrukt.'

'En het bedrijf?'

'Dat heeft hij opgeheven. De op een na beste oplossing.'

Grambach nipt aan zijn koffie. Wat zou dan de beste oplossing zijn geweest?

'Doorgaan natuurlijk,' zegt Maaßen. 'Vechten. Een geslaagd ondernemer worden. Een bedrijf dat in zijn uitstervende branche ooit belangrijk is geweest op de een of andere manier radicaal veranderen. De concurrentie uit het veld slaan.'

Als Grambach zijn ogen zou sluiten dan zou hij een man van middelbare leeftijd horen. 'Maar hij heeft het opgeheven.'

'Dat was het enige wat je in zijn geval kon adviseren. Hoewel het iedereen aan het hart ging. Weber en Zonen. Sinds 1838. Afgelopen uit, voorbij.' Maaßens handen trillen niet als hij zijn kopje neerzet.

'Liefdevol,' zegt hij. 'Anders kun je het niet uitdrukken, liefdevol. Zoals hij met die kinderen omging. Hij, die tweeling en signora Xavicr. Dat was altijd een hemels gezicht. Prachtig.'

'Waarom heeft hij zelfmoord gepleegd?' zegt Grambach. 'Was hij failliet?'

'Ach, kom, dat kon niet eens!' Maaßen slaat op de leuning van zijn fauteuil. 'U moet eens goed luisteren. Het gaat altijd om mensen.'

'Om de kinderen?'

'Ja,' zegt Maaßen. 'Die hebben hem in de steek gelaten.'

Voor zover ze weten zijn de kinderen in het buitenland gaan studeren. Dat heeft mevrouw Xavier althans verteld.

'Bent u ooit uit huis gegaan?' Maaßen maakt een wegwuivend gebaar. 'Natuurlijk bent u uit huis gegaan. Hoe is dat gegaan? Had u ruzie.'

'Ik niet.'

'En? Bent u daar blij om?'

Waarom zou hij daar niet blij om zijn?

'Omdat je soms niet zonder ruzie weg mag. Soms moet je schreeuwen en onrechtvaardig zijn, zodat je echt weg kunt. Dat is bitter, maar dat dient ook een doel. Thomas heeft dat niet begrepen. Helaas.'

Grambach voelt zich hulpeloos. 'En financiële problemen zijn er niet?'

Maaßen drinkt zijn koffie alsof het water is. 'Beste vriend, als ik zo veel geld had als Thomas Weber, zou ik elke dag stomme streken uithalen. Zelfs op mijn leeftijd.'

Grambach haalt zijn notitieboekje tevoorschijn, hij voelt zich daarbij net een dwaas. Hoe kan hij de kinderen bereiken?

Maaßen pakt een plastic map van een bijzettafeltje. 'Mijn secretaresse heeft alle informatie verzameld. Maar u hoeft niet verder te zoeken. Thomas was iemand met wat een gebroken hart heet. Hij heeft een fout gemaakt. Hij heeft erop vertrouwd dat alles goed gaat als je alles goed doet. Dat was naïef. Om niet te zeggen dom.'

Grambach steekt zijn notitieboekje weer in zijn zak. En er is echt geen financiële ramp geschied? Had hij misschien speelschulden? Of is hij wellicht afgeperst?

'Dan had ik het geweten,' zegt Maaßen. 'Op de stoel waar u nu zit, heeft hij de laatste twee jaar gezeten. En hij praatte over vroeger. Nergens anders over. Over hun zeilvakanties. Over de ellende die de jongens op school aanrichtten doordat ze zo op elkaar leken. En telkens draaide het uit op huilen. Om eerlijk te zijn, ik vond het helemaal niet leuk meer als hij langskwam.'

Een testament?

'Natuurlijk. Tien jaar geleden opgemaakt en nooit veranderd. Alles gaat naar de kinderen.'

Voor zover de politie nu weet, deed Weber ook aan jagen.

'Nee, ik heb een jachtgebied in de Taunus. Vroeger ging hij wel eens mee. Sinds ik er niet meer aan doe, doet hij het ook niet meer.'

Maar hij kan wel schieten.

'En hoe! Een groot talent. Ik was er helemaal niets bij. Maar in wezen had hij er geen belangstelling voor.'

Grambach staat op. Hij moet weg. O ja, hij heeft nog vergeten te vragen naar een vrouw. Misschien pas onlangs leren kennen?

'Nee!' zegt Maaßen. 'Geen vrouw.'

En de nieuwe auto? Een sportwagen. Dat zou een aanwijzing in die richting kunnen zijn.

'Toen hij het ouderlijk gezag verwierf, moesten we erg voorzichtig zijn. Omdat hij niet getrouwd was, begrijpt u. En in het algemeen. We konden niet zomaar overal de waarheid zeggen.' De advocaat maakt een grimas. 'U bent politieman. U kunt zelf wel uw conclusies trekken!'

'Ik begrijp het,' zegt Grambach. De advocaat hoeft geen moeite te doen, hij komt er zelf wel uit.

Maar Maaßen is al overeind gekomen. 'Ik ben oud. Maar niet stijf. En ook niet in verval. Ik breng u naar de deur.'

Farwick is weer in het park. Pardon zit voor zijn monitoren en werkt. De nieuwe versie is toch beter dan de oude, heeft hij bij het ontbijt gezegd. Als er vele mogelijkheden voor een verhaal zijn, komen de details vanzelf. Hij vindt het al niet erg meer, al die details die hij moest wissen. Ze hebben amper een woord vuilgemaakt aan Lea's bezoek. Farwick had zich willen verontschuldigen, maar Pardon wilde er niets van weten.

'Ik bel de politie,' heeft Farwick ten slotte gezegd. 'Ik maak een eind aan deze poppenkast. Ik zeg dat de hele kwestie mij wel interesseerde, maar dat jij het me afgeraden hebt. Ze moeten die Kunstfeld oppakken.'

Pardon was een beetje verbaasd. Misschien, denkt Farwick nu, heeft hij er toch op gegokt dat er een grote finale zou komen. Hij kent dat. Vroeger waren er de jongeren die waarschuwden als het precair werd. Je kon dan aan hun stemmen horen dat ze graag wilden dat het gewoon verderging. Ze praatten alleen maar zo om achteraf te kunnen zeggen dat ze ertegen waren geweest. Maar uiteindelijk heeft Pardon alleen maar geknikt. Goede beslissing. En wanneer?

Farwick wil nog even wachten. Of misschien wil hij er alleen maar heel zeker van zijn dat hij het moment bepaalt. Het moment waarop Kunstfeld zal sterven en hijzelf aan zijn nieuwe leven begint.

Hij spreidt zijn armen. 's Ochtends was er op de radio gezegd dat deze eeuwige lente nu plotseling zou overgaan in de zomer. Voor de avond is er zelfs onweer voorspeld. Inderdaad hangen er boven het bos achter het park zware wolken. Ze worden door de zon beschenen en lijken overweldigend driedimensionaal.

Farwick heeft besloten zich per e-mail bij Grambach te melden. Dat haalt het panische element weg. In het spel heeft hij Kunstfeld een bericht geschreven: hij was helaas verhinderd. Tot nu toe heeft hij geen antwoord gekregen, maar zijn afwezigheid gisteravond heeft die dwaas vast niet verjaagd. Bovendien is hij door zijn naam in het spel altijd te achterhalen. Dat heeft ook Pardon gezegd.

Farwick gaat op een bankje zitten en zet zijn nieuwe mobieltje aan. Hij wil al sinds enkele dagen zijn moeder bellen, maar hij vergeet het telkens weer. Plotseling begint het toestel in zijn hand te trillen. Farwick schrikt op; daar was hij niet aan gewend. Pas na een paar seconden wordt de melodie hoorbaar. Het duurt even voor hij het telefoontje kan aannemen. 'Ja,' zegt hij.

Aan de andere kant van de lijn hoort hij verkeerslawaai.

'Met wie spreek ik?'

Een vrouwenstem begint te spreken. Het lijkt op iets als het begin van een verkooppraatje.

'Nee, dank u,' zegt Farwick. Hij heeft echt niets nodig, wat het ook is. Maar terwijl hij nog praat begint hij te beseffen dat het Marlene is.

'We herhalen graag ons aanbod, als het u wat beter uitkomt. We staan altijd persoonlijk voor u klaar. Misschien vanavond om negen uur?'

'Als het niet anders kan.' Aan de andere kant van de lijn wordt opgehangen.

Farwick is geïrriteerd. Altijd als hij op het punt staat Marlene te vergeten, komt ze terug en doet iets onmogelijks. Eigenlijk slaat ze alleen nog maar een hoop onzin uit. Hij loopt verder. Zijn been is vanochtend weer in orde, maar daar laat hij zich niet meer door om de tuin leiden. Hij weet dat hij vanaf nu uit louter zwakke plekken bestaat. Hun aantal zal toenemen, tot ze zich op een bepaald ogenblik zullen samenvoegen tot één grote zwakke plek.

Hij drukt toetsen in op zijn mobieltje. Het nummer van het laatste telefoontje kan niet worden weergegeven. Hij belt Marlene op, haar nummers behoren tot de weinige die hij vanbuiten kent. Maar ze neemt niet op. Vreest ze misschien dat ze afgeluisterd wordt? Farwick dwingt zichzelf er niet meer aan te denken. Hij wil zich niet verantwoordelijk voelen. Maar dan maakt hij rechtsomkeert en loopt in de richting van het kasteel.

Voor het huis van Weber wacht mevrouw Xavier op Grambach. Ze verontschuldigt zich voor het telefoontje. Dat heeft ze al gedaan toen Berntrieder haar voor de tweede keer belde. Ze is rond de vijftig, heeft zwart haar met lichtzilveren slierten erin. Ze is een mooie vrouw; Grambach heeft zich haar heel anders voorgesteld. Het liefst zou hij zich verontschuldigen. Hij legt zijn hand op haar schouder. Het is toch heel natuurlijk dat je overstuur raakt als zoiets je overkomt.

Ze opent de deur en gaat voor. Grambach laat zich geduldig alles wijzen. Ze blijft niet lang op de begane grond, op de eerste verdieping brengt zij hem meteen naar de werkkamer van Weber. Grambach doet alsof hij verbaasd is.

'Een kunstwerk,' zegt mevrouw Xavier. Ze spreekt met een heel licht accent.

'En hoe kun je hier vinden wat je zoekt? Of onthield meneer Weber het allemaal?'

'Hij kende het niet vanbuiten.' Midden uit het schilderij met het landschap trekt ze een ordner met een wandelaar op de rug. Ze slaat die voor Grambach open. 'Alles staat hierin,' zegt ze en ze tikt met haar vinger op de inhoud. De ordner bevat een register voor het hele bestand. 'Ik laat u alleen.'

'Wacht even!' zegt Grambach. 'U weet dat het ernaar uitziet dat hij zelfmoord heeft gepleegd. Hebt u daar een verklaring voor?'

'Wat is een verklaring?'

'Waarom hij het gedaan zou kunnen hebben?'

'Ik begrijp wat u bedoelt. Maar wat heb je eigenlijk als je een verklaring hebt? Zijn kinderen zijn weg. Meneer Weber is dood. Dat is alles. Basta.'

'Hij was er niet tegen opgewassen alleen te zijn?'

'Meneer Weber kon heel goed alleen zijn. Meneer Weber was een specialist in het alleen zijn.' Ze lacht, even maar, bijna boosaardig. 'Nee nee. Ik kan u niets vertellen.' Ze wijst om zich heen. 'Het staat hier allemaal in. Kijkt u zelf maar. Leest u maar. Ik ben beneden in de keuken. U komt van ver. Ik maak wel wat te eten klaar.'

Grambach heeft geen honger en zegt dat ook. Te laat schiet hem te binnen dat mevrouw Xavier misschien voor het laatst in dit huis voor iemand kan koken. 'Nee, dank u,' zegt hij. 'Maar misschien koffie?'

Met het register bij de hand heeft hij snel gevonden wat hij zoekt. De papieren over zijn kinderen, de bevestiging van het ouderlijk gezag, schoolafspraken, speciale geldbeleggingen op hun naam, spaarregelingen voor hun opleiding. Zelfs als Weber nog dertig jaar had geleefd, zouden ze niet snel in geldnood zijn geraakt. Nu zijn ze rijk.

Grambach laat zich door mevrouw Xavier de wapenkast in de kelder tonen. Daar zou je lang naar moeten zoeken. Hij is deugdelijk aan de muur bevestigd, en daarvoor is een gereedschapskast gebouwd waaraan een stuk achterwand ontbreekt. Grambach wacht tot hij alleen is, dan maakt hij hem open. Van de drie geregistreerde wapens ontbreekt er een. Hij sluit de kast weer af en gaat naar boven. Zijn koffie staat al op het buffet tussen keuken en woonkamer.

'U hebt hier nooit gewoond?' vraagt Grambach.

'Nee. De mensen roddelen snel. Meneer Weber was heel voorzichtig.'

'Hij was homoseksueel.' Het klinkt altijd zo onbeschaamd als je over doden praat, denkt Grambach, wat je ook zegt.

Mevrouw Xavier gaat tegenover hem zitten. 'Een flikker,' zegt ze. Voor het eerst glimlacht ze. 'Maar... hoe moet ik het zeggen.' Ze knipt met haar vingers. 'Ik ben katholiek. Maar ik ga niet naar de kerk. Zo was het ook met meneer Weber.'

Vanwege de kinderen?

'Alles vanwege de kinderen.'

Als hij zijn koffie opheeft, gaat Grambach nogmaals naar de werkkamer. Na een uur is hij ervan overtuigd dat er geen afscheidsbrief is, tenzij Weber per se wilde dat die niet gevonden wordt. Er is ook geen aanwijzing voor een relatie met Farwick. De telefoon gaat een paar maal over. Grambach hoort hoe mevrouw Xavier beneden de hoorn opneemt; ze spreekt telkens maar even.

Het loopt tegen drieën. Hij kan Berntrieder bellen en zeggen dat hij nog niet klaar is en vandaag ook niet meer naar het hoofdbureau komt. Tot morgenochtend heeft hij dan zijn handen vrij. Hij belt, Berntrieder zit niet op zijn plek; hij laat een boodschap achter. Dan neemt hij afscheid van mevrouw Xavier. 'Wat gaat u nu doen?'

'Er is veel werk te doen.' Ze maakt een handbeweging boven haar hoofd. 'De kinderen komen. Alles moet weg.'

Grambach wenst haar geluk. Hij belt een taxi en laat zich naar het station brengen. Even voor zessen zal hij thuis zijn. De reis naar Keulen gaat razendsnel. Tweemaal gaat zijn mobieltje over, maar de verbinding wordt meteen weer verbroken. Hij moet een tijdje wachten op de streektrein, hij kan alleen nog maar een kaartje krijgen voor een klapstoeltje in de wagon voor de fietsers.

Wat hij nu langzamerhand moet gaan geloven, staat hem helemaal niet aan. Zoals het er nu naar uitziet ging het niet om geld. Dit is iets heel anders. Misschien zijn ze aan de praat geraakt toen Weber al voor zichzelf had besloten er een eind aan te maken. En Farwick heeft gevraagd hem mee te nemen. Of Farwicks verzoek heeft Weber op het idee gebracht zelfmoord te plegen.

Hoe dan ook, wat een erbarmelijk spel! Een lafaard laat een ongelukkige op zich schieten en ontkent het daarna. Opnieuw voelt Grambach hoezeer hij dat soort rare zaken verafschuwt. Hij wil er geen meer horen. Uiterlijk morgenochtend zal hij de man op het kasteel ertoe brengen alles toe te geven, en daarna mogen anderen zich met zijn ondraaglijke leven bezighouden.

Zijn mobieltje geeft het sein dat er een sms is binnengekomen. Hij wil haar opbellen maar de trein rijdt juist een gebied zonder bereik binnen. Hij vloekt. Zodra alles afgerond is, kan hij zijn koffers pakken en verhuizen. Eindelijk is hij thuis.

Er is weer bereik. Merz heeft eerst geschreven dat ze er vroeger zal zijn dan verwacht. En nu schrijft ze dat ze voor zijn huis staat. Grambach loopt harder. Het is te laat om inkopen te doen. Dan blijkt er een straat afgezet en moet hij een omweg maken. Hij zweet. Misschien heeft het ermee te maken dat het weer schijnt te gaan veranderen. In het park kijkt hij om zich heen om Merz te vinden, maar ze is er niet. Ze zit op de trap voor zijn deur. Hij spreidt zijn armen. Sorry! Geen bereik in de trein. Ze staat op, hij wil haar in zijn armen nemen, maar haar tas zit ertussen. Naast elkaar lopen ze de trap op naar zijn woning.

'Ik heb bijna niets in huis,' zegt Grambach.

'Kan me niet schelen. Ik kom hier niet om te eten. Waar heb je gezeten?'

'Ik was onderweg. Beroepshalve.'

'Nog nieuws?'

'Niets bijzonders.' Ze vraagt het, denkt Grambach, alsof ze zijn baas is.

'En je denkt nog steeds dat de zaak morgen is opgelost? Ik bedoel dat je het bewijs dan tegen hem rond hebt?'

Grambachs eerste impuls is niet meer te antwoorden. Hij knikt alleen maar, maar zelfs daarbij heeft hij het gevoel dat hij iemand verraadt.

Merz zet haar tas op de keukentafel en haalt er iets uit, een papier in een plastic mapje. Ze reikt hem aan. 'Dat is voor jou. Heeft Luise gemaakt.'

Grambach verwacht een kindertekening. Maar dit is iets anders. Het is een foto die op groot formaat is afgedrukt, aan de zijkanten is hij een beetje smerig. Het bekende tafereel: Farwick aan de rand van de springbak met de handen in zijn zij, zijn blik op de scheidsrechter bij de balk gericht, die met een stalen blik opzij kijkt.

Merz tikt met haar vinger op de foto. 'Ze heeft het van de dvd gekopieerd. Zeg eens iets!'

Grambach weet niet of ze woedend is. Hij wil het zo graag over heel iets anders hebben. Hij gaat aan de keukentafel zitten met de foto nog steeds in zijn hand.

Ze blijft voor hem staan. 'Je neemt het hem kwalijk dat hij nog leeft.'

'Ach, kom, ik vind hem sympathiek.'

'Je liegt.'

Nee, je kunt niet zeggen dat ze woedend is. Ze maakt eerder de indruk op een gevaarlijke manier geconcentreerd te zijn. Grambach zoekt naar een woord om ontspanning te brengen in de situatie. Maar hij vindt er geen. En daardoor vindt hij zijn zwijgen meteen onverdraaglijk.

'Ik heb je ooit verteld hoe het met Mischa was. Luises vader.'

Grambach wil iets zeggen, maar zij maakt een bezwerend gebaar. 'Ik heb niet gelogen. Misschien hadden we onze toekomst inderdaad al achter ons. Maar misschien was het ook anders. En heb ik het enkel bij mezelf gezegd om een punt achter alles te kunnen zetten.'

Eindelijk gaat ze aan de keukentafel zitten. 'Na Mischa heb ik alleen maar vreselijke mannen gekend. Louter domme jongens. Een van hen heb ik ooit gezegd dat ik een dochter had, en hij zei: Cool! Toen Roland in mijn leven kwam, was ik zo blij. Dat wil je niet geloven!'

Grambach houdt haar de foto voor. 'Wil je naar hem terug?'

Ze schudt alleen maar haar hoofd.

Hij legt de foto op tafel. 'Dit hier is de laatste zaak die ik doe. Ik houd ermee op.'

'Wat ga je dan doen?'

'Ik ben jurist,' zegt Grambach. 'Als ik me een beetje inspan, haal ik die paar jaar wel in.' Hij lacht overdreven. Dat was een grapje. Hij heeft geen idee.

'Ik denk dat je een genie bent.'

'Sorry,' zegt Grambach. 'Ik heb honger. En jij wilt zeker ook wel iets eten, hè?'

Ze kijkt op de klok.

Pardon laat Farwick maar even toe op zijn pc's, zodat hij een e-mail kan schrijven aan Grambach. Pardon is in een opperbeste stemming. Hij heeft zojuist het bericht ontvangen dat een productiemaatschappij de filmrechten van zijn nieuwe reeks boeken wil kopen. Hij zal de mensen morgen al ontmoeten, op het vliegveld, ze komen alleen voor dat gesprek uit Londen en vliegen meteen erna weer terug.

Farwick kan zich amper concentreren. Hij moet aan Marlene denken, wat hem ergert. Wat betekent dat voor hem, vraagt Farwick.

'Iets heel banaals,' zegt Pardon vrolijk. 'Geld, geld, geld.' Hij schrijft e-mails aan mensen die hem vooraf nog goede adviezen moeten geven. 'En met jou? Alles oké?'

'Ik laat je weer alleen,' zegt Farwick.

Hij blijft de hele middag in de logeerkamer, maar lezen kan hij niet. Hij is voortdurend in de verleiding Pardon te vertellen over het telefoontje van Marlene, maar zijn angst zich belachelijk te maken is te groot. Hij heeft zijn mobieltje constant onder handbereik. Tegen zevenen gaat hij naar het restaurant in het kasteel. Een kelner klapt juist de tafeltjes op het terras in. Sorry, er is onweer aangekondigd. Hoewel het daar niet naar uitziet. Eén tafeltje laat hij staan.

Farwick bestelt iets. Hij zou nu graag iets doen om zich te verstrooien. Als Pardon niet zo druk was, had hij verder Londen in gekund. Zelfs als het maar een grap van de makers is, wil je toch weten waar het ten slotte op uitdraait.

Hij bestelt iets en eet het op; daarna blijft hij zitten wachten. Zijn mobieltje ligt voor hem op tafel. Er komt vast geen onweer. In de loop van de dag zijn alle wolken weer verdwenen, het is wel warmer dan de vorige avonden, maar het is niet drukkend of zwoel. Farwick heeft voor de tweede keer een douche genomen; sinds vanochtend heeft hij geen verband meer om, hij heeft alleen twee grote pleisters. Het is een goed gevoel, bijna alsof hij naakt is.

Ik zou met Reinhard moeten praten, denkt hij. Sinds de winter na zijn afscheid van de sport heeft hij hem niet meer gezien. Toen hij hem destijds uitlegde wat hij voor Müller moest doen, zei Reinhard: Veel geluk. En of hij voor hem moest bidden? Hij was veel serieuzer geworden. Hij studeerde rechten en theologie. Binnen afzienbare tijd moest hij beslissen; dan zou een van beide winnen, God of de wet. Toen Farwick hem van zijn scheiding op de hoogte had gebracht, sprak hij dat woord uit. Nietigverklaring.

Het was even voor kerst en het sneeuwde. Een gril volgend gingen ze naar het zwembad. Ze stonden bij de kassa en zagen het lege bassin. De tegels glinsterden prachtig blauw in de zee van wit waarin de ligstoelen stonden.

Als ik met Ruth ga trouwen, denkt Farwick, moet hij het huwelijk inzegenen. Ze mogen kerkelijk trouwen, zijn huwelijk heeft immers nooit bestaan. Müller zou natuurlijk getuige moeten zijn. Dat is Farwick hem schuldig. Tweede getuige zou de politieman kunnen zijn. En in de achterste kerkbank zou de arme dwaas zitten, handen geboeid, rechts en links van hem een man in uniform.

Farwick weegt het mobieltje. En waar moet Marlene zitten?

Morgen kan Ruth de test laten doen. Het spijt hem dat hij zich na haar telefoontje bij Pardon niet meer bij haar heeft gemeld. Maar daar is het nu niet de juiste tijd voor. Hij belt zijn moeder op. Het duurt even voordat ze opneemt, en dan duurt het even voordat ze weet met wie ze spreekt. Farwick verontschuldigt zich. Hij heeft een nieuw nummer. Ze heeft hem vast niet kunnen bereiken. Ze begrijpt hem niet. Terwijl hij alles herhaalt, begrijpt hij dat ze hem niet heeft proberen te bellen.

'Je bent toch nooit thuis,' zegt ze. En na een pauze: 'Hoe gaat het met je?'

'Met mij is alles goed.'

Misschien knikt zijn moeder aan de andere kant van de lijn. Misschien kun je op haar gezicht de opluchting aflezen. Haar enige kind leeft en is gezond. Heeft alleen wat pleisters op zijn hoofd, maar kan verder wel tachtig worden. Maar ze zwijgt.

'Mama. Wat is er?'

'Ik kan er niet op komen. Ik wilde je per se iets vertellen. Maar nu je opbelt, kan ik er niet op komen. Ik ben even in de war.'

'Dan bel ik je morgen weer.'

Ze antwoordt niet. Farwick drukt het gesprek weg en staat op. Hij hoeft niet op de kelner te wachten. Het restaurant stuurt Pardon elke maand een rekening. Langs de stallen en schuren loopt hij langzaam naar het poortgebouw.

'Waar gaan we naartoe?' vraagt Merz.

Grambach wil op de bonnefooi eropuit. Als ze naast elkaar het huis verlaten, komt er net een jongeman uit de zaak beneden en zet een bord op straat. Daar staan maar twee woorden op in stuntelig handschrift: HEROPENING VANDAAG.

'U durft,' zegt Grambach.

De jongeman grijnst. 'We dachten, kom, we beginnen gewoon. Alles stond er nog. We hoefden alleen maar een beetje schoon te maken.'

'En wat voor restaurant wilt u dan worden?'

'Weten we nog niet. Kom binnen. We hebben flink ingekocht. We kunnen van alles klaarmaken.'

Grambach kijkt Merz aan. Ze maakt een gebaar: voor mijn part. Binnen vindt Grambach eigenlijk niets veranderd, alleen is alles weg wat niet vastzat, alle schilderijen, vazen, de Griekse namaakzuilen, de beschilderde borden. Alle planten zijn verdwenen. Er liggen niet eens lakens op de tafeltjes.

Wat hem als eerste te binnen schiet, zegt de jongeman, zijn omeletten. Hij maakt er een handbeweging bij als van een goochelaar op het hoogtepunt van zijn truc. 'Mijn vriendin is in de keuken.'

'Prima,' zegt Merz. Ze kijkt weer op haar horloge.

'Geen zorgen! Het gaat bliksemsnel.' Als Grambach hem naroept voor de drankjes, grijpt de jongeman naar zijn hoofd. Hij herhaalt alles luid en verdwijnt de keuken in.

'Die zijn gek,' zegt Grambach. 'Hier komt niemand meer.'

'Maar wij zijn er toch,' zegt Merz.

Hij wil haar hand pakken, maar zij trekt die terug. 'Je hebt vast een plan. Vertel eens.'

Nee. Hij heeft geen plan. Integendeel! 'Het wordt een en al avontuur,' zegt hij. Dan pakt hij weer haar hand. Ditmaal laat ze het toe, maar hij voelt haar verzet. 'En ik wil dat je met me meegaat.'

'Geen avonturen meer. Mijn eerste man is dood omdat zijn kameraden niet begrepen wat er aan de hand was. En mijn tweede man schakelt iemand in om zich dood te laten schieten.'

Er komt een paartje de zaak binnen.

'Moet je je voorstellen,' zegt Merz. 'Dat is mijn leven. Alles moet nu heel snel heel anders worden. Anders zit ik binnenkort enkel herinneringen op te halen en word ik gek.'

'Onzin,' zegt Grambach.

Ze trekt haar hand terug. 'Wanneer komt ze?'

'Caroline? Morgen.'

'Haal je haar af?'

'Ik breng haar de auto. Ik weet niet waar ze dan naartoe rijdt. Tussen ons is het voorbij.'

'Weet je niet,' zegt Merz. 'Misschien staat die nieuwe man haar alweer tegen. Of ze wil liever jou, alleen om alles bij het oude te houden.'

'Dat speelt geen rol. Ik bepaal wat er met ons beiden gebeurt.'

Ze krijgen hun drankjes. Dan praten ze een tijdje over koetjes en kalfjes.

Plotseling zegt Merz: 'Jij bepaalt alleen maar dat je niets doet. Ik doe je een voorstel. Als je Roland laat lopen, zal ik erover denken met je mee te gaan.' Ze lacht. 'Op je avontuur.' Ze leunt achterover en strijkt een haarsliert achter haar oor. Met beide handen pakt ze haar glas. 'Ik hoef niet per se te werken. Ik krijg van Mischa's ouders tweeduizend per maand. Zolang het goed gaat met Luise, vraagt niemand me wat ik daarmee doe.'

Hoe ziet zij het dan?

'Het was die Weber. Die heeft op Roland geschoten. Stel het gewoon zo voor alsof hij op eigen initiatief op Roland heeft geschoten. Daar ben je toe in staat, dat weet ik zeker.'

'Ik denk...' zegt Grambach.

Ze onderbreekt hem. 'Daar ben je toe in staat! Weber is dood.'

'Hoe weet je dat?'

'Ik heb hem vanmiddag opgebeld. Er kwam een vrouw aan de telefoon. Hij heeft zelfmoord gepleegd.' Ze buigt zich over de tafel. 'Ludger, alsjeblieft! Gooi de voor Roland belastende bewijzen weg.'

Grambach zwijgt.

'Of heb je helemaal niets?' Ze fronst haar voorhoofd. 'Je bent bij hem geweest. De vrouw vertelde dat ze niet kon praten omdat de politie in huis was. Jij was er op dat moment, hè? En je hebt helemaal niets gevonden!'

De jongeman komt naar hen toe. Hij blijft op enige afstand staan. Alles in orde? De omeletten komen dadelijk.

'Je hebt niets gevonden,' zegt Merz. Heel langzaam schudt ze haar hoofd. 'Als je iets had gevonden, zouden we hier niet zitten. Je hebt enkel dat rare geklets van hem tijdens dat spel, maar geen bewijzen.' Plotseling slaat ze met haar vlakke hand op tafel. 'Heb ik gelijk of niet?'

De jongeman gaat terug naar de bar.

'Kijk,' zegt Grambach luid. 'Hun eerste gasten, en dan meteen ruzie.'

'Laat hem lopen!' Merz pakt Grambach bij zijn mouw. 'Doe me dat plezier. Ik wil niet dat hij in het gekkenhuis terechtkomt. Daar kan ik niet mee leven.' Ze trekt een beetje aan zijn mouw. 'Alsjeblieft!'

'Je brengt me in een onmogelijke positie.'

Een jonge vrouw serveert de omeletten. Ze lijkt nerveus, maar ze is vrolijk. 'Smakelijk eten,' zegt ze. 'Dit is mijn eerste bestelling. Als het niet smaakt, hoeft u niets te betalen.'

'Het ziet er goed uit,' zegt Grambach.

Merz snijdt een stuk omelet af en kauwt er langzaam op. 'Als ze zo koken, hebben ze een kans. En nu moet je een besluit nemen. Je hebt gezegd dat je hem mag. Word toch gewoon vrienden. Als hij weer de oude is, kan hij jouw fitness begeleiden.'

Grambach heeft zijn vork en mes nog niet ter hand genomen. 'Ik ben politieman. Ik kan niet zomaar doen wat ik wil.'

Ze snijdt het volgende stukje af. 'Smaakt echt lekker. Je hebt de tijd tot ik klaar ben.'

Grambach verroert zich niet. Om de paar seconden wil hij aan een zin beginnen, maar hij krijgt er geen over zijn lippen. En de tijd verstrijkt snel.

Als Merz klaar is, legt ze haar bestek op tafel. 'Ik dacht dat ik uitgenodigd was.' Ze staat op. 'Ik ga nu. Ik moet nog iets doen. Het is niet waarschijnlijk dat we elkaar snel terugzien. Ik wens je alle goeds.' Ze reikt hem haar hand. Dan verlaat ze de zaak zonder zich nog eenmaal om te draaien.

Grambach blijft zitten. Hij trekt zijn mobieltje uit zijn zak en legt het voor zich op tafel. Het zou nu kunnen overgaan. Zijn moeder zou kunnen opbellen en zeggen: Ludger, moet je horen! Papa is niet in orde. En hij zou dan kunnen denken: nu is het zover. Nu wordt het menens.

'Zo slecht kan het toch niet zijn,' zegt de man achter de bar.

'Nee,' zegt Grambach. Hij belt Marlene op. Haar toestel is uitgeschakeld. Dan begint hij eindelijk te eten. Het is nog juist warm genoeg. Daarna bestelt hij koffie.

Grambach heeft Anka, het meisje uit de Finke, nog eenmaal gezien. Hij was pas weer terug in de stad toen ze naar een café werden geroepen. Ze zat er op het trottoir en hield het hoofd vast van een oude man die op straat lag.

Snel werd alles duidelijk. Ze werkte 's ochtends bij een advocaat en 's middags in het café. Haar man, de eigenaar van de zaak, was mateloos jaloers. Er was voortdurend ruzie. De gasten waren daaraan gewend geraakt, niemand lette er meer op.

Op die avond was ze het café uit gerend. Hij achter haar aan, met een mes. Twee jongemannen die nergens van wisten, renden hem na. Nog voordat hij haar bereikte, waren ze bij hem. Ze wilden het mes van hem afpakken, maar hij verzette zich. Ze sloegen hem, hij viel, daaraan overleed hij, letterlijk in de armen van zijn vrouw.

Grambach herkende haar meteen. Zij hem ook. Ze zei: Wat doe jij dan hier? En hij: Vaststellen wat er is gebeurd. Hij moest haar verhoren. Hij was blij toen hij later hoorde dat ze naar elders was verhuisd.

Nu zet hij de pc aan en gaat op internet. Het signaal voor nieuw binnengekomen e-mails klinkt op, maar hij kijkt minutenlang alleen maar naar de startpagina. Na korte tijd herhalen de beelden zich bij het nieuws van de avond. Grambach zou willen dat hij echt een genie was. Genieën, zei Prack ooit, zijn mensen die op ja-en-neevragen een derde antwoord weten. Eindelijk roept hij Farwicks provider op en klikt op het e-mailprogramma.

Hij kent het adres nog uit zijn hoofd. Voor het wachtwoord moet hij zijn notitieboekje openslaan. Hij tikt het wachtwoord in. 8771, daarachter de naam. Het is allemaal volkomen uitzichtloos. Hijzelf heeft Farwick aangeraden zijn codes te veranderen.

En dan blijkt het toch te functioneren. Grambach is enkele malen op plekken geweest waar hij rechtmatig niets te zoeken had, maar hij heeft het nooit zo gênant gevonden als nu.

De inbox is leeg. Er zijn ook geen e-mails bewaard. En in de map voor verzonden e-mails zit er maar een. Grambach klikt hem aan, hij kent het adres. Farwick heeft gisteren aan Merz geschreven. Alleen een getal, kennelijk een mobiel nummer, verder niets.

Ze is bij hem! En ze vertelt hem alles. Nu weet hij wie Kunstfeld is.

Grambach is er niet ontsteld over dat hij zo'n stommeling is geweest, hij is niet eens bedroefd. Het geeft hem bijna een goed gevoel te weten hoezeer hij zich heeft vergist. Het is net als toen op het balkon boven het kerkhof. Vanaf nu kan hij zich niets meer wijsmaken. Hij tikt het nummer in het telefoonboek van zijn mobieltje. En opnieuw heeft hij weinig tijd.

Op de gang zoekt hij de papieren over Weber die hij van diens advocaat heeft gekregen; hij vindt ze niet meteen, vloekt zachtjes, en dan blijken ze op de keukentafel te liggen, naast de foto van Farwick. Hij pakt alles op. Als hij al in het trappenhuis is, maakt hij rechtsomkeert en trekt een schoon overhemd aan.

Carolines auto staat een paar straten verderop op een parkeerterrein. Het is een oude Golf, pas bij de derde poging wil hij starten. Een paar minuten later stopt Grambach bij Ruths huis. Hij stapt uit, loopt nog eens terug om de papieren te halen en belt aan. Ruth doet open, ze draagt verpleegsterskleding.

'Bent u weer aan het werk?' vraagt Grambach.

'Sinds vandaag.' Ze nodigt hem met een gebaar uit binnen te komen. 'We hebben te weinig personeel.' Ze lopen samen naar de woonkamer. Ze gaat op de leren bank zitten en trekt haar benen weer onder haar lichaam. 'Nieuws?'

Grambach blijft staan. 'Het was een man die Weber heette. Maar om hem hoeven we ons niet meer druk te maken, die ligt in het pathologisch instituut. Hij heeft zichzelf doodgeschoten.'

'O?'

Het is haar niet aan te zien hoezeer haar dat aanpakt. Grambach legt de papieren op een laag tafeltje.

Ze pakt ze niet op. 'Is dat de man met wie hij contact had?'

'Misschien,' zegt Grambach. 'Maar wat u zal verbazen: hij heeft zelf de opdracht gegeven op hem te schieten, het ging op bestelling.'

'Waarom?'

'Dat doet niet ter zake. Het is uitlokking tot moord.'

Ze zwijgen. De kleine klok slaat; het is kwart voor negen.

'Ga zitten,' zegt Ruth. 'Wilt u iets drinken?' Ze haalt een fles en twee glazen uit een kast. Ze zet alles op tafel. 'En waarom wil hij nu kinderen?'

'Ik vermoed dat hij zijn plannen veranderd heeft.'

Ze schenkt in, Grambach schermt zijn glas af met zijn hand.

'En nu gaat u hem arresteren.'

'Ik moet wel.'

Ruth drinkt. 'Ik ben vijfenveertig jaar. Weet u hoe groot de kans is om in mijn geval zwanger te worden na één poging?'

Grambach heeft ooit getallen gehoord. Caroline heeft ze hem voorgelezen. 'Nee,' zegt hij.

'Voor zover het nog mogelijk is: nul komma twee procent. Hoe vaak moet ik het dus doen, statistisch gezien?'

'Vijfhonderd keer,' zegt Grambach. 'Bent u zwanger?'

'Vraagt u me dat als politieman?'

'Nee, als vriend.'

Ruth lacht en proost. 'Dan gaat u nu maar uw vriend oppakken.'

Grambach staat op. 'Ik heb een andere beslissing genomen. Ik heb besloten hem niet lastig te vallen. Niemand behalve ik is op de hoogte. De schutter is dood. Ik kan alles laten rusten. Op een voorwaarde.'

'En dat is?'

'Hij moet bij u blijven. U moet voor hem zorgen.'

'Ik ben niet zwanger. De kans is een op vijfhonderd.'

'Maar die wordt elke dag groter. Alstublieft! Ik wil iets voor hem doen.'

'Spreekt u de waarheid?' Ruth schenkt zichzelf weer in.

'Ja, natuurlijk.' Grambach loopt voor de glazen pui van het terras heen en weer. Hij ziet zijn spiegelbeeld in de donkere bomen. Zijn angst is die van een kleine jongen. Zodra hij zwijgt zullen ze zeggen dat hij gelogen heeft. Dus praat hij verder. 'Hij heeft me ooit geholpen. Moet ik u dat vertellen?'

'Nee,' zegt Ruth. 'Zeg me alleen wat ik moet doen.'

'Trek andere kleren aan. En dan komt u met mij mee. Nu meteen!'

De grote poort staat open. Als Farwick naar buiten gaat, is het nog geen negen uur, maar Marlenes auto staat al op de parkeerplaats. Wat heeft hij altijd afgegeven op die piepkleine auto waarin hij het nog geen kwartier uithield.

Ze ziet hem meteen. Ze stapt uit, maar zegt niets tot ze tegenover hem staat. 'Hallo,' zegt ze dan.

Ze staan midden op de brug. 'Zie je wel,' zegt Farwick. 'Ik kan me weer goed bewegen. Alles onder controle. Wat jij hebt meegemaakt was de moeite niet waard.' Hij reikt haar zijn hand.

Ze maakt het gebaar van telefoneren. 'Sorry van al die poespas. Maar ik denk dat je in de gaten wordt gehouden.'

Farwick keert zich om naar de poort. 'Onzin. Wat weet jij daar nu van!'

Ze verroert zich niet. 'In elk geval meer dan jij. Ik ben hier om je te helpen. Ik wil niet dat je moeilijkheden krijgt.'

'Je haalt de dingen door elkaar. Er is op mij geschoten. De man die dat gedaan heeft, krijgt moeilijkheden. Grote moeilijkheden. Heel snel.'

'Je bent en blijft een kind,' zegt Marlene. 'Een groot dom kind.'

Wat een mooie vrouw, denkt Farwick. Hij had haar moeten behandelen alsof hij iemand was die zich niets aantrekt van andere mensen zolang ze maar doen wat hij wil. Dat was beter geweest. 'Je moet je niet zo aanstellen,' zegt hij. 'Maar één ding wil ik nog weten: wie heeft je verteld waar ik zit?'

Ze schudt haar hoofd.

'Heb je het aan iemand anders doorverteld?'

'Nee.'

Hij pakt haar bij de arm. 'We gaan naar binnen. Misschien legt er alweer iemand op mij aan. Als schietschijf moet je in beweging blijven.' Hij trekt Marlene door de poort, hij heeft haar stevig bij haar arm vast, niemand kan aan zo'n greep ontsnappen, en een vrouw al helemaal niet. Snel en zonder iets te zeggen lopen ze langs de tuinderij en de stallen en schuren, en daarna door het draaihek. Pas in het park gaat Farwick langzamer lopen. Hij blijft bij een bankje staan.

Marlene heeft hem alleen maar kunnen volgen. Nu laat hij haar los. Het wordt langzaam donker. Zij gaat zitten, hij blijft voor haar staan. 'Nou! Wie heeft het je verteld?'

'Iemand die alles van je weet. Alle details zelfs. En afgaande op je gedrag denk ik dat hij meer over jou weet dan jijzelf.'

'Pardon?'

'Die ken ik niet,' zegt Marlene. Ze zit kaarsrecht, ze heeft haar benen over elkaar geslagen. Iedere andere vrouw zou nu haar arm masseren. Hij heeft haar vast pijn gedaan. Farwick zou zich moeten verontschuldigen, maar dat kan later altijd nog.

'Wie dan?'

'Dat is niet zo belangrijk. Maar ik kan je wel vertellen wat je moet doen om je nek uit deze strop te krijgen. Geloof me, het is heel eenvoudig.' Ze pakt zijn handen, hij kan er niets tegen doen. 'Je hebt vreselijk veel mazzel gehad. En ik weet nu dat ik alles verkeerd heb gedaan. Het spijt me. Ik heb je volkomen verkeerd beoordeeld. En mezelf ook. Luister goed. Ik weet wat je moet doen zodat je niets overkomt. En dan moeten we weer bij elkaar zijn, hoor je? Alsjeblieft.'

Huilt ze? denkt Farwick. Hij heeft Marlene nog nooit zien huilen.

'Luise vraagt zo vaak naar je. Ze mist je. Roland, alsjeblieft, hoor je wat ik zeg?'

Vreemd dat je niet kunt zeggen of iemand die je zo vertrouwd is, huilt of niet.

'Roland, het komt allemaal weer goed. En als ik de schuld heb, dan geef ik dat toe. Maar alles komt weer goed.'

Nee, ze huilt niet. Haar ogen glinsteren alleen. Hoe heeft hij zo'n mooie vrouw in de steek kunnen laten? Farwick trekt voorzichtig zijn handen uit die van Marlene, brengt zijn rechterhand naar haar linkerschouder en slaat haar met de rug van zijn hand in het gezicht. Het is één vloeiende beweging. En wat ze ook gedaan heeft, zelfs als ze hem heeft willen doden – dan heeft hij haar eens en voor altijd vergeven. In één klap. Wat werkt dat toch prachtig!

Marlene draagt een witte bloes. Plotseling zit er een rode vlek op. Is dat bloed uit haar mond of uit haar neus? Dat is niet te zien, omdat ze naar haar gezicht grijpt. Als ze zou schreeuwen, zou dat tot in het restaurant hoorbaar zijn, maar ze schreeuwt niet.

'Wie is die man?' zegt Farwick. Het klinkt alsof hij tegen een kind praat dat hij niet bang wil maken.

Marlene heeft een grote tas bij zich. Zoekt ze soms naar een zakdoek? Maar ze bloedt helemaal niet. Dat kun je duidelijk zien nu ze met beide handen in haar tas woelt.

'Heeft hij je wat gedaan?'

Misschien heeft ze zich op haar tong gebeten. Farwick kreunt en schrikt van het geluid; zo klinken mannen die veel ouder zijn dan hij. 'Hé,' zegt hij. Hij wil haar bij de kin pakken zodat zij hem aan zal kijken. Niemand zal er een halszaak van maken. Zoiets kan gebeuren. Je leert mensen kennen en dan blijken ze van de duivel bezeten te zijn.

Marlene wil iets zeggen. Maar er komt niets over haar lippen. Het is net alsof ze tegen de slaap vecht. Ze ziet heel bleek. En dan valt ze plotseling opzij. Farwick wil haar opvangen, maar hij grijpt ernaast, ze vangt zichzelf niet op maar slaat met haar hoofd op de rugleuning en ligt dan zijdelings op de bank, alsof ze dronken is.

Eindelijk weet hij wat het is. Het is haar hart. Dat heeft hij nog nooit meegemaakt. Het is niet ongevaarlijk, heeft ze verteld, maar het ziet er erger uit dan het is. Hij legt haar op de rug en zoekt dan zelf in haar tas. Hij vindt een spray, daarover heeft ze gesproken, hij schroeft de deksel van de dop en zet de opening aan haar mond. Dan drukt hij erop; maar ze komt niet bij. Het is niet eens gezegd dat ze nog ademt.

'Adem dan!' zegt Farwick. Hij kan zich moeilijk concentreren. Wat is hij toch een idioot geweest. Iedereen kan van Marlene te horen krijgen wie Kunstfeld was en wie Hamacher is. Hij had maar één minuut rustig hoeven nadenken, en alles was duidelijk geweest. Praktisch gezien is hij schuldig. Hij knielt nu voor de bank neer. Zo goed als het gaat tilt hij haar hoofd op. 'Adem dan!' zegt hij. Maar het lijkt wel of ze niet wil.

Er moet iemand komen om zich ertegenaan te bemoeien. Farwick kijkt om zich heen. Het enige tafeltje voor het restaurant is niet bezet. Het klopt: niemand is meer geïnteresseerd in mensen zoals hij.

Hij probeert het nogmaals met de spray; misschien doet hij alles hier verkeerd, hij gooit de spray in de tas. Hij strijkt het haar uit Marlenes gezicht en pakt haar bij haar schouders. Hij schudt haar door elkaar. 'We gaan,' zegt hij. 'Voor jouw vriend ons beiden doodschiet.' Haar ogen zijn maar half gesloten en leeg. Hij legt Marlene voorzichtig neer en trekt zijn mobieltje uit zijn broekzak. Hij wil Pardon bellen. Die moet komen helpen. Maar diens nummer is niet in het telefoonboek opgeslagen.

Farwick brengt zijn oor tot voor Marlenes mond. Maar het is hier buiten niet stil. De wind waait door de bomen, vogels spatten in het water. Hij legt Marlenes tas op haar dijen, pakt haar onder het bovenlichaam en haar knieën en tilt haar op. 'Kom,' zegt hij. 'We moeten weg!'

Hij heeft geen idee hoe ver het tot het dichtstbijzijnde ziekenhuis is. Maar één ding weet hij wel: het gaat sneller als ze de weg maar eenmaal afleggen. Voor zij hier zijn, ben ik tweemaal daar, denkt Farwick. Marlene moet veel minder wegen dan Pardon, maar het valt hem niet mee haar te dragen. Met heel veel moeite krijgt hij haar door het draaihek. Een idioot draagt zijn bruid over de drempel. Het scheelde niet veel of hij was gevallen. Het plein voor het wooncomplex is leeg. Hij loopt verder, rechts de tuinderij, links de ingang van de wagenloods, duister hier, alleen de neus van de BMW licht op in het donker.

Farwick legt Marlene op de motorkap. Zijn sleutels liggen natuurlijk binnen. Hij rent terug en hij merkt hoe goed hij zijn krachten moet verdelen. Opgelet! denkt hij. Voorlaatste ronde, goed met je krachten omspringen, geen energie verspillen, je op je eindsprint concentreren. Als hij de woning binnengaat, roept hij Pardons naam, het klinkt als de kreet van een dier. Alle kleine lichten zijn aan. Op een fauteuil ligt een blad papier: Pardon is al vertrokken, hij overnacht op het vliegveld. Hij wil niet morgenochtend ontwaken en dan zijn bed niet uit kunnen komen.

Farwick brult. Eerst denkt hij dat het alleen maar uit woede is, maar het is uit ellende. Hij zoekt zijn sleutels, kan ze niet vinden, op een goed moment ziet hij zichzelf in de spiegel, er zit bloed aan zijn lip, hoe kan dat dan? Hij veegt het weg. De sleutels liggen bij de pc's, daar moet een verklaring voor zijn, maar die ligt in het verleden en daar zijn alleen idioten in geïnteresseerd. Farwick rent terug naar de auto.

De eindsprint, wat was dat een fantastisch gevoel als je goed had uitgekiend dat je nog reserve had voor het beslissende ogenblik. Farwick heeft mannen naast zich op de baan plotseling ineen zien storten, hun verbazing daarover, hun wanhoop.

Hij rent. De weg lijkt lang, maar hij heeft goed gecalculeerd, hij wordt sneller. Als hij bij de auto aankomt, voelt hij zich goed. Marlene ligt op haar rug, haar armen zijn naar opzij gegleden. Hij opent het achterportier en slaagt erin haar op de achterbank te leggen zonder tegen iets aan te stoten. Als ze alleen maar zou slapen, zou ze niet wakker zijn geworden. Hij gaat achter het stuur zitten. Het dimlicht is ongelooflijk helder, het binnenste van de wagenloods straalt in duizenden tinten wit. Nog helderder is het op weg naar het poortgebouw; het is gewoon verblindend. Maar dan blijkt de poort afgesloten. Farwick stapt uit en rammelt eraan. Nu heeft hij een sleutel nodig die hij nog nooit in handen heeft gehad.

Hij leunt op de motorkap. Zijn hand laat een afdruk achter, meer bruin dan rood en heel vaag, het is geen hand, het is een vormloze vlek. De weg is amper breed genoeg om te keren. Hier moeten toch mensen zijn, denkt hij. Misschien hoeft hij alleen maar hard genoeg te roepen om iemand erbij te halen. Het is eigenlijk onverdraaglijk op hulp van anderen aangewezen te zijn. Hij haalt zijn mobieltje uit zijn zak, en op dat moment begint het te trillen.

Ruth heeft maar heel even nodig gehad om zich om te kleden. Nu zitten ze zwijgend in de auto. In de binnenstad is nog steeds verkeer, ze moeten bijna bij elke kruising wachten. Grambach vloekt.

'Is het zo dringend?' De papieren liggen op de schoot van Ruth. Als er licht in de auto valt, bladert ze erin.

Grambach staat op het punt de file voor een verkeerslicht toeterend en knipperend voorbij te rijden. 'Misschien,' zegt hij. Het licht springt op groen, maar een ogenblik later staan ze alweer stil. Eindelijk zijn ze de stad uit. Ruth doet het licht boven het make-upspiegeltje aan. Grambach rijdt zo snel als het verkeer het toelaat. Op de provinciale weg naar het kasteel moet hij alle zeilen bijzetten om niet uit de bocht te vliegen. Eindelijk zijn ze er. Op de grote parkeerplaats staat maar één auto; Grambach ziet al uit de verte dat het Marlenes Mini is. Hij parkeert er precies naast. Hij draait het contactsleuteltje om, het poortgebouw achter de brug ziet er in het licht van de lantaarns als een schilderij uit.

'Wacht even,' zegt Ruth. Ze wijst naar de binnenverlichting. Grambach opent het portier, en het wordt weer licht in de auto. Ze reikt hem een vel papier aan uit het stapeltje.

Grambach pakt het. Het is de kopie van een proces-verbaal van een ongeluk. Een paar uit Frankfurt is tegen de middag met hun auto van de rijweg geraakt, er is geen aanwijzing van betrokkenheid van anderen; getuigen konden niet worden getraceerd. De slachtoffers werden uit hun auto geslingerd. Ze overleden ter plekke.

Grambach laat het papier zakken. 'Nou, en?' Er staat niets in wat hij niet al weet.

'De datum,' zegt Ruth.

Het briefhoofd. Bureau van politie. Naam ambtenaar proces-verbaal. Exacte plaats van het ongeluk. Datum: 8 augustus 1984.

Grambach zit met één been buiten de auto, zijn rug half van Ruth afgekeerd. Het zal een paar uur geduurd hebben voordat de familieleden konden worden ingelicht. Grambach ziet Webers huis in Offenbach, het is net helemaal nieuw ingericht, heel smaakvol; eindelijk zijn er weer meubels die waardig oud kunnen worden. In de woonkamer staat de televisie aan, de Olympische Spelen. Een Duitse tienkamper zet juist in zijn belangrijkste wedstrijd alles op het spel. Hij is nog heel jong, maar tegelijk al hét voorbeeld van een atleet. Het wachten is nu op zijn derde sprong. Dat duurt even; maar de man voor de televisie heeft op het moment niets anders te doen.

Dan gaat de telefoon. De man probeert zo snel mogelijk bij de telefoon te komen, die moet niet te lang overgaan. Er meldt zich een politieman. Twee mensen zijn dood, ze liggen in een mortuarium vlak voor de Oostenrijkse grens. Ze hadden een zakagenda bij zich; op de speciaal daarvoor gereserveerde plek staat vermeld wie er gebeld moet worden als er iets met hen gebeurt. Iemand moet die mensen identificeren. Kan hij dat?

Ja. Thomas Weber zou dat kunnen. Maar hij kan hier niet weg. Niet omdat hij per se wil zien of de tienkamper zijn derde sprong haalt. God beware! Nee, in een speciaal daarvoor ingerichte kamer slapen de twee kinderen. Die kan hij onmogelijk alleen laten. Dat zegt hij ook. En terwijl hij daar staat en niet weet wat te doen, is Farwick eindelijk aan zijn derde poging toe.

'Ik heb iets over het hoofd gezien,' zegt Grambach. Hij geeft Ruth het papier terug. Zonder verder een woord te zeggen stapt hij uit en laat het portier openstaan. Ruth volgt hem over de brug naar de poort.

Grambach heeft Ritters kaartje nog. Zijn bel is nummer drie. Hij drukt meermalen op de bel, maar er gebeurt niets.

'En als hij er nu eens niet is?' zegt Ruth. 'Wat doen we dan?'

Grambach wil niets zeggen. Hij haalt zijn mobieltje uit zijn zak en kiest het nummer uit Farwicks e-mail aan Merz.

'Ja?' zegt Farwick zachtjes.

'Ik ben het. Waar zit u? Ik moet u spreken.'

'Waarom?'

'Dat weet u toch. Kunt u me binnenlaten? Ik sta voor de deur.'

'Wie bent u?'

'Herkent u me niet?' vraagt Grambach.

Farwick maakt een eind aan het gesprek. Hij loopt de paar meter naar de poort, maar omdat de motor nog loopt, kan hij niets horen. Langzaam, elke stap zorgvuldig overwogen, loopt hij terug. Hij zoekt steun aan de auto. Marlene ziet er niet uit alsof ze slaapt; hij hoeft zich niets wijs te maken. Maar hij kan nu niets voor haar doen. Daar achter de poort wacht zijn moordenaar. En hij staat hier met blote handen.

Bij de achterzijde van de auto zet hij zich af. Eerst maakt hij alleen maar grote stappen, maar dan begint hij te rennen, de enig mogelijke richting uit, terug.

'Wat bezielt hem?' zegt Grambach. Hij kijkt naar de display van zijn mobieltje. De verbinding is verbroken.

'Er staat daar een auto,' zegt Ruth.

Ze luisteren, maar er gebeurt niets. Grambach bonst op de poort. 'Is daar iemand?' roept hij, maar antwoord krijgt hij niet. Dan drukt hij de herhaaltoets in.

Farwick rent. Hij zou nu niet meer kunnen zeggen waar hij gewond is geweest. Alles functioneert weer, niets doet meer pijn. Hij merkt pas dat zijn mobieltje overgaat als de melodie begint te spelen.

'Wat is dit nou?' zegt Grambach. 'Laten we met elkaar praten. U moet mijn motieven begrijpen.'

Farwick is op de trap naar Pardons woning. 'Ik heb haar vergeven,' zegt hij. 'Ze heeft me alles uitgelegd. Geef het op. En kom me niet te na. Ik zal me verzetten, begrepen?' Hij drukt het gesprek weer weg. Dan neemt hij met elke stap twee treden. Waar moet hij zoeken in dit verdomde museum?

'Blijf hier wachten!' zegt Grambach tegen Ruth. Hij rent naar de bezoekersingang van het park. Bij het oude kasteel klimt hij weer over het draaihek. Voor het wooncomplex stopt hij even en hapt naar adem. Op de eerste verdieping zijn drie ramen verlicht, een deur staat open. Grambach vindt een schakelaar. Het wordt licht op de gang.

Farwick zoekt in de woning van Pardon. Hij trekt alle laden uit en opent alle kasten. Er tuimelt het een en ander om, dingen worden door elkaar gegooid. Farwick wil het liefst hier alles kort en klein slaan. Er moet een tweede sleutel zijn! Eindelijk krijgt hij een idee. Hij zoekt in de logeerkamer, en daar hangt een bos sleutels aan een haak achter de deur, de sleutelhanger is een blauwe haas uit stof. Als hij weer in de grote kamer komt, hoort hij voetstappen op de trap.

Op de bovenverdieping drukt Grambach nogmaals de herhaaltoets in. Het duurt even, dan begint achter de eerste deur zachtjes een melodie te spelen. 'Meneer Farwick,' zegt hij luid. 'Ik begrijp uw ergernis. Laten we praten. Ik kan u alles uitleggen.'

Met de afstandsbediening dooft Farwick alle lampen. Hij trekt een van de zwaarden uit een houder. Het is geen speelgoed; hij heeft beide handen nodig om het hoog te heffen, tot aan zijn schouders. Hij verschuilt zich bij een van de ramen, achter de voetbaltafel. Zo wordt hij niet meteen gezien. En zo heeft hij dekking.

'Nee!' roept hij. 'En ga weg bij die deur.'

Grambach voelt woede in zich opkomen. 'Beheers u! Wat ik gedaan heb, was mijn plicht. Ik heb niets tegen u. Luister alleen even rustig naar me.'

Hij drukt de klink van de deur naar beneden. Die is niet afgesloten. Achter de deur is het donker. Hij heeft hem al halfopen als er lawaai is en er naast hem iets zwaars op de grond valt, iets van metaal. Met één sprong is Grambach terug op de gang. Hij duikt achter de muur weg, het licht gaat uit. 'Wat doet u daar, verdomme! Ik ben de politie. U doet nu direct wat ik u zeg! Doe het licht van de kamer aan en kom naar buiten. Nu meteen!'

Farwick heeft nog een zwaard uit de houder getrokken. En nog een. Daarmee staat hij weer op zijn oude plek.

'Wie bent u?'

'Grambach, verdomme. Waar is mevrouw Merz?'

Farwick zwijgt.

'Geloof me nu eens. Ik heb uw zaak opgelost. De man die op u heeft geschoten, is dood. Ik heb alleen uw verklaring nog nodig, dan kunnen we de zaak sluiten.'

Het blijft lang stil in de kamer. Eindelijk zegt Farwick: 'Hoe snel was u? Op de vijftienhonderd meter?'

'Drie zesenvijftig.' Grambach tast met zijn hand door de halfopenstaande deur en vindt een schakelaar. Er gaat een soort noodverlichting aan. Farwick staat naast een raam tegen een muur geleund, achter een voetbaltafel, waarop twee zwaarden liggen. Hij houdt zijn hoofd tussen zijn twee handen.

'Ik wilde u niet de stuipen op het lijf jagen,' zegt Grambach.

Farwick richt zich op. Hij schudt zijn armen uit. Jammer dat Pardon zijn manuscript kwijt is. Met de afstandsbediening schakelt hij de vele kleine lampen in.

'Mevrouw Merz,' zegt Grambach. 'Is ze bij u? Hier in huis?'

'Ze is hier geweest. Ik wilde haar naar de parkeerplaats brengen.' Farwick houdt de sleutelbos omhoog. 'Ze wacht in de auto op me.'

'Hebt u gehoord wat ik heb gezegd?'

'Natuurlijk. Mooi voor ons allemaal. En wie is die man? Uiteindelijk toch een gek?'

Grambach loopt een eindje de kamer in. Het licht wordt overal in het glas van de vitrines gebroken. En overal dingen die aangeraakt willen worden. 'Nee, het was iemand met een gebroken hart.'

Farwick lacht. Roerend! En wat is het verband met hem dan? Hij loopt langs Grambach naar de deur.

'Indirect.' Grambach gaat met zijn hand over de romp van een groot zeilschip. 'Ik ben er zeker van dat hij u niet wilde doden. Het was een soort afscheidsbrief. Een verklaring voor een zelfmoord.' Zo goed als het gaat, stelt hij zich midden in de kamer op en kijkt om zich heen.

Farwick rammelt met de sleutelbos. Mevrouw Merz wacht op hem.

'Eén ogenblik,' zegt Grambach. Hij wijst op de voetbaltafel. 'Weet u toevallig waar hij die vandaan heeft?' Hij neemt een van de houten handvatten in de hand, trekt het naar zich toe en duwt er kort en snel tegen. De stang veert terug.

'Geen idee.'

Grambach knielt neer en tast onder de tafel. 'Er was een handigheidje. Als je ergens op drukte, kwamen ze gewoon zomaar.' Hij doet wat moeite, en met een onmiskenbaar geluid vallen de elf vaalgele ballen in de houten la. Grambach komt overeind. 'Op deze bak hier heb ik het geleerd.' Hij knipt een van de scorevelden een vakje verder.

'Was u Kunstfeld?' zegt Farwick.

'Ja.' Grambach tikt een van de houten spelers op het hoofd. Ze hebben er indertijd een baard op geschilderd, en die zit er nog steeds. 'Waarom hebt u meegespeeld?'

'Nieuwsgierigheid? Ik weet het niet.'

Grambach laat een van de ballen het veld in rollen. 'Zullen we?'

'Heel graag,' zegt Farwick. 'Maar ze zit op me te wachten in de auto. Ik moet echt naar haar toe.'

De bal blijft in het midden liggen, tussen de rijen spelers. 'Jammer,' zegt Grambach. 'En mooi dat u het me niet kwalijk neemt.'

'Gaat u met me mee?'

'Natuurlijk. Ik heb ook nog een verrassing voor u.'

Samen verlaten ze de woning. Farwick gaat met grote passen voor. 'Een verrassing?'

'Ik heb iemand voor u bij me. Ik hoop dat het uitkomt. U maakt immers alweer grote plannen!' Nakomelingenschap! Kan hij hem al feliciteren?

Ze bereiken de passage van het wooncomplex. Op enige afstand zien ze de weerschijn van een blauwig licht, dat afwisselend zwakker en sterker wordt. Farwick begint sneller te lopen, Grambach volgt hem. De wagenloods verspert nog het zicht, even later kunnen ze het hele toneel zien. De poort staat ver open. Achter Farwicks BMW, op de brug over de gracht, staat een ambulance. Mannen in het wit en een met een oranjekleurig vest. Farwick begint te rennen, heel hard; Grambach probeert hem bij te benen, maar kan het niet. Een brancard wordt op een onderstel gezet. Wat erop ligt, is door een grijze deken aan het oog onttrokken. Ruth staat enigszins terzijde.

Farwick blijft bij de achterkant van zijn auto staan, een paar seconden, dan draait hij zich om en leunt ertegen met de rug naar de poort. Zo ziet hij Grambach aankomen; zo hoort hij hem hijgen als hij er eindelijk is.

Een van de mannen in het wit komt op Grambach af. Op zijn jasje staat AMBULANCEARTS. 'Bent u de politieman?'

Grambach kan slechts knikken. Hij laat zijn identiteitskaart zien.

'Die vrouw heeft ons opgebeld. Ze is ziekenverpleegster. Ze weet van wanten. We waren in de buurt.'

'Dood?' vraagt Grambach.

'Vermoedelijk een hartstilstand. Ze was niet gezond. Ze had medicijnen bij zich. Bovendien is ze geslagen.'

'Dank u,' zegt Grambach. Hij geeft een teken: de dode moet hier blijven. Vanaf nu heeft hij de leiding. Hij belt het hoofdbureau. Iedereen moet komen, ook de technische recherche. En een beetje tempo graag.

Heel langzaam is Ruth bij Farwick gaan staan. Ze legt een hand op zijn arm, maar Grambach komt tussenbeide. 'Geen gesprek nu,' zegt hij. En dan zegt hij tegen Farwick wat iemand moet weten als hij wordt gearresteerd. 'U hoeft niets te zeggen wat tegen u gebruikt kan worden.'

Farwick schudt zijn hoofd. Hij zegt: 'Ik wil praten.'

En dan kijkt hij Grambach aan. Omdat hij tegen de auto staat geleund, ontmoeten hun blikken elkaar op gelijke hoogte. 'Maar niet met u.'

Het is na elven als ze met zijn drieën in het park bij het bankje staan waar de technische recherche bezig is. Berntrieder heeft Vollrath uitgelegd wat Farwick heeft verklaard. Grambach heeft het bevestigd. Nu wachten ze zwijgend op de politiearts. Eindelijk doemt de man in het licht van de schijnwerpers op.

'Mijn collega heeft gelijk,' zegt hij. 'De vrouw is een natuurlijke dood gestorven. Hartstilstand. Waarschijnlijk een chronische kwaal.'

'En de klap?'

'Een oorvijg,' zegt de dokter. 'Vanuit medisch standpunt zie ik geen verband. Patiënten met een hartkwaal kunnen er zomaar in één keer geweest zijn. Dit is nu uw probleem.' Hij vertrekt.

Vollrath wacht tot de arts weg is en wendt zich dan tot Berntrieder. 'Laat hem maar vrij.'

Berntrieder aarzelt even.

'Tot nu toe kan hij nergens van worden verdacht. En het zou me geweldig verbazen als dat anders zou worden.'

Berntrieder gaat.

'Het is goed dat er een eind aan gekomen is,' zegt Vollrath. 'Voor de rest bevalt het me niks.'

Grambach zwijgt.

'Wat was dit allemaal?'

'Zo is het nu eenmaal gelopen.'

'Nee toch!' Vollrath maakt een beweging met zijn hand. 'Ik zal me met je overplaatsing bezighouden. Het hoeft niet per se Berlijn te zijn. Misschien vinden we iets geschikts hier in de buurt.'

'Ik was van plan mijn ontslag in te dienen.'

'Doe niet zo raar! Wat moet een man van jouw leeftijd nog?' Vollrath tikt op zijn voorhoofd. 'We spreken elkaar morgen op het bureau.' Dan verdwijnt ook hij in de duisternis.

Als de technische recherche het bankje vrijgeeft, gaat Grambach erop zitten. Hij wacht op Berntrieder, maar die schijnt vertrokken te zijn zonder te groeten. Ten slotte pakken de beambten hun spullen in. Grambach gaat als laatste. Als hij bij het poortgebouw aankomt, is daar niemand meer, politiewagens en ambulance zijn verdwenen. De poort is gesloten, maar het deurtje staat nog open. In de auto van

Caroline brandt nog steeds de binnenverlichting. Grambach gaat erin zitten, maar het duurt lang voor hij wegrijdt.

Op de terugweg zijn de wegen leeg. In de stad wacht hij voor rode stoplichten zonder dat iemand zijn weg kruist. Hij maakt een omweg en rijdt langzaam langs het huis van Ruth. Er brandt licht, maar de witte BMW staat niet op de oprit.

Grambach zet Carolines auto weer op het parkeerterrein. In het restaurant op de benedenverdieping onder zijn woning brandt nog licht. De deur staat open; de eigenaar en zijn vrouw zitten met andere jonge lieden bijeen. Ze klinken uitgelaten en gelukkig.

Op zijn werkkamer zet Grambach de pc aan. Hij roept de startpagina van Knights op en typt de naam Hamacher in. Het wachtwoord is hij niet vergeten. Die luidt: tienkamp. Grambach klikt door naar de site met de persoonlijke gegevens. Hij zou nu alles kunnen wissen, maar daarvoor is het te laat.

Even komt Grambach in de verleiding onder de naam Hamacher uit te varen; maar dan gebruikt hij Farwicks tweede figuur, Wendling. Hij roept die op met hetzelfde wachtwoord. En die bestaat inderdaad. Die is zelfs onlangs pas onderweg geweest; een speelstand is bewaard onder Rondvaart op de Thames. Grambach klikt erop en is een seconde later op Wendlings boot. Hij ligt onder water, de motoren zijn uitgezet.

Grambach brengt de periscoop omhoog en trekt hem meteen weer in. Geen twijfel mogelijk, dit is de beroemde missie. En Farwick is verder gekomen dan alle anderen. Hij zit al midden in Londen.

Dan merkt Grambach dat de boot zonder motoren heel, heel langzaam beweegt in de richting van de stad. Kennelijk zijn de getijden geprogrammeerd en moet het nu vloed zijn. Opnieuw brengt hij de periscoop boven water. Een vaag silhouet wordt in lagen op de achtergrond opgebouwd. De Tower Bridge is te herkennen, en St. Paul's. Langs de oever van de Thames rijden autobussen, er lopen mensen, er vliegen vogels. En alleen de vloed geeft richting aan het schip, de kompasnaald gaat heen en weer zonder dat het roer beweegt.

Wat moet hij hier? Moet hij de stad beschieten? Verander je daarmee in het spel de geschiedenis?

Grambach is het om het even. Hij duikt op. Door de periscoop ziet hij de boeg uit het water rijzen. Hij klikt op de toren. Het grafisch beeld is overweldigend. Wat een fantastisch panorama! Hij kijkt langzaam in het rond. In het oosten is de zon opgekomen, het bliksemt en vonkt van de daken. Vanuit het Victoria-station rijdt een trein walmend de brug op over de Thames. Steeds weer ontdekt hij een nieuw detail. Eindelijk zwenkt de boot naar het zuiden, in de richting van de gele muren van het parlement. En dan slaat inderdaad hoorbaar de klok van de Big Ben. Het is zes uur.

Als de boot het midden van de rivier verlaat, weet Grambach al lang dat hij niet kan tegensturen. Heel langzaam nadert de boot een aanlegsteiger, zachtjes botst hij tegen het hout. Er komen mannen aan die hem voor en achter vastleggen, Grambach hoort de golven tegen de oevermuur slaan.

En dan kan hij niet eens zijn uitzicht meer vrij kiezen. Hij moet naar voren kijken, naar het dek, waar de bemanning uit de luiken opduikt. De mannen dragen hun plunjezakken op hun schouder. Als ze allemaal bijeen zijn verlaten ze een voor een de boot via een smalle loopplank, hun voetstappen op de plank zijn duidelijk te horen.

Grambach voelt dat hij hetzelfde moet doen, maar hij weet niet hoe. Hij wacht dus maar af. De mannen zijn nog maar nauwelijks verdwenen of de camera schiet de lucht in. Nog eenmaal zwenkt hij over de stad, en dan ziet Grambach zichzelf. Hij ziet zichzelf de verrekijker wegleggen en van de toren naar beneden gaan. Op de aanlegsteiger groet hij de mannen van de touwen, voordat hij de oever betreedt. Hij blijft even staan en begint dan te lopen; de camera begeleidt hem niet. Hij verliest zichzelf snel uit het oog in de ochtenddrukte van de stad. En dan wordt het beeldscherm zwart, er staat alleen nog te lezen: Missie volbracht.

Grambach kijkt op. Het is hier nog lang geen ochtend. En veel heeft hij die ochtend niet te doen. Hij moet Caroline een berichtje sturen. En hij moet naar zijn ouders. Op zijn oude kamer ligt onder het bed nog steeds het geweer.